Dirk C. Fleck
Das Südsee-Virus

PIPER

Zu diesem Buch

Im Angesicht der globalen Öko-Krise wird die junge Tahitianerin Maeva zur Hoffnungsträgerin für Millionen. Zusammen mit dem ehemaligen Star-Journalisten Cording und dem Rest ihres kleinen Teams begibt sie sich auf eine abenteuerliche Reise um den Erdball. Ob in Australien, China, Hamburg, Nordafrika oder Kalifornien: Maeva ist überall dort, wo Menschen ihre Zukunft neu gestalten – oder sie vielleicht für immer verspielen. In ihrem Kampf gegen gierige Konzerne, Atomkraft und Gentechnik wandelt sie sich von einer sanften Mahnerin zu einer kämpferischen Jeanne d'Arc der Ökologie. Doch je mehr sich ihre »Politik des Herzens« wie ein positiver Virus unter ihren Anhängern verbreitet, desto stärker wird sie zur Zielscheibe der Mächtigen – bis Cording schließlich nur noch einen Weg sieht, Maeva zu retten: Verrat.

Dirk C. Fleck, geboren 1943 in Hamburg, studierte an der Journalistenschule in München. Er war Lokalchef der Hamburger Morgenpost, Redakteur bei Tempo, Merian und Die Woche. Seit 1995 ist er als freier Autor unter anderem für Spiegel, Stern, Geo und Die Welt tätig. Neben »Palmers Krieg« veröffentlichte er »GO! Die Ökodiktatur« und den Öko-Thriller »Das Tahiti-Projekt«, beide mit dem Deutschen Science Fiction Preis ausgezeichnet. Sein neues Buch, »Das Südsee-Virus«, erschien vormals unter dem Titel »Maeva!«.

Dirk C. Fleck

DAS SÜDSEE VIRUS

Öko-Thriller

Piper München Zürich

Mehr über unsere Autoren und Bücher:
www.piper.de

Von Dirk C. Fleck liegen bei Piper vor:
Das Tahiti-Projekt
Das Südsee-Virus

Die Originalausgabe erschien 2011 beim Greifenverlag
unter dem Titel »Maeva!«.

Ungekürzte Taschenbuchausgabe
Piper Verlag GmbH, München
Januar 2013

Umschlaggestaltung und -motiv: Hauptmann und Kompanie
Werbeagentur, Zürich
Satz: Kösel, Krugzell
Gesetzt aus der New Baskerville
Papier: Munken Print von Arctic Paper Munkedals AB, Schweden
Druck und Bindung: GGP Media GmbH, Pößneck
Printed in Germany ISBN 978-3-492-30067-4

Für Bianca und Stella Burkert, für Alexei Bardakov und alle Jugendlichen dieser Erde, die unser Erbe zu tragen haben

Zuerst ignorieren sie dich,
dann lachen sie über dich,
dann bekämpfen sie dich,
und dann gewinnst du!

Mahatma Gandhi

Inhalt

Die Berufung

Boston, Massachusetts, 29. Februar 2028. Die schwarze Limousine, die um Punkt 22 Uhr auf den Parkplatz der Marina rollte, hielt direkt auf den Bootssteg Nummer 4 zu. Ihre Scheinwerfer erhellten die langen Bohlen, als wollten sie der Person, die ihr gleich entsteigen würde, den Weg weisen. Nach zwei Minuten aber hatte sich die Tür zum Fond noch immer nicht geöffnet. Der Mann von der Security entsicherte seine Pistole und beobachtete die Szene nervös aus dem Wachhäuschen. Es vergingen weitere zwei Minuten, bevor eine sportlich gekleidete junge Dame ihren Fuß auf das Pflaster setzte. Sie trug einen weißen Rollkragenpullover, Jeans und Joggingschuhe. An der Schulter baumelte ein roter Lederbeutel.

»Zu wem möchten Sie, Ma'am?«, fragte der Wachmann, der sein Häuschen inzwischen verlassen hatte.

»General Morgan erwartet mich.«

»Das Stichwort, Ma'am …«

»Bitte?«

»Wie lautet Ihr Stichwort, Ma'am?«

»Rosebud.«

»In Ordnung. Aber ich muss noch einen kurzen Blick in Ihre Tasche werfen.«

Die junge Frau streifte den Lederbeutel von der Schulter. Lächelnd sah sie zu, wie sich die Hände des Wachmannes durch allerlei Reizwäsche, Strapse und Perücken bis auf den Grund wühlten.

»Sie dürfen passieren«, sagte er schließlich, ohne sich seine

Verblüffung anmerken zu lassen. »Es ist das vorletzte Boot auf der linken Seite. Wen darf ich melden?«

»Yvonne.«

Der Security-Mann gab den Weg frei und verschwand in seinem blau-weiß gestreiften Häuschen, während die junge Frau im Lichtkegel der Scheinwerfer an den dümpelnden Luxusjachten vorbei ihrem Ziel entgegenschritt. Sie hatte das Gefühl, übers Meer zu laufen, und ihre weicher werdenden Knie verstärkten den Eindruck noch. Endlich stand sie vor dem Boot des pensionierten Generals, das sich zwischen den protzigen Wasserkutschen bescheiden ausnahm. *»BUT ROSE, Miami«* stand in goldenen Lettern am Heck. Sie gab sich einen Ruck und stieg die schmale Gangway hinauf an Deck. Die Tür zur Kajüte stand offen, also ging sie hinein.

Der Raum verströmte einen merkwürdigen, von Desinfektionsmitteln gesättigten Geruch. Die Einrichtung war erstaunlich bieder. Die gerüschten Gardinen korrespondierten auf geschmacklose Weise mit dem grell gemusterten Teppich. An den Wänden hingen ein Dutzend Kupferstiche, auf denen alte Viermaster mehr oder weniger schräg in der Dünung lagen. Der antike Sekretär mit dem blätternden Furnier war mit gerahmten Familienfotos bestückt, über denen ein goldgefasstes Barometer Aufschluss über die Wetterlage gab.

»Nimm doch Platz, Yvonne!«, rief eine brüchige Männerstimme. »Und schenk uns schon mal von dem Champagner ein!«

Auf dem gekachelten Tisch zwischen den drei Ledersesseln stand eine Flasche »Krug« im Kübel. Die junge Frau versuchte sich am Drahtverschluss der Flasche, als ein etwa siebzigjähriger Mann die Stufen hinunterstieg und auf halber Strecke stehen blieb.

»Wer sind Sie?!«, fragte er sichtlich perplex. »Was tun Sie hier!?«

Kaum dass er ausgesprochen hatte, löste sich der Korken und knallte unter die Decke. Die Frau hielt die schäumende Flasche am ausgestreckten Arm von sich. General Morgan eilte nach nebenan und kehrte mit einem Stapel Papiertaschentücher zurück, die er auf dem Teppich ausbreitete, bis sie sich vollgesogen hatten. Wie lächerlich er aussah mit seiner Kapitänsmütze, dem blauen Blazer und der weißen Hose, dachte die Frau mit der Flasche in der Hand.

»Also«, sagte Morgan und blickte an ihr hoch, »wer sind Sie?«

»Mein Name ist Jasmin, ich komme anstelle von Yvonne, sie musste kurzfristig umdisponieren.«

Der General erhob sich, rückte die Mütze zurecht und schüttelte den Kopf. »So geht das nicht«, presste er schwer atmend hervor. »Ich werde mich bei der Agentur beschweren, so geht das nun wirklich nicht. Entweder Yvonne oder keine, das sind die Regeln, so ist es mit Monique verabredet.« Seine wässrigen Augen taxierten abschätzig den Ersatzkörper, den man ihm geschickt hatte. Die Blicke des Generals streiften über die langen Beine bis hin zu den Brüsten, die sich unter dem weißen Pullover der fremden Lady deutlich abzeichneten. »Monique weiß doch, dass ich ausschließlich blonde Frauen um mich dulde«, erregte er sich und ging erneut auf die Knie, um die gesättigten Papiertaschentücher aufzuklauben.

Die junge Frau kramte in ihrem Lederbeutel nach der Perücke.

»Was lungern Sie hier noch herum?«, ließ sich der General, ohne aufzublicken, vernehmen. Dabei machte er eine wegwerfende Handbewegung, als wollte er die Ungebetene vom Schiff scheuchen. »Oder soll ich die Security rufen?«

»Möchten Sie das wirklich?«, flötete Jasmin, während sie ihr Bein an seinem knochigen Hintern rieb.

Morgan fuhr hoch, aber seine Empörung fiel augenblicklich in sich zusammen. Vor ihm stand in koketter Pose das, was er ein Traumweib nannte. Eine Figur zum Zungeschnalzen, dazu ein aufgewecktes Gesicht mit prallen Lippen, umrahmt von einer wallenden blonden Mähne, die bis weit über die Schultern reichte.

»Yvonne …«, stammelte er und umklammerte die Füße seiner Besucherin, »mein Liebchen. Du bist also doch gekommen …«

Der Frau, die sich Jasmin nannte, wurde plötzlich bewusst, dass sie in einem Rollenspiel gefangen war. Leider wusste sie nicht, welche Rolle ihr dabei zugedacht war. Also zog sie es vor zu schweigen.

»Lass uns hinaussegeln!«, rief der General euphorisch, während er unablässig ihre Schuhe küsste. »Hinaus aufs weite Meer, nur du und ich, nur du und ich, Liebchen … Ich werde jetzt ans Ruder gehen, und du machst dich inzwischen schön für mich, ja? Ja, Liebchen?«

»Ich werde mich schön machen für dich«, antwortete die Frau.

Der alte Mann gluckste auf wie ein Kleinkind und verschwand an Deck, um die Leinen zu lichten. Wenig später nahm die Jacht Kurs auf die offene See. Die junge Frau schüttete den Inhalt des Lederbeutels auf den Sessel und sortierte das Nuttengeschirr, wie sie die mitgebrachten Utensilien verächtlich nannte. Sie zwängte sich in die rote Korsage, band den Strapsgürtel um, streifte die Nylons über, schlüpfte in die roten High Heels und betrachtete das Ergebnis ihrer wundersamen Verwandlung im Spiegel. Nicht schlecht, dachte sie leicht amüsiert, während sie sich mit dem Lippenstift noch einmal über den Mund fuhr. Nicht schlecht … aber auch nicht ungefährlich. Hoffentlich lassen mich die Jungs mit diesem devoten Sack nicht allzu lange allein, hoffentlich kommt der General nicht auf die Idee, sich eine andere Bucht für seine perversen Spiele mit Yvonne zu suchen als gewöhnlich. Als das Motorengeräusch wenig später erstarb und sie nur noch sanft dahindümpelten, war sie jedoch sicher, dass Francis Morgan seine Obsessionen immer nach demselben Muster auslebte – Ausführung, Ambiente und Örtlichkeit schienen sich in diesem Lustspiel endlos zu wiederholen.

Die junge Frau wunderte sich, dass sie immer noch allein saß, obwohl der Anker bereits vor Minuten zu Wasser gelassen worden war. Vielleicht beobachtete er sie. Lange musste sie sich darum nicht sorgen, denn der General kam pfeifend die Treppe hinuntergestiegen. Zunächst sah sie seine dürren Beine, die in karierten Kniestrümpfen steckten, er hatte Sandalen an und trug eine kurze Lederhose, in der ein blütenweißes Hemd steckte, das über der Brust mit frischer Marmelade bekleckert war.

»Hi Mum«, bemerkte er in kindlicher Manier. Als sie nicht reagierte, zischte er: *»Wie siehst du denn aus, Francis?!* Los, sag es!«

»Mein Gott, Francis«, schimpfte die junge Frau weisungsgemäß, »wie siehst du denn aus!«

Der General, oder das, was von ihm übrig geblieben war, trat verlegen auf der Stelle. Nach einer Weile stampfte er auf: »Du bist nicht bei der Sache, Yvonne! Die Peitsche! Im Sekretär!«

Während sie in den Schubladen wühlte, hörte sie Morgan in ihrem Rücken wimmern: »Bitte, Mum, nicht schlagen. Nicht schlagen, Mum ...«

»Halt den Mund, Francis!«, schrie sie und war selbst überrascht über die Wucht ihrer Worte. Sie griff sich die lederne Gerte, die zusammengerollt zwischen der Wäsche steckte. Morgan lag in Erwartung seiner Strafe mit heruntergelassener Hose über der Sessellehne. Sie war drauf und dran, den dürren Hintern dieses Schweins mit einem einzigen Hieb zum Platzen zu bringen, als vier vermummte Gestalten die Kajüte stürmten. Der Anführer riss ihr die Peitsche aus der Hand und nahm sie in den Arm.

»Es ist vorbei, Laureen«, flüsterte er der Zitternden ins Ohr, wobei er zärtlich über ihren Rücken streichelte, »es ist vorbei ...«

General Morgan kauerte mit aufgerissenen Augen auf dem Boden. Er fühlte sich um die Wonnen des Schmerzes betrogen, das war zu sehen.

»Ziehen Sie sich etwas Vernünftiges an, General«, sagte der Anführer, »wir sind nicht daran interessiert, Ihr Sexualleben zu kolportieren.«

Er half Morgan auf und begleitete ihn nach nebenan, wo sich der General seiner Kinderklamotten entledigte, um wieder in die Uniform des Freizeitkapitäns zu schlüpfen.

»Was wollen Sie von mir?«, fragte er seinen vermummten Aufpasser.

»Die Wahrheit«, antwortete dieser und schubste seine prominente Geisel zurück in die Kajüte, wo seine Mitstreiter gerade dabei waren, eine Minikamera auf einem Stativ zu installieren. Sie drückten Morgan in den Sessel, zwangen ihn, die aktuelle Ausgabe des »Boston Globe« hochzuhalten, und hängten ihm ein handgeschriebenes Plakat um den Hals: »GENERAL FRANCIS MORGAN IM INTERVIEW MIT EARTH FIRST!«

»Ist es richtig, General«, hörte Morgan den Vermummten sagen, »dass Sie Mitglied eines von der NATO gebildeten transatlantischen Thinktanks waren, dessen Aufgabe es war, neue Militärstrategien zu entwickeln, damit die Regierungen der Industriestaaten im Zeichen des Klimawandels ordnungspolitisch gerüstet sind?«

»Das ist richtig«, antwortete Morgan leise.

»Wer außer Ihnen gehörte dieser illustren Gesellschaft noch an?«

Morgan wischte nervös mit den flachen Händen über die Lehne: »Es handelte sich um die fünf ehemaligen Generäle und Generalstabschefs Jacques Lacroix aus Frankreich, Henk van den Breunen aus den Niederlanden, Klaus Neukirchen aus Deutschland, Lord Peter Inglewood aus Großbritannien und John Shakashvili aus den USA.« Er sagte das in einem Ton, als würde er sein eigenes Todesurteil verlesen.

»Erzählen Sie uns über die Motive dieser Veranstaltung.«

»Vor dem Hintergrund der klimatischen Umwälzungen und Ressourcenkonflikte waren die USA und andere westliche Staaten daran interessiert, sich eine unangreifbare Position zu sichern, nach innen wie nach außen.«

»Können Sie uns das bitte näher erläutern?«

»Natürlich. Eine der Hauptgefahren, der sich die Regierungen der Industriestaaten heute gegenübersehen, sind die enormen Bevölkerungswanderungen, die durch den globalen Klimawandel ausgelöst werden. Auch im Inneren eines Landes. Wasserknappheit, Dürre, Naturkatastrophen – das alles führt zu chaotischen, ja anarchischen Zuständen, denen nur mit militärischen Mitteln begegnet werden kann, wenn man einen Rest an Ordnung und sozialer Sicherheit aufrechterhalten will. Das dürfte selbst Ihnen einleuchten ...«

Der General schien seine anfängliche Überraschung über den Überfall abgeschüttelt zu haben. Er war nicht gefesselt worden, niemand zielte mit der Waffe auf ihn, so schlimm konnte es also nicht sein. Daher schien es ihm ratsam, in die Offensive zu gehen. Schließlich verteidigte er ein Strategiepapier, das längst Bestandteil offizieller Politik geworden war, auch wenn die Öffentlichkeit davon nicht die geringste Ahnung hatte.

»Im Zeichen des Klimawandels bleibt uns unter sicherheitspolitischen Erwägungen gar nichts anderes übrig, als genau so zu handeln«, fuhr er süffisant fort. »Es geht um die Frage, wie angesichts von Überschwemmungen, Dauerdürren und dem massiven Verlust an Grund- und Trinkwasser die staatliche Ordnung aufrechterhalten werden kann. Um diese Aufgabe erfüllen zu können, wurden und werden seitens der NATO weitreichende politische, rechtliche und selbstverständlich auch militärische Strukturen geschaffen, die sowohl gegen die eigene Bevölkerung als auch gegen andere Staaten in Stellung gebracht werden.«

Laureen, die sich inzwischen aus ihrem Nuttengeschirr geschält hatte, verpasste dem General eine so kräftige Ohrfeige, dass seine Kapitänsmütze bis vor die Kommode segelte. Morgan wischte sich das Blut von der Nase.

»Das schneiden Sie sicher raus...«, bemerkte er zynisch. »Herrgottnochmal«, entfuhr es ihm, »seien Sie doch nicht so verdammt blauäugig! Es ist davon auszugehen, dass der Meeresspiegel noch in diesem Jahrhundert um mehrere Dezimeter steigt. Dann sind außer den flachen Küstenregionen 21 Megastädte von Überschwemmungen betroffen. Es wird also zu enormen Versorgungsengpässen kommen. Auch in den USA und Europa. Die Frage lautet somit: Wer besitzt die Verfügungsgewalt über die knappen Ressourcen, wer entscheidet über Versorgung oder Nichtversorgung der Menschen?«

Er blickte seine Bewacher höhnisch an. »Die Weltgetreidevorräte sind in diesem Jahr auf den niedrigsten Stand geschrumpft, der je gemessen wurde«, fügte er triumphierend hinzu. »Vergessen Sie die Tortillaunruhen in Mexiko, die Pastademonstrationen in Italien und den Aufruhr in Pakistan, Mauretanien und im Senegal im vergangenen Jahr, das war erst das Vorgeplänkel zu sehr viel vehementeren Hungeraufständen. Wie wollen wir das in den Griff kriegen, wenn nicht durch militärische Gewalt? Armee, Polizei, private Sicherheitsdienste – das sind die Garanten des sozialen Friedens, falls man überhaupt noch davon sprechen kann.«

»Ist es wahr«, fragte Laureen mit zitternder Stimme, »dass der Thinktank, dem Sie angehörten, den Regierungen empfohlen hat, Klima- und Umweltschützer in Zukunft als Terroristen, als sogenannte ungesetzliche Kämpfer zu behandeln?«

Morgan wandte unwirsch den Kopf. Das Mädchen mit dem weißen Pullover war ja immer noch da. Hatte er sie nicht vorhin von Bord gejagt?

»Stimmt es, dass die Earth Liberation Front, die Wilderness Society, die Animal Liberation Front, Earth First!, Greenpeace, Amnesty International und zahlreiche andere Menschenrechts- und Umweltschutzorganisationen vom FBI als Terrorgruppen behandelt werden?«

Morgan zog es vor zu schweigen.

»Sie müssen nicht antworten«, sagte der Mann mit der Maske. »Uns liegt eine Kopie des Strategiepapiers vor. Und wenn ich den Text richtig interpretiere, hat das Kriegsrecht längst Einzug gehalten in unseren gesellschaftlichen Alltag. Erzählen Sie uns von den zwölf Milliarden Dollar, die der Militärausrüster Kellogg, Brown & Root aus Washington bezogen hat.«

Der General senkte den Kopf, zu einer Erklärung war er nicht zu bewegen.

»Gut, dann werden wir es Ihnen sagen. Mit dem Geld wurden im Auftrag der Einwanderungs- und Zollbehörde gigantische Internierungslager gebaut. Sie befinden sich weit abgelegen in Nevada, Oregon, Oklahoma und Utah. In diesen sogenannten Detention Camps landen jene Menschen, die von Naturkatastrophen heimgesucht oder von den Militärs bei der Verteidigung des Firmen- und Privateigentums als Störfaktor angesehen werden. Wer in die Detention Camps verbracht wird, darf dort ohne Anklage auf unbestimmte Zeit festgehalten werden. Ist das so?«

Morgan nickte müde.

»Halten wir also fest«, sagte der Vermummte, »während der einfache Bürger jederzeit ohne Rechtsbeistand beliebig lange interniert werden kann, werden die Reichen dieses Landes mit Waffengewalt geschützt. Ihre Enklaven werden immer gut versorgt, betreten darf sie nur, wer die erforderliche Zugangsberechtigung besitzt. Interpretiere ich das richtig, General?!«

»Ja.«

»So hat der Klimawandel also dafür gesorgt, dass sich die Mächtigen des Landes auf die letzten natürlichen Schutzgebiete zurückziehen können, ohne dass der von ihnen gelenkte Staatsapparat die Kontrolle über die übrigen Landesregionen aus der Hand geben muss. Bravo, General, das ist doch mal eine Sicherheitspolitik nach dem Geschmack der Allgemeinheit …«

Morgan nahm die Kapitänsmütze ab, er merkte wohl selbst, was für eine lächerliche Figur er abgab.

»Eine letzte Frage noch«, sagte der Mann mit der Maske. »Aus der Kopie, die uns vorliegt, geht hervor, dass Sie und Ihre Kollegen vehement dafür plädiert haben, einen Kernwaffen-Präventivschlag auch gegen Nichtnuklearstaaten durchzuführen, wenn nach Einschätzung der Militärs die eigene Sicherheit gefährdet ist. Wie ist Ihre Empfehlung von den Auftraggebern aufgenommen worden, General?«

»Wohlwollend«, murmelte Morgan.

Laureen war drauf und dran, dem General an die Gurgel zu gehen, wurde aber von einem ihrer Mitstreiter daran gehindert. Die Männer bauten das Stativ ab und kletterten in das Zodiac, das am Heck der Jacht vertäut war. Der General wartete noch einige Sekunden, dann stemmte er sich aus dem Sessel, schlurfte auf den Sekretär zu, öffnete die oberste Schublade und wühlte fahrig zwischen den Wäschestücken herum.

»Suchen Sie die hier?«

Der alte Mann drehte sich um und blickte in das Gesicht dieser jungen Frau mit dem weißen Pullover und seiner Pistole in der Hand. Hatte er sie nicht längst von Bord …?

Laureen drückte ab. Morgan sackte zu ihren Füßen zusammen wie eine Marionette, die man zu Boden legte. Erstaunt bemerkte das Mädchen, wie das Barometer von der Wand fiel und ihrem Opfer eine zusätzliche Platzwunde am Kopf bescherte. Sie ließ die Pistole fallen und taumelte an Deck. Unter ihr heulte der Motor des Zodiac auf.

Cording stieg hinauf in die Berge. Er reagierte inzwischen wie ein Seismograf auf die melancholischen Schübe, die ihn seit einigen Monaten in unberechenbaren Abständen heimsuchten und deren schleichendes Gift er auf langen, beschwerlichen Wanderungen zu neutralisieren versuchte. Bisher hatte es funktioniert, bisher war er noch jedes Mal befreit zurückgekehrt. Tahitis wilde Wälder, die tosende Brandung an der Ostküste Itis, die stürzenden Wasserfälle bei Tetiaroa, die Gerüche der Pflanzen, das Geschrei der Vögel und die Geräusche des Windes – dies alles übte eine heilsame Wirkung auf ihn aus, bis er eines Tages verblüfft feststellen musste, dass die Begegnung mit der Natur ihm nur Etappensiege bescherte. Die europäische Krankheit, wie er seine Melancholie nannte, scherte sich nicht um paradiesische Zustände, sie hatte ihn fest im Griff. Heimtückisch und beharrlich.

Erschöpft stützte er die Hände auf die Knie und blickte hinunter auf das Haus, welches er mit Maeva seit fünf Jahren bewohnte. Er musste schon genau hinsehen, um das mit Palmwedeln bedeckte Dach inmitten des Kokosnusshains ausfindig zu machen. Auf der Küstenstraße steuerten zwei gläserne Kabinen des Reva Tae aufeinander zu. Als sie sich auf ihren vorgezeichneten Magnetspuren begegneten, benutzte die Sonne sie als Bande und schickte einen kurzen Doppelblitz als Gruß. Cording überlegte, ob er umkehren sollte, verwarf den Gedanken aber sofort wieder. Anders als sonst war er heute nicht planlos unterwegs, diesmal hatte er sich ein konkretes Ziel gesetzt: das

Bad der Königin Teura. Es war sechs Jahre her, als ihn Maeva an jenen runden, von Wasserfällen eingerahmten See geführt hatte, der den Tahitianern noch heute heilig war. Die Königin Teura hatte regiert, bevor der erste Europäer seinen Fuß auf die Insel setzte. Sie war eine hochverehrte Magierin gewesen, und dieser See hatte ihr als Kraftquelle gedient: Niemand außer ihr durfte mit ihm in Berührung kommen. Cording erinnerte sich, wie wohl er sich an diesem Platz gefühlt hatte, und jetzt, da er sich schweißgebadet seinen Weg durch den Dschungel bahnte, konnte er kaum nachvollziehen, dass er seitdem nie wieder dort hingefunden hatte.

Nach etwa drei Stunden öffnete sich vor ihm das Tal des Papenoo. In diesem hohen Gras hatte er damals gelegen. Obwohl er mit seinen Kräften am Ende war, widerstand er der Versuchung, sich einfach fallen zu lassen. Er schleppte sich ans Westufer, wo ein glitschiger Pfad in den Wald führte. Über mehrere Hügel hinweg kämpfte er sich durchs Unterholz, jede Wurzel, über die er stolperte, jeder Ast, der ihm ins Gesicht schlug, schien ihm vertraut, als sei er erst gestern hier gewesen. Und dann sah er das Bad der Teura, von rauschenden Kaskaden eingefasst wie ein kostbarer Edelstein, die Wasseroberfläche gekräuselt und funkelnd wie der Inhalt einer Schatzkiste. Dies war in der Tat ein mystischer Ort.

Behutsam tastete sich Cording am Ufer vorwärts, bis er schließlich die kleine Felsplattform entdeckte, auf der sie sich damals niedergelassen hatten. Er setzte sich auf die Kante und stippte die Zehen ins Wasser. Er war sich dieses Sakrilegs durchaus bewusst, gleichzeitig aber drängte es ihn, noch tiefer einzutauchen in das heilige Nass, in das sich schon die Meuterer der »Bounty« ungestraft gestürzt hatten, als sie sich hier für eine Weile versteckt hielten. Er streifte die Kleider vom Leib und rutschte am glatten Fels hinab, bis ihm das Wasser bis zum Hals stand. Dann stieß er sich mit den Füßen ab und trieb auf dem Rücken liegend hinaus auf den See. Er hatte das Gefühl zu schweben, sich aufzulösen unter diesem Himmel. Die seltsamsten Gedanken wehten ihn an. Der Mensch besitzt nichts, dachte er, weder seinen Körper, der ihm jederzeit genommen werden kann, noch irgendeine Wahrheit, die ihm beim nächsten genaueren Hinsehen ohnehin wieder abhandenkommt. Alles, was auf uns Eindruck macht, gehört uns nicht, es sind flüchtige Leihgaben. Wir sind Gespenster, die sich über ihre Einbildungen definieren …

Er stieß einen markerschütternden Schrei aus, als wollte er sich beweisen, dass er tatsächlich existierte. Sein Gebrüll wurde von den Wasserfällen absorbiert, als hätte er sich nie geäußert. Er trieb auf dem See dahin wie ein Stück Baumrinde. Vermutlich bedurfte es einer derart entspannten Lage, um die Erinnerungen an seine bisherige Zeit auf Tahiti auf eine Art zu wecken, wie es ihm zuvor nie gelungen war. Bisher hatten sich die Ereignisse in der Rückschau immer zu einem Konglomerat aus persönlichen Befindlichkeiten vermischt, jetzt reihten sie sich chronologisch aneinander wie auf einem Fließband.

Da waren die ersten drei Monate, als er zusammen mit fünfzig anderen internationalen Journalisten auf der Insel unterwegs war, um sich über den ökologischen Neuaufbau zu informieren, den der junge Präsident Omai in nur neun Jahren im Einverständnis mit der Bevölkerung radikal in Szene gesetzt hatte. Da waren die Begegnungen mit Maeva, der Schwester Omais, die ihm als offizielle Begleiterin zur Seite gestellt worden war und die ihm in liebenswerter Manier die technischen wie gesellschaftspolitischen Errungenschaften Tahitis nahegebracht hatte. Als erstem Ausländer war ihm die Ehre zuteilgeworden, einer im alten Geiste abgehaltenen Gerichtsverhandlung beizuwohnen. Ebenso außergewöhnlich war die Tatsache, dass man ihn gebeten hatte, auf dem One Tree Hill einen Stein ins Rollen zu bringen, um den Tahitianern auf diese Weise alles erdenkliche Glück zu wünschen. Die Fahrten im Reva Tae, der Besuch auf Raiatea, das Popoiessen zu Steves Abschied – je mehr Details ihm vor Augen kamen, desto stärker wurde die Erinnerung an jene wunderbaren Tage, in denen seine Liebe zu Maeva wie in Zeitlupe aufzublühen schien.

Dass diese Liebe überhaupt eine Chance hatte, verdankte er

ironischerweise der Gier von Global Oil, dem größten Energiekonzern der Welt. Normalerweise durfte kein Besucher länger als drei Monate auf Tahiti verweilen. Auf diese Weise versuchte man die Zahl der Bevölkerung stabil zu halten, um sicherzustellen, dass die vorhandenen Ressourcen der Insel nicht über Gebühr strapaziert wurden. Der illegale Zugriff auf die Manganvorkommen in den Küstengewässern Polynesiens aber hatte dazu geführt, dass die Regierung in seinem Fall eine Ausnahme machte. Zusammen mit dem jungen Computerfreak Steve hatte er im Internet den internationalen Widerstand gegen Global Oil organisiert. Das Ergebnis kannte heute die ganze Welt. Cording betastete das Tattoo, das ihm der Schamane Rauura in einer schmerzhaften Zeremonie nach dem Abzug der Hebetanker verpasst hatte und das Auskunft gab über seine Verdienste, die er sich im Kampf gegen Global Oil erworben hatte. Mit diesem Tattoo war er in der tahitianischen Gemeinschaft akzeptiert. Seltsamerweise hatten die Tahitianer damit weniger Probleme als er selbst. Das hing wohl damit zusammen, dass er besser als sie zu beurteilen vermochte, wie fatal sich das extrem positive Image, das Tahiti in der Welt neuerdings wieder genoss, auf die Lebensqualität vor Ort auswirken könnte. Die Verbindung von Südseemythos und Ökoparadies war nicht zu schlagen. Das weckte Begehrlichkeiten, und wenn sie nur touristischer Natur waren.

Solange Omai Präsident war, konnte man sicher sein, dass die Insel sich dem Ansturm verweigerte. Seit Maeva ihrem Bruder im letzten Jahr ins Amt gefolgt war, war das anders geworden. Für sie war Tahiti eine Art Ökolabor, das jedem Interessierten offenzustehen hatte. In der Universität von Faaa fand ein Umweltkongress nach dem anderen statt. Scharen von Ökofreaks bevölkerten die Insel. Tahiti befand sich wieder auf dem Präsentierteller, es betrieb zwar keinen Ausverkauf seiner Kultur wie noch vor zwanzig Jahren, aber es bediente in gewohnter Manier die Träume einer zu kurz gekommenen Welt.

»Hallo! Entschuldigen Sie bitte! Hallo, hier sind wir …!«

Cording hob den Kopf. Vier hektisch winkende Gestalten

standen am Ufer, eine ältere Dame, ein Herr im gleichen Alter sowie ein junges Pärchen. Sie hatten Rucksäcke umgeschnallt, trugen Shorts und Wanderschuhe.

»Ich fürchte, wir haben uns verlaufen«, rief die ältere Dame, indem sie mit den Händen einen Trichter formte. »Können Sie uns sagen, wie wir zur Biogasanlage von Mahaena kommen!?«

Cording deutete nach Osten.

»Danke!«, schrie das Mädchen. »Mauruuru roa!« Die Gruppe winkte und verschwand lachend im Busch.

Er tauchte ab und schwamm auf die Felsplattform zu. Als er sich aus dem Wasser stemmte, stockte ihm der Atem. Nur wenige Schritte entfernt glaubte er im Schatten des Blätterwerks eine Gestalt zu erkennen, die ihn mit verschränkten Armen beobachtete. Kein Zweifel, es war Rauura, der ihn in aller Seelenruhe musterte. Der Schamane war von den Haarwurzeln bis zu den Zehen tätowiert. Wie vor fünf Jahren, als er dem Meister das erste Mal begegnet war, hatte Cording auch diesmal den Eindruck, dass sich die Konturen des Mannes ständig in Auflösung befanden. Und wie damals irritierten ihn auch diesmal dessen Augen, von denen das linke in ein schwarzes Quadrat gebettet war, während das rechte unterhalb eines solchen im Licht lag. Ausgerechnet Rauura wurde Zeuge, wie er das Bad der Teura schändete. Er kleidete sich an, grüßte kurz und wurde freundlich zurückgegrüßt. Auf dem Rückweg fiel ihm ein, dass sich Maeva vor Kurzem einmal sehr despektierlich über Rauura geäußert hatte. Sie war sicher, dass er den Arioi angehörte, einer ordensähnlich strukturierten Geheimgesellschaft, die auf den Gesellschaftsinseln einmal großes Gewicht besessen hatte und seit einigen Jahren wieder im Verborgenen blühte. Was genau es mit den Arioi auf sich hatte, wollte sie ihm allerdings nicht verraten. Aber die Existenz dieses Geheimbundes beunruhigte sie, das war zu spüren.

Vor dem Westin Hotel in Downtown Seattle drängten sich etwa dreihundert Schaulustige in Erwartung des UN-Generalsekretärs Leifur Sigurvinson, der in die Stadt gekommen war, um sich über das Ausmaß der Katastrophe zu informieren. Der Eingang wurde von Soldaten einer Eliteeinheit bewacht, die bedrohlich auf die Menge blickten, die in den verspiegelten Visieren zu einem Häufchen Elend schrumpfte. Eine schwarze Limousine bahnte sich ihren Weg durch die Wartenden. Kurz darauf warf die Drehtür eine Gruppe nervös blickender Leibwächter aus, die einen kleinen Herrn im hellen Regenmantel zum Wagen eskortierten.

»Hat sich über Nacht noch etwas getan?«, fragte Sigurvinson, als er neben Präsident Brandon Selby Platz genommen hatte.

»Leider ja«, antwortete Selby, »der Kinnear Park ist weggebrochen.« Er faltete eine Karte auseinander und deutete auf die besagte Stelle. »Eigentlich hätten wir diese Route nehmen sollen, hier, die Elliott Avenue West. Aber die ist verschüttet. Da den Behörden keine andere Wahl blieb, als ganz West Queen Anne evakuieren zu lassen, müssen wir nach Norden ausweichen, hier entlang am Lake Union. Dann oben herum über den ebenfalls schwer geschädigten Discovery Park ins eigentliche Katastrophengebiet Southeast Magnolia.«

»Wie hoch ist die Zahl der Toten inzwischen?«, fragte Sigurvinson.

»Genau weiß man das nicht, um die sechzehntausend. Die Vermissten sind schon mitgerechnet.« Selby faltete die Karte so sorgfältig zusammen, als sei sie bereits ein Relikt aus der Vergangenheit, das in keiner Weise mehr mit den aktuellen Gegebenheiten übereinstimmte. »Wissen Sie, was mich am meisten beunruhigt, Leifur?«

»Sagen Sie es mir.«

»Dass sich die Geschichte nun Jahr für Jahr wiederholen wird. Das macht mir Angst. Die Geologen sind davon überzeugt, dass sich der Kahlschlag in den Cascades und den Olympic Mountains auf verheerende Weise zu rächen beginnt. Die Regenfälle der letzten Wochen haben ganze Berge ins Rutschen gebracht und die Flüsse Puyallup und Newankum in reißende Ströme verwandelt. Drei Millionen Menschen in der Region Puget Sound sind durch das Hochwasser von der Außenwelt abgeschnitten. Der Highway von Seattle nach Portland ist auf einer Länge von hundert Kilometern überflutet und verschlammt. Das Gleiche gilt für die Bahnverbindungen. Die Stromleitungen sind ebenfalls unterbrochen. In Spokane fehlt es an den nötigsten Grundnahrungsmitteln. Und die Massenevakuierungen in die Notunterkünfte des Roten Kreuzes gestalten sich äußerst schwierig.«

Selby blickte aus dem Fenster. Wie zum Hohn zeigten sich erste helle Risse in der schweren Wolkendecke, die drei Wochen bleiern über der Stadt gehangen hatte. Am Horizont schälte sich der schneebedeckte Gipfel des Mount Rainier aus dem Dunst.

»Ich weiß nicht, wie es weitergehen soll«, sagte Selby achselzuckend, »es mangelt an allem. An Geld, an Fach- und Hilfskräften, an Material, an schwerem Gerät – einfach an allem.«

Zum ersten Mal bereute er, als amerikanischer Präsident zurückgetreten zu sein. Aber was war ihm anderes übrig geblieben, nach der unglaublichen Affäre um Global Oil, in die sogar drei seiner Kabinettsmitglieder verstrickt gewesen waren? Dass er sich anschließend zum Gouverneur seines Heimatstaates Montana hatte wählen lassen, dass es ihm kurze Zeit später gelungen war, mit den Staaten Washington und Idaho zu fusionieren und sich gemeinsam von den durch drei Finanzkrisen stark geschwächten USA zu lösen, um sich künftig als eigenständige Region den ökologischen Erfordernissen zu unterwerfen – das alles war zwar schön und gut, hatte aber den schmerzlichen Nachteil, dass die *Pacific Republic*, deren Präsident er nun war, keinerlei Bundeshilfe mehr erwarten konnte bei der Bewältigung solcher Katastrophen. Dabei waren diese allein dem hemmungslosen Umgang mit der Natur zu verdanken, den das auf Gewinnmaximierung fokussierte kapitalistische System bis vor Kurzem ja auch im Nordwesten Amerikas sanktioniert und gefördert hatte. Die vier anderen inzwischen unabhängigen Republiken Vermont, Arizona, Alaska und Hawaii hatten zwar Hilfe zugesagt, waren aber einfach nicht liquide genug, um diese Aufgabe zu stemmen. Auf die Unterstützung Kaliforniens konnte er nicht bauen, dafür hatte er sich in letzter Zeit zu kritisch gegenüber den totalitären Tendenzen geäußert, die dort zu beobachten waren. Die einzige Hoffnung, die jetzt noch blieb, war die UNO. Selby war dem Generalsekretär dankbar, dass er trotz der erklärten Absicht, mit der *Pacific Republic* den URP (United Regions of the Pacific) und nicht den Vereinten Nationen beitreten zu wollen, hergekommen war.

Sie verließen den West Commodore Way. Über die 36th Avenue gelangten sie direkt in das Herz Queen Annes. Nach einigen Minuten begann die Motorradeskorte, die Fahrt zu drosseln. Auch der Journalistentross, der ihrer Staatskarosse folgte, hielt sich an das Tempo. Leifur Sigurvinson legte den Hut auf den Schoß und blickte fassungslos auf diese Geisterstadt, in der die weißen Bungalows in Reih und Glied standen wie eine Kompanie beim Appell. Die überschwemmten Vorgärten glitzerten in der Sonne. Überall lagen Kinderfahrräder auf der Seite, dümpelten Gummibälle in Pfützen, steckten Rasenmäher im Schlamm. Die Tische auf den Veranden waren gedeckt, aber für wen? Unter dem schützenden Dach der Hollywoodschaukeln spielte der Wind mit vergessenen Magazinen. Sämtliche Garagen standen offen, ihre Schlünde schienen einen einzigen Schrei zu formulieren.

In Höhe des überfluteten Magnolia Playfield hielten sie an. Von hier waren es nur noch wenige Schritte bis zur Abbruchkante. Selby und sein Gast stiegen aus. Sprachlos standen sie im Blitzlichtgewitter und blickten in den Abgrund. Southeast Magnolia, einer der schönsten Stadtteile Seattles, war vom Sturm einfach weggerissen worden. Dort unten lagen sie begraben, der prächtige Magnolia Boulevard mit seinen Villen, der Constance Drive und der Viewmont Way. Die Bäume, die hier einmal gestanden hatten, streckten ihre gekappten Wurzeln aus den Schlammmassen, in denen Hunderte freiwilliger Helfer nach Verschütteten gruben. Suchhunde wuselten herum. Sobald einer fündig geworden war, schlug er an. Das Gebell dröhnte den beiden Männern noch in den Ohren, als sie längst wieder Platz genommen hatten in ihrer schalldichten Limousine.

»Ich bin Ihnen sehr dankbar, dass Sie sich für diesen Fototermin zur Verfügung gestellt haben«, sagte Selby und legte seinem Gast die Hand auf die Schulter. Die beiden kannten sich gut, und die joviale Geste, die zum Rüstzeug eines jeden amerikanischen Präsidenten gehörte, saß noch immer sehr locker. »Haben Sie Lust auf einen kleinen Spaziergang, Leifur?«

»Gern«, antwortete Sigurvinson.

»Ich habe die Pressevertreter gebeten, uns erst einmal in Ruhe zu lassen. So etwas funktioniert bei uns, wie finden Sie das?«

»Beachtlich. Ganz beachtlich ...«

»Setzen Sie uns am Ende der Kansas Avenue im Discovery Park ab«, befahl Selby dem Chauffeur.

Auf der Fahrt dorthin schwiegen die beiden Männer, von denen der eine noch immer zu den mächtigsten der Welt gehörte. Jedenfalls in der Außendarstellung. Wie marode die Vereinten Nationen in Wirklichkeit waren, wie unbeweglich und uneins, vor allem wie pleite – das war dem Generalsekretär natürlich bewusst. Keines der Ziele, die sich die Organisation einmal gesetzt hatte, war auch nur annähernd erreicht worden oder noch umzusetzen. Die Sicherung des Weltfriedens – ein Witz. Nach dem atomaren Präventivschlag der USA gegen den Iran musste auch dem letzten Zweifler klar geworden sein, dass die UN sich wie ein tapsiger Bär auf der Weltbühne bewegten. Die Einhaltung des Völkerrechts – lachhaft, angesichts der sich häufenden Überfälle auf indigene Völker, die ihre natürlichen Ressourcen dem Zugriff der Industriestaaten zu entziehen versuchten. Der Schutz der Menschenrechte – wo fand er statt? Der Internationale Gerichtshof war zu einem Kasperletheater verkommen, das seine Strafen nur noch in Abwesenheit der Angeklagten aussprach. Von den einst einhundertzweiundneunzig Mitgliedstaaten waren gerade mal einhundertdreizehn übrig geblieben. Und von diesen einhundertdreizehn zahlte nur knapp die Hälfte die vereinbarten Pflichtbeiträge, was nicht einmal zur Deckung der Verwaltungsausgaben reichte. Mit dem Austritt der USA (zweiundzwanzig Prozent) und Japan (neunzehn Komma fünf

Prozent) hatten die größten Beitragszahler ihren Abschied genommen. Unter diesen Umständen waren friedenssichernde Blauhelmaktionen nicht mehr zu bezahlen, der Sicherheitsrat hatte sie seit Jahren nicht mehr angeordnet. Zu allem Überfluss erwuchs den Vereinten Nationen mit den URP eine Konkurrenz, die von einem Geist beseelt war, von dem ein Generalsekretär der UNO nur träumen konnte. Dass mit Australien kürzlich das erste Schwergewicht die Seiten gewechselt hatte, war ein fatales Signal.

»Kommen Sie, wir sind da«, ermunterte Selby seinen Gast, der in Gedanken versunken neben ihm kauerte.

Sie gingen auf einen Hohlweg zu, der sich steil nach unten wand. Nach einer Viertelstunde, in der sie vorsichtig einen Fuß vor den anderen gesetzt hatten, erreichten sie eine ruhige, sanft geschwungene Bucht. Der Puget Sound lag wie ein gewachstes Tischtuch in der Mittagssonne. Sie hockten sich auf einen Baumstamm, den der Sturm von der Steilküste getreten hatte. Das monotone Klicken der Kiesel, die von den plätschernden Wellen geküsst wurden, war alles, was sie hörten.

»Dies war das Land der Duwamish«, sagte Selby nach einer Weile, »ich komme nur selten her, aber jedes Mal, wenn ich hier bin, habe ich das Gefühl, dass sie in ihren Kanus jeden Moment um die Ecke paddeln werden. ›*Jeder Teil dieser Erde ist meinem Volk heilig*‹«, fuhr er rezitierend fort, »›*jede glitzernde Tannennadel, jeder sandige Strand, jeder Nebel in den dunklen Wäldern, jede Lichtung, jedes summende Insekt ist heilig in den Gedanken und Erfahrungen meines Volkes. Wenn wir unser Land verkaufen, so müsst ihr euch daran erinnern, und ihr müsst von nun an diesem Allem eure Güte geben.*‹« Er hob einen Stein auf und warf ihn ins Wasser: »Das sind die Worte von Häuptling Seattle, Leifur. Haben wir uns daran gehalten?«

»Brandon«, unterbrach Sigurvinson ungeduldig, »wie hoch sind die Kosten für die Bergungs- und Aufräumarbeiten? Fünf Milliarden? Zehn?«

»Zwanzig. Jedenfalls nach Einschätzung unserer Experten. Und das ist noch sehr knapp berechnet.«

»Zwanzig Milliarden?! Das ist unmöglich. Ich könnte mir aber vorstellen, dass wir mit Arbeitskräften aushelfen, mit hoch qualifizierten Ingenieuren ebenso wie mit Bauarbeitern. Schweres Gerät ließe sich beschaffen, und wenn Sie wollen, stellen wir auch Blauhelme zur Verfügung. Wird nicht ganz einfach, das im Sicherheitsrat durchzusetzen, bedeutet eine Menge Überzeugungsarbeit. Wenn sich die *Pacific Republic* allerdings entschließen könnte, der UNO und nicht den URP beizutreten, sehe ich da weniger Probleme.«

»Sie sind ein ausgekochtes Schlitzohr, Leifur«, bemerkte Selby lächelnd, »so etwas Ähnliches habe ich mir schon gedacht.«

»Ich brauche nun mal ein starkes Zeichen, um der Organisation wieder Leben einzuhauchen«, erwiderte Sigurvinson achselzuckend, »das verstehen Sie doch. Der Beitritt einer Ökorepublik in die UNO wäre ein solches Signal. Es würde bedeuten, dass wir das Feld der Erneuerung nicht allein den URP überlassen. Wie es aussieht, wird Tahitis Präsidentin demnächst den Vorsitz der URP übernehmen. Sie wissen um die öffentliche Aufmerksamkeit, die Tahiti und Maeva zurzeit genießen. Dem müssen wir unbedingt etwas entgegensetzen. Eine andere Lösung sehe ich nicht.«

»Vermutlich haben Sie recht«, antwortete Selby. »Gehen wir ein wenig spazieren. Ich kann die ganze Rede auswendig.«

»Welche Rede?«

»Die Rede an den amerikanischen Präsidenten. 1855. Häuptling Seattle …«

»Na dann mal los«, sagte Sigurvinson und zog den Hut ins Gesicht.

»Was Häuptling Seattle sagt«, begann Selby und hakte sich bei Sigurvinson unter, *»darauf kann sich der große Häuptling in Washington verlassen, so sicher, wie sich unser weißer Bruder auf die Wiederkehr der Jahreszeiten verlassen kann …«*

Die Worte Selbys erreichten die Ohren der beiden Leibwächter, die sich am Hohlweg postiert hatten, nur noch bruchstückhaft mit dem Wind.

Steve Parker war es leid. Nachdem er eine halbe Stunde vergeblich vor der Tür darum gebettelt hatte, dass der Moderator ihm endlich öffnen möge, ließ er den Hausmeister kommen. Es waren nur noch zehn Minuten bis zur Show, und Steve machte sich Sorgen um Shark, der die GO!-Arena vor einer Stunde auffallend blass und wortlos durch einen Hintereingang betreten hatte, um sich entgegen seinen sonstigen Gepflogenheiten in seiner Garderobe zu verschanzen. Das Briefing vor der Sendung hatte bereits ohne ihn stattgefunden, was ein erhebliches Risiko barg, wenn man live ins Netz ging.

Shark saß aufrecht auf dem Klavierschemel, den er sich letzte Woche von zu Hause mitgebracht hatte, und starrte in den Spiegel, als wollte er sein Bildnis dort für immer fixieren. Er zuckte nicht einmal mit der Wimper, als Steve den Raum betrat, er blickte auch nicht auf, als Steve hinter ihn trat und ihm den Nacken massierte. Obwohl sie von sehr unterschiedlichem Temperament waren, hatte es zwischen ihnen bisher noch nie Schwierigkeiten gegeben. Sie waren ein eingespieltes Team. Diesmal allerdings fühlte sich Steve alleingelassen. Shark war auf eindringliche Weise abwesend. Also setzte er sich in den Sessel, den sein Freund gegen den Schemel ausgetauscht hatte, und ignorierte wie dieser die Rufe, welche den Moderator durch die Tür aufforderten, auf der Bühne zu erscheinen. Einer solchen Aufforderung hätte es nicht bedurft. Die Unruhe, die das Publikum versprühte, hatte auch sie längst erreicht.

Shark atmete tief durch, lockerte die Schultern und sah Steve ernst an.

»Wir können so nicht weitermachen«, sagte er, während er die Schultern weiterhin kreisen ließ.

»Was meinst du?«, fragte Steve. »Sie können uns nichts anhaben. Sie haben es versucht, aber immer wenn sie uns von einem Server verbannt haben, sind wir auf zehn anderen gelandet. Schon mal was von Hackerethik gehört?«

Shark schien ihm nicht zuzuhören. »So können wir nicht weitermachen«, sagte er wie zu sich selbst und erhob sich. »Das ist dir doch hoffentlich klar …«

Nichts war ihm klar. Außer dass Shark schnurstracks und kampfeslustig auf die Quelle des Lärms zuging, der in wenigen Sekunden, wenn er die Bühne betrat, zu einer wahren Schreiorgie anschwellen würde.

»GO! – Eine Show um Leben und Tod, über Langzeitfolgen und das Kurzzeitgedächtnis. Eine Show, die auch für jene Generationen spricht, die sich in Zukunft auf verbrannter Erde einzurichten haben. Eine Abschiedsshow, ein Nachruf auf den funktionierenden Verbund des Lebens. Eine Verbeugung vor aller Kunst, die seit Menschengedenken herrlichste Narrenfreiheit besaß, solange die Luft rein war. Eine Hommage an Pflanzen und Tiere. Ein Blick zurück auf die kurzen Zeiten des Friedens, auf humanistische Ideale und auf alles, wozu Menschen sich hätten entwickeln sollen. Die GO!-Show: eine einzige drängende Frage, der kein Verantwortlicher entkommt. Eine große dokumentierte Ausrede. Ein vorgezogenes Tribunal. Archiv eines fehlgeleiteten Bewusstseins. Rechnen wir ab. Vielleicht bleibt unterm Strich noch etwas übrig. GO!«

Cording liebte dieses Intro. Er liebte den Text ebenso wie die Frauenstimme, die ihn aus dem Off vortrug. Der antiquierte Rolltitel, der die Worte weiß auf schwarz abspulte, konterkarierte auf angenehmste Art die überkandidelten Vorspänne, mit denen jedes noch so unbedeutende TV-Format heute auf sich aufmerksam zu machen versuchte. Und natürlich war er auch ein wenig stolz darauf, dass die Idee zu diesem schlichten Einstieg in eine der populärsten Sendungen, die das Internet zu bieten hatte, von Steve stammte. Ausgerechnet Steve, der in der Lage war, die sensationellsten Computeranimationen zu schneidern, setzte hier genau auf das Gegenteil. Der Junge war genial.

Cording unterbrach die Sendung, die erst vor zwei Stunden eingespeist worden war. Er wollte sie in Ruhe genießen, aber dazu bedurfte es einer delikaten Wegzehrung. Frische Kokosstreifen zum Beispiel und Papayasaft. Er ging in den Garten, las eine Nuss vom Boden auf und spaltete sie mit der Machete in zwei Teile. Es hatte Monate gedauert, bis er den Schlag beherrschte. Aber jetzt hatte er es drauf – die Kuppe seines linken Mittelfingers war nicht umsonst gestorben. Während er das Fruchtfleisch in der Küche zerkleinerte, musste er daran denken, dass ihm EMERGENCY TV vor drei Jahren die Redaktionsleitung der GO!-Show angeboten hatte. Er hatte abgelehnt. Das würde ihm heute nicht mehr passieren. Inzwischen hatte er kein Problem mehr damit, sich einzugestehen, dass er auf Dauer nicht paradiestauglich war. Natürlich gab es tausend gute Gründe, dem pervertierten Journalismus den Rücken zu kehren. Aber wenn er sich durch irgendetwas definierte, dann durch seine Arbeit. Ihn drängte es, Zeugnis abzulegen von den ungeheuren Umwälzungen, die den Planeten erschütterten. Hier auf Tahiti kam er sich vor wie eine Zuchtperle, die abgekapselt in der sanften Dünung trieb, während ringsherum die Brandung tobte.

Dass es dort draußen mittlerweile wieder hochinteressante Medienprojekte wie die GO!-Show gab, trug nicht zu seiner Beruhigung bei. Steve, der für das Design der Show zuständig war und außerdem noch als stellvertretender Chefredakteur verantwortlich zeichnete, schwärmte in den höchsten Tönen von seinem Team. Kein Wunder, die anarchistisch-burschikose Attitüde der Show wurde weltweit verstanden. Jede Sendung verzeichnete mindestens hundert Millionen Visits. Der Moderator mit dem sinnigen Namen Shark gehörte zu den bekanntesten Figuren auf diesem Planeten, er spielte in einer Liga mit Maeva, obwohl die beiden unterschiedlicher nicht sein konnten. Bis auf ihr jugendliches Alter und den Wunsch nach einer besseren Welt verband sie so gut wie nichts. Für Shark hatten wir den »Point of no return« längst überschritten. Er bezeichnete sich als »ganz normalen Menschenhasser«, er war es leid, über ein Problem zu reden, das zwar alle betraf, aber niemanden wirklich berührte. Seine Interviews mit Politikern und Wirtschaftsgrößen führte er mit solcher Radikalität, dass sich jeder, der im üblichen Politstil zu antworten versuchte, automatisch lächerlich machte. Intoleranz und Flapsigkeit waren sein Markenzeichen. Aber er konnte verdammt sentimental werden, sobald er Sensibilität, Stolz und Mut ausmachte. Cording hatte gelegentlich den Verdacht, dass es sich bei dieser Person um eine von Tiefenpsychologen entworfene Kunstfigur handelte, die ein Massenpublikum gleichermaßen zu empören und zu rühren vermochte.

Maeva hasste die Show. Dabei hätte ihr eigentlich auffallen müssen, dass die Sendung mehr war als eine polemische Abrechnung mit den Sünden der Vergangenheit und der bodenlosen Dummheit unserer Tage. GO! wagte den Balanceakt zwischen Irrsinn und Vernunft. Der Analyse des Istzustandes stand eine Vision gegenüber. Den fortschrittlichen Kräften der Gesellschaft bot sich hier ein herausragendes Forum. Die GO!-Show finanzierte sich über Anzeigen aus der Wirtschaft. Es gab inzwischen genügend Firmen, die über die eigene Unternehmenshygiene nachzudenken begannen. Der erforderliche Paradigmenwechsel, so die Botschaft, war einfacher herzustellen, als es die Politik wahrhaben wollte. Er würde deshalb auch an der Politik vorbei passieren – als stillschweigendes Einverständnis zwischen Wirtschaft und Verbrauchern. Insofern war die Show parteiisch, sie verstand sich ganz unverhohlen als Propagandasendung der Eco-Economy. Dass auch so etwas von höchstem Unterhaltungswert sein kann, bewiesen die Macher in London ein ums andere Mal.

Cording ließ die Jalousien herunter und begab sich wieder an den Laptop. Die Show fand wie immer in der GO!-Arena von Chelsea statt, live und vor fünftausend Zuschauern. Die Bühne wurde von einer riesigen Monitorwand beherrscht, auf der sowohl die vorgefertigten Beiträge als auch Liveinterviews und Videokonferenzen liefen. Zur Linken befand sich die gläserne Telefonzentrale, in der sieben attraktive Damen in hängenden Gondeln die GO!-Hotline bedienten, über welche die Zuschauer Umweltsünden melden konnten, die sie in unmittelbarer Nachbarschaft beobachtet hatten. Sollte es sich um schwerwiegendere Fälle handeln, traten die GO!-Helikopter in Aktion. An

Bord befanden sich ausgewiesene Experten, die die gemeldeten Vorfälle untersuchten und dokumentierten.

Ein weiteres Element der Show war der GO!-Pressespiegel, der die Defizite der Medien in Sachen Umweltproblematik gnadenlos aufdeckte. Heute stand der jüngste UNEP-Bericht zur Lage des Planeten zur Disposition, der an Dramatik nicht zu überbieten war, aber kaum Beachtung gefunden hatte. Shark ließ sich mit den Chefredakteuren der drei größten Onlinezeitungen verbinden. Sobald sich eine faule Ausrede andeutete, unterbrach er das Gespräch. Cording liebte die spektakulären Momente, in denen Shark den Verantwortungsträgern die Maske vom Gesicht riss. Manchmal erklärte er den Zuschauern bereits im Voraus, was sie von seinen Interviewpartnern gleich zu hören bekommen würden, und meist lag er richtig damit.

Der Entertainmentcharakter der Show war enorm hoch, die Menschen ergriffen gerne Partei, wenn ihnen jemand glaubhaft suggerierte, dass sie auf der Seite der Guten standen. Shark, dieser blendend aussehende Bursche mit der Aura eines zornigen Engels, verstand sich vortrefflich darauf. Der Grund, warum sein Auftritt Maeva missfiel, lag darin, dass die Tahitianer sich nicht auf Kosten anderer profilieren mochten, so etwas galt in Polynesien als Frevel. Cording selbst hatte damit kein Problem. Aber der eigentliche Reiz der Sendung bestand für ihn nicht in dem aggressiven Auftritt des Protagonisten, dessen geschliffene Agitation dem Thema durchaus angemessen war – vielmehr war es die Struktur der Show, das Gesamtpaket, das ihn faszinierte.

Da gab es zum Beispiel die GO!-Visionen. Unter dem Motto *»Das wäre Ihre Zukunft gewesen!«* wurde in jeder Sendung ein computeranimiertes Szenarium gezeigt, das sich aus einer konsequenten ökologischen Lebensführung ergeben könnte: *»Paradies Großstadt«*, *»Energie – ein Geschenk des Himmels«*, *»Die Rückkehr der Tiere«*, *»Ein Leben ohne Geld«* – so etwa lauteten die Titel. Ebenso sehr liebte er die Rubrik GO!-Nature – sie bestand aus Filmen, die dem Mysterium des Lebens feinsinnig auf die Spur zu kommen suchten, indem sie die Schönheit der Schöpfung in die Waagschale warfen, um unseren gedankenlosen Umgang mit ihr umso deutlicher ins Bewusstsein zu heben. GO!-Music war ein weiteres Highlight. In jeder Sendung waren Musiker aus den hintersten Ecken der Welt zu Gast. Viele von ihnen hatten ihr Dorf für diesen Auftritt das erste Mal verlassen.

Spannend waren auch die GO!-Heroes. Heute präsentierten sie ein Videointerview von Earth-First!-Aktivisten mit dem amerikanischen Exgeneral Francis Morgan. Der Mann war nach dem Interview von den Aktivisten hingerichtet worden, aber davon war in diesem Beitrag nicht die Rede.

Ein weiteres Juwel der Sendung war die Rubrik GO!-Native. Sie brachte Menschen aus alten, einigermaßen intakt gebliebenen Kulturen auf die Bühne, die trotz unterschiedlichster Geschichte über ähnliche Endzeitprophezeiungen verfügten. Die GO!GO!GIRLS am Schluss der Show waren natürlich auch nicht zu verachten …

Aber so weit war es noch nicht. Im Augenblick starrte Cording auf ein Potpourri aberwitziger Filmschnipsel, die im Norden Kanadas entlang des Athabascastroms gedreht worden waren. Er sah eine Kraterlandschaft im Schnee, durchzogen von den Spuren unablässig rollender Monstertrucks. Er sah kilometerlange Förderbänder sich zu Raffinerien erstrecken, die wie futuristische Städte am Horizont glitzerten. Aus ihren Schornsteinen entwichen Schmutzfahnen, die sich zu einem dunklen Schleier verbanden, der die Sonne wie eine milchige Geschwulst aussehen ließ. Aus Rohren, durch die bequem eine U-Bahn hätte fahren können, stürzte eine schwarze Flüssigkeit in riesige Auffangbecken. Das ganze Land sah aus wie eine einzige Schorfwunde.

»Seit über zwanzig Jahren wird hier vierundzwanzig Stunden am Tag geschuftet«, hörte Cording Shark sagen, *»das große Geschäft mit dem kanadischen Ölsand ist eine der letzten Perversionen, die sich der Mensch leistet, bevor es auf diesem Planeten nichts mehr zu plündern gibt. Auf einer Fläche so groß wie England pressen die Konzerne der Natur die Reserven ab. Mit den Wäldern und Feuchtgebieten, die dieses herrliche Land einmal prägten, sind neunhundert Pflanzen- und fünfhundert Tierarten verschwunden. Wir haben es hier mit einer Zerstö-*

rungsshow der Superlative zu tun, denn um an den Stoff zu kommen, nach dem unsere Konsumgesellschaft süchtig ist, muss bis zu hundert Meter tief gegraben werden.«

Cording blickte in Schlünde, auf deren Grund sich Dutzende von Fahrzeugen wie Ameisen bewegten. *»Die weltgrößten Bagger beladen die weltgrößten Muldenkipper. Sieben Millionen Euro teuer und dreitausendfünfhundert PS stark, voll beladen mit vierhundert Tonnen Sand, die anschließend im sogenannten Crusher landen. Extraktion heißt der Prozess, in dem aus zwei Tonnen Sand ein Barrel Rohöl entsteht – einhundertneunundfünfzig Liter. Insgesamt gewinnen die Firmen aus dem Sand täglich vier Millionen Barrel. Für jedes Barrel Öl verbraucht die Industrie zwischen drei und sechs Barrel Wasser. Der Athabasca, einer der längsten Flüsse Kanadas, dient der Ölsandproduktion als Hauptwasserquelle.«*

Shark stieß verächtlich mit dem silbernen Knauf seines Spazierstocks gegen die Videowand. Der Stock war sein Markenzeichen, und für gewöhnlich ging er äußerst pfleglich damit um. *»Kanada hat sich in eine Hexenküche verwandelt!«*, rief er. *»Die Ölsandindustrie frisst Unmengen an Energie und spuckt sie als Treibhausgase wieder aus. In diesen Anlagen wird der Ölsand in seine Bestandteile zerlegt. Mithilfe von heißem Wasser und hochgiftigen Chemikalien. Aber erst durch weitere chemische Prozesse wird daraus das, wonach die Welt giert: synthetisches Rohöl. Die Rückstände aus krebserregenden Kohlenwasserstoffen und Schwermetallen werden in riesige Auffangbecken geleitet. Die Erdwälle um die Becken bilden den größten Staudamm der Welt, und jeden Tag fließen vierhundert Millionen Liter Giftmüll dazu, versickern dreißig Millionen Liter dieser Giftbrühe ins Grundwasser und in den Athabasca. Siebenhundert Milliarden Dollar hat sich die Ölsandindustrie diesen Spaß bisher kosten lassen …«*

Wieder näherte sich Shark der zehn Meter hohen Wand aus beweglichen Bildern. Eins davon war gewöhnlich er selbst. Diesmal blendete die Regie ihn allerdings aus. Jetzt, da er nicht mehr überlebensgroß agierte, wirkte seine zornige Attitüde lächerlich. Die Filmbeiträge, die den Moderator unter sich zu erdrücken schienen, vermittelten Ohnmacht, und genau das war wohl auch beabsichtigt. Von Shark war nur noch seine

Stimme übrig geblieben. *»Das Zentrum dieser Hölle heißt Fort McMurray«*, ließ sich diese Stimme vernehmen, *»die ehemalige Trappersiedlung expandierte in nur dreißig Jahren zu einer Großstadt mit über vierhunderttausend Einwohnern. Nirgendwo in Kanada ist die Drogen- und Kriminalitätsrate höher als hier. «*

Die Kamera zeigte die Stadt nun aus der Vogelperspektive. Um den alten Kern hatte sich ein gigantischer, scheinbar endloser Ring von Wohncontainern gebildet. Es dauerte eine gefühlte Ewigkeit, bis sich unter dem Helikopter das kahl geschorene, aufgerissene Land darbot. Im Tiefflug ging es über den zugefrorenen Athabasca flussabwärts bis zum Indianerdorf Fort Chipewyan, in dem die Krebserkrankungen dramatisch zugenommen hatten. *»Seit sich die Industrie am Fluss angesiedelt hat, ist die Natur aus den Fugen geraten«*, klagte ein Häuptling der Cree. *»Mein Sohn hat seinen Job bei der Ölfirma gekündigt, er fühlt sich mitschuldig am Tod unserer Leute. «*

Shark stützte sich auf seinen Spazierstock und blickte wirr in die Kamera: *»Diese Menschen haben sich seit Jahrtausenden vom Fischfang ernährt. Inzwischen haben sie aufgehört, Fisch zu essen«*, sagte er. Es klang, als müsste er jedes Wort einzeln hervorwürgen. Cording erschrak, als er die deformierten Wesen sah, die zwischen den Maschen eines Netzes im Schnee zappelten. Manche hatten faustgroße Buckel, andere starrten ihn aus überdimensionierten Augen an, ihre aberwitzig geformten Münder erinnerten an Schweineschnauzen und waren doppelt so groß wie der verschrobene Restkörper.

»Es sind keine abstrakten Mächte, die das hier zu verantworten haben«, ließ sich Shark vernehmen, *»das sind Menschen, so real wie wir. Sie haben Gesichter, Namen und Adressen wie wir. Sie haben Familien, ganz wie wir auch. Sie gehen essen und scheißen wie wir. Aber benehmen, benehmen tun sie sich nicht wie wir! Diese Herrschaften definieren alles, was sie in die Finger kriegen, als Ware, ob Mensch oder Natur. Wir haben zugelassen, dass diese Zombies unsere Werte verderben. Und immer noch starren wir wie hypnotisiert auf die Auswüchse ihres selbstzerstörerischen Systems, dessen kapitale Dummheit uns in den kollektiven Untergang führt. «* Er stieß mit dem Stock einmal kräftig

auf den Boden, als wollte er sämtliche Erdgeister auf einmal beschwören. »*Warum rücken wir den verantwortlichen Herrschaften in den Vorstandsetagen der beteiligten Firmen nicht endlich auf die Pelle?*«, schrie Shark mit zitternder Stimme. »*Warum machen wir ihnen und den Politikern, die ihre Schweinereien begünstigen, nicht klar, dass sie Freiwild sind? Wir handeln aus Notwehr! Wir haben jedes Recht dazu!*«

Das Publikum in der GO!-Arena tobte. Shark sank auf die Knie und schloss die Augen, während eine Gruppe tätowierter Maorikrieger hinter ihm Aufstellung nahm. Aus dem Off ließ sich eine sanfte Frauenstimme vernehmen: »*Verseuchtes Wasser, verseuchte Böden, verseuchte Luft – dies ist das Ergebnis einer Politik, für die unsere Natur nichts als ein lästiger Feind ist. Aber trotz der verheerenden Folgen schlagen die Ölmultis einen immer schnelleren Arbeitstakt an. Ihnen ist es zu verdanken, dass das dünn besiedelte Kanada inzwischen Platz drei auf der Weltrangliste der Klimasünder einnimmt.*«

Der stakkatoartige Gesang der Krieger korrespondierte mit dem Schnittmuster auf dem Videoscreen, wo sich die Bilder aus dem Tagebau mit der gewaltsamen Zerschlagung einer Demonstration abwechselten, bei der die kanadischen Behörden zehntausend schwer bewaffnete Soldaten der Nationalgarde gegen dreitausend unbewaffnete Ureinwohner in Marsch gesetzt hatten.

Während die ungleiche Auseinandersetzung in immer neuen Einzelheiten dokumentiert wurde, richtete sich Shark langsam auf. Er ließ sich einen Vorschlaghammer reichen und erklomm die Hebebühne, welche normalerweise den Technikern des Hauses vorbehalten war. Auf ihr ließ er sich bis an die oberste Reihe der 36 im Block installierten Monitore fahren, auf die er nun wie von Sinnen eindrosch. Ein Segment nach dem anderen gab Funken sprühend und qualmend den Geist auf. Das Gebrüll der Krieger, die donnernden Einschläge des Vorschlaghammers, das hysterische Gekreisch des Publikums – das alles vermischte sich zu einer atemberaubenden Choreografie, in der Shark den Vortänzer gab. Wie ein Irrer prügelte er in großer Höhe auf die Bilder ein, die nach und nach erloschen, bis die gespenstische Schlacht, die sich letzte Woche bei Fort

McMurray ereignet hatte, endgültig getilgt war. Schwer atmend und schwitzend hing Shark über der Brüstung der Hebebühne, die sich nun langsam zu Boden senkte. Er wirkte wie eine Stoffpuppe, die man achtlos beiseitegeworfen hatte. Während das Publikum sich vor Begeisterung kaum beruhigen mochte, stürmten vier Sanitäter aus den Kulissen und zerrten den zuckenden Leib des Moderators auf eine Trage.

Gebannt verfolgte Cording den Abtransport Sharks, der sich bei dem Versuch, ihn festzuschnallen, immer wieder aufbäumte. Als sie ihn endlich im Griff hatten, jagte man ihm eine Spritze in die Vene, und sein Kopf, der eben noch wild hin und her gependelt war, fiel einfach auf die Seite. Etwas kitzelte Cording im Nacken. Es waren Maevas Haare. Er hatte sie nicht kommen hören. Sie legte ihr Kinn auf seine Schulter. Schweigend verfolgte sie mit ihm das Ende der Show.

»Der arme Mensch ...«, bemerkte Maeva. Es klang, als empfände sie großes Mitleid mit dem Moderator.

»Wie lange bist du schon hier?«, fragte Cording.

»Lange genug«, antwortete sie amüsiert und küsste seine linke Hand.

Cording schlang seine Arme um ihre Hüften und berührte mit der Nasenspitze vorsichtig ihren Bauchnabel. Wie immer, wenn er sie auf diese Weise begrüßte, drückte sie seinen Kopf fest an sich.

»Der Mann tut mir leid ...«, wiederholte Maeva und schaltete den Laptop aus.

»Das muss er nicht«, nuschelte Cording.

»Sei nicht so grausam«, flüsterte Maeva, die seinen Kopf nach wie vor umschlossen hielt.

Cording befreite sich vorsichtig, das tat er nicht gern, aber eine kleine Richtigstellung war an dieser Stelle wohl angebracht.

»Du musst dich um diesen Shark nicht sorgen«, wiederholte er. »Das war nichts als eine geschickte Inszenierung. Die Show lebt von solchen Elementen.«

Maeva strich ihm übers Haar und schwieg. Nach einiger Zeit ließ sie von ihm ab und lächelte vielsagend.

»Was ist los mit dir?«, fragte Cording.

»Australien hat sich heute bereit erklärt, zwei Millionen Flüchtlinge pro Jahr aufzunehmen!«, antwortete Maeva. »Damit ist meine Entscheidung gefallen.«

Also doch! Ausgerechnet Australien, der Kontinent, der noch bis vor wenigen Jahren neben Katar und Saudi-Arabien den welthöchsten Ressourcenverbrauch pro Nase ausweisen konnte, dessen ökologisches Bewusstsein erst durch eine Reihe verheerender Naturkatastrophen in Verbindung mit dem eklatanten Absturz der US-Wirtschaft geweckt worden war, hatte den notwendigen Paradigmenwechsel am schnellsten vollzogen und sich in der industrialisierten Welt als ökologischer Musterknabe etabliert. Unter allen Regionen, die in letzter Zeit den URP beigetreten waren, hatte Australien sicher das größte Gewicht. Indem es nun seine Grenzen für Umwelt- und Armutsflüchtlinge öffnete, setzte es neue Maßstäbe in der Politik. Dieses nicht zu übersehende Zeichen der Solidarität machte es Maeva leicht, dem Ruf zu folgen, der bereits vor einem Jahr an sie ergangen war.

Cording hatte diesen Moment gefürchtet. Er spürte, dass sich ihr Leben nun von Grund auf verändern würde. Wenn sich Maeva tatsächlich an die Spitze der URP wählen ließ, würde sie mit einem Schlag aus den Kulissen des tahitianischen Provinztheaters auf die große Weltbühne treten. Mutig genug war sie, das wusste er. Aber auf seine Geliebte wartete eine gefährliche Aufgabe! Die URP waren in den letzten Jahren weit mehr geworden als ein rühriger, vom Klimawandel gefährdeter Verbund von Inseln und Regionen, die sich radikalökologisch neu ausgerichtet hatten. Die URP waren im Grunde das, was die UNO hätte sein sollen: eine Dachorganisation, die im Interesse der Menschen agierte. Nach dem Desaster, das die internationale Finanzoligarchie zusammen mit einer Handvoll multinationaler Konzerne auf der Erde angerichtet hatte, sehnten sich nämlich immer mehr Menschen danach, wieder im Einklang mit der Natur leben zu können. Allerdings fragte sich Cording, welche Natur sie noch meinen konnten. Egal: Die URP formulierten den Anspruch von Milliarden, und mit Maeva als Generalsekretärin würden ihre Stimmen nicht mehr zu überhören sein.

Er musste ziemlich verstört ausgesehen haben, jedenfalls lachte sie lauthals auf, als wollte sie sich über ihn lustig machen. Als er seine Sprache wiedergefunden hatte, legte sie ihm den Finger auf die Lippen und schüttelte energisch den Kopf.

»Oh nein«, sagte sie, »ich diskutiere nicht darüber. Mit dir nicht, mit Omai nicht und auch nicht mit irgendjemand anderem. Lass uns schwimmen gehen …«

Cording betrachtete Maeva, die mit geöffneten Lippen neben ihm auf der Seite lag. Er schloss die Augen und inhalierte ihren Duft. Der Geruchssinn ist ein eigentümliches Sehvermögen … Warum fiel es ihm in letzter Zeit so schwer, in ihrer Gegenwart einzuschlafen? Er hatte es doch jahrelang genossen, sich in diesen warmen Kokon zu wickeln, sich quasi zu verpuppen für die Nacht. Maeva war seine zarte Besucherin, bevölkert von Stimmen der Sehnsucht. Liebte er sie? Er wusste nicht so recht, was das Wort Liebe bedeutete, aber wenn es bedeutete, dass er sie ständig begehrte, dass er sogar ihren Anblick begehrte, dann liebte er sie. In ihrer Gegenwart war er ohne emotionale Not.

Er schob das Moskitonetz beiseite, rieb sich mit dem wohlriechenden Öl ein, das gegen die Biester helfen sollte, und ging hinaus auf die Terrasse, um sich von dem Regen betäuben zu lassen, der seit einigen Minuten ins Blätterwerk der Palmen prasselte.

Eigentlich war sein Problem einfach zu erklären. Seit Maeva Omais Nachfolge im Präsidentenamt angetreten hatte, blieb kaum Zeit für ein gemeinsames Leben. Das Arbeitspensum, das sie zu leisten hatte, war enorm. Und die Schwierigkeiten, denen sie sich in den Parlamenten gegenübersah, wenn es darum ging, welche Rolle Tahiti in Zukunft nach außen spielen sollte, waren es wohl auch. Am wenigsten Ärger machte das Wirtschaftsparlament. Die Abgeordneten des politischen Parlaments waren ebenfalls mehrheitlich auf der Seite der Präsidentin. Auch im Kulturparlament schien sich der Widerstand in Grenzen zu halten. Gegenwind gab es vor allem aus dem Grundwerteparlament, in dem alle Fragen behandelt wurden, die sich um Tradition, Ethik und Spiritualität drehten. Einer der heftigsten Wortführer gegen Maevas Politik der radikalen Öffnung war der Schamane Rauura, dem Cording vor Kurzem überraschend am Bad der Königin Teura begegnet war.

Natürlich ließ sich die Beanspruchung, der Maeva als Präsidentin der Ökologischen Konföderation Polynesiens ausgesetzt war, nicht im Entferntesten mit jenem Stress vergleichen, den das politische Tagesgeschäft den Akteuren in seiner Welt abverlangte. Aber selbst auf Tahiti häufte ein Vierzehnstundentag ein gewisses Maß an Erschöpfung an. Und die war Maeva inzwischen anzumerken. Solange sie noch an der Universität von Faaa gelehrt hatte, war die Sache in Balance gewesen, energetisch wie zeitlich. Damals hatte er nicht das geringste Problem damit gehabt, den Hausmann zu spielen und sich nebenbei an einem Roman zu versuchen, den er in der für ihn so typischen Bescheidenheit als ultimativen Sittenroman am Ende aller Zeiten angelegt hatte. Er brauchte eine solche Herausforderung, wenn er hier mehr sein wollte als ein Geduldeter, als »der Mann an Maevas Seite«.

Aber während er in den letzten Monaten von heftigen Schreibblockaden heimgesucht wurde, schien Maeva zur selben Zeit auf mysteriöse Weise in ihre Bestimmung zu wachsen. Bestimmung – der Ausdruck war nicht zu hoch gegriffen. Nicht dass sie erkennbar anders geworden wäre. Ihr Liebreiz und ihre natürliche Heiterkeit waren ungebrochen. Sie kokettierte nicht im Geringsten mit dem, was sie zu tun beabsichtigte, sie erwähnte es nicht einmal – als hätte sie dem Schicksal ein Versprechen gegeben. Und genau diese Verschwiegenheit war es, die ihrer Persönlichkeit eine neue Statur verlieh. Manchmal glaubte Cording, in ihr schon jetzt eine Figur von historischem Ausmaß zu erkennen.

Ihn fröstelte. Er hasste den Gedanken, sein Leben zukünftig im Schatten einer sendungsbewussten Frau fristen zu müssen. Vor allem hasste er die Vorstellung, sich permanent um sie Sorgen machen zu müssen. Es war ja klar, dass Maeva sich nicht nur Freunde machen würde.

Während er durch den Regenvorhang starrte, der sich vom Verandadach herabsenkte, wurde ihm langsam bewusst, dass einer gescheiterten Existenz wie ihm, die sich bestenfalls als Verpackung ihrer selbst begreifen durfte, nur eine Chance blieb, wenn sie das Privileg von Maevas Nähe weiterhin genießen wollte: Er musste sich in ihren Dienst stellen, ihr sozusagen sein Leben opfern. Nur so ging es. Seine Geliebte war drauf und dran, sich an die Spitze einer Organisation zu setzen, die der alten UNO und mit ihr der ganzen verrotteten Welt des kollabierenden Suprakapitalismus den Kampf angesagt hatte. War Maeva überhaupt klar, welche Gefahren, Schwierigkeiten und Feindseligkeiten sie in Zukunft erwarteten? Wohl eher nicht. Also würde er nicht von ihrer Seite weichen. Er würde sie auf ihren Reisen begleiten, sie beraten und beschützen. Sie hatte doch keine Ahnung, was außerhalb Polynesiens vor sich ging. Das musste kein Nachteil sein, denn die Wirkung, die sie auf Menschen auszuüben imstande war, durfte man getrost ihrem unverfälschten Wesen zuschreiben. In diesem Punkt glich sie ihrem Bruder. Auch Omai war von einem Urvertrauen gegenüber den Menschen beseelt, auch er reagierte mit einem unbezähmbaren Veränderungswillen auf die Indikatoren der Katastrophe. Aber Omai hätte sich nie derart weit aus dem Fenster gehängt, wie es Maeva nun vorhatte.

Cording drückte den Rücken durch und streckte die Arme in den Himmel, als sei ihm gerade eine große Last genommen worden. Er hatte seine Aufgabe gefunden – als Bodyguard einer tahitianischen Jeanne d'Arc! Er wagte einige Schritte hinaus in den Garten, ließ sich vom Regen das Gesicht waschen und kehrte ins Haus zurück, wo seine Liebste in exakt jener Haltung verharrte, in der er sie verlassen hatte. Behutsam nahm er seinen Platz ein, legte den Arm um sie und schwang sich auf ihren Atem, der nun nicht mehr ganz so regelmäßig ging. Sie verschmolzen zu einem Körper, Treibholz auf aufgewühlten Wassern. Plötzlich griff Maeva nach hinten und krallte sich in seine

Haare. Cording biss ihr in den Hals, in den Arm, in die Brust, bis sie sich über ihn schwang. Sie liebten sich so leidenschaftlich, als sollte es das letzte Mal sein.

Omai reichte Cording die Hand und zog ihn die letzte, etwa ein Meter hohe Stufe der verfallenen Tempelanlage über dem Trou du Diable empor. Das gurgelnde Geräusch der Brandung, die durch das »Teufelsloch« schoss, verfolgte sie bis hierher. Cording, der völlig entkräftet ins hohe Gras sank, hatte das Gefühl, als würden sich unter ihm die Pforten zur Hölle öffnen.

»Komm, Bruder«, ermunterte ihn Omai lachend, »es ist nicht mehr weit.«

Den Hinweis hätte es nicht gebraucht. Er erinnerte sich gut an diese Strecke. Vor fünf Jahren hatte er schon einmal den beschwerlichen Marsch in die Berge des Te Pari gewagt, um in Rauuras Hütte sein Tattoo zu empfangen.

Omai riss einen Grashalm aus und kaute gedankenverloren darauf herum. Dies war nicht der Augenblick, ihm dumme Fragen zu stellen. Dabei hätte Cording gerne gewusst, was Rauura dazu bewogen haben mochte, sie auf den Pari zu zitieren. Er hätte auch gerne etwas über die Arioi erfahren, jene mysteriöse Geheimgesellschaft, die von den Missionaren im neunzehnten Jahrhundert zerschlagen worden war und über die das Gerücht kursierte, dass sie sich im Zuge der ökologischen Revolution neu etabliert hatte. Aber auf Tahiti geziemte es sich nicht, eine Person zu unterbrechen, die erkennbar in ihrem Schweigen ruhte. Er traute sich ja nicht einmal, diese verdammten Moskitos zu verscheuchen, die eine Attacke nach der anderen gegen ihn flogen, während sie Omai völlig zu ignorieren schienen. Schließlich wurde es ihm zu bunt. Er schlug sich mit der flachen Hand auf die Stirn, dorthin, wo es am meisten juckte.

»Hör zu, Bruder«, sagte Omai. »Alles, was in Rauuras Fare besprochen wird, darf nie nach außen dringen. Das ist Gesetz. Es ist ein ungeschriebenes Gesetz, verstehst du?«

Cording nickte. Er blickte nach oben. Noch etwa hundert Meter, und sie hatten ihr Ziel erreicht.

Rauura empfing seine Gäste draußen vor der Tür. Nachdem er Omai wortlos die Faust aufs Herz gedrückt und dieser entsprechend geantwortet hatte, wiederholte er die Begrüßungsgeste bei Cording, dem gar nichts anderes übrig blieb, als seinerseits in bewährter Manier zu reagieren. Als er den nackten, tätowierten Körper des Schamanen berührte, passierte etwas Seltsames: Alle Scheu, die er diesem Mann gegenüber empfand, alle Befürchtungen und Beklemmungen, die sich normalerweise schon bei der Erwähnung seines Namens einstellten, waren mit einem Schlag verflogen. Für einen kurzen beglückenden Augenblick fühlte sich Cording wie rein gewaschen.

Rauura ging ins Haus voraus und bedeutete ihnen, auf den ausgelegten Matten Platz zu nehmen. Er stellte drei Gläser und zwei Karaffen in die Mitte. Die eine war mit Mangosaft gefüllt, die andere mit frischem Quellwasser.

»So wie wir unsere Körper waschen, müssen wir auch unser Schicksal waschen«, sagte der Schamane an Cording gewandt und schenkte ein. »Wir müssen unser Denken und Fühlen waschen, so wie wir unsere Wäsche waschen. Um unserer Selbstachtung willen.«

Cording nickte verlegen. Nachdem die Männer eine Weile geschwiegen hatten – ein Schweigen, in dem sich Cording nach anfänglichen Schwierigkeiten hervorragend einzurichten wusste –, ergriff Rauura das Wort.

»Es ist ja kein Geheimnis«, sagte er, »dass ich die Entscheidung unserer Präsidentin, sich zur URP-Generalsekretärin wählen zu lassen, nicht gutheiße. Aber wie die Dinge nun einmal liegen, werden wir ihren Entschluss nicht rückgängig machen können. Du weißt, Omai, dass ich den Wandel, den du in deiner Zeit als Präsident in die Wege geleitet hast, immer unterstützt habe. Daran hat sich nichts geändert. Unsere Gesellschaft ist gerechter und friedlicher geworden. Es war höchste Zeit, wieder Lebensqualität statt Gier und Zerstörung zu produzieren. Es steht außer Zweifel, dass der konsequente Einsatz umweltschonender Technik auf Tahiti für bessere Lebensverhältnisse gesorgt hat. Es ist nun sichergestellt, dass unsere begrenzten Ressourcen nicht länger blind verbrannt werden. Sie regenerieren sich in einem ausgeklügelten Kreislaufsystem nach dem Vorbild der Natur. Das ist gut. Die Land- und Bodenreform, die Grundversorgung jedes Einzelnen, das neue Geld- und Steuersystem, die Umstrukturierung des Parlaments, die Investition in Bildung und Gesundheit, das neue Verkehrswesen, die nachhaltige Landwirtschaft und die konsequent befolgten Gesetze der Baubiologie – das alles ist gut und hat eine erhebliche Verbesserung zur Folge. Aber bessere Lebensverhältnisse bedeuten nicht unbedingt eine bessere Lebensführung. Das gilt es zu verstehen. Wir befinden uns auf dem richtigen Weg. Wir fangen wieder an als Familie zu arbeiten, als Dorfgemeinschaft oder als Freunde. Wir haben wieder Zugang gefunden zu den Wurzeln unserer Tradition und begreifen allmählich, dass jeder von uns die Saat des Friedens in sich trägt. Um diese Saat zu nähren, müssen wir uns gegenseitig nähren. Wir müssen miteinander lachen, beten und tanzen. Wenn wir uns die Zeit nehmen, Achtung und Liebe in unsere Herzen und Häuser einkehren zu lassen, aktivieren wir nicht nur die elektromagnetischen Felder in unseren Körpern, sondern auch die des Bodens, auf dem wir leben. Das ist so. Viele der Ideen, die für unsere Entwicklung als Menschenrasse wichtig gewesen sind, beruhen auf der Erforschung äußerer Dinge; die Umwelttechnik gehört dazu. Es ist aber an der Zeit, dass wir uns wieder nach innen erforschen. Unsere uralten Rituale können dabei behilflich sein. Der Rhythmus unserer Tänze und der Klang unserer Gesänge öffnen die Pforten in eine andere Dimension. Wir müssen neue Pfade in unseren Gehirnen entwickeln. Erst wenn wir lernen, jeden Moment in seiner Ganzheit zu sehen und ihn als einzigartiges Geschenk zu begreifen, stellen wir eine Schwingung her, die weit über Tahiti hinausgehen kann. Unsere Geisteshaltung – unser Spirit, wie man heute sagt – wird sich als energetische Welle in der Welt ausbreiten und zu ungeahnten Veränderungen führen, da sie auf feinstofflicher Ebene von den Menschen durchaus wahrgenommen wird.«

Rauura schenkte Cording Wasser nach. Tatsächlich hatte dieser während der Ausführungen des Schamanen ein zunehmend trockenes Gefühl im Mund verspürt. Der esoterische Exkurs setzte ihm ganz schön zu, er war nun mal keiner, der solchen Heilsbotschaften unbedingten Glauben schenken mochte. Wie Rauura konnte nur jemand sprechen, der die Verhältnisse außerhalb der Südsee nicht kannte oder sie bewusst ignorierte.

»Maevas Politik ist kontraproduktiv«, fuhr Rauura fort. »Sie nützt dort draußen niemandem und schadet uns Tahitianern enorm«, sagte er in einem Ton, dessen Schärfe im seltsamen Gegensatz zu dem melodischen Vortrag stand, den er eben gehalten hatte. »Wenn deine Schwester so weitermacht, Omai, verwandelt sie Tahiti in das größte Freiluftgehege der Welt. Wie sollen unsere Leute zur Besinnung kommen? Unsere Besucher schmeicheln und erhöhen uns, sie betrachten uns als exotische Überlebenskünstler. Das sind wir aber nicht. Wir sind im Grunde noch wie sie: orientierungslos im Geiste und schwer geschädigt durch falsche Wertvorstellungen und jahrzehntelangen Konsumrausch. Um aber wieder an unser verschüttetes Wissen zu gelangen, brauchen wir ein Vehikel, eine Piroge. Diese Piroge ist unsere spirituelle Praxis, die es gemeinsam auszuüben gilt. Mutter Erde bittet uns zu begreifen, dass alle Kreaturen, ob Pflanzen oder Tiere, unsere Verwandten sind. Da reicht es nicht aus, einen Reva Tae auf die Magnetspur zu setzen. Wir müssen unsere Herzen erneuern. Aber die Umwandlung der Herzen ist ein subtiler Vorgang. Er braucht Zeit. Menschen werden sehr leicht rückfällig. Der alte, hungrige Geist, der nichts anderes kennt als Mehr oder Weniger, als Dein und Mein, ist nicht so einfach zu besiegen …«

»Was erwartest du von mir, Rauura?«, fragte Omai nach kurzem Zögern. »Maeva ist unsere direkt gewählte Präsidentin. Als solche hat sie das Recht, ihre Vorstellungen umzusetzen, aus denen sie im Übrigen nie einen Hehl gemacht hat. Was ihre politischen Entscheidungen betrifft, so ist mein Einfluss auf sie sehr gering. Sie weiß, dass ich in vielen Dingen anderer Meinung bin. Aber wir akzeptieren unsere gegenseitigen Standpunkte. Also sag mir, was mir deiner Meinung nach zu tun bleibt.«

Rauura verschränkte die Arme vor der Brust und starrte durch seine Besucher hindurch. In seiner unerschütterlichen Haltung erinnerte er an die steinernen Gottheiten auf den Maraes.

»Du weißt, was ich von dir erwarte«, sagte er nach einer Weile. Cording glaubte, aus seinen Worten so etwas wie eine Drohung herauszuhören. »Aber bevor wir so weit sind«, fuhr Rauura fort, »ist es wichtig, dass unser deutscher Freund, der ihr ja wohl zurzeit am nächsten steht, entscheidenden Einfluss auf Maeva nimmt. Er soll sie begleiten, nicht nur nach Sydney zur Amtsübernahme, sondern überallhin. Er wird uns über ihre Gedanken und Strategien in Kenntnis setzen. Er hat begriffen, worauf es uns ankommt, da bin ich sicher …«

Was zum Teufel geschieht hier?!, dachte Cording, der immer nervöser wurde. Warum sagte Omai nichts dazu? Rauura hatte ihn gerade als Spitzel verpflichtet, und sein tahitianischer Freund saß daneben und schwieg. Das änderte sich auch nicht auf dem langen beschwerlichen Abstieg, den sie kurz darauf in Angriff nahmen.

»Ich werde nichts dergleichen tun!«, entfuhr es Cording, als sie unterhalb des Berges Rast machten.

»Ich weiß«, antwortete Omai und steckte sich einen Grashalm in den Mund. »Ich weiß …«, wiederholte er leise. Zu mehr ließ er sich nicht hinreißen.

Seit sieben Stunden saß Steve in dieser muffigen Zelle irgendwo weit draußen im Osten Londons. Genau konnte er seine Lage nicht lokalisieren, der Transporter, in dem sie ihn hierher verschleppt hatten, verfügte nur über winzige Sehschlitze, außerdem war es draußen noch dunkel gewesen. Aber dass sie die Themse überquert hatten, daran bestand kein Zweifel. Und zwar auf der Southwark Bridge Road. Er kannte den Singsang, den die Reifen auf dem riffeligen Fahrbahnbelag über dem Fluss produzierten. Der Widerhall der auf und ab schwingenden Brückenkonstruktion war ebenfalls unverkennbar. Nachdem sie eine Weile in gerader Fahrt Richtung Süden unterwegs gewesen waren, waren sie irgendwo nach links abgebogen. Vielleicht in die Borough Road, vielleicht in die St. George's Road, er wusste es nicht. Die Spur hatte sich verloren. Erst als er den für die Vorstädte West Wickham und New Addington so typischen Brandgeruch in die Nase bekam, konnte er ermessen, wohin sie ihn bringen würden: in einen dieser berüchtigten Knäste am Rand der Stadt, von denen behauptet wurde, dass sie eher Konzentrationslagern als Gefängnissen glichen. In der Tat wurden hier jene meist jugendlichen Migranten konzentriert, die sich in den Schleppnetzen der Polizei verfangen hatten. Ihr Schicksal kümmerte niemanden. Nach einem vor zwei Jahren verabschiedeten Antiterrorgesetz durfte jeder, der »die Gewalt des Staates infrage stellte«, beliebig lange inhaftiert werden. Ein Gummiparagraf, der in der Öffentlichkeit kaum diskutiert wurde. Abgeurteilt wurde von eigens eingerichteten Schnellgerichten, ein Anwalt stand den Verhafteten nicht zu. Die Gefängnisse bei Chelsfield bildeten eine rechtsfreie Zone, nicht einmal die Familienmitglieder der Inhaftierten durften sie betreten.

Steve bekam es allmählich mit der Angst zu tun. Seitdem sie ihn in diesen Raum geschubst hatten, hatte er weder zu essen noch zu trinken bekommen. Er verstand noch immer nicht, weswegen er hier war. Gegen fünf Uhr morgens hatten ihn die Ledermänner aus dem Bett gezerrt, seinen Computer beschlagnahmt und ihn kommentarlos abgeführt. »Ledermänner« – so nannte man die Mitglieder der Sonderkommandos, die berüchtigt waren für ihre überfallartigen Besuche. Eine Erklärung durfte man nicht erwarten. Konnte seine Verhaftung damit zu tun haben, dass die Redaktion einen Beitrag über das neue Antiterrorgesetz und die Praktiken dieser Spezialeinheit plante? Aber wie hätten die Behörden davon wissen können, sie hatten ja noch nicht einmal angefangen zu recherchieren!

»Du bist dran, Parker! Komm schon …!«

Steve hatte den Beamten nicht kommen hören, der ihn unsanft auf den Gang zerrte und ihm nun wortlos durch ein Labyrinth gekalkter Gänge voranschritt, bis sie eine Wendeltreppe erreichten, die in den Gerichtssaal führte. Gelbbraune Vorhänge, ein abgewetzter Stuhl, ein schlichter Holztisch unter der britischen Flagge, das war's. Der Richter hinter dem Tisch hatte ihn bisher keines Blickes gewürdigt. Er starrte mit verengten Augen auf seinen Computer.

»Steve Parker«, las er gelangweilt, »geboren am 17. Juli 2003, wohnhaft in London, Emerald Street 12. Trifft das zu?«

»Ja, Euer Ehren.«

Der Mann schaute auf und rückte seine Perücke zurecht. Euer Ehren wurde er hier vermutlich nur selten genannt.

»Sie wissen, was man Ihnen zur Last legt?«, fragte er nicht mehr ganz so gelangweilt, wobei seine Blicke begehrlich über den jugendlichen Körper strichen, den man ihm so unerwartet in diesen schmucklosen Saal geschickt hatte.

»Nein, Euer Ehren, das weiß ich nicht«, antwortete Steve. Er wollte gerade zu einer Erklärung ansetzen, als der Richter ihm mit einer energischen Handbewegung Einhalt gebot.

»Aufruf zum Mord an Wirtschaftsführern und Staatsbediensteten!«, polterte er plötzlich los, wobei er mit seinem Stift mehrmals gegen den Monitor stieß, als sei das, was dort geschrieben stand, die unumstößliche Wahrheit. »Und ein so schwerwiegendes Verbrechen ist Ihnen nicht bewusst?! Aber natürlich nicht...«, fuhr er ironisch fort, »der Herr ist ja Journalist. Und als Journalist darf man ja ungestraft zu Terror und Gewalt aufrufen, nicht wahr?« Wieder wanderten seine feuchten Augen unerträglich langsam über Steves Körper. »Sie sind doch Journalist? Sie sind doch Redaktionsmitglied der GO!-Show, oder sollte hier ein Missverständnis vorliegen? Hier steht, dass Sie dort sogar in verantwortlicher Position tätig waren.«

»Das ist richtig, Sir«, antwortete Steve mit belegter Stimme.

»Na also. Ein Jahr Gefängnis. Ohne Bewährung.«

Der Richter tippte das Urteil in den Computer und gab dem Gerichtsdiener das Zeichen zum Abmarsch. Der Anblick des schönen Knaben war ihm unerträglich geworden. Am Ende würde er seinen Schuldspruch noch zurücknehmen und sich eine Menge Ärger einhandeln damit...

»Eine Frage noch, Sir«, rief Steve, als der Beamte ihm die Handschellen anlegte, »bin ich der Einzige, oder ist die gesamte Redaktion verhaftet worden?«

Der Richter antwortete nicht und verscheuchte den Wartenden schließlich mit einer wegwerfenden Handbewegung wie ein lästiges Insekt.

Maevas australische Gastgeber hatten sich nicht lumpen lassen. Die Royal Suite im »Shangri-La« inmitten des historischen Rocks District von Sydney war sicher die imposanteste Unterkunft, die man ihnen hatte zuweisen können. Es zeugte von enormer Wertschätzung gegenüber der designierten URP-Generalsekretärin, und Cording begann zu erahnen, welch ein Spektakel sie in den nächsten Tagen erwartete. Er griff sich eine Papaya aus der üppig gefüllten Obstschale, die auf dem Glastisch stand, und schaute fasziniert auf die beiden vier Meter breiten, von schweren Damastvorhängen eingerahmten Fenster, die auf den ersten Blick wie riesige Gemälde an der Wand zu hängen schienen, so unwirklich war die Aussicht. Im linken Bild schwang sich der imposante schwarze Bogen der Harbour Bridge über den Port Jackson, im rechten leuchteten die weißen, übereinandergreifenden Dachschalen des Opernhauses in der Sonne. Hätten sich die Schaumspuren hinter den Fähren nicht gewunden wie glitzernde Seeschlangen, er hätte tatsächlich geglaubt, in einer Privatgalerie zu Gast zu sein und nicht in einem Hotelzimmer.

Maeva kam aus dem Bad, ein Handtuch kunstvoll um den Kopf geschlungen. Sie schnupperte an den weißen Lilien, die auf einem Podest standen, ging ans Fenster, stieg auf die Zehenspitzen und streckte sich, als wollte sie die ganze Welt umarmen. Es war das erste Mal, dass sie außerhalb Polynesiens weilte, und ein solches Häusermeer wie das, was ihr dort unten zu Füßen lag, hatte sie noch nie zu Gesicht bekommen. Sie legte die flachen Hände auf die Scheibe und presste ihre Nase darauf wie ein Kind, das sich nicht satt sehen konnte. Cording wäre ihr am liebsten an den Pareo gegangen, der sich um ihren entzückenden Hintern schmiegte. Stattdessen griff er zum Telefon und wählte Steves Nummer in London. Er hatte schon mehrmals vergeblich versucht, den Jungen zu erreichen. Auch diesmal blieb ihm der Erfolg versagt. Und Mike Kühling anzurufen, traute er sich nicht. Sie waren beim »Emergency Magazine« nicht gerade im Frieden auseinandergegangen, der letzte Kontakt lag vier Jahre zurück.

»Was machen wir heute?«, fragte Maeva, während sie sich das Handtuch vom Kopf wickelte und die Mähne mehrmals kräftig hin und her schüttelte. Sie blickte Cording provozierend lange an, bevor sie betont langsam näher trat und sich rittlings auf seinen Schoß setzte. »Lass uns in die Stadt gehen«, flüsterte sie ihm ins Ohr.

Cording zog einmal kräftig an ihren Haaren, als betätige er die Notbremse.

»Du weißt, dass das unmöglich ist. Unten in der Lobby warten Dutzende von Journalisten, sie würden dich auf Schritt und Tritt verfolgen. Das ist nicht lustig, glaub mir. Wir hatten doch mit Omai ausgemacht, dass wir bis zu deiner Vereidigung im Hotel bleiben.«

Maeva gab einige unwirsche Laute von sich, während sie so tat, als würde sie an ihm emporklettern wie eine Krabbe auf eine Kokospalme. Das Telefon klingelte. Cording hatte Mühe, sich aus ihrer Umgarnung zu lösen und zum Hörer zu greifen.

»Hallo ...«

»Guten Tag, Sir, hier ist die Rezeption. Ein Herr Parker fragt nach Ihnen. Steve Parker vom ›Emergency Magazine‹. Er sagt, Sie hätten sicher nichts dagegen, ihn zu empfangen.«

»Steve Parker?! Nein, natürlich nicht. Aber warten Sie! Ich hol ihn ab, ich bin in zehn Minuten unten, okay?«

»In Ordnung, Sir, ich richte es aus.«

Maeva war während des Gesprächs im Badezimmer verschwunden.

»Rat mal, wer uns besuchen kommt?!«, rief Cording völlig außer sich.

»Zwanzig Minuten«, rief Maeva zurück, »ich brauche zwanzig

Minuten, vorher empfange ich euch nicht. Ihr Männer könnt doch unterdessen ein Bier zusammen trinken und mich anschließend verprügeln, das macht man doch im Rest der Welt …«

Die kleine Zurechtweisung saß. Sie hatte wirklich ein erstaunliches Gedächtnis. Vor fünf Jahren, als er im Auftrag von »Emergency Magazine« über das Tahitiprojekt recherchierte und Maeva ihm als Führerin diente, hatte sie ihn am Strand von Tautira – dort wo einst die »Bounty« ankerte – einmal gebeten, mit ihr nach Europa zu reisen. *Du lebst auf Tahiti!*, hatte er ihr geantwortet. *Den Rest der Welt kannst du vergessen, es lohnt sich nicht … Warum nicht?*, hatte sie gefragt. *Weil die Männer dort ständig Bier trinken und ihre Frauen verprügeln*, hatte er in einem Anflug von Galgenhumor geantwortet, um jede weitere Diskussion im Keim zu ersticken.

Cording achtete darauf, dass die Tür nicht allzu laut ins Schloss fiel, und machte sich auf zu den Fahrstühlen. Der Lift bremste so sanft ab, als würde eine Feder zu Boden sinken. In der Lobby herrschte Hochbetrieb. Cording zog es vor, sich erst einmal umzusehen, bevor er an der belagerten Rezeption nachfragte. Auf den gepolsterten Bänken, die die marmorierten Säulen umfassten, saß Steve nicht. Im Medienstore war er auch nicht zu finden. Wo zum Teufel trieb sich der Junge rum? Cording blieb stehen und drehte sich unter dem hohen Kronleuchter einmal um die eigene Achse. Da hinten! Der lange Schlaks in der Parfümerie! Das musste er sein. Er beobachtete Steve, der sich von der Verkäuferin einige Proben auf den linken Unterarm sprühen ließ und jedes Mal resigniert den Kopf schüttelte, nachdem er daran gerochen hatte. Die nächste Probe empfing er auf dem rechten Handrücken. Der Duft schien ihm zuzusagen. Tatsächlich gab er der Verkäuferin das Zeichen, den entsprechenden Flakon einzupacken. Das dauerte. Endlich hatte sie das rote Schleifchen zu einer imposanten Blüte zurechtgezupft. Steve bedankte sich, das Mädchen errötete, und dann kam er heraus, direkt auf Cording zu.

»Ich hab dich im Spiegel beobachtet«, sagte Steve und lachte. Sie umarmten sich, gerade so lange, wie es nötig war nach all den Jahren. Da gab es kein kumpelhaftes Schulterklopfen, kein überflüssiges Wort. Für einige Sekunden schien die Welt um sie herum stillzustehen, selbst das aufgeregte Geschnatter in der Lobby verflüchtigte sich.

»Lass uns einen zur Brust nehmen«, schlug Cording vor, »ich denke, das muss jetzt sein.«

Er hatte seit fünf Jahren keinen Alkohol mehr angerührt, er hatte nicht einmal an Alkohol gedacht. Umso erstaunter war er, wie selbstverständlich es ihn nun in die Bar zog. Von den Tahitianern würde er dort niemanden vorfinden, und wenn, wäre es ihm heute auch egal. Mit Steve war das gute alte Europa zu ihm gekommen, und im guten alten Europa hieß es *»Hoch die Tassen!«,* wenn es einen Grund zu feiern gab. Der Name des Etablissements passte: »Blu Horizon Bar«. Sie setzten sich abseits der hohen Fensterfront in eine nur schwer einsehbare Ecke und studierten die Getränkekarte.

»Alle Achtung«, bemerkte Cording und tippte auf die Seite mit den vierundzwanzig internationalen Biersorten, »sie haben sogar ein bayerisches Biobier. Die Australier wissen, worauf man eine zünftige Ökorepublik gründen muss.« Er klappte die Karte zu. »Heute ist mir allerdings nach einem gepflegten Whiskey zumute. Dir auch?« Steve nickte. Cording winkte der Kellnerin und gab die Bestellung auf. »Erzähl, wo warst du die letzten zwei Wochen? Ich habe mehrmals versucht, dich anzurufen.«

»Ich war im Knast«, antwortete Steve und schnupperte an seinem Handrücken.

»Du warst wo?!«

»Im Gefängnis. Sie haben die ganze Redaktion verhaftet. Hast du zufällig die letzte Show gesehen?«

»In der Shark die Monitorwand zertrümmerte?«

»Genau die. Erinnerst du dich, was er zuvor gesagt hatte?«

»Es ging um die Ölsandgewinnung in Kanada, das weiß ich noch.«

»Er hat die Verantwortlichen zu Freiwild erklärt. Daraus haben sie uns einen Strick gedreht. Die GO!-Show gibt es nicht mehr. Verboten.«

»Und wie bist du freigekommen?«

»Wir sind alle freigekommen. Der Einfluss von Matlock Media ist eben nicht zu unterschätzen. Der Alte hat sich persönlich für uns eingesetzt. Aber er scheint ganz froh zu sein über die Entwicklung, die Show war nie sein Ding.«

Die Bedienung brachte den Whiskey, sie stießen an.

»Allzu schlau war das wirklich nicht, was sich Shark da geleistet hat«, bemerkte Cording, »schade um das Format. Habt ihr denn keine Rechtsabteilung, die die Beiträge vorher prüft? Die Texte wurden ihm doch geschrieben – hast du mir jedenfalls erzählt.«

»Im Prinzip ja. Aber in letzter Zeit ist Shark dazu übergegangen, zu improvisieren. Die Sendung war ja live, da hast du dann keinen Einfluss mehr. Der Mann hat sich mit seiner Rolle im Laufe der Zeit total identifiziert. Für die Zuschauer war die GO!-Show im Wesentlichen eine Shark-Show. Ohne ihn hätten wir nie diese Aufmerksamkeit erregt. Ich finde, er hat seine Sache gut gemacht. Er tut mir wahnsinnig leid …«

Cording fühlte sich plötzlich an Maevas Reaktion erinnert, die auch Mitleid mit dem Moderator empfunden hatte, als sie vor dem Laptop Zeuge seines gespielten Zusammenbruchs geworden war.

»Das war nicht gespielt«, sagte Steve, als könne er Gedanken lesen. »Ich bin sicher, dass die meisten Leute seinen Ausraster lediglich für eine spektakuläre Showeinlage gehalten haben, mir ging es nicht anders. Aber der Bursche ist auf der Bühne echt kollabiert …«

Cording orderte zwei weitere Drinks. »Wie geht es ihm denn jetzt?«, fragte er ein wenig verschämt.

»Schlecht«, antwortete Steve. »Er sitzt in der geschlossenen Psychiatrie, niemand darf zu ihm. Ich hab mit den Ärzten gesprochen. Sie sagen, er weiß nicht einmal mehr, wer er ist. Kein Wunder bei den Hämmern, die sie ihm da verabreichen. Prost!«

Sie leerten ihre Gläser in einem Zug und deuteten der vorbeieilenden Bedienung unisono an, dass sie noch lange nicht genug hatten.

»Und in wessen Auftrag bist du hier, jetzt, da es die Show nicht mehr gibt?«, fragte Cording.

»›Emergency Magazine‹. Ich hab schon des Öfteren für die geschrieben, aber du liest das Blatt ja nicht mehr, auf dessen Fluren deine Reportagen noch heute gerahmt aushängen. Ich kriege vor Ehrfurcht immer weiche Knie, wenn ich daran vorbeigehe«, scherzte Steve.

Cording wollte seinen jungen Freund fragen, ob er überhaupt schreiben könne oder ob es bei »Emergency« inzwischen ausreiche, wenn die verstorbene Mutter früher Chefredakteurin des Blattes war. Aber die Drinks kamen, und so verkniff er sich die Bemerkung gerade noch. Wieder leerte er das Glas in einem Zug. Na endlich, endlich merkte er etwas. »Ich hab schon gedacht, das Zeug wirkt überhaupt nicht«, sagte er mit schwerer Zunge, »weißt du, was ich dich eben fragen wollte, mir aber Gott sei Dank verkniffen hab? Weil du vielleicht sauer werden könntest … Ich wollte fragen, ob du überhaupt schreiben kannst …«

»Ich hab viel von dir gelernt«, erwiderte Steve, der in keiner Weise beleidigt zu sein schien. Hätte er sonst dem Barkeeper bedeutet, dass die Herrschaften an Tisch 5 noch zu trinken wünschten?

»Tut mir leid, Steve, so war das nicht gemeint«, murmelte Cording, der aufpassen musste, dass er die Sache nicht durch eine weitere unbedachte Äußerung verschlimmerte. »Für wen ist das Parfüm?«, fragte er, froh, einen Ausweg gefunden zu haben. »Bist du mit einem Mädchen hier?«

»Das ist für Maeva«, antwortete Steve und errötete.

»Wow!«, sagte Cording und roch an dem Flakon. »Das Zeug duftet wie ein Moorsee im Sommer. Sensationell, wird ihr gefallen. Kühl und herb. Das Gegenteil von Hibiskus und Tiare. Wird ihr gefallen, da bin ich sicher.«

Sie saßen noch drei Stunden beisammen, dann war ihnen klar, dass sie Maeva so nicht vor die Augen treten konnten. Steve hatte es gut, er logierte im »Grace« einige Blocks entfernt. Cording jedoch wohnte oben im dreizehnten Stock, er musste garantiert an Maeva vorbei. Sie verabschiedeten sich. Cording nahm den Fahrstuhl, schloss die Suite auf, klopfte Omai auf die Schulter, der Maeva gegenüber auf der Couch saß, übergab der Dame das Parfüm (mit den besten Grüßen von Steve), torkelte anschließend nach nebenan, fiel aufs Bett und schlief ein.

Omai schloss die Tür zum Schlafzimmer, gab seiner Schwester, die versonnen an Steves Flakon roch, einen Kuss auf die Wange und setzte sich wieder.

»Wir sind alle ein wenig nervös«, sagte er, »er offenbar ganz besonders …«

Maeva antwortete nicht. Durch die Ritzen der Schlafzimmertür drang ein rasselnder Laut, als würde eine Ankerkette zu Wasser gelassen.

»Ich würde vorschlagen, dass wir deine Rede noch einmal durchgehen«, schlug Omai vor, »Punkt für Punkt. Was meinst du?«

Maeva sprühte sich eine Probe von dem Parfüm auf den Handrücken, schnupperte daran und schüttelte den Kopf. Omai war nicht sicher, ob die Geste dem Duft galt oder als Antwort auf seine Frage zu verstehen war.

»Die Rede ist so schrecklich männlich«, bemerkte Maeva, »vielleicht ist es besser, wenn du oder Cording sie verliest, ihr habt sie doch zu großen Teilen geschrieben …«

Omai erschrak. Er kannte seine Schwester. Ihre Äußerung bedeutete nichts anderes, als dass sie das in wochenlanger Kleinarbeit gemeinsam erarbeitete Manuskript mit einem Schlag infrage stellte. Und das wenige Stunden vor seiner Verkündung! Verkündung, genau. Hier ging es um ein programmatisches Statement zur Zeitenwende, wie es der Weltöffentlichkeit radikaler noch nicht zugemutet worden war.

»Was meinst du mit männlich?«, fragte er, wobei er Mühe hatte, seine Stimme zu kontrollieren.

»Die Rede ist so … so politisch.« Sie wedelte mit der Hand, als wollte sie sich des herben Dufts entledigen, der den Raum nun nach und nach füllte.

»Ich bitte dich, Maeva!«, entgegnete Omai gereizt. »Politisch ist alles. Du solltest schon ein wenig konkreter werden!«

»Sie ist kalt, Omai. Perfekt formuliert, logisch in der Ausrichtung, aber kalt. Sie wird die Menschen nicht erreichen. Sie werden es nur für eine weitere Absichtserklärung halten, eine von der Sorte, mit der ihre Regierungen und die internationalen Institutionen seit Jahrzehnten auf das weltumspannende Elend reagieren. Für einen solchen Vortrag gebe ich mich nicht her.«

»Na großartig!« Omai sprang auf und tigerte zwischen der Fensterfront und der Eingangstür hin und her.

»Nun setz dich, Bruderherz. Setz dich hin. Es ist ja nicht so, dass ich gleich alles über den Haufen schmeißen werde. Ich möchte mich nur intensiver einbringen. Als Person, der bewusst geworden ist, dass sie sich an einem Wendepunkt der Geschichte befindet. An solchen Wendepunkten nehmen wir Abschied von der Persönlichkeit, die wir waren. Wir begrüßen die Person, die wir gerade werden. Unsere Ängste entsprechen denen, die wir vor dem Sterben entwickeln. Dies herauszuschälen ist mir wichtig. Es ist mir wichtig, dass die Menschen begreifen, dass sie nicht allein sind mit ihrer Furcht, dass die Angst uns alle erfasst, aber dass wir sie miteinander teilen können. Wir müssen erkennen, dass die Erschütterung der alten Ordnung ein gewaltiges Potenzial gebundener Lebenskraft freisetzt, das uns nun befähigt, etwas völlig Neues zu schaffen. Wenn wir aber vor dem Unbekannten zurückschrecken, wenn wir uns vor der Verantwortung für das Neue drücken und nur zögerlich die nächsten Schritte gehen, dann deprimieren wir die Person, die wir werden zugunsten der Persönlichkeit, die wir waren. Und deshalb fühle ich mich gefordert an dieser Stelle. Verstehst du das, Bruderherz?«

Wieder wurde Omai bewusst, dass es die kleine Schwester, an die er sich ein Leben lang gewöhnt hatte, nicht mehr gab. Wenn er es richtig bedachte, hatte es sie nie gegeben. Maeva war schon als Kind ein widerspenstiger Sturkopf gewesen, aber spätestens, seit sie ihm ins Präsidentenamt von Tahiti gefolgt war, hatte er akzeptieren müssen, dass sie sich in ihren Überzeugungen durch nichts und niemanden abbringen ließ.

»Und?«, fragte er über die Rückenlehne der Couch gebeugt. »Was wollen wir jetzt machen?«

»Wir könnten überlegen, was ich übermorgen anziehen soll«, erwiderte sie lächelnd, aber durchaus ernst gemeint. »Ein traditionell tahitianisches Gewand scheint mir fast ein wenig zu folkloristisch für den Anlass. Was meinst du?«

Oh nein, auf dieses Spiel ließ er sich nicht ein. Er hätte sie stundenlang beraten können, mit den stimmigsten Argumenten der Welt, am Ende käme garantiert immer das Gegenteil heraus. Das lag in der Natur der Sache. So wie es in der Natur der Sache lag, dass sein Redeentwurf kraftvoll und männlich ausgefallen war. Bin gespannt, dachte Omai, wie sie dem Ganzen eine weibliche Note verpassen will. Denn bis zur Inhaltslosigkeit wird sie es hoffentlich nicht treiben …

Maeva wollte sich gerade zu Bett begeben, als ein Briefkuvert unter der Tür hindurchgeschoben wurde. Es war verschlossen, aber nicht beschriftet. Sie schlang den Gürtel um ihren Bademantel und öffnete die Tür zum Flur. Außer einem Zimmermädchen, das am Ende des Ganges an einem Servicewagen hantierte, war niemand zu sehen. Also kehrte sie zurück in ihre Suite, setzte sich auf die Couch und öffnete den Umschlag. Sie fand eine Zeichnung vor, auf der sich zwei seltsame, an Vögel erinnernde Wesen gegenübersaßen. Sie reichten sich die Hände und waren an den Füßen miteinander verbunden. Ihre langen Schnäbel schienen sich zu berühren. Die simple Darstellung bestand aus einer einzigen, alles umfassenden Linie. »Sorry!«, stand darunter. »Steve«.

Maeva musste schmunzeln. Es rührte sie, dass es Steve danach gedrängt hatte, sich für den Alkoholexzess zu entschuldigen, der Cording und ihm passiert war, denn eigentlich war er mit ihr verabredet gewesen. Die archaisch anmutende Zeichnung erinnerte sie an etwas, sie kam im Moment nur nicht darauf. Aber dann entdeckte sie über den Schnäbeln der schrägen

Vögel einen negativ abgefassten Schriftzug: *RONGORONGO*. Plötzlich wurde ihr die Bedeutung dieser Hieroglyphe bewusst. Es handelte sich um ein Zeichen der mysteriösen und bis heute noch nicht vollständig entschlüsselten Symbolschrift Rongorongo, die ausschließlich auf den Osterinseln vorkam, wo sie über Jahrhunderte hinweg auf länglichen Holztafeln in jedem Haushalt streng behütet aufbewahrt wurde. Mitte des neunzehnten Jahrhunderts hatte ein christlicher Missionar ein solches mit Fischen, Vögeln, Palmen, Schildkröten und Phallussymbolen versehenes Holzbrett mit nach Tahiti gebracht. Die Tahitianer nannten die Schrifttafel *Tahua*. Und diese schnäbelnden Vögel, die sie vor sich liegen hatte, standen für den Begriff VERZEIHUNG!

Sie legte die in einem schwarzen Quadrat gefasste Zeichnung neben sich auf den Nachttisch. Die Entschuldigung, die ihr Steve auf so ungewöhnliche Weise darbrachte, akzeptierte sie. Etwas Ähnliches hätte sie sich von Cording gewünscht, aber außer einigen dummen Ausreden hatte ihr Schlimmer Finger nichts zu bieten gehabt …

Die starken Regenfälle der letzten Nacht kamen wie gerufen. Sie hatten nicht nur die Buschfeuer erstickt, die im Norden Sydneys außer Kontrolle geraten waren und deren beißende Rauchschwaden die Millionenmetropole einzunebeln drohten, sie hatten die gesamte Stadt abgeduscht, welche nun dem Anlass entsprechend glänzte. Am Morgen war Maeva von den Delegierten der URP zu deren Generalsekretärin gewählt worden. Einstimmig. Die Wahl hatte im Studio Theatre der Oper stattgefunden, dem kleinsten der fünf Säle, über die das Haus verfügte. Der große Auftritt stand heute Nachmittag in der Concert Hall bevor. Die 2679 Plätze waren seit Wochen ausverkauft. Zu dem feierlichen Spektakel hatten sich Besucher aus aller Welt angemeldet. Künstler, Wissenschaftler, Politiker, Unternehmer und natürlich die unvermeidlichen Vertreter der zahlreichen Umweltschutzorganisationen, von denen die Welt nur so wimmelte. Je schlimmer es um die Erde bestellt war, desto mehr gab es davon, dachte Cording, sie würden vermutlich bald das Einzige sein, was noch von gesundem Wachstum zeugte …

Sechs Stunden waren für die Inauguration Maevas veranschlagt. Es gab eine Reihe prominenter Gastredner, wie beispielsweise die Pionierin der Tiefenökologie, Belinda Mitchell, deren Vortrag unter dem schönen Titel »Die Welt als Geliebte« stand. Unter anderem dabei: der Bewusstseinsforscher Paul Delaney aus Großbritannien, die Quantenphysikerin Rajani Bala aus Indien, der Heiler und Anthropologe Malidoma Taomé aus Burkina Faso sowie der deutsche Atomphysiker Manfred Mendel. Außerdem rechnete man mit zahllosen Grußbotschaften sympathisierender Regierungen. Höhepunkt der Veranstaltung sollte die Rede Maevas sein, die gegen neunzehn Uhr erwartet wurde.

Cording blickte auf die Uhr. Noch eine Stunde bis dahin. Er konnte sich nicht erinnern, jemals so nervös gewesen zu sein. Wie musste sich erst Maeva fühlen, die ja keinerlei Erfahrung darin besaß, vor großem internationalen Publikum zu sprechen? Er dachte an Omais Rede vor fünf Jahren vor der UN-Vollversammlung in Genf. Omai war in diesen Dingen auch nicht geübt, aber er hatte seinen Auftritt mit Bravour über die Bühne gebracht. Anschließend war er als Öko-Gandhi gefeiert worden. Ein schweres Erbe für Maeva, die sich wohl oder übel daran messen lassen musste. Er verließ die Grünanlage hinter der Oper und reihte sich in den Strom derer ein, die aus dem nahe gelegenen Carpark erwartungsfroh in Richtung der Eingänge schlenderten. Die glasierten weißen Keramikfliesen des 67 Meter hohen Daches schienen sich in dem Sonnenlicht zu entzünden, als wollten sie ein Fanal aussenden. Statt den Menschen in das Innere des Gebäudes zu folgen, zog es Cording vor, das Opernhaus ein weiteres Mal zu umrunden. Er hatte das heute schon so häufig getan, dass er den Weg auch mit geschlossenen Augen hätte gehen können. 183 Meter in der Länge, 118 in der Breite. Wieder und wieder, als wollte er mit seinen rastlosen Kreisen einen energetischen Schutzwall errichten. Er lehnte sich mit dem Rücken an das Geländer über dem Wasser, ließ sich die frische Brise übers Gesicht streichen und schaute hinauf in die aufgeblähten Keramiksegel, die der Phantasie des Architekten Jørn Utzon entsprungen waren. Was für ein Geniestreich! Allerdings hatte Utzon gar nicht an Segel gedacht. Zwanzig Jahre nach der Eröffnung gestand der Däne verschämt, dass seiner Formgebung eigentlich die Segmente einer Orange zugrunde lagen. Aber die Segel waren nun einmal gesetzt im Bewusstsein der Weltöffentlichkeit, da hatte die Orange keine Chance mehr. Auch Maeva war als Heilsbringerin gesetzt, da …

»Was machst du noch hier draußen?«

Es war Steve, der ihn angesprochen hatte. »Komm mit rein«, sagte er und deutete auf seine Armbanduhr.

»Ich könnte jetzt ein kühles Bier vertragen«, antwortete Cording, ohne den Blick vom Dach zu nehmen.

»Sicher«, sagte Steve, »ist genau der richtige Tag, um sich zu besaufen. Na, komm schon. Ist ne Superatmosphäre da drin.«

»Geh vor«, sagte Cording, »ich brauch noch ein bisschen.«

»Aber du bist doch dabei?«, fragte Steve besorgt.

Cording nickte.

Papeete, Tahiti: Immer mehr Menschen strömten auf den Platz Vaiete, um der Liveübertragung aus Sydney beizuwohnen. Eine Frau aus ihren Reihen hatte die große politische Bühne betreten und wurde weltweit gefeiert. Entsprechend gedrängt standen die Menschen zwischen den alles überragenden Videowänden, die an den Stirn- und Längsseiten des Platzes installiert waren. Der angrenzende Boulevard Pomare war für den Verkehr gesperrt und zu einer einzigen Garküche umfunktioniert worden. Von der Église Jaune, der gelben Kirche im Süden, bis zur Place Taota im Norden reihte sich eine Roulotte an die nächste. Die ganze Stadt duftete nach Fisch und Fleisch, nach Gemüse und Obst. Und natürlich nach dem betörenden Aroma der Tiare-, Frangipani- und Hibiskusblüten, welche die Frauen im Haar und um den Hals trugen.

Dreizehn der dreiundvierzig URP-Mitgliederregionen hatten sich bereits vorgestellt. Die Tahitianer staunten über die virtuosen Darbietungen ebenso wie über den prächtigen Konzertsaal, in dem diese aufgeführt wurden. Sie applaudierten aber auch den eigenen Tanzgruppen, die nebenan auf dem Quai d'Honneur in Aktion traten, wenn die Bühne in der Sydney-Oper wieder einmal umdekoriert wurde. Sobald sich in Australien aber ein neuer Vorhang hob, verstummten die Klänge der großen und kleinen Trommel, der Nasenflöte, der Meerschnecke und der Ukulele, unterbrachen die Steinheber, Früchteträger und Feuerläufer ihre Wettbewerbe.

Was die Tahitianer an diesem Tag aus den autonomen Regionen zu sehen und zu hören bekamen, was Inuit, Aborigines, Bassari, Karen, Khmer, Hopi, Aymara und viele andere ihnen boten, begeisterte alle im Herzen Papeetes. Dass dies zu Ehren ihrer Präsidentin geschah, machte die Menschen stolz. Stolz und glücklich. So komprimiert war das Glück in diesen Stunden vermutlich an keinem anderen Ort der Welt zu finden …

Die meisten Gäste waren aus der Pause zurückgekehrt und hatten bereits wieder Platz genommen. Steve fragte sich, wieso das Rednerpult in die Kulissen geschoben wurde und die Teleprompter abgebaut wurden – ausgerechnet vor Maevas Auftritt. Stattdessen streute man Blumen, legte eine Bastmatte in der Mitte der Bühne aus und bestückte sie mit einer Reihe bunter Kissen.

Wo blieb Cording? Steve wusste, wie angespannt der Mann war, welche Sorgen er sich um Maeva machte und wie grauenhaft es für ihn wäre, Zeuge ihres Scheiterns zu werden. Die Saaldiener begannen, die Türen zu schließen. Das Licht in der Concert Hall erstarb, und aus den Reihen war nur noch vereinzelt ein Hüsteln oder Räuspern zu hören. Langsam schälte sich die Bühne aus dem Dunkel. Inmitten von Blumen und Kissen kniete eine grazile Gestalt auf der Matte. Sobald das Publikum registrierte, wen es vor sich hatte, begann es vor Begeisterung zu toben, erst recht, als Maeva kurz darauf überlebensgroß auf den beiden Screens erschien, die links und rechts der Bühne installiert waren.

Steve konnte sich nicht satt sehen an der Schönheit dieser Frau, die mit einem kaum wahrnehmbaren Lächeln auf die nicht enden wollenden Huldigungen reagierte. Ihre Augen streiften ohne Hast durch den Musiktempel, als wollte sie ihn bis in den letzten Winkel erkunden. Dabei fuhren ihre Blicke wie behutsam gesetzte Pinselstriche über die Reihen, in denen sich die Menschen nun als Bestandteil eines einzigen, großartigen Gemäldes fühlen durften. Maeva trug einen üppigen Kranz weißer Tiareblüten um den Hals, der ihr bis zum Bauchnabel reichte. Ihre schwarze, lockige Mähne floss die nackten Schultern hinab und rahmte den Blumenschmuck auf voller Länge ein, sodass sie sich über dem in der Taille geknoteten rotgelben Pareo nicht die geringste Blöße gab, obwohl er wetten konnte, dass die meisten im Publikum das anders sahen.

Nach einigen Minuten führte Maeva die rechte Faust ans Herz, schlug die Augen nieder und neigte den Kopf kaum merklich nach vorn. Innerhalb von Sekunden wich der Begeisterungssturm einer fast andächtigen Stille.

»Iaorana!«, begrüßte Maeva die Anwesenden in Maori, um dann auf Englisch fortzufahren. »Ich bin froh, dass Sie gekommen sind, ich freue mich auf die Zusammenarbeit mit Ihnen. Mit Ihnen und allen anderen Menschen… Bevor ich Ihnen jedoch erzähle, wie ich mir eine solche Zusammenarbeit vorstelle, möchte ich mich bei den zwölf Regionen Australiens bedanken. Ohne ihre Bereitschaft, den Hilflosen und Verfolgten dieser Welt eine neue Heimat zu geben, hätte ich für dieses Amt nicht kandidiert. Es muss uns eine Herzensangelegenheit sein, der großen Schar von Umwelt- und Armutsflüchtlingen zu helfen, die ohne eigenes Verschulden ihrer Lebensgrundlagen beraubt werden. Denn es sind in erster Linie unsere Herzen, die in Ordnung gebracht werden müssen. Die Gestaltung einer besseren Welt hängt nicht zuerst davon ab, wie viel umweltschonende Technik wir einsetzen und wie nachhaltig wir wirtschaften – eine bessere Welt ist nur möglich, wenn wir zu einer grundsätzlich anderen Lebens- und Weltanschauung finden.«

»Tut mir leid, Sir, ich kann Sie nicht mehr reinlassen.«

Cording zeigte dem Saaldiener seinen Presseausweis.

»Nichts zu machen, Sir. Ich befolge nur meine Anweisungen.«

»Hören Sie«, sagte Cording, »ich bin Mitglied der tahitianischen Delegation.«

»So sehen Sie auch aus. Bitte bleiben Sie vor der Tür. Während der Rede der Präsidentin darf niemand in den Saal. Raus ja, rein nein.«

»Wer hat sich denn diesen Schwachsinn ausgedacht?«

»Dieser Schwachsinn, Sir, geschieht auf ausdrücklichen Wunsch der polynesischen Delegation.«

Oh…

Steve fühlte sich hin- und hergerissen. Einerseits wollte er keine Sekunde von Maevas Vortrag verpassen, andererseits schmerzte es ihn, dass ausgerechnet Cording glaubte, sich diesen historischen Moment ersparen zu können. Eigentlich wäre es seine Freundespflicht gewesen, nach Cording zu suchen und ihn notfalls mit Gewalt herzuschleppen. Aber jedes Mal, wenn er kurz davor war, seinen Platz zu verlassen, hielten ihn Maevas Worte zurück, schien sie ihm etwas Wichtiges mitteilen zu wollen.

»Die Krise, in der wir uns befinden, ist eine Krise der Herzen«, wiederholte sie mit ihrer melodiösen, wie durch Honig gezogenen Stimme. Durch Honig gezogen – Cording hatte es einmal so formuliert, und seitdem bekam Steve es nicht mehr aus dem Kopf. »Wir wissen einfach nicht mehr, woran wir uns orientieren sollen«, hörte er Maeva sagen, »es ist ein moralischer Kollaps, den wir erleben. Die Beziehungen zwischen uns Menschen und den Pflanzen, Tieren und Wesenheiten unserer Mitwelt sind zerbrochen. Warum ist das so? Weil wir den Dünkel besaßen, uns selbst in den Mittelpunkt der Schöpfung zu stellen. Wir haben uns abgenabelt vom Leben, wir schätzen und schützen es nicht, wir beuten es aus. Aber wir können nur etwas beherrschen wollen, von dem wir uns grundsätzlich getrennt glauben.«

Maeva blickte sich intensiv unter den Besuchern um. »Von allen Gefahren, die uns heute drohen, ist keine so groß wie die Verdrängung der Katastrophe in unseren Köpfen. Ich verstehe, warum das passiert. Einzeln fühlen wir uns angesichts der Wahrheiten, die es zu konfrontieren gilt, so klein und zerbrechlich, dass wir glauben, es würde uns in Stücke reißen, sobald wir uns erlaubten, unsere Gefühle über den Zustand der Welt zuzulassen. Aber unser Schmerz um den Zustand der Welt und unsere Liebe für die Welt sind untrennbar miteinander verbunden, sie sind zwei Seiten derselben Medaille.«

Cording hatte keine Lust, Maevas Rede auf den installierten Monitoren im Foyer zu verfolgen. Er hatte keine Lust, sich unter diejenigen zu mischen, die wie er um einige Minuten verspätet waren und die ihren Frust über die Aussperrung mit einem Glas Champagner zu mildern versuchten. Wie ein Panther schlich er auf dem roten Teppich um den Konzertsaal, immer an den Garderoben entlang, immer in der Hoffnung, irgendwo eine unbewachte Tür zu finden, durch die er schlüpfen konnte. Keine Chance. Die Saaldiener standen wie angewurzelt vor den Eingängen, sie gaben ihm schon von Weitem zu verstehen, dass jeder Versuch, sie zu überlisten, zwecklos war.

Enttäuscht blieb er stehen. Hinter dem Tresen, an dem er lehnte, saß eine ältere Frau inmitten von Jacken und Regenschirmen und starrte auf einen kleinen Fernseher, den sie auf einem Stuhl in der Ecke postiert hatte. Cording fragte, ob er sich zu ihr setzen dürfe, und wurde höflich dazu eingeladen. Was er kurz darauf zu sehen bekam, verschlug ihm die Sprache. Maeva stand nicht etwa am Pult wie die Redner vor ihr, sie kniete in einem Blumenmeer am Boden, anmutig und aufrecht. Sie wirkte dermaßen souverän, dass ihre schöne Gestalt und die ganze Farbenpracht völlig nebensächlich wurden. Sie war eine Predigerin geworden, eine beseelte Kriegerin, deren Autorität hier niemand leugnete. Sie hat sich über uns erhoben, dachte Cording. Nicht aus Dünkel, aus Berufung. Ein hartes Los.

Die Magie von Maevas Vortrag wurde auch nicht durch die praktischen Passagen getrübt, die sie gelegentlich einstreute. Gerade war sie dabei, die Grundpfeiler der neuen Verfassung zu erläutern, die sich die URP geben wollten. Eine komplexe Materie, die man nicht so eben aus dem Ärmel schüttelte. Cording erinnerte sich an die Schwierigkeiten, denen sich der internationale Expertenrat gegenübersah, der auf Betreiben Tahitis wochenlang an der Universität von Faaa beraten hatte. Viele Teilnehmer befürchteten damals, dass die radikalen Forderungen der URP zum Schutze des planetarischen Ökosystems von den Supermächten USA, China, Indien, Brasilien und Russland als Provokation aufgefasst werden könnten, die den Krieg um die verbliebenen Ressourcen eher beförderte als verhinderte.

»Bisher haben wir den Umweltschutz lediglich als Menschenschutz begriffen«, hörte er Maeva sagen. *»Bisher sprachen wir ausschließlich von Beständen, wenn von der Natur die Rede war. Wir machten in allem unsere Rechnung auf. Dieses Denken war nicht dem Leben verpflichtet, sondern einer Buchhaltungsmentalität. Damit ist jetzt Schluss. Wir sind angetreten, um für ein neues Bewusstsein zu werben. Wir sind nicht dazu da, einem todkranken Wirtschaftssystem durch den Ausverkauf unserer Ressourcen das Leben zu verlängern. Ich bin gerne bereit, in der Umweltpolitik, so wie wir sie verstehen, mit den Vereinten Nationen zusammenzuarbeiten. Denn unser Ziel muss es sein, dass sich wieder alle Menschen der Schöpfung verbunden fühlen. Nur so ist ein dauerhafter, kreativer Frieden auf und mit der Erde möglich.«*

Die Garderobenfrau wischte sich verstohlen die Augen. Auch Cording zeigte sich von der sanften Art, in der Maeva Klartext redete, zutiefst beeindruckt.

Steve hatte den Gedanken, nach Cording zu suchen, längst verworfen. »Die Erde ist ein lebendiges System, in dem alle Dinge miteinander verwoben und voneinander abhängig sind«, sagte Maeva und beschrieb mit den Händen einen Bogen, als würde sie die Aura eines Neugeborenen streicheln. »Wer könnte ernsthaft daran zweifeln ...«, fuhr sie leise fort, »wir alle leben von der Erde, sie ist unser Lebensspender. Glaubt denn jemand im Ernst, dass etwas, das Leben spendet, selbst ohne Leben ist?«, fragte sie und blickte sich quälend lange um. »Erst wenn wir bereit sind, uns als Bestandteil eines lebendigen Erdkörpers zu verstehen«, fuhr sie fort, »wird sich unsere Stellung in der Welt grundsätzlich verändern. Eine solche Perspektive hat dramatische Folgen für unser inneres und kollektives Wachstum. Sie mag angesichts der herrschenden Probleme visionär und verträumt wirken, aber eine Gesellschaft, die keine Visionen entwickelt, ist nicht zukunftsfähig. Zum ersten Mal in unserer Geschichte sind wir mit der selbst verursachten Zerstörung aller biologischen Lebensgrundlagen konfrontiert. Keine Generation vor uns hatte eine solche Bedrohung auszuhalten. Die eigentliche Frage, die wir uns also zu stellen haben, lautet: Kollektiver Selbstmord oder geistige Erneuerung? In dieser Frage, meine lieben Freunde, liegt eine ungeheure Chance. Die Menschen hungern förmlich nach einer positiven Perspektive. Wer, wenn nicht wir, die wir uns bereits besonnen haben, könnte ihnen eine solche Perspektive bieten?«

Im lang anhaltenden Beifall witterte Cording seine Chance. Er schwang sich über den Tresen und steuerte auf die nächstgelegene Tür zu, vor der sich ihm aber prompt einer dieser uniformierten Wächter in den Weg stellte. Einen Augenblick lang war er versucht, den doch recht schmächtigen Mann beiseitezuschubsen, die Tür aufzureißen und in der tobenden Menge unterzutauchen. Dann besann er sich und trottete zurück an seinen Platz, dort wo die Mäntel hingen, wo die alte Frau ihm den Hocker zurechtrückte, ohne dabei den Blick vom Fernseher zu nehmen.

»Wir müssen uns fragen: Was wollen wir? Wer sind wir? Was brauchen wir?«, hörte er seine Liebste sagen, die aus einer anderen Sphäre zu ihm zu sprechen schien. *»Indem wir uns dies fragen, schulen wir nicht nur unsere Wahrnehmung, wir formulieren auch unsere Bedürfnisse neu. Lassen Sie mich an dieser Stelle einen aktuellen*

Ausspruch eines Mapuche-Häuptlings zitieren. Die Mapuchen, deren angestammtes Gebiet sich auf Chile und Argentinien erstreckt, hatten nicht nur der spanischen Kolonisation erbitterten Widerstand entgegengesetzt, sie stritten bis in unsere Tage um ihr Land und ihre Unabhängigkeit. Umso erstaunlicher nun, was ihr Sprecher vor Kurzem auf einem Kongress der indigenen Völker zum Besten gab: ›Wir Mapuchen kämpfen nicht länger um einen eigenen Staat. Angesichts der ökologischen Bedrohung, die den ganzen Planeten zu vernichten droht, kämpfen wir um eine andere Lebensführung, die mit den Reserven der Natur im Geiste unserer Vorfahren verfährt.‹

Es gibt inzwischen viele Menschen auf der Welt, die diesen Bewusstseinswandel vollzogen haben, und täglich werden es mehr. All das passiert in einem ungeheuren Tempo, und es passiert jetzt. Die Vertreter des alten Systems wissen das. Sie wissen, dass ihre Richtlinien, Normen und Werte nicht mehr funktionieren. Ein solcher Wertezusammenbruch macht zunächst einmal Angst. Wir haben Angst vor Chaos und Anarchie, Angst davor, unterzugehen in diesem Endzeitszenario, in dem sich jeder gegen jeden zu behaupten versucht. Aber nicht wir sind dem Tode geweiht, es sind unsere alten Sicht- und Handlungsweisen, die sterben. Im Grunde müssen wir heute zwei Aufgaben zugleich bewältigen: als Sterbebegleiter für ein abgewirtschaftetes System und als Geburtshelfer für eine neue Kultur. Wenn es uns gelingt, eine positive Zukunftsvision in uns erblühen zu lassen, dann werden wir sie in der praktischen Politik auch umsetzen können. Denn es wird nichts Neues durch uns in die Welt kommen, was nicht vorher in unserem Bewusstsein Gestalt angenommen hat.«

Omai beugte sich zu seiner Sitznachbarin.

»Dieser Platz war eigentlich einem unserer Delegationsmitglieder vorbehalten«, sagte er höflich.

»Für Maximilian Cording, ich weiß«, antwortete Meredith Rose und stellte sich kurz vor. »Wir haben die Karten getauscht.«

»Sie wissen nicht zufällig, wo sich unser Freund befindet?«

»Auf der Pressetribüne.«

Omai nickte und wandte sich wieder seiner Schwester zu.

»Wenn die Zerstörung unserer Lebensgrundlagen so radikal und schnell vonstattengeht, wie wir es gerade erleben, dann muss der Versuch, sie einzudämmen, ebenso radikal und schnell sein, sonst greift er nicht!«, fuhr Maeva fort. »Aber eines ist auch klar: Unsere Gegenwehr muss friedlich verlaufen. Die Methoden, derer wir uns bedienen, dürfen niemals eine gewaltsame Auseinandersetzung nach sich ziehen – kein einzelner Mensch, egal was er tut und wo er lebt, darf durch uns jemals zu Schaden kommen.« Sie lächelte und deutete auf Omai. »An dieser Stelle darf ich an einen Satz aus der Rede meines Bruders erinnern, die dieser vor fünf Jahren vor der Generalversammlung der Vereinten Nationen gehalten hat: *Es geht nicht darum, wer recht hat, wer gewinnt oder verliert. Es geht darum, dass entzweite Parteien wieder zueinanderfinden und Frieden schließen. Es geht um das Vergnügen, Frieden zu schließen!* Genau, liebe Freunde, darum geht es. Es muss doch Spaß bringen, unseren verschmutzten Wohnraum Erde gemeinsam aufzuräumen. Je mehr Menschen das verstehen, desto größer ist die Chance, die scheinbar unverrückbaren Strukturen eines alten Machtgefüges von innen heraus zu unterminieren und zu Fall zu bringen. Die Wirtschaftswissenschaftlerin Loretta Napoleoni sprach angesichts der vermeintlichen Weltenlenker von Zuhältern der Globalisierung. Gemeint war die kleine Kaste der machtvollen Manager und Politiker, die mit ihren begrenzten Interessen gar nicht in der Lage sind, eine nachhaltige Zukunft zu garantieren. Nun, ich habe meine Schwierigkeiten mit dem Begriff global. Die globale Umweltverschmutzung entsteht im Lokalen. Alles Globale hat lokale Wurzeln. Selbst die eben genannten Manager und Politiker sind nur ein elitärer kleiner Männerverein, der im weltweiten Maßstab agiert und sich verhält, als sei er der globale Stamm. Das Ergebnis dieser Anmaßung können wir heute überall besichtigen. Die Menschen wollen es aber nicht mehr hinnehmen, dass jede ihrer produktiven Handlungen in ein globales Wirtschaftssystem gepresst wird, um einen Wert zu bekommen. Sie sehnen sich nach Identität. Ihre Identität finden sie nur, wenn sie ihre Probleme vor Ort angehen. Der einzige

Weg, das globale Desaster in den Griff zu kriegen, sind weltweite lokale Lösungen.«

Cording betrachtete die Garderobenfrau, die allmählich in den Fernseher hineinzukriechen schien, so gebannt verfolgte sie die Übertragung. Auch er hatte sich ja längst davon überzeugt, dass das, was Maeva aus freien Stücken aufführte, eine ungleich größere Überzeugungskraft entfaltete, als es der mit Fakten und Appellen gespickte Entwurf, den sie ihr zuvor an die Hand gegeben hatten, je hätte tun können. Erstaunlich, dachte er, dass sie trotz aller offenen Aussagen nie anklagend wirkte, dass das folkloristische Ambiente, in dem sie sich am Rande des Kitsches bewegte, ihrer Autorität in keiner Weise schadete. Die weihevolle Stimmung, die sie im Konzertsaal herzustellen verstand, kroch ja förmlich durch die Ritzen der verschlossenen Türen …

Steve blickte auf die Uhr. Anderthalb Stunden hatte Maeva bereits geredet, aber es kam ihm viel kürzer vor. Lange würde sie wohl nicht mehr sprechen, denn die Tänzer von O Tahiti E traten bereits aus den Kulissen, um sich in einem Halbkreis hinter ihr zu versammeln.

»Wie ist es möglich«, fragte Maeva, »dass alle zerstörerischen Handlungen, die wir erleben müssen, von den Verantwortlichen als kreative Taten gefeiert werden? Die Bombardierung anderer Länder, der Bau von Staudämmen, das Versprühen von Insektiziden, die Erschaffung genmanipulierter Organismen – dies alles wird als notwendig, fortschrittlich und kreativ empfunden. Wir begreifen Gesundheit als Leistung der pharmazeutischen Industrie, wir verstehen soziale Sicherheit als etwas, was Polizei und Justiz herstellen. So ist es auf fast allen Gebieten: Wir glauben ausschließlich an ordnungspolitische oder technische Lösungen.

Warum ist das so? Weil unsere Gesellschaft dem Patriarchat gehorcht, dessen zentrale Werte Überlegenheit und Dominanz sind. Deshalb ist es außerordentlich wichtig, dass wir das weibliche Prinzip wieder zum Tragen bringen. Schauen wir auf die

Natur. In den Kulturen der indigenen Völker gilt die kreative Kraft der Natur als feminin. Die Anerkennung dieser Kraft macht uns dem Leben gegenüber demütig und lässt uns erkennen, dass wir nicht sein Meister sind. Wenn jeder Mensch bereit wäre, das weibliche Prinzip in sich wieder zuzulassen, würden wir erleben, dass Selbstversorgung, Selbstvertrauen und Selbstbestimmung ganz oben auf der politischen Tagesordnung stünden. Wir wollen nicht länger auf Vernichtung bauen. Ich sprach vorhin davon«, sagte sie, »dass es Freude und Spaß bringen müsste, gemeinsam auf unserer verschmutzten Erde aufzuräumen. Fangen wir doch am besten gleich damit an. Südlich von Hawaii dreht sich ein sechs Millionen Tonnen schwerer Plastikteppich von der Größe Europas im Kreis. Bisher wird er von den subtropischen Winden in eine spiralähnliche Bewegung gezwungen, aber es ist zu befürchten, dass sich die Windrichtungen im Zeichen des Klimawandels sehr bald ändern werden. Also lasst uns fischen gehen. Sammeln wir sie ein, die Strandsandalen, Kunststoffmatten, Giftmüllbehälter, Kleiderbügel, Badeenten, Volleybälle, Styroporplatten und auch allen anderen überflüssigen Dreck, den die Wegwerfgesellschaft uns hinterlassen hat. Diese Aufgabe übersteigt unsere Kräfte natürlich bei Weitem. Deshalb werden die URP die Verursacher in die Pflicht nehmen. Was spricht dagegen, dass sich Japan, dass sich China, die USA und die europäischen Länder an dieser Aufräumarbeit beteiligen? Was spricht dagegen, dass Global Oil uns seine Hebetankerflotte zur Verfügung stellt, anstatt mit ihr, wie vor fünf Jahren geschehen, vor Tahiti illegal nach unseren Rohstoffen zu schürfen? Wir haben einen Anspruch auf ihre Unterstützung, und wir werden diesen Anspruch vor aller Welt formulieren …«

Maeva hatte sich erhoben und bat das Publikum darum, eine letzte kleine Anmerkung machen zu dürfen.

»Jede körperliche Erscheinung, die wir wahrnehmen«, sagte sie, »ist lediglich Bestandteil einer sich permanent verändernden Oberflächenstruktur. Alles Materielle, alles, was wir sehen, anfassen, hören, riechen und schmecken können, gleicht den Wellen auf dem Ozean. Sie kommen und gehen, der Ozean aber bleibt bestehen. Die Tatsache, dass auch wir eines Tages unsere Gestalt verlieren und eintauchen werden in seine Tiefe, bedeutet ja nur, dass wir endlich wieder eins werden mit seiner kraftvollen Energie. Je nachdem, wie wir gelebt haben, tragen wir zu seiner Reinigung oder zu seiner Verunreinigung bei, werden wir von ihm entweder willkommen geheißen oder als kontaminierte Substanz behandelt. Ich frage Sie also: Wer muss mehr Angst vor dem Tod haben? Diejenigen, die den Regeln der Schöpfung entsprechend gelebt haben, oder diejenigen, die diese Regeln in ihrer kurzfristigen irdischen Existenz aufs Gröbste missachteten? Die URP, das ist mein sehnlichster Wunsch, sollen ein mächtiger Verbund von Angstfreien sein. Ich danke Ihnen von ganzem Herzen. Mauruuru roa …«

Cording reichte der Garderobenfrau sein Taschentuch. Die Frau schämte sich ihrer Tränen nicht. Er gab ihr einen Kuss auf die Wange und sah zu, dass er in den Saal gelangte, jetzt, da doch einige Besucher zu den Erfrischungsständen eilten. Diesmal durfte er passieren, er hatte Glück, denn kaum, dass er im Konzertsaal war, wurden die Türen bereits wieder geschlossen. Wie auf Kommando begannen die Musiker zu spielen. Oh, wie er die tahitianische Musik liebte, die sich allein dem Atem des Ozeans verpflichtet fühlte, ob dieser nun heftig ging oder sanft.

Jemand winkte ihm aus der Mitte der Reihe zu. Es war Steve, der ihm zu verstehen gab, dass neben ihm noch Platz war. Aber er wollte hier stehen bleiben und jedes Gespräch vermeiden, in dem er sich doch nur hätte rechtfertigen müssen. Er entdeckte Maeva inmitten der Tänzerinnen, sie wirkte wie ein Fisch im Schwarm, eingebunden in eine einzige grazile Bewegung. Cording wusste jetzt schon, was er später aufschreiben würde, er konnte die Sätze bereits fühlen. Sie sollten davon erzählen, wie es einer jungen Frau gelungen war, den Hass einzuschläfern und der Angst zu sagen, sie möge von ihren Furcht einflößenden Gebärden nur die Agonie im Blick bewahren, zu mehr tauge sie nämlich nicht …

Sydney, 11. März 2028

Gerade erfahre ich, dass Maeva morgen nicht mit der Delegation wie geplant nach Tahiti zurückkehren will. Rauura war über ihre Entscheidung derart erbost, dass er schon heute abgeflogen ist. Der zickige Schamane wird sich daran gewöhnen müssen, dass die Dame jetzt ihren eigenen Gesetzen folgt. Maeva will die Seesternstadt im äußersten Westen Australiens besuchen, die zu einer gigantischen Flüchtlingskolonie ausgebaut werden soll. Außerdem ist ein Besuch der nahe gelegenen NAFU-Kommune vorgesehen.

Der Vorschlag kam von Rajani Bala, mit der Maeva seit zwei Tagen zusammengluckt. Die 75-jährige Trägerin des Alternativen Nobelpreises hat es ihr angetan. Gestern berichtete Maeva mir voller Enthusiasmus von der indischen Chipko-Bewegung, in der sich Rajani vor fünfzig Jahren engagiert hatte. Als hätte ich davon nie gehört. Dass sich Tausende von Frauen in die bedrohten Wälder begeben hatten, um sich an die Bäume zu ketten, dass die Aktion letztlich sogar zur Rettung dieser Wälder beigetragen hatte – für Maeva war das ein weiteres Indiz dafür, dass sich ein friedlicher Widerstand, wie sie ihn zu organisieren beabsichtigte, lohnen würde.

Übrigens wird uns Rajani Bala in die Seesternstadt begleiten. Mir scheint, als habe sie in Maeva endlich die Person gefunden, die ihre ökofeministischen Ideen nicht nur bewahren, sondern von einflussreicher Stelle aus befördern wird. Sieht so aus, als würde der Staffelstab gerade übergeben.

Steve soll uns auf der Reise ebenfalls begleiten. Es ist Maevas ausdrücklicher Wunsch. Was läuft da zwischen den beiden?

Unter starken Frauen

»**Matt!**«

Steve starrte ungläubig auf das Brett. »Ich war doch die ganze Zeit über im Vorteil! Wenn wir auf dem Laptop gespielt hätten, wäre das nicht passiert…«

»Mach dir nichts daraus«, antwortete Cording grinsend, »man verliert zwangsläufig ab und zu. Der Trick ist, es nicht zur Gewohnheit werden zu lassen.«

»Ha! Ha! Ha!«

Der Junge war sauer. Cording sammelte die Figuren ein und sortierte sie in die entsprechenden Fächer, während Steve sich auf den Weg in den »Konferenzraum« machte, wie der komfortable hintere Teil der Maschine genannt wurde, die die URP für sie gechartert hatten. Er wunderte sich, mit welcher Selbstverständlichkeit sein junger Freund in das Gespräch zwischen Maeva und Rajani Bala platzte und wie selbstverständlich er von den beiden Frauen empfangen wurde. Cording hätte sich das nicht getraut, dazu war ihm die Atmosphäre dort zu intim. Natürlich wäre es interessant gewesen, Rajani zuzuhören und einiges über die Mythologie der Aborigines zu erfahren. Vielleicht hätte sie ihm erklären können, wieso Australiens Ureinwohner vor drei Jahren überraschenderweise bereit waren, die Seesternstadt in ihrer Region zuzulassen. Wieso sie überhaupt akzeptiert hatten, dass man ihnen eine Region zuwies, wo ihnen doch das ganze Land heilig war.

Er schnappte sich Steves Laptop und rief im Internet die neue australische Verfassung auf. In einer ausschließlich die

Aborigines betreffenden Novelle fand er den Passus, dass die sechs Stämme, also die Pitjantjatjara in New South Wales, die Aranda in Zentralaustralien, die YoIngu und Murngin in Arnhemland, die Kukatja in Westaustralien und die Ngarinjin am Kimberleyplateau, ausschließlich den Gesetzen ihrer Region zu gehorchen hatten, egal ob sie dorthin umgesiedelt waren oder an ihren angestammten Plätzen verblieben. Ein erstaunliches Zugeständnis nach all dem Leid, das den Ureinwohnern nach der Kolonisierung durch die Briten ab dem späten achtzehnten Jahrhundert zugefügt worden war. Er klappte den Laptop zu und gesellte sich zu Rajani, Steve und Maeva.

»Obwohl jeder Stamm an ein bestimmtes Gebiet gebunden war«, hörte er Rajani sagen, »gewährten sich die Stämme untereinander Zugang zu ihren Territorien. Bei Nahrungsüberschüssen zum Beispiel. Man heiratete auch gerne in einen anderen Stamm hinein, um den Zusammenhalt untereinander zu festigen. Für alle Stämme galt und gilt noch heute: Wir müssen das Land so hinterlassen, wie es seit fünfzigtausend Jahren von Generation zu Generation an uns weitergegeben wurde. Die Aborigines lesen die Landschaft wie ein spirituelles Buch. Die Spuren ihrer Ahnen finden sie überall: ob in Wasserlöchern oder Felsformationen. Diese Stätten sind ihnen heilig. Sie sind durch sogenannte Traumpfade miteinander verknüpft. Der ganze Kontinent stellt ein Kompendium an Informationen dar, die sich jedoch nur denjenigen erschließen, die wach und respektvoll mit ihnen umgehen. Ich finde es wunderbar, dass die neue australische Verfassung dieser Kultur wieder Rechnung trägt.«

Die Pause, die Rajani entstehen ließ, wäre für Cording eine gute Gelegenheit gewesen, seine Fragen zu stellen, aber er zog es vor, zu schweigen.

»Wir haben soeben mit unserem Landeanflug begonnen«, ließ sich die Stimme des Kapitäns vernehmen, »wenn es Ihnen recht ist, werde ich die Seesternstadt in niedriger Höhe vor der Landung noch einmal umkreisen, es ist ein imposanter Anblick.«

Maeva schaute aus dem Fenster. Eigentlich hatte sie vorgehabt, dieses große Meer aus Sand, wie sie Australien nannte, mit dem Auto zu durchqueren, aber eine solche Tortur wollte sie Rajani Bala nicht zumuten.

»Wie groß ist die Region der Aborigines?«, fragte Steve.

»Ziemlich groß«, antwortete Rajani, »sie erstreckt sich über 1700 Kilometer von der am Indischen Ozean gelegenen Küstenstadt Broome im Norden bis zum ehemaligen Seebad Esperance im Süden. Im Osten bildet der Salzsee Disappointment am Rande der Gibsonwüste die Grenze. Die Seesternstadt befindet sich in der Mitte der Nord-Süd-Achse hinter der Peron Peninsula, nicht weit vom Meer entfernt. Ich zeig es dir nachher auf der Karte.« Sie breitete die Arme aus: *»Kommt und seht mein Land«,* deklamierte sie lachend, *»kommt mit offenen Ohren, offenen Augen und offenen Herzen!* So sprechen die Aborigines, und so wollen wir es auch halten ...«

Das Flugzeug legte sich in die Kurve. Über dem linken Flügel tauchten plötzlich diese glitzernden, glasigen Monstergebäude auf, die ihre Tentakel in den Wüstensand streckten. Zwölf waren es, sie erinnerten tatsächlich an gestrandete Seesterne. Ihren Nahrungsmittelvorrat schienen sie gleich mitgebracht zu haben, denn sie waren von sattem Grün umgeben, als seien solche Vorgärten in der australischen Wüste das Selbstverständlichste von der Welt.

Ludwig Liebherr entsprach so gar nicht dem Typus des ordentlichen deutschen Architekten. In seinem langen Staubmantel, den er in der Hitze auch noch geschlossen trug, wirkte er wie die Karikatur eines Westernhelden. Andererseits erinnerten die wachen flinken Augen und das vom Wind zerzauste schüttere Haupthaar an Albert Einstein.

»Willkommen, herzlich willkommen«, nuschelte er und gab Steve, Cording, Rajani und Maeva die Hand, genau in dieser Reihenfolge. Dann ging er wortlos zum Bus, der in einiger Entfernung wartete. Konvention und Konversation waren offenbar nicht sein Ding, dachte Cording, dem der Kauz auf Anhieb sympathisch war. Als Liebherr in dem temperierten Elektrogefährt zum Mikrofon griff, war klar, was ihm der Rede wert war: seine

Arbeit. Oder besser gesagt, die gehorsame Umsetzung (er nannte es wirklich so) göttlicher Ideen, wobei er unter Gott die gesamte Natur verstand – »Wie soll ich sagen, eben diese ganze geballte Intelligenz … Mag sein, dass Ihnen meine sich selbst ernährenden Siedlungen wie Dependancen einer fernen Galaxie vorkommen, mag schon sein … Dabei nehmen die Häuser doch nur die Form eines Seesterns auf. Sie wurde diesem Tier von der Evolution in Jahrmillionen zugewiesen, damit es sich gegen die gewaltigen Strömungskräfte im Ozean behaupten kann. Mit dem Spoilereffekt sozusagen. Spoilereffekt, das sagt Ihnen nichts, meine Damen, oder? Egal. Das Geniale an der Natur ist, dass sie mit der Zeit Nachteile in Vorteile umwandelt.«

Er deutete zur Seite und presste seine Stirn gegen die Scheibe, als sehe er seine Geschöpfe zum ersten Mal. Bis zu hundertfünfzig Meter schwangen sich die Rücken der milchig schimmernden Seesterne in die Höhe. Ludwig Liebherr schien von dem Anblick ähnlich beeindruckt wie seine erlauchten Gäste.

»Wir sind da, Herrschaften!«, rief er, sprang erstaunlich behände aus dem Bus und verbeugte sich wie ein Zirkusdirektor vor Maeva und Rajani, die sich ein Lachen nicht verkneifen konnten. Vier Filipinos in weißen Overalls eilten herbei und trugen das Gepäck ins Gebäude, in dessen Eingangshalle der gesamte Berliner Hauptbahnhof Platz gefunden hätte. Während Steve die Frauen hineinbegleitete, blieb Cording neben dem Architekten stehen.

»Was ist mit Ihnen?«, fragte dieser überrascht. »Wollen Sie sich nicht ein wenig ausruhen nach dem langen Flug?«

Cording schüttelte den Kopf.

»Na schön. Vielleicht hätten Sie dann ja Lust, mit mir eine kleine Spritztour durch das Städtchen zu unternehmen.«

»Sehr gerne, Herr Professor.«

»Lassen Sie den Professor mal weg. Na kommen Sie. Wir gehen zu Fuß. Zu Fuß gewinnt man einen ganz anderen Eindruck von den Dimensionen.«

Die beiden Männer machten sich auf den Weg in die Wüste,

aus der Liebherrs Gebäudeblasen hervorquollen, als habe die Erde sie gerade ausgeatmet.

»Wer von den beiden Damen ist denn jetzt Maeva?«, fragte Liebherr und hakte sich bei Cording ein. »Die Jüngere oder die Ältere?«

»Die Jüngere.«

»Donnerwetter, die traut sich was! Na ja, sonst geht das ja auch gar nicht...«

Seit fünf Jahren hatte Cording sich nicht mehr auf Deutsch unterhalten, und der Hamburger Akzent in Liebherrs Stimme machte die Sache noch angenehmer.

Der Professor ging in die Knie, nahm eine Handvoll Sand auf und ließ ihn zwischen den Fingern hindurchrieseln.

»In den Ballungsgebieten machen solche Gebäude natürlich keinen Sinn«, sagte er, »zu wenig Platz. Also müssen die Küstenbereiche und Wüsten als zukünftiger Lebensraum herhalten. In der Wüste hast du Sand. Wenn du Sand hast, hast du Glas, hast du Baumaterial. Man kann aus Sand alles Mögliche machen. Wenn man ihn verdichtet, wird er extrem hart und stabil. Kaum zu glauben, aber die Außenhäute dieser Gebäude sind aus Sand gefertigt. Sie sind nicht nur schön, sie sind auch billig. Aber vor allem sind sie unverwüstlich...«

Er klopfte vor Vergnügen über die gelungene Metapher dreimal kräftig auf den Wüstenboden.

»Wenn ich mir überlege, dass es über dreißig Jahre gedauert hat, bis sich diese Idee durchgesetzt hat...«

Liebherr ignorierte die Hand, die ihm Cording darbot, und stand ächzend auf.

»Die Politiker reagieren auf die Vorschläge von uns Bionikforschern ja immer noch nach dem Motto: Nun verderbt uns mal nicht die gute Laune.«

Liebherr teilte das Schicksal aller Visionäre, denen die Zeit davonlief. Er hielt die Ideallösung zur Rettung der Welt in Händen und musste nun feststellen, dass sein kleines Menschenleben nicht ausreichte, um die Widerstände, die der Umsetzung bahnbrechender Ideen seit jeher Schwierigkeiten machten, zu überwinden.

»Wie dumm muss eine Spezies eigentlich sein, die bei der Sicherung ihrer Zukunft unbeirrt an Ressourcen festhält, die berechenbar knapper werden und deren Gewinnung und Verarbeitung zudem noch extrem umweltschädlich sind?«, fragte Liebherr und rührte mit dem Fuß im Sand. »Wir haben Wind, Wellen, Sonnenkraft, Biomasse, Thermik, wir haben die Wüste, die Küsten, die Wasserfälle und Gebirge, wir haben Algen und Plankton und tausend Dinge mehr im Übermaß. Was wir nicht im Übermaß besitzen, sind fossile Brennstoffe, sind Süßwasservorräte und Metalle. Wir brauchen ein Konzept, das die üppig vorhandenen Ressourcen nutzt und die knappen verschont. Können Sie mir folgen?«

Ob er ihm folgen konnte? Cording musste lachen. Diese Leier spielte man doch seit den Siebzigerjahren des vergangenen Jahrhunderts …

»Singlelösungen helfen uns nicht weiter«, fuhr Liebherr fort. »Die Windräder zum Beispiel: absoluter Quatsch. Ihre Herstellung verbraucht enorm viel Energie und seltene Metalle, und dann stehen sie die Hälfte der Zeit still. Bei Schwachwind arbeiten sie nicht und bei Orkanstärke auch nicht. Ein Drittel des von ihnen gewonnenen Stroms geht auf dem Transportweg verloren. Außerdem sind sie eine Schande fürs Auge … Hab ich recht?«

Sicher hatte er das, aber neu war auch diese Erkenntnis nicht. Cording machte den Professor darauf aufmerksam, dass er ihm ja eigentlich die Seesterne erklären wollte, zwischen denen sie wie zwei verirrte Ameisen umherwanderten.

»Ich habe mir das Strömungsprinzip der Natur zunutze gemacht«, antwortete Liebherr ohne Umschweife und keineswegs beleidigt. »Optimal angewandt könnte dieses Prinzip einen Großteil unserer Energieprobleme lösen.«

Cording konnte sich ein Lächeln nicht verkneifen. Aber etwas in seiner Stimme verbot ihm, Liebherr als Spinner abzutun. Es war der Anflug von Resignation, der Cording aufhorchen ließ. So sprach keiner, der Anerkennung für sich reklamieren wollte.

»Die Natur zeigt uns doch, wie es funktioniert«, hörte er seinen Begleiter sagen, »man braucht es nur abzugucken und auf intelligente Weise nachzubauen. Das ist genau das, was wir Bionikforscher machen. Aber man traut uns nicht, weil die Menschen der Natur nicht trauen ...«

Seine Seesterne besaßen tatsächlich faszinierende Eigenschaften. Sie fingen zwischen ihren Armen den Wind auf, der sich auf dem Weg nach oben extrem beschleunigte und an der Spitze von einem Windlaser in Energie umgewandelt wurde. Die Strömungsbeschleunigung hatte zur Folge, dass die Luftfeuchtigkeit kondensierte.

»Jedes Gebirge funktioniert nach diesem Prinzip«, bemerkte Liebherr, »auf diese Weise bildet sich Süßwasser. Das Süßwasser entsteht praktisch nach dem Windlaserprinzip. Die eingefangene Energie lässt sich auch problemlos in Wärme und Kälte umwandeln, ebenso einfach lässt sich aus ihr elektrische Energie generieren. Und als ob das noch nicht genug wäre, legt sich jedes Gebäude seinen eigenen Garten an, indem es einen Teil des gewonnenen Wassers zur Bepflanzung seiner Umgebung freigibt.«

Liebherr war in Fahrt gekommen, er schwadronierte ohne Rücksicht auf die begrenzte Aufnahmefähigkeit seines Zuhörers von den Vorteilen der Stern-Formgebung, von Strömungsenergie-Extraktoren, vom perfekten Windschatten und der Möglichkeit, die Bewegungsenergie von Fluiden billig zu nutzen. Cording ließ den Redeschwall dieses genialen Kauzes über sich ergehen wie eine frische Brise, deren würziger Geschmack ihn glauben ließ, dass seinem Geist der reinste Sauerstoff zugeführt wurde. Wenn Liebherr vom optimierten Reflexionsprinzip sprach, von der Nutzung der Schwerkraft oder davon, wie aus einer diffusen schwachen Strömung ein kraftvoller Turbostrahl entstand, dann schienen seine Worte die Gigagebäude förmlich zu streicheln, die er hier in die Wüste gesetzt hatte, dann schienen sie auf ihn zu hören wie gezähmte Tiere auf ihren Dompteur.

Immer wieder machte Liebherr darauf aufmerksam, wie einfach der Fortschritt zu haben war, gerade in jenen Breiten, die Gefahr liefen, von ihm abgeschnitten zu werden. Sonne, Wind, Meeresströmung und Sand waren ein technologisch schnell nutzbares und gewinnbringendes Kapital. Es störte Cording ein wenig, dass der Professor immer noch in dem klassischen Gewinn- und Verlustschema dachte, aber jemand, der sich jahrzehntelang mit einem System angelegt hatte, das keine anderen Argumente gelten ließ, durfte ruhig triumphieren, wenn er mit seiner Kosten-Nutzen-Rechnung plötzlich erkennbar vorn lag.

So hörte Cording also weiter geduldig zu, wobei er sich den Luxus aller Unwissenden leistete und nur das zur Kenntnis nahm, was sich ihm auf Anhieb erschloss. Die Blattgeometrie der Magnolienblüte zum Beispiel, die aus einem schwachen Wind einen starken Strömungsstrahl machte, den sie dann zur optimalen Bestäubung nutzte. Oder die spezielle Oberflächenstruktur, die Liebherr seinen Monsterseesternen gegeben hatte, damit die Reibung der einströmenden Luft vermindert und ein sogenannter Katapulteffekt erzielt werden konnte.

»Es geht darum, die Strömung durch oder über Flächen zu leiten, aber den Kontakt zu diesen Flächen extrem zu minimieren«, erklärte Liebherr von sich selbst begeistert. »Ein Luftpolster, bestehend aus kleinen Wirbeln, ist dafür perfekt geeignet. Das führt nicht nur zu Materialersparnis und Kostenreduktion, es bremst auch die Lärmentwicklung.«

Nach etwa zwei Kilometern näherten sie sich dem Nachbarstern, der etwas gedrungener ausgefallen war als der, in dem Maeva, Rajani und Steve Unterschlupf gefunden hatten. Cording wunderte sich, dass ihnen auf dem Marsch durch die Wüste bisher kein einziger Mensch begegnet war. Ebenso erstaunt war er, dass es keinerlei Anzeichen von Bautätigkeit gab, es waren weder Fahrzeuge noch Maschinen oder Materialien zu sehen, die man zur Fertigstellung der Gebäude doch dringend benötigte. Die Pisten zwischen den Seesternen waren verweht, das gesamte riesige Areal verwaist. Eine gespenstische Atmosphäre, die auch Liebherr Unbehagen zu bereiten schien.

»Ich weiß auch nicht, wann es weitergeht«, sagte er achselzuckend, »bisher sind gerade einmal zwei der zwölf Sterne bezugsfertig, von den anderen stehen lediglich die Außenhäute …«

Sie warfen einen Blick in das Innere der gigantischen Kuppel, die sich wie ein eigenes Firmament über ihren Köpfen ausbreitete. Cording wurde schwindelig angesichts der Dimensionen. Liebherr steuerte auf eine hölzerne Baubude zu, die verloren unweit des Eingangs stand. Darin befanden sich nichts weiter als eine Arbeitsplatte und ein Computer.

»So wird es eines Tages aussehen«, sagte der Professor, während er im routinierten Schnelldurchgang eine Animation nach der anderen auf den Schirm rief. »Zwanzig Stockwerke haben hier Platz, die Wohneinheiten sind genormt, sie passen sich der Form des Gebäudes perfekt an. Das Atrium ist natürlich rund und wirkt der Enge der Bebauung entgegen. Bis zu zehntausend Menschen kann dieses Haus beherbergen, eine ganze Menge, finden Sie nicht?«

Er schaltete den Computer aus, als lohnte es sich nicht, ein Projekt zu studieren, das so unvermutet ins Stocken geraten war. »Wenn die Chinesen ihre finanziellen Zusagen nicht bald einhalten, werden wir uns wohl nach anderen Partnern umsehen müssen, Flüchtlinge und Entwurzelte gibt es schließlich genug«, sagte er, »die Verhandlungen mit Indien, Indonesien und Japan laufen bereits. Ja, die Chinesen … Irgendwie kann ich ihre Situation verstehen. Die sind klamm. Seit dem Bruch des Dreischluchtendamms ist die chinesische Volkswirtschaft ruiniert. Dreihundert Millionen Menschen, die umgesiedelt werden müssen, das schafft kein Land der Welt. Dazu der gigantische Verlust an fruchtbarem Boden, von den Millionen Toten einmal ganz abgesehen. Nein, mit den Chinesen können wir nicht mehr rechnen …«

Cording war entsetzt, wie nüchtern Liebherr eine Katastrophe kommentierte, die in der Geschichte der Menschheit ohne Beispiel war. Wie er kurz darauf zur Tagesordnung überging, um dem Gast voller Euphorie sein erweitertes Konzept zu unterbreiten. Dies sah vor, die australische Küste in regelmäßigen Abständen mit Seesternstädten zu bestücken, im Wasser und auf dem Land.

»Diese wunderschönen Gebäude bilden dann praktisch den äußeren Ring des Kontinents, sie sind Australiens Einfallstor und signalisieren den Heimatlosen in aller Welt, dass sie hier willkommen sind«, sagte der Architekt und schloss die Baubude hinter sich ab.

Der Mann ist verrückt, dachte Cording, komplett durchgeknallt. Liebherr hakte sich bei ihm ein.

»Irritiert Sie das?«, fragte er schmunzelnd. »Das sollte es nicht. Wie könnte man sich gegen das allumfassende Elend denn besser wappnen als mit einer perfekten Illusion?« Er blieb stehen. »Wie alt, sagten Sie, ist Maeva?«

»Zweiunddreißig.«

»Zweiunddreißig. Großartig. Ich wette, sie hat mehr Verständnis für mich, als Sie je aufbringen werden …«

Er lachte lauthals auf.

Das inoffizielle Treffen der vier Regierungschefs von Russland, Dänemark, Kanada und den USA im Liwadijapalast von Jalta lief entspannter ab, als es der Anlass vermuten ließ. Die Herren waren während der vergangenen zwei Tage sichtlich um Contenance bemüht. Am leichtesten fiel dies dem Russen Dimitri Nowikov, der im Poker um die Gas- und Ölvorkommen des Nordpolarmeeres die besseren Karten besaß. Nach jahrelangem Gezerre war die Festlandsockelkommission der UNO schließlich den russischen Vorstellungen gefolgt und hatte den bis zu dreihundertsiebzig Kilometer breiten Lomonossowrücken, der sich in einer Höhe von dreieinhalb Kilometern über dem Meeresgrund von Sibirien am Nordpol vorbei über eintausendachthundert Kilometer bis Grönland und zur kanadischen Ellesmereinsel erstreckte, dem Riesenreich als Staatsgebiet zugesprochen. Damit war festgeschrieben, dass allein die Russen die Rechte an den natürlichen Ressourcen des Sockels besaßen. Uneins war sich die Kommission lediglich in der exakten Festlegung der

Außengrenze. Nach dem Seerechtsübereinkommen der Vereinten Nationen aus dem Jahr 1982 endete eine Staatsgrenze dort, wo ein Festlandsockel geologisch in den Tiefseeboden überging, vier- bis fünftausend Meter unter dem Meeresspiegel. Um diese Grenze zu bestimmen, hätte es aber eines gewaltigen wissenschaftlichen Aufwandes bedurft, den die Anrainerstaaten bisher immer gescheut hatten. Also stützten die USA, Dänemark, Norwegen und Kanada ihre Ansprüche auf die Tatsache, dass sich in dem von Moskau reklamierten unterseeischen Lomonossowrücken lang gestreckte Tiefseebecken befanden, die sich geologisch vom Rest des Sockels unterschieden und mithin nicht zum Territorium Russlands gezählt werden konnten.

Dem amerikanischen Präsidenten Geoffrey Hurst ging die joviale, gönnerhafte Art seines russischen Gastgebers auf den Geist. Dass Nowikov sie ausgerechnet in den Liwadijapalast geladen hatte, empfand er als Provokation. Was hatte die legendäre Jaltakonferenz, auf der Franklin D. Roosevelt, Winston Churchill und Josef Stalin im Februar 1945 das Nachkriegseuropa unter sich aufgeteilt hatten, mit diesem Treffen zu tun? Zwar schlichen die Beteiligten auch hier wie Raubtiere um die Beute, aber eine allgemeine Siegermentalität, wie sie damals unter den drei Staatschefs festzustellen war, gab es nicht. Heute gab es einen Gewinner, Russland, und drei Verlierer, die sich zudem noch untereinander misstrauten.

Hurst, der seine Wiederwahl allein den großzügigen Spenden der Energiewirtschaft zu verdanken hatte, empfand den Umgang, den der russische Präsident mit ihm pflegte, als persönliche Demütigung. Wieder einmal durfte er erfahren, wie gering sein Gegenspieler das politische Gewicht der USA einschätzte. Von allen fünf Bundesländern, die sich in den letzten Jahren aus dem Verbund der Vereinigten Staaten gelöst hatten, war der Verlust Alaskas am schmerzlichsten gewesen. Die USA besaßen jetzt keinen direkten Zugang zum Nordpolarmeer mehr. Jetzt rächte sich, dass Hurst nicht unmittelbar nach der Unabhängigkeitserklärung, wie von den Energiemultis empfohlen, in die aufsässige Enklave einmarschiert war. Dass sich Alaska jetzt auch noch den URP angeschlossen hatte, machte die Sache nicht einfacher.

Die Verhandlungen um die Zugriffsrechte auf die Ressourcen der Arktis waren ins Stocken geraten. Dem russischen Präsidenten machte das keine Sorge. Nach dem Mittagessen bat er zu einem Umtrunk ins Kaminzimmer. Unter dem Wandteppich mit dem geknüpften Bild der letzten Zarenfamilie, die den Palast als Sommerresidenz genutzt hatte, versuchte der Russe seine Gäste bei Laune zu halten, was mitunter peinliche Züge annahm. Zu allem Überfluss bestand Dimitri Nowikov darauf, dass sich die Teilnehmer dieses Treffens im italienischen Innenhof des Palastes zu einem Gruppenfoto versammelten, und zwar genau an der Stelle, wo sich die Führer der Alliierten 1945 nach der erfolgreichen Winteroffensive der Roten Armee hatten ablichten lassen. Alles sollte genauso aussehen wie damals.

Die Zeit bis zum Eintreffen der Vorstandsvorsitzenden von PR (Petrol Russia) und Global Oil verbrachten die Präsidenten bei herrlichstem Sonnenschein auf der Veranda, die dem Arbeitszimmer des Zaren Nikolaus II. vorgelagert war. Henrik Bastrup und sein kanadischer Kollege Peter Norfolk hielten sich beim Trinken auffällig zurück, doch Geoffrey Hurst wusste inzwischen, wie man mit dem russischen Nationalgetränk umzugehen hatte: ein Glas Wodka, zwei Gläser Wasser, so blieb man relativ lange nüchtern. Die Russen wussten einen handfesten Trinkkumpan noch immer zu schätzen, vielleicht lag hier der Schlüssel zu einem besseren persönlichen Verständnis.

»Die Alaskafrage, Geoffrey …«, sagte Nowikov und knallte Hurst seine Hand auf die Schulter. »Kommen wir doch mal darauf zurück, das interessiert mich. Warum unternehmt ihr da nichts? Wenn das bei uns passiert wäre, schwupp!, und der Spuk hätte ein Ende …«

»Dimitri«, antwortete Hurst und lehnte sich unauffällig zurück, um der lästigen Berührung zu entkommen, »schwupp funktioniert bei uns nicht.«

»Und ob es funktioniert, Geoffrey. Ihr habt doch die letzten dreihundert Jahre nichts anderes gemacht, oder irre ich mich?«

Er blickte Bastrup und Norfolk an: »Die haben doch nichts anderes gemacht, oder irre ich mich etwa? Sa sdorowje, Geoffrey, ich wollte Sie nicht unterbrechen.«

Hurst wäre am liebsten aufgestanden und abgereist. Aber einen Affront konnte er sich nicht leisten. Wegen seiner Alaskapolitik galt er als Zauderer. In seiner eigenen Republikanischen Partei wurde inzwischen offen über einen Nachfolger spekuliert. Seine einzige Hoffnung, aus dieser merkwürdigen Konferenz noch etwas Zählbares für die Vereinigten Staaten herausschlagen zu können, war ausgerechnet jener Mann, den er im Wahlkampf noch als Vaterlandsverräter beschimpft hatte: Bobby McEwen. Der ehemalige Vizepräsident und heimliche Herrscher von Global Oil hatte nach seinem Rauswurf im Zuge des illegalen Ressourcenraubbaus vor Tahiti problemlos die Seiten gewechselt. Bereits wenige Monate nach dem von ihm verursachten Skandal saß er auf dem Chefsessel von Petrol Russia, unterstützt vom ehemaligen britischen Premierminister, der ihm als Vize zur Seite stand... Aber McEwen war nach wie vor Amerikaner. Abseits aller persönlichen Animositäten sollte er Verständnis haben für die Nöte Amerikas. Darauf setzte Hurst.

»Hat es Ihnen die Sprache verschlagen, Geoffrey?«, frotzelte Nowikov.

»In gewisser Weise ja«, antwortete Hurst. »Wissen Sie, was ich mich manchmal frage, Dimitri? Wie lange kann eine ausschließlich den Wirtschaftsinteressen multinationaler Konzerne verpflichtete Politik noch gut gehen, wenn sie weiterhin jegliches Fingerspitzengefühl für die Befindlichkeit der Bürger vermissen lässt? Wie gehen wir um mit dem wachsenden Empörungspotenzial, das ja nicht ganz ungefährlich ist, wie die chinesischen, indischen und – wie Sie zugeben müssen – russischen Verhältnisse uns lehren? Wie kriegen wir den Druck aus dem Kessel, Dimitri? Das macht mir Sorge. Ihnen etwa nicht? Was ist mit dem wachsenden Einfluss der Fundamentalisten in Ihren islamisch geprägten Republiken, was mit den Unabhängigkeitsbewegungen in Kirgisien und der Mongolei? Russland hat viele kleine Alaskas. Wollen Sie die alle militärisch befrieden?«

»Nein«, antwortete Nowikov lachend, »wir gehen mit unseren Soldaten nur dahin, wo es ums Eingemachte geht. Sie wissen schon: Gas, Öl, Nickel, Kupfer, Silicium und so weiter, was man halt so braucht, wenn man seinen empfindsamen Bürgern einen gewissen Lebensstil ermöglichen will ...«

Hurst beobachtete Ministerpräsident Bastrup, der sichtlich mit sich zu kämpfen hatte. Der Widerwille stand dem zwei Meter großen ehemaligen Mathematikprofessor aus Kopenhagen, der hier auch für Norwegen sprach, förmlich ins Gesicht geschrieben. Mit ihm wagte sich auch Kanadas Regierungschef Peter Norfolk aus der Deckung. »Wir dürfen auf keinen Fall den Fehler begehen, die Signale zu missachten, die von Sydney ausgehen«, wandte er zögernd ein. »Die neue Generalsekretärin der URP hat sich moralisch unangreifbar gemacht, sie hat Charisma, das ist doch unbestritten. Somit hat sie auch das Zeug dazu, die Enttäuschten und Betrogenen dieser Welt hinter sich zu versammeln. Die Dame führt einen Kreuzzug gegen die Kräfte des freien Marktes, das ist mutig und gefährlich. Gefährlich für sie selbst, aber auch gefährlich für uns. Sie hat ja recht, wenn sie sagt, dass sich ein Großteil der Weltbevölkerung nach einer positiven Zukunftsperspektive sehnt. Das sehe ich genauso. Wir wären also gut beraten, an dieser Perspektive mitzuarbeiten, anstatt uns weiterhin in einer hochsensiblen, hochexplosiven Weltlage mit technokratischer Kälte zu behaupten.«

Nowikov schaute seine Gäste der Reihe nach kopfschüttelnd an. »Was ist denn plötzlich los mit Ihnen, meine Herren?«, fragte er sichtlich ernüchtert. »Sie werden sich von dem spirituellen Gesülze dieser Südseenutte doch nicht irremachen lassen! Wie soll sie denn aussehen, die schöne neue Welt? Schalten wir in Zukunft das Licht aus? Bewegen wir uns nicht mehr von der Stelle? Schmeißen wir Mobiltelefone und Fernseher auf den Müll und erzählen uns stattdessen am offenen Feuer Märchen aus uralten Zeiten? Ah, da sind sie ja!«

Mark Dowie und Robert McEwen, die Vorstandsvorsitzenden von Global Oil und Petrol Russia, hatten die Veranda betreten.

Ihnen war die Arroganz jener Wirtschaftsführer ins Gesicht geschrieben, die wussten, dass sie eine versammelte Politrunde wie diese jederzeit am Nasenring durch die weltpolitische Arena führen konnten. Zehn Milliarden Tonnen Erdöl und Erdgas lagerten unter der Eisdecke des Nordpolarmeeres, interne Schätzungen der Ölmultis gingen sogar von 25 Prozent der weltweiten Vorkommen aus. Lange Zeit hatte ihre Förderung als unrentabel gegolten, aber angesichts der stetig steigenden Rohstoffpreise und der ungebremsten Erderwärmung war man inzwischen sicher, dass sich ein Abbau der fossilen Energieträger schon in Kürze lohnen würde.

Robert McEwen begrüßte den amerikanischen Präsidenten als Letzten.

»So sieht man sich wieder, Bob«, sagte Hurst, um einen versöhnlichen Tonfall bemüht.

»Ganz recht, Mr. President«, entgegnete McEwen kühl, »so sieht man sich wieder …«

Wenn es nicht so lächerlich ausgesehen hätte, wer weiß, vielleicht wären die Passanten in Downtown Juneau besorgt gewesen wegen der drei Jeeps der US Army, die an diesem verregneten Dienstagmorgen vor dem Säulenportal des State Capitol hielten. Vielleicht wäre ihnen klar geworden, dass die seit Langem befürchtete Annexion der Freien Republiken Alaskas durch die Vereinigten Staaten gerade im vollen Gange war. So aber wurden Viersternegeneral Walter Cohen und sein militärischer Anhang beim Betreten des Regierungssitzes von den Umstehenden bestaunt und beklatscht wie Staatsgäste.

Auf dem langen Marsch durch das Gebäude hatte Cohen doch erhebliche Zweifel, ob die sanfte Tour, die Präsident Hurst den Militärs verordnet hatte, wirklich funktionierte. Da Kanada sich aber geweigert hatte, größeren Armee-Einheiten die Durchfahrt zu genehmigen, und da eine Invasion vom Meer her zu kostspielig gewesen wäre, blieb ihnen ja kaum etwas übrig, als den Abtrünnigen diesen »Familienbesuch« abzustatten. Gut möglich, dass die Inuit ihre kleine Abordnung in Geiselhaft nehmen würden, sobald ihnen bewusst geworden war, worum es bei diesem Besuch ging.

Der Kabinettssaal, in dem der Rat der Republiken nach Auskunft der CIA jeden Dienstagmorgen tagte, befand sich im zweiten Stock. General Cohen hätte am liebsten die Tür eingetreten, damit es jedenfalls ansatzweise nach einem Militärputsch aussah – stattdessen klopfte er artig an. Das ist ja lächerlich, dachte er und trat, ohne eine Antwort abzuwarten, an der Spitze seines uniformierten Gefolges ein. Die zwölf versammelten Ratsmitglieder – sieben Frauen, fünf Männer – waren sichtlich geschockt. Fassungslos sahen sie zu, wie es sich der General an der Stirnseite des Kabinettstisches bequem machte.

»Bleiben Sie entspannt«, begrüßte Cohen die Anwesenden, »es besteht kein Grund zur Panik. Ich komme im Auftrag des Präsidenten der Vereinigten Staaten, von dem ich Sie übrigens recht herzlich grüßen soll.« Er öffnete seine Aktentasche und entnahm ihr eine schwarze Ledermappe, die er nun behutsam aufschlug. »Machen wir es kurz«, fuhr er fort, »ich habe bei mir einen von Präsident Hurst unterschriebenen Vertrag, der das Verhältnis zwischen den USA und den Freien Republiken Alaskas neu regelt. Ihre Unabhängigkeit ist davon nicht betroffen. Unter der Voraussetzung, dass Sie bereit sind, folgende Punkte zu unterschreiben.« Er tippte mit den Fingerspitzen provozierend lange auf das Papier, als wollte er dessen Bedeutung allen am Tisch ins Bewusstsein klopfen.

»Erstens«, begann er im Stil einer Urteilsverlesung, »die Vereinigten Staaten von Amerika behalten sich das Recht vor, ihre Militärstützpunkte in dem ehemaligen Bundesstaat Alaska jederzeit wieder zu besetzen.

Zweitens: Die amerikanische Wirtschaft wird wieder in die Lage versetzt, in den Freien Republiken Alaskas nach Rohstoffen zu forschen und sie gegebenenfalls abzubauen.

Drittens: Global Oil darf die unterbrochenen Bauarbeiten an den Offshoreanlagen ab sofort fortführen. Darüber hinaus wird der Firma erlaubt, vor der Küste des ehemaligen Bundesstaates Alaska so viele Anlagen zu errichten, wie sie es für nötig hält.

Viertens: Die Alaska-Pipeline wird umgehend wieder in Betrieb genommen.

Fünftens: Das Tankstellennetz in Ihrem Land fällt wieder in den Besitz von Global Oil.

Sechstens: Die Vereinigten Staaten betrachten die von amerikanischen Firmen bewirtschafteten Flächen als Territorium der USA, auf dem die Gesetze der Freien Republiken Alaskas keine Gültigkeit haben.«

General Cohen blickte die Ratsmitglieder der Reihe nach an. Es fiel ihm nicht leicht, in den Gesichtern der Auke, Taku und Inuit zu lesen. Die Indios starrten regungslos zurück.

»Im Gegenzug ...«, fuhr der General fort und räusperte sich, als sei ihm das Wort im Hals stecken geblieben, »... im Gegenzug sichern die Vereinigten Staaten von Amerika den Freien Republiken Alaskas die vollkommene Autonomie zu. Die Vereinigten Staaten akzeptieren die Gepflogenheit der Bürger von Alaska, auf persönliches Landeigentum zu verzichten«, las er vom Blatt. »In der amerikanischen Verfassung gilt Land, das keinen Privateigentümer hat, als Staatsbesitz. Mit diesem Vertrag verzichten die USA jedoch auf ihre legitimen Ansprüche. Damit geben die Vereinigten Staaten von Amerika das Land offiziell an seine Ureinwohner zurück. Darüber hinaus garantieren wir jedem Bürger der Freien Republiken Alaskas unbegrenztes Jagdrecht, zu Wasser und zu Lande. Es ist Sache der Freien Republiken Alaskas, wie sie ihre Umweltpolitik gestalten. Amerika verpflichtet sich außerhalb seiner Wirtschaftszonen dazu, alle von Ihrem Rat erlassenen Gesetze zu akzeptieren. Darüber hinaus bieten wir an, Ihre Republiken an den Einnahmen, die aus der Erschließung der Bodenschätze erzielt werden, angemessen zu beteiligen. Ein entsprechendes Abkommen ist auszuhandeln.«

Cohen klappte die Mappe zu und blickte erneut in die Runde. Eigentlich hatte er gehofft, nun auf entspanntere Gesichter zu treffen, aber die Herrschaften in den merkwürdig gewebten und bunt bestickten Kleidern schienen eher noch tiefer in ihr Schweigen gefallen zu sein.

Der General kam sich albern vor, aber er wollte die Sache so schnell wie möglich beenden. »Haben die Damen und Herren noch irgendwelche Fragen?«

»Was geschieht, wenn wir den Vertrag nicht unterzeichnen?«, fragte die Frau vom anderen Ende des Tisches so freundlich, wie es ihr irgend möglich war.

»Für diesen Fall, Ma'am, werden die Vereinigten Staaten mit Nachdruck auf den alten Verhältnissen bestehen. Im Klartext: Es werden Panzer rollen. Und zwar binnen einer Woche. Die Freien Republiken Alaskas wären somit Geschichte. Jeder amerikanische Bürger, den Sie aus dem Land gejagt haben, bekäme seinen Grund und Boden zurück. Kurz: Es wäre vorbei mit Selbstbestimmung und Autonomie. Was das für Ihr Volk bedeuten würde, brauche ich Ihnen ja wohl nicht zu erklären.« Cohen massierte seine Nasenwurzel. »Ich bitte Sie, Herrschaften, einen besseren Vertrag wird es nie geben. Wenn Sie sich einverstanden erklären, bewahren beide Seiten ihr Gesicht.« Er schob die Ledermappe dem Ratsmitglied zu, das ihm am nächsten saß. »Ich schlage vor, Sie alle lesen sich die paar Seiten in aller Ruhe durch, bevor Sie unterschreiben.«

Als die Hälfte der Indios seiner Aufforderung gefolgt war, stand General Cohen auf, ging nach nebenan ans Telefon und wählte die Nummer seines Präsidenten im Weißen Haus.

»Mr. President«, sagte er und nahm unwillkürlich Haltung an, »Alaska is coming home!«

Mark Dowie, Vorstandsvorsitzender von Global Oil, fühlte sich im Weißen Haus inzwischen fast heimisch. Es war bereits das siebte Mal seit der Jaltakonferenz, dass er vom amerikanischen Präsidenten zu einem Vieraugengespräch geladen wurde.

»Wenn wir damit unbeschadet durchkommen, Mr. President«, sagte er und legte das unterschriebene Vertragswerk beiseite, »dann dürfte dies wohl Ihr Meisterstück geworden sein. Sie werden in die Geschichtsbücher eingehen – als Friedenspräsident. Das ist doch mal was ...«

»Kommen wir denn damit durch, Mark?«, fragte Hurst.

»Warum nicht? Juristisch gesehen ist die Sache unanfechtbar. Gütliche Einigung nennt man so etwas. Das hätte sogar vor einem internationalen Gerichtshof Bestand. Worüber machen Sie sich Sorgen? Wichtig ist doch allein, dass es uns gelungen ist, die Russen auszutricksen. Wir sind wieder mittendrin im Wettlauf um die arktischen Ressourcen. Russland bleibt nach diesem Vertrag nichts anderes übrig, als das zu akzeptieren.«

»Sie glauben doch nicht ernsthaft, dass sich Alaskas Ureinwohner so ohne Weiteres in ihr aufgezwungenes Schicksal fügen werden. Alaska ist Mitglied der URP, und was diese Organisation an öffentlicher Aufmerksamkeit herzustellen vermag, das haben wir doch erlebt.«

Dowie winkte energisch ab. »Die URP besitzen keine Truppen, so einfach ist das. Wo also liegt das Problem? Außer den üblichen moralischen Anschuldigungen haben wir nichts zu befürchten.«

Geoffrey Hurst erhob sich aus seinem Sessel, öffnete die Tür zur Terrasse und inhalierte die frische Herbstluft, die der Sturm der letzten Nacht über Washington ausgebreitet hatte. Mark Dowie kannte seinen Präsidenten, es war nicht ratsam, ihn jetzt zu unterbrechen.

»Seien wir doch ehrlich, Mark«, hörte Dowie den Präsidenten sagen, der nach wie vor mit im Rücken verschränkten Armen in der Tür stand, »wem haben wir die Scheiße zu verdanken, in der wir nun bis zum Hals stecken? Ich will es Ihnen sagen: Global Oil! Ohne die Verschwörung Ihres Managements mit einem Großteil des Selby-Kabinetts, ohne diese verdammte illegale Schürfaktion in den Hoheitsgewässern Polynesiens wäre Alaska nach wie vor ein Bundesstaat der USA. Aber nein, die Firma musste ja unbedingt auf eigene Faust handeln. Am Präsidenten der Vereinigten Staaten vorbei! Bravo! Dass Selby den Unabhängigkeitsbestrebungen Alaskas kurz vor seiner Demission noch im vollen Umfang entsprochen hat – auch das hätten Sie eigentlich kommen sehen müssen. Selby hat sich postwendend und wirkungsvoll an Ihnen gerächt. Aber nicht nur an Ihnen, am ganzen Land. Und um ehrlich zu sein, kann ich es ihm nicht einmal verdenken ...«

Geoffrey Hurst kehrte an seinen Schreibtisch zurück und zog einen Aschenbecher aus der Schublade. »Sie haben doch Zigaretten dabei«, sagte er zu seinem Gast, »lassen Sie uns eine rauchen.«

Dowie reichte seinem Präsidenten das geöffnete Etui. Dieser brach zunächst den Filter ab, bevor er sich Feuer geben ließ.

»Sehen Sie zu, dass Sie McEwen endlich friedlich stimmen«, sagte Hurst. »Der Bastard ist schließlich der Hauptschuldige an unserer Misere. Global Oil und Petrol Russia können sich den Kuchen der Arktis doch teilen. In Zeiten wie diesen ist Teilen allemal die beste Lösung. Die Welt kann sich eine weitere Schwächung Amerikas nämlich nicht leisten.«

Rajani Bala und Maeva hatten sich ins Gästehaus der NAFU-Kommune zurückgezogen, die nur etwa dreißig Meilen südlich der Seesternstadt in der Wüste lag. Die Nachricht über den dreisten Zugriff der USA auf die Freien Republiken Alaskas, die ihnen heute Morgen vom Rat aus Juneau übermittelt worden war, las sich wie ein Hilfeschrei. Rajani hielt es für geraten, ihrer geschockten jungen Freundin ein wenig Nachhilfeunterricht in praktischer Politik zu geben.

»So hart es auch klingt«, sagte Rajani, wobei sie Maeva zärtlich eine Strähne aus der Stirn strich, um sie zu ermuntern, endlich aufzuschauen, »so hart es auch klingt«, wiederholte sie, »an den Realitäten, die dieser Vertrag geschaffen hat, werden wir nichts ändern können. Noch nicht. Unsere einzige Möglichkeit, langfristig Einfluss zu nehmen, bist du, Kleines …«

Maeva schaute Rajani fragend an.

»Erinnere dich an deine Rede. Erinnere dich an den Geist, der dich geleitet hat. Hör auf ihn, sei sein Sprachrohr. Konzentriere dich auf deine Bestimmung. Du bist eine Priesterin, keine Politikerin. Du hast den Menschen etwas zu sagen. Und das Phantastische ist: Sie hören dir zu. Ich würde vorschlagen, dass du den Bürgern der Freien Republiken Alaskas übers Internet eine Videobotschaft zukommen lässt. Cording soll dir dabei helfen. Denk darüber nach, am besten noch heute Nacht«.

»Die Priesterin von uns beiden bist doch du …«, antwortete Maeva leise und nahm Rajanis Hände.

»Nein, Kleines, nein …« Rajani schüttelte den Kopf. »Du bist es und niemand sonst. Akzeptiere es, nimm es in Dankbarkeit an.«

Maeva atmete mehrmals kräftig durch, und plötzlich wurde Rajani klar, dass diese junge Tahitianerin die Botschaft verstanden hatte.

»Dieses Geschenk«, sagte Rajani und drückte Maevas Hände, »ist eine schwere Bürde. Aber ich verspreche dir, dass wir sie gemeinsam tragen werden. Du und ich und Millionen anderer mit uns. Du musst die Menschen nur dazu ermutigen.«

Nachdem Cording mehrmals vergeblich an die Tür geklopft hatte, öffnete er sie einen Spaltbreit und wurde von Maeva hineingewunken.

»Wir fliegen morgen nach Burma«, verriet sie ihm euphorisch. »Dort treffen wir Aung San Suu Kyi. Sie wird uns nach Bhutan begleiten. Zur Inthronisation des neuen Königs. Er hat uns eingeladen.«

Cording küsste sie auf die Stirn. »Großartig!«, sagte er und wischte sich augenzwinkernd über den Mund, dabei handelte er sich prompt einen Stoß in die Rippen ein. Rajani saß lächelnd daneben, als gönne sie Maeva diesen kleinen Flirt.

»Unser Gastgeber wäre dann so weit«, sagte Cording, »er wartet draußen im Hof.«

Helmy Fathallah war entzückt. Der Ägypter begrüßte die Damen mit einem formvollendeten Handkuss. Eine liebgewonnene Etikette aus Graz, wo er lange Jahre studiert hatte. Er bat Rajani, Maeva, Steve und Cording, in dem Elektrofahrzeug Platz zu nehmen, das er anschließend behutsam durch die kilometerlangen Plantagen steuerte, welche die Siedlung umgaben. Der Übergang zwischen den üppigen Paradiesgärten und der angrenzenden Wüstenei konnte nicht krasser sein. Von einem Meter zum anderen schien die kleine Reisegesellschaft den Planeten gewechselt zu haben.

Fathallah fuhr mit dem Zeigefinger über den Horizont. »Das ist es, was ich an der Wüste liebe«, sagte er, während seine funkelnden Augen von einem zum anderen sprangen, als wollten sie das Feuer der Begeisterung gerecht verteilen. »Dieser Kreis, wo der Himmel die Erde küsst... Hier gibt es keine vorgefertigten Formen. Alles, was man denkt und schafft, ist neu.« Er stocherte mit dem Fuß im Sand. »Die meisten Menschen sind der Meinung, dass die Wüste nichts ist als totes Territorium. Das ist Unsinn. Der Sand steckt voller Mikroorganismen. In NAFU haben wir gelernt, sie zu aktivieren. Inzwischen arbeiten sie für uns. In nur zwanzig Jahren ist in dieser angeblich so unwirtlichen Gegend ein ökologisches Paradies entstanden, die NAFU-Farm. Aus der fruchtbar gemachten Erde erwachsen aber nicht nur Pflanzen, sondern auch Ideen. Tausende von Arbeitsplätzen sind auf diese Weise entstanden. Und da wir alle, jeder an seinem Platz, fasziniert sind von den Möglichkeiten, die uns die Natur bietet, sind wir zu einer echten Gemeinschaft zusammengewachsen. Eine Gemeinschaft übrigens, die stetig größer wird.«

Maeva stand mit erhobenem Kopf etwas abseits der Gruppe.

»Als ich die NAFU-Farm meines Vaters in Ägypten verließ, um in der australischen Wüste etwas Ähnliches auf die Beine zu stellen, hatte ich zunächst nichts als eine Vision«, fuhr Helmy Fathallah fort. »Ich kam mir vor wie ein Maler, der vor einer leeren Leinwand steht, aber keinen Zugang finden kann. Bis er schließlich erkennt, dass es nur eines ersten Pinselstriches bedarf, um den Schöpfungsprozess in Gang zu setzen. Das Bild wird plötzlich zum Gegenüber, es fordert, bekommt eine eigene Persönlichkeit, ja fast einen eigenen Willen. Am Ende sind wir es, die das Bild fragen, wohin es möchte. Das Erstaunliche ist: Es antwortet uns. Wir denken immer, dass es der Mensch ist, der erfindet. Der Mensch erfindet nicht, er entdeckt.«

Cording war verblüfft, wie geschickt es Fathallah verstand, die Entwicklung eines landwirtschaftlichen Zulieferbetriebes – denn NAFU sollte den Bewohnern der Sternenstadt die Verpflegung sichern – wie die Entstehung eines Kunstwerkes aussehen zu lassen.

»Unser Ziel ist es, die Erde den kommenden Generationen in einem besseren Zustand zu hinterlassen, als wir sie vorgefunden haben«, sagte ihr Gastgeber und bat erneut in das knallgelbe Elektrofahrzeug. »Wir bauen auf die Symbiose aller Lebewesen, in der Erde wie auf der Erde, ob es sich nun um Pflanzen handelt oder um Tiere.« Er lachte so herzhaft auf, als habe er die Gesetze des Kosmos mitformuliert. »Unsere Farm ist ein nachhaltiges Entwicklungsmodell für die ganze Welt«, betonte er stolz, »hier gibt es keine Besserwisserei, hier lernen wir voneinander. Nächstes Jahr wird unsere Universität eröffnet, aber dazu erzähle ich Ihnen später mehr.«

Er setzte sich lächelnd ans Steuer seines luftigen Gefährts und nahm wieder Kurs auf die Farm. Sie tauchten ein in den Schatten eines geschickt gestaffelten Rings aus Bäumen und Windschutzhecken, passierten die vor Kraft strotzenden Obst- und Gemüsegärten, in denen Papayas, Bananen, Orangen, Ananas, Mangos, Bohnen, Tomaten und Kürbisse wuchsen, während die angrenzenden Baumwollfelder an riesige Wattebäusche erinnerten. Der Weizen stand prächtig unter der Sonne, und in der »Apotheke«, wie der Heilkräutergarten in NAFU genannt wurde, wiegten sich die zarten Blüten nach den unerhörten Klängen einer eigens für sie geschriebenen Windsinfonie. Die Luft war selbst dort noch angenehm temperiert, wo sich kein Schatten fand. Das lag an dem ausgeklügelten Bewässerungssystem, dessen schmale Kanäle das gesamte Anbaugebiet durchzogen.

Schließlich gelangten sie an eine mit Klee und Butterblumen bewachsene Wiese, auf der – Cording mochte es kaum glauben – vierzig bis fünfzig schwarz-weiß gefleckte Holsteiner Rinder grasten. Sie waren tatsächlich aus Deutschland importiert worden, wie er später erfahren sollte. Fathallah hielt an. Maeva nutzte die Chance und lief auf die Weide, wo sie sich mitten unter die Kühe setzte.

»Zwei Dinge haben NAFU auf die Beine geholfen«, hörte Cording Fathallah sagen, »Wasser und Kompost. Wobei Sie sich denken können, dass es nicht gerade einfach war, Wasser in der Wüste zu finden und zu fördern. Wir mussten bis zu hundertzwanzig Meter tief bohren, bis wir auf Grundwasser gestoßen sind. Die Brunnen haben wir von unten nach oben gebaut, eine ziemlich ungewöhnliche Methode. Aber ebenso wichtig wie das Wasser ist der Kompost. Der Mist unserer Kühe ist dafür unerlässlich. Es ist vor allem der Kompost, der die Wüste lebendig macht.«

Cording schaute zu Maeva hinüber. Sie war kaum noch auszumachen zwischen den Rindern, die stoisch wiederkäuend um sie herum standen und ihr vorsichtig die feuchten Schnauzen darboten. Steve schlich sich mit seiner Kamera an, kehrte aber erschreckt um, als sich eine Kuh aus dem Verbund löste und gemütlich auf ihn zutrabte. Gemeinsam warteten sie darauf, dass Maeva den Kreis der Rindviecher verließ. Aber da sie keinerlei Anstalten machte aufzustehen, entschied Fathallah, ohne sie nach NAFU Town zurückzukehren.

Als das Boot die Riffpassage Avamo'a auf Raiatea passierte, stellten die vierundzwanzig Männer an Bord die Ruderblätter auf – im Gedenken an ihre Ahnen, die hier auf dem Weg zur königlichen Kultstätte Taputapuatea seit Jahrhunderten angelandet waren. Das Reise-Va'a, mit dem die erlauchte Gesellschaft von Tahiti aus übergesetzt hatte, entsprach der traditionellen Bauweise. Es bestand aus zwei Bootskörpern, die sich gegenseitig stabilisierten. Die gebogenen Seitenwände erlaubten das Mitführen größerer Lasten und erhöhten die Sicherheit, weshalb man diese Form vorzugsweise auf größeren Reisen einsetzte.

Nachdem sie die Piroge auf den schwarzen Sandstrand gezogen hatten, machten sich die Männer auf in das Opoatal, wo sich der Marae Taputapuatea befand, die heiligste Stätte Polynesiens. Omai und Rauura gingen voran. Sie standen in der Hierarchie des Geheimbundes ganz oben. Auf ihr Gefolge konnten sie sich verlassen, die Leute waren handverlesen. Um Mitglied der Arioi zu werden, war nicht nur die gesellschaftliche Stellung des Bewerbers ausschlaggebend, sondern ebenso sein spirituelles Potenzial. Ein wichtiges Kriterium für die Aufnahme in den Bund war, ob jemand, den man zuvor in Trance versetzt hatte, die Kraft fand, sich im Zentrum einer Arioi-Versammlung den kritischen Blicken der Mitglieder zu stellen. Außerdem erforderlich: ein schöner Wuchs, Geschicklichkeit in der Rezitation, im Tanz und in der Pantomime sowie die Kenntnis religiöser Texte.

Mit der Initiation erwarb das Neumitglied das Recht, seinen Körper mit der geheimen Tattoosprache der Arioi zu schmücken. Es begann mit einem ringförmigen Muster um die Fußknöchel, wurde aber kunstvoller und umfangreicher, je höher jemand im Rang stieg. Einem Arioi war es nicht gestattet, Nachfolger zu zeugen. Damit wollte man sicherstellen, dass die Blutslinien keine Oberhand gewannen im Bund, was, wie man glaubte, zu überflüssigen Machtspielen geführt hätte. Im Allgemeinen blieb ein Arioi in der Gesellschaft bis zum fünfunddreißigsten Lebensjahr tätig. Auch nach seinem Ausscheiden galt für ihn das Gebot der Verschwiegenheit.

Omai war den Arioi bereits im Alter von achtzehn Jahren beigetreten, nicht einmal seine Schwester wusste davon. Die Arioi wirkten im Verborgenen, das hatten sie seit ihrer Gründung im siebzehnten Jahrhundert immer getan. Der Bund begriff sich als »Hüter des Wissens« und sah sich ausschließlich dem Kriegsgott Oro verpflichtet, wobei der Orden dem Begriff Krieg inzwischen eine gänzlich andere Bedeutung beimaß. Krieg wurde nicht länger als bewaffnete Auseinandersetzung definiert, unter Krieg verstanden die Arioi eine permanente Abwehrschlacht gegen die zersetzenden Einflüsse der Moderne. In dieser Schlacht agierten sie sowohl mit politischen wie mit spirituellen Mitteln. Die vier Treffen im Jahr auf dem Marae Taputapuatea dienten dazu, den geistigen Schutzschirm zu erneuern, den die Arioi mithilfe Oros und seiner Geister über Tahiti und seine Inseln gespannt hatten.

Als die 24 Männer die Kultstätte erreichten, hielten sie ehrfürchtig inne. Die drei knorrigen Bäume, die an der Stirnseite und den Flanken des Maraes dem Wind trotzten, schienen sich vor ihnen zu verneigen. Wie immer, wenn er nach Taputapuatea kam, war Omai auch dieses Mal aufs Tiefste beeindruckt von der

Majestät des Platzes. Das steinerne Quadrat mit seinen brusthohen Mauern und dem unbehauenen Obelisken war vom Passat und der Sonne über Jahrhunderte gewaschen und in den Stand der absoluten Reinheit erhoben worden. Die Stätte wechselte ständig ihre Farbe, sie reagierte auf Tages- und Jahreszeiten, jedes Licht veredelte sich in den Steinen auf seine Weise und musste doch wieder weichen, obwohl es gerade eine Behausung für die Ewigkeit gefunden zu haben schien.

Rauura winkte dem Ordensoberen von Raiatea, der neben einer verwitterten Skulptur des Gottes Oro auf sie wartete. Omai knöpfte sein Hemd auf und streifte die Hose von den Beinen. Die Männer in seinem Rücken begannen ebenfalls, sich ihrer Kleider zu entledigen. Bis auf den Pareo, den sie sich um die Hüften wickelten, waren sie nun vollständig nackt. Rauura blieb es vorbehalten, den Marae als Erster zu betreten. Er setzte seine Schritte vorsichtig, ertastete den Untergrund mit den Zehen. Endlich schien der Schamane die Stelle gefunden zu haben, die ihn erdete. Er trat mehrmals kräftig auf und schlug sich dabei mit den flachen Händen auf die Oberschenkel. Die Arioi nahmen diesen Rhythmus auf und setzten sich singend in Bewegung. Sie formierten sich zu einer Reihe, um die heilige Stätte in breiter Phalanx zu durchqueren. Ihr stakkatoartiger Gesang verstummte auch nicht, als sie schließlich in der Mitte des Maraes im Kreis Platz nahmen. Rauura, der Ordensobere von Raiatea und Omai hockten Rücken an Rücken in der Mitte der Runde, jeder von ihnen hatte acht Arioi im Blick, für die er die geistige Führerschaft übernahm. Wenn es später zum Palaver kam, war es an diesen dreien, das Gespräch zu dirigieren und auf Fragen zu antworten.

Aber so weit war es nicht. Zunächst galt es, ein Energiefeld aufzubauen, das Einfluss auf die Natur nehmen konnte. Heute konzentrierte man sich darauf, die schweren Wolken umzuleiten, die über der Nachbarinsel Tahaa hingen und nun Kurs auf Raiatea nahmen. Nach zwei Stunden intensiver Versenkung war die Aufgabe erledigt und der Himmel über Raiatea wieder strahlend blau. In der Sprache der Maori hieß Raiatea »Himmel mit sanftem Licht«, und so war es nur logisch, dass die Arioi eine ihrer seltenen Versammlungen auch unter einem solchen abzuhalten gedachten.

Bevor die Männer auf den eigentlichen Grund ihres Treffens zu sprechen kamen, gönnten sie sich das »Große Lachen«. Dann waren die komischen Talente der Bundmitglieder gefragt. Einer nach dem anderen stand auf, um der Runde einen selbst verfassten Text zu Gehör zu bringen. Hauptthemen waren die politischen Ränkespiele in den vier Parlamenten, die Begegnungen mit zahlreichen Ökofreaks aus Übersee und natürlich das Mysterium Frau. Omai war ganz zum Schluss dran, er erzählte die Geschichte seines lieben Freundes Cording, dessen Gefühle an der Seite seiner Schwester zwischen Glückseligkeit und Depression wechselten. Um das aberwitzige Gehabe europäischer Männer zu veranschaulichen, zitierte er einen Spruch Cordings, der sich ihm wohl tief eingeprägt hatte.

»Sie nur flüchtig aus der Ferne zu sehen ist wie eine Heimkunft«, sagte er und ahmte die Leichenbittermiene nach, die sein Freund dabei aufgesetzt hatte. Das aufbrausende Gelächter war sicher bis nach Australien zu hören. Omai dachte daran, wie es Cording wohl gerade erging. Er mochte den Mann und hatte nicht den Eindruck, ihm durch seine Erzählung geschadet zu haben. Geduldig wartete er ab, bis sich die Konvulsionen gelegt hatten.

»Ihr Arioi«, bemerkte er schließlich in die Stille hinein, »unser Schamane Rauura hat uns etwas zu sagen.«

»Danke, Omai«, begann Rauura nach einigen Sekunden. »Das Problem, liebe Freunde, das Problem ist jene Dame, von der eben die Rede war. Unsere Präsidentin Maeva ist das Problem.«

Ein lautstarkes Gemurmel war die Folge. Rauura stand auf und beschwichtigte die Runde. Er versicherte, dass er die Integrität Maevas keinesfalls infrage stellen wolle, gab aber zu bedenken, dass sie den Aufgaben als Präsidentin Tahitis durch die Doppelbelastung, der sie nun ausgesetzt war, nicht mehr gewachsen sei. »Kein Mensch wäre das«, sagte er, »schon gar nicht unsere selbst ernannte Hohepriesterin aus Sydney. Wie ernst es ihr mit Tahiti ist, sehen wir daran, dass sie eben nicht, wie ursprünglich vorgesehen, mit unserer Delegation zurückgekehrt ist. Stattdessen müssen wir erfahren, dass sie sich von Australien aus nach Burma aufmachen will. Ein Ende ihrer Reise ist nicht in Sicht.«

Der Schamane hatte seine Zuhörer im Griff. Sie reagierten durchweg verständnislos, schüttelten die Köpfe, als rüttle ein Orkan an ihnen.

»Wenn ihr einverstanden seid«, nahm Rauura wieder das Wort, »wird der Orden der Arioi seinen Einfluss geltend machen, um Omai wieder zu unserem Präsidenten zu bestellen. Wer wäre für dieses hohe Amt geeigneter als der Mann an meiner Seite? Er war es, der unsere Gesellschaft neu ausgerichtet und damit ihre Überlebensfähigkeit gesichert hat. Unser Bruder Omai hat den Weg geebnet für ein spirituelles Bewusstsein, das inzwischen weit über Tahiti hinausgreift. Und ich bin dankbar, dass er sich nach langer, hartnäckiger Überzeugungsarbeit bereit erklärt hat, Maevas Amtsgeschäfte zu übernehmen. Zumindest so lange, wie Maeva den URP als Generalsekretärin vorsteht. Lasst uns also abstimmen: Wer ist dafür, dass Omai wieder unser Präsident wird?«

Die Arme reckten sich nur zögerlich in die Höhe. Es waren bei Weitem nicht alle. Rauura blickte die Anwesenden der Reihe nach an. Dann griff er nach einer schmalen, etwa zwanzig Zentimeter hohen Skulptur des Kriegsgottes Oro, die er unter seinem Pareo versteckt hatte, und hielt sie den Zögernden entgegen. Das geschnitzte Abbild Oros war mit kunstvoll geflochtenen Kokosfasern umhüllt und an den Seiten mit kostbaren Vogelfedern verziert, aus denen es nach Überzeugung der Arioi sein Mana bezog, das ihm sowohl weltliche als auch spirituelle Macht verlieh. Die Figur war den Tahitianern erst letztes Jahr vom Metropolitan Museum New York zurückgegeben worden. Wer vorher noch daran gedacht hatte, sich zu verweigern, reagierte im Angesicht Oros nun wie verwandelt. Rauura bedankte sich für die Zustimmung, die er aus dem Kreis der Erlauchten erfuhr, und löste die Versammlung auf. Über Tahaa zogen dunkle Wolken auf.

Der Rückweg über das aufgewühlte Meer beanspruchte die volle Konzentration der Männer. Das Reise-Va'a benahm sich wie ein bockendes Pferd, und so mancher Paddelschlag verpuffte in der Luft. Omai blieb wenig Zeit, über den »Verrat« an Maeva nachzudenken, denn als solchen würde sie ihre Absetzung zweifellos begreifen. Das wird lange zwischen uns stehen, dachte er, während ihm eine Gischt ins Gesicht schlug. Aber was die Zukunft Tahitis anging, da lagen sie nun einmal auf Konfrontationskurs. Als Erstes galt es, die Internationale Umweltuniversität zu verhindern, die mit EU-Geldern in Tautira gebaut werden sollte und für die Maeva bereits ihr Einverständnis gegeben hatte. Ihre Insel brauchte die Invasion der Europäer nicht – nicht noch einmal …

Hier also hatten sie sich verschanzt, die Schlächter. Cording glaubte den Schwefelgeruch noch riechen zu können, der sich aus der verbunkerten, zehn Quadratkilometer großen Hölle, die er an diesem Morgen in aller Ruhe erkundete, über Burma ausgebreitet hatte. Als die Militärjunta 2006 ihren Regierungssitz aus der Millionenmetropole Rangun in das dreihundert Kilometer nördlich gelegene Provinznest Pyinmana verlegte, um hier am Rande des Dschungels unterzukriechen, hätte der Weltöffentlichkeit endgültig klar werden müssen, was in dem geknechteten Vielvölkerstaat gespielt wurde. Zumal den Mitgliedern des internationalen diplomatischen Korps, das weiterhin in der alten Hauptstadt verbleiben musste, jeder Zugang nach Pyinmana verwehrt blieb. Den Botschaften stand lediglich eine Faxnummer zur Verfügung, wenn sie mit der Regierung Kontakt aufnehmen wollten.

Er bückte sich nach einem Stein und schleuderte ihn der verwitterten Statue des letzten Juntachefs Than Shwe in die Fresse, die den Sturz des Regimes auf ihrem zehn Meter hohen Podest unbeschadet überstanden hatte. Neun Jahre hatte es nach dem Umzug der Junta gedauert, bis es der mit einem UN-Mandat ausgestatteten Militärallianz unter Führung der USA von Thailand aus gelungen war, die Generäle aus dem Amt zu jagen. Ausschlaggebend waren natürlich nicht die zum Himmel schreienden Verletzungen der Menschenrechte in Burma, sondern die Berichte zweier burmesischer Überläufer, die dem irischen Journalisten Phil Thornton gegenüber zu Protokoll gegeben hatten, dass die Junta mithilfe Russlands und Nordkoreas in der Lage war, innerhalb von fünf Jahren eine Atombombe zu bauen.

Die Junta dementierte prompt. Die Anforderung nuklearen Materials, die man ihr nachgewiesen hatte, diene ausschließlich medizinischen Zwecken, hieß es. Da das Land zu dieser Zeit nicht einmal in der Lage war, die Stromversorgung seiner Krankenhäuser zu gewährleisten, wirkte das Dementi nicht gerade glaubwürdig. Zumal der burmesischen Exilzeitung »Mizzima« kurz zuvor ein streng geheimes Dokument zugespielt worden war, wonach die Junta mehrere Hundert Offiziersanwärter nach Moskau entsandt hatte, um Nuklearphysik und Raketenbau zu studieren. Außerdem baten die Generäle in dem Papier um die Lieferung russischer Kampfjets, Kriegsschiffe und Raketen.

Das ging selbst den alten Freunden China, Thailand, Singapur und Malaysia zu weit.

Cording lief die achtspurige Straße entlang, auf der das Regime seine Militäraufmärsche zelebriert hatte und die sich nun sang- und klanglos der Natur ergab. Er musste aufpassen, dass er nicht über die aufgeworfenen Betonplatten stolperte, die von den Pflanzen aus der Verankerung gehoben worden waren. Die einst so pompöse Piste erinnerte an eine Strecke umgeworfener Dominosteine. Auch der nahe gelegene Golfplatz, für den die Generäle am Fuß der Berge extra eine Schneise hatten schlagen lassen, hatte sich von der Natur problemlos zurückerobern lassen.

Wie sanft und bestimmt die Spuren menschlicher Anmaßung doch getilgt werden, dachte Cording und empfand eine tiefe innere Genugtuung dabei. Selbst die Häuser der aufgegebenen Siedlung, in der die Mitarbeiter der Ministerien gewohnt hatten, befanden sich im Würgegriff des Dschungels. Schlingpflanzen hatten die Fenster der Villen eingedrückt, und die blau und gelb getünchten Metalldächer schienen unter dem Druck der im Inneren dieser Bungalows gewachsenen Bäume zu platzen. Die Eingänge zu den berüchtigten Bunkern, die sich unterhalb der Häuser befinden sollten, waren überhaupt nicht mehr auszumachen.

Er würde Aung San Suu Kyi danach fragen, die sich mit Maeva und Rajani Bala im Haus des letzten Diktators Than Shwe aufhielt, das sie seit ihrer Befreiung aus dem Hausarrest in Rangun bewohnte. Than Shwe hatte dem geheimnisumwitterten Regierungssitz Pyinmana den Namen Naypyidaw gegeben – »Königliches Land«. *»Naypyidaw ist unser Kriegsbunker, wo wir während eines Ansturms der Amerikaner ausharren, bis uns China zu Hilfe eilt«*, hieß es in der Anweisung für den Verteidigungsfall. China eilte nicht zu Hilfe, und alle Welt fragte sich, wieso es die Friedensnobelpreisträgerin Suu Kyi nach dem Martyrium ihrer über die Jahre immer wieder willkürlich verhängten Hausarreste ausgerechnet an jene Stätte zog, an der sich zuvor ihre Peiniger versteckt gehalten hatten. Die Antwort war einfach: Im Zweiten Weltkrieg, während der Besatzung Burmas durch die japanische Armee, hatte Suu Kyis Vater, General Aung San, von Pyinmana aus den Widerstand organisiert. Es war Suu Kyi wichtig, den von der Junta beschmutzten Namen der Stadt wieder reinzuwaschen.

Cording hegte größte Bewunderung für die Dreiundachtzigjährige, die es nach ihrer jüngsten Freilassung geschafft hatte, dass die frisch ins Amt gewählte Zentralregierung in Rangun den Minderheiten der Shan, der Chin und Karen, die sich in einem dauerhaften blutigen Konflikt mit der Militärjunta befunden hatten, ihre eigenen, selbst verwalteten Regionen zugestand. Endlich war Schluss mit der Kungelei der großen Ölkonzerne Exxon (USA), PR (Russland), Petronas (Malaysia) oder French Total (Frankreich), die sich in Myanmar jahrzehntelang auf Kosten seiner Menschen gesundgestoßen hatten. Auch der Erdgasexplorationsvertrag, den der Nachbar Indien mit der Junta abgeschlossen hatte, war durch die Ausrufung der neuen autonomen Regionen null und nichtig geworden. Dass ein so eklatanter Wandel möglich war, war an sich schon verwunderlich. Dass er im Wesentlichen einer einzelnen Person zu verdanken war, verblüffte Cording über alle Maßen. Er passierte eine Tiefgarage, vor der ein Panzer mit ausgeleierten Ketten vor sich hin rostete, und brach auf, um sich wieder in die Gesellschaft dreier starker Frauen zu begeben, denen die anonymen Vergewaltiger aus Politik und Wirtschaft nichts, aber auch gar nichts entgegenzusetzen hatten.

Suu Kyi, Rajani, Maeva und Steve saßen in angeregter Unterhaltung auf der Veranda beim Tee. Das palastähnliche Anwesen war grundlegend renoviert worden, nichts deutete darauf hin, dass sich hier einmal die Kommandozentrale eines Massenmörders befunden hatte. Cording nahm in dem Bambussessel Platz, den man eigens für ihn reserviert hatte.

»Wie gefällt Ihnen das königliche Land des Generals Than Shwe?«, fragte Suu Kyi.

»Es ist grün geworden«, antwortete Cording und erntete ein herzhaftes Lachen.

»Es ist grün geworden«, wiederholte Suu Kyi lächelnd, »ganz recht. Das ruhige, stetige Wirken der Natur hat bisher noch jeden hysterischen Versuch, sich an den Gesetzen der Schöpfung vorbeizumogeln, eingeholt und befriedet. Ebenso verhält es sich mit der menschlichen Gemeinschaft.« Sie wandte sich an Maeva: »Jeglicher Druck, mein Kind, der auf eine Gemeinschaft ausgeübt wird, muss auch wieder weichen. Vorausgesetzt, die Menschen wollen das. Es ist nicht leicht, in bedrängten Situationen die Hoffnung zu bewahren. Ich weiß, wie schnell man ins Zweifeln geraten kann. Aber ohne Hoffnung in unseren Herzen wird sich an den bedrückenden Zuständen nichts ändern. Also brauchen wir jemanden, der in der Lage ist, uns daran zu erinnern – der fähig ist, unsere Hoffnungen zu nähren. Du bist so ein Mensch. Sei dir dessen stets bewusst. Aber sei dir auch darüber im Klaren, dass du einen extrem schwierigen Weg vor dir hast.« Sie umarmte Maeva, die während der kleinen Ansprache näher gerückt war. »Haben wir eine andere Wahl?«, flüsterte Suu Kyi ihr ins Ohr.

Cording blickte wie hypnotisiert auf diese Frau, deren wunderschönes schmales Gesicht trotz aller Falten, die es sich verdient hatte, Heiterkeit ausstrahlte. Ihre ungetrübten, blitzenden Augen schienen alles und jeden mit Wohlwollen zu betrachten, als erkenne sie hinter der Folie der äußeren Erscheinung sofort den Grund allen Lebens. Ihr Gesicht, so offen, wie es war, gab sich keine Blöße.

Maeva hielt den Kopf an Suu Kyis Schulter gelehnt. Die Berührung der beiden erinnerte Cording an ein Tankmanöver hoch über den Wolken. Nur dass Maeva keinen gewöhnlichen Treibstoff aufnahm, sondern pure Energie, die sie befähigen würde, von der richtigen Ahnung zur richtigen Lehre zu finden.

»Endzeitprophezeiungen hat es immer gegeben«, hörte er Suu Kyi sagen, während sie Maevas Haar streichelte, »in den meisten Kulturen wurde das Zeitalter der Reinigung als ein Zeitalter der totalen Zerstörung betrachtet. Heute erkennen wir die Zeit der Reinigung als eine Zeit der Umwandlung an, in der die Gedanken, Worte und Handlungen der Menschen Ergebnisse hervorbringen, die diesen Planeten bis weit in die Zukunft gestalten werden.« Sie sah Maeva entzückt in die Augen und strich ihr mit dem Handrücken über die Wange. »Der beste Weg zur Heilung der Gesellschaft ist, wenn wir auf die Schönheit unseres eigenen Ichs zugehen. Schließlich haben wir nur uns, aber das ist ja mehr als genug ...« Suu Kyi schaute auf Cording: »Mir wurde erzählt, dass Sie schon vor längerer Zeit aufgehört haben zu schreiben«, sagte sie, »ich hoffe, Sie können mir einen triftigen Grund dafür nennen.«

»Tut mir leid«, antwortete Cording, »kann ich eigentlich nicht.«

»Maeva braucht dringend jemanden, der sie journalistisch begleitet. Ich weiß, wie viel Unsinn geschrieben wird, wenn man die Fäden nicht in der Hand behält.«

»Hat Steve Ihnen denn nicht gesagt, warum er hier ist?«

»Nein. Warum bist du hier, Steve?«

»Steve ist im Auftrag von EMERGENCY bei uns«, klärte Cording ihre Gastgeberin auf. »*Er* wird derjenige sein, der über Maevas Reise berichtet.«

»Oh, gut. Dann ist also alles geregelt, dann muss ich mir darüber ja keine Sorgen mehr machen.«

Cording war verblüfft, wie problemlos Suu Kyi eine Lösung akzeptierte, die ihm selbst alles andere als geheuer war. Aber natürlich ließ er sich seine Enttäuschung nicht anmerken, schon gar nicht Steve gegenüber, dem die Sache sichtlich peinlich war und der auch noch mit einem zärtlichen Wangenkuss von Maeva belohnt wurde.

Der Abflug aus Pyinmana verzögerte sich um einige Stunden, weil nicht genügend kalt gepresstes Öl zur Verfügung stand, um die Maschine vollzutanken. Ein Flugzeug, das einmal mit kalt gepresstem Öl betankt worden war, vertrug kein Kerosin mehr. Am Nachmittag war das Problem behoben.

Dem jungen König von Bhutan schien das Wohl Maevas sehr am Herzen zu liegen, denn er hatte extra zwei Piloten nach Pyinmana entsandt. Sie sollten den Airbus übernehmen und ihn sicher zur Landung bringen. Der Anflug auf den Flughafen von Paro, der sich fünfundsechzig Kilometer westlich der Hauptstadt Thimphu in einer Talsohle befand, galt als einer der schwierigsten der Welt, weshalb ihre Crew auch kein Problem damit hatte, das Kommando über die Maschine zwischenzeitlich den bhutanischen Piloten zu übergeben. Cording und Steve durften das waghalsige Manöver aus dem Cockpit heraus beobachten. Als sie den bhutanischen Luftraum »betraten«, breitete der Kopilot die Arme aus, als wollte er das ganze Land umarmen. Tatsächlich schien das Königreich, das in etwa die Größe der Schweiz besaß, in diese Umarmung genau hineinzupassen. Die linke Hand deutete auf Indien, die rechte auf China. In der Mitte lag das sagenumwobene Bhutan, das sich nach einer kurzfristigen Öffnung um die Jahrtausendwende wieder entschieden hatte, sich von der Welt zurückzuziehen. Zu tief saß der Schock über Kriminalität, Drogen und Aids, die sich infolge der offenen Grenzen wie unkontrollierbare Geschwüre in ein Land gefressen hatten, dessen Verfassung die Nationale Glückseligkeit zum obersten Ziel erhoben hatte.

Die Hand des Piloten fuhr unter das Kabinendach, wo sie nach einer genau festgeschriebenen Choreografie zwischen Kipp- und Drehschaltern virtuos hin und her tanzte. »Ich schalte jetzt den Autopiloten ab«, sagte er, »die Instrumente helfen uns nicht mehr weiter.«

Vielleicht ja doch, dachte Cording, als sie von links nach rechts torkelnd in eine Wolkenwand stießen, nachdem sie eben fast einen stattlichen Siebentausender rasiert hatten. Steve saß wie versteinert in seinem Sitz, er klammerte sich so fest an die Lehnen, dass die Knöchel seiner Hände weiß wurden wie sein Gesicht.

»Immer schön locker bleiben«, murmelte Cording, für den die Waschküche, durch die sie flogen, kein Ende zu nehmen schien. Dabei stellte er fest, dass er auf seinem Sessel in ähnlich verkrampfter Haltung festgebacken war wie sein junger Freund. Zwei Angsthasen aus einem Guss. Der Himmel lichtete sich, ein Grund zur überschwänglichen Freude war dies jedoch nicht. Unter Fliegen stellte er sich etwas Erhabenes, etwas Erhobenes vor. Stattdessen schrammten sie im Schatten der schneebedeckten Riesen bedenklich nahe an zackigen Felsvorsprüngen vorbei, um es im aberwitzigen Slalom sogleich mit dem nächsten aufzunehmen. Die Tatsache, dass sich der Kopilot die Mütze abnahm, um sich mit der Handfläche über die Stirn zu wischen, trug auch nicht zur Beruhigung bei. »Wieso ist der Schnee so schmutzig?«, fragte Steve den Piloten. Na, der Junge hatte Nerven!

»Das ist der Feinstaub aus den Kohlekraftwerken«, antwortete stellvertretend der Kopilot.

»Bhutan verfügt über Kohlekraftwerke?!«

»Nein, wir nicht. China. Die bauen jede Menge davon. Der ganze Himalaja sieht inzwischen so aus.«

Cording hätte gerne seinen Senf dazugegeben, aber die Maschine befand sich in einem spektakulären Sinkflug. Wenn er jetzt den Mund aufmachte, würde alles Mögliche herauskommen, nur keine Worte. Er dachte an die Frauen – hingen sie über den Kotztüten oder nicht? Hör auf!, dachte er. Konzentriere dich auf die Landung! Tatsächlich folgten sie jetzt einigermaßen ausgerichtet in geringer Höhe dem Lauf eines Flusses, der sie durch das enge Tal sicher nach Paro leiten sollte. Nach der Tortur der letzten halben Stunde kam ihm der Anflug, bei dem sie wie auf Schmierseife dahinglitten, geradezu erholsam vor; jedenfalls ging es seinem Kopf so, der Magen dachte anders.

Kaum dass die Maschine aufgesetzt hatte, stürmte Cording die Toilette. Als er sie nach einigen Minuten schweißgebadet wieder verließ, war es zu spät, um den anderen die Treppe hinunter zu folgen. Durchs Fenster beobachtete er, wie Prinzessin Kissan Mangwo, die Schwester des Königs von Bhutan, die URP-Generalsekretärin mitsamt ihrer erlauchten Delegation willkommen hieß. Steve stand auf dem roten Teppich artig an und verbeugte sich als Letzter. Danach schmetterte eine knallbunt gewandete Militärkapelle den Begrüßungsmarsch. Cording stieg wenig später mit den Piloten aus, bei denen er sich ausgiebig und überschwänglich bedankte. Die anderen kamen ja nicht auf die Idee …

Es war dreiundzwanzig Uhr, als Mark Dowie das »Lisboa Plaza« verließ. An der Rezeption hatte man ihm gesagt, dass der Fado Vadio, der gelegentlich noch in den Tascas der Altstadt gespielt wurde, erst nach Mitternacht zu hören war. Eigentlich hätte er zu Fuß gehen wollen, aber kaum dass er auf die Avenida da Liberdade einbog, begann es zu regnen. Er winkte einem Taxi. An der Praça do Comércio stieg er aus. Von hier aus waren es nur noch wenige Schritte bis zur Alfama, die wie eine Zeitreisende am Saum der Stadt kauerte. Er stieg eine schmale, ausgetretene Steintreppe zwischen zwei Häuserwänden hinauf, auf denen die schabenden Schultern seiner zahlreichen Vorgänger Spuren hinterlassen hatten. Es war gespenstisch still in den Gassen, die ohne die durchfließenden Touristenströme zu alter Autorität fanden. Lissabons Urzelle trug Schwarz in dieser Nacht, selbst die Laternen hielten sich im Erhellen des Mysteriums zurück.

Dowie stellte den Mantelkragen auf. Er kam sich verloren vor, aber genau das war es doch, was er wollte: Abstand gewinnen zu der Konferenz, die ihm bevorstand. Am Ende der mit glitschigen Kopfsteinen bepflasterten Rua de São Pedro geriet er auf einen schmucklosen, eingerüsteten Platz. Die Parreirinha de Alfama, welche ihm im Hotel empfohlen worden war, befand sich hinter einer schmutzigblauen Plastikplane. Er schob die Plane beiseite und sah sich einer alten Frau gegenüber, die auf einem wackeligen Stuhl im Eingang hockte und eine Untertasse voller Münzen auf dem Schoß hielt. Dowie kramte in seinem Mantel, hielt der Frau einen Geldschein entgegen; die Frau zuckte mit den Schultern, er legte den Schein auf den Teller und ging hinein.

Der Laden war etwa zur Hälfte besetzt. Er schritt unter der gewölbten Decke zwischen den gedeckten Tischen hindurch und suchte sich einen Platz an der gekachelten Stirnwand. Hunger hatte er nicht, also bestellte er sich ein Glas Rotwein, was von dem Kellner, der ihm die Speisekarte sofort wieder entriss, recht missmutig zur Kenntnis genommen wurde. Dowie wunderte sich, dass von den Gästen kaum jemand Notiz von ihm nahm. Wie es aussah, war er der einzige Fremde in dieser merkwürdigen Kaschemme, in der auch in den folgenden zwei Stunden nichts darauf hindeutete, dass sich das Gewölbe mit den klassischen Klagelauten des Fado füllen würde.

Er war gerade im Begriff zu gehen, als zwei ältere Herren an der Säule vor ihm Platz nahmen. Der eine hielt eine portugiesische, der andere eine spanische Gitarre in Händen. Von der Bar näherte sich ein bulliger Mann im schwarzen Anzug, gesenkten Hauptes und mit gefalteten Händen. Er schloss die Augen und begann die einsetzende Musik zu inhalieren. Mit jedem Atemzug erhob sich sein Kopf ein weiteres Stück aus der Versenkung. Schließlich presste der Troubadour einen glockenhellen Ton hervor, der als herzzerreißende Klage im Klanggespinst der Instrumente verendete, um kurz darauf umso gewaltiger aufzuerstehen. Die massige Gestalt fest im Boden verwurzelt, verkündete der Sänger die Botschaft, dass wir Menschen niemals wirklich wach seien.

Mark Dowie fühlte sich mit einem Schlag für die Mühen entschädigt, die er heute Abend auf sich genommen hatte. Im Fado wird unsterbliche Wehmut gegen vergängliches Glück in die Schlacht geschickt. Um der Wehmut die besten Argumente an die Hand zu geben, bedienten sich die Fadistas bei den großen Dichtern des Landes. Dieser hier berief sich auf Texte von Fernando Pessoa. Noch bevor das letzte gesungene Wort verklungen war, begannen die Anwesenden zu klatschen. In den Tascas der Alfama war es üblich, dass die Zuhörer den Schluss eines Vortrages im Beifall ertränkten. Beim Abgesang reagierten die Portugiesen wie ein Schwarm tropischer Fische, der einen elektrischen Impuls pariert. Auf diese Weise webten sie den Liedern ihre Begeisterung an, wurden sie Teil ihrer Poesie.

Dowie bereute den kleinen Ausflug nicht. Im Gegenteil, er hatte sich mit Leben gefüllt und konnte dem morgendlichen Hickhack gestärkt entgegensehen. In seinem Job wusste man ja gar nicht mehr, was Leben war. Es war sechs Uhr, als er die Parreirinha de Alfama verließ. Draußen die Götterdämmerung. Die Fassaden der Stadt tankten die ersten Sonnenstrahlen, die sie zunächst türkis, dann rosa und schließlich weiß färbten. Seine Absätze hallten auf den elfenbeinfarbenen Mosaikbahnen der Baixa wider. Dies war das Reich der Calceteiros, der Steinsetzer, die den Lissabonnern Wellen, Delfine und Kalligrafien aus Blaubasalt in den Weg gehämmert hatten.

Auf einer Hauswand unterhalb des Castelo de São Jorge leuchtete weithin sichtbar ein hingesprühtes LUZBOA. Luz: Licht. Er machte es sich oben auf einer Bank vor der Burgmauer bequem und blickte beeindruckt auf den über zahlreiche Hügel geworfenen Häuserhaufen zu seinen Füßen, aus dem die aufkommenden Stadtgeräusche verdunsteten. Der Tejo führte nun Sonnenlicht im Überfluss, sodass die Gebäude sich mit scharfkantigen Schatten gegen die Blendung zur Wehr setzten. Drei Stunden saß er hier und saugte den Anblick wie eine kostbare Essenz in sich auf. Nebenan legte ein alter Mann zärtlich die Hand um die Schulter seiner Frau. Ein Zeichner zerknüllte ganz ohne Wut eine ungenügende Skizze nach der anderen. Zwei Gören stritten neckisch um ein Fernrohr.

Gegen neun Uhr suchte Dowie das Café »A Brasileira« auf, setzte sich neben die vom vielen Anfassen abgewetzte Bronzestatue Fernando Pessoas, bestellte einen Galão sowie zwei dieser herrlichen portugiesischen Puddingtörtchen und dachte an die bevorstehende Geheimkonferenz, die in wenigen Stunden im Gebäude der EMSA stattfinden sollte. Dass sich die Teilnehmer ausgerechnet auf die Europäische Agentur für die Sicherheit des Seeverkehrs als Tagungsort verständigt hatten, grenzte schon an Hohn. Schließlich war die EMSA unter anderem auch deshalb gegründet worden, um der Verschmutzung der Meere entgegenzuwirken. Aber man musste sie wohl ins Boot nehmen, wenn man einen derartigen Coup plante.

Mark Dowie musste schmunzeln. Eine solche Allianz, wie sie hier in Lissabon geschmiedet werden sollte, hätte er vor einigen Jahren nicht für möglich gehalten. Aber Not macht erfinderisch. Das Buhmannimage, das Global Oil seit der Hebetankeraffäre vor Tahiti anhaftete, würde die Firma bald los sein. Plötzlich war die von seinem Vorgänger McEwen in Auftrag gegebene Flotte gefragt wie nie. Das stärkste Interesse an den aufliegenden Tankern bewies komischerweise jene Branche, die sich bislang als erbittertster Feind der Ölmultis aufgeführt hatte: die Solarindustrie. Ihr stand das Wasser bis zum Hals. Aber nicht nur ihr. Die rasante Verknappung der Hightechmetalle Indium, Gallium, Tellur, Tantal, Molybdän, Neodym und anderer seltener Metalle betraf alle Zukunftsindustrien. Neodymmagnete steckten in Elektromotoren und Hybridfahrzeugen, Gallium in Leuchtdioden und in Mikrochips für Mobiltelefone. Indium wurde zur Herstellung von Flachbildschirmen und in der Fotovoltaikindustrie benötigt. Die massenhafte Herstellung von Brennstoffzellen war durch die Verknappung von Scandium bedroht, auch die Mikroelektronik stand vor dem Aus, wenn nicht genügend Nachschub an Gallium und Tantal garantiert war.

Dowie kickte einen Ball zurück, den ihm ein siebenjähriger

Knabe zwischen die Beine geschossen hatte. Er fühlte sich gut. Mit Petrol Russian, Philips, Nokia, Desertec, der NASA und Dutzenden anderer weltweit agierender Unternehmen plus der gesamten Autoindustrie im Rücken müsste sich genügend Druck aufbauen lassen, damit die UNO den von ihr unter Schutz gestellten Mangangürtel zwischen Südamerika und den polynesischen Gewässern endlich zum Abbau freigab. Dort lagerten sie doch in den Knollen, die Metalle, die in den nächsten zwanzig Jahren sechsfach höher nachgefragt würden. Abermillionen Tonnen. Wie könnten sich die Vereinten Nationen dem Antrag verweigern? China kontrollierte 97 Prozent der Neodym-Weltproduktion, seit Jahren galt dort eine Exportbegrenzung. Wenn man mit diesem unsinnigen Naturschutz im Pazifik nicht endlich aufhörte, riskierte man enorme politische Spannungen, bis hin zu kriegerischen Auseinandersetzungen. So dumm konnten selbst die Vereinten Nationen nicht sein. Und mit den URP, in deren Hoheitsgewässern die Manganknollen auf dem Grund lagen, würde man doch wohl fertigwerden. Im Interesse der Menschheit, versteht sich …

Er winkte dem Kellner und zahlte die Zeche. Hatte der Fadista recht, als er davon sang, dass wir Menschen niemals wirklich wach seien? Ist es so, Fernando? In diesem Fall wäre es jedenfalls nur von Vorteil … Er stand auf und strich dem Dichter über den Hut.

Das sonst so beschauliche Thimphu befand sich schon vor Sonnenaufgang in einem merkwürdigen Erregungszustand. Zehntausende Bhutaner waren von weit her in die Hauptstadt gereist, um der Thronrede des jungen Königs beizuwohnen.

Cording und Steve schlossen sich dem Strom der Menschen an, der umso stärker wurde, je näher sie dem Nationalstadion kamen. Steve stieg auf das Tribünendach, um das Spektakel von oben zu filmen. Viel Zeit blieb nicht, im Osten kündigte sich bereits die Dämmerung an. Sobald die Sonne die schneebedeckten Gipfel erklommen hatte, würde man das Thangka einrollen, die Farben vertrugen kein Sonnenlicht. Die Gespräche der Menschen, die Lieder, die sie anstimmten, ihr Lachen – das alles lag wie ein fein gewebtes akustisches Tuch über der Arena. Die Geräusche verdichteten sich zu einem großen, beruhigenden Summen, als befände man sich in einem Bienenstock. Die Geduld der Menschen schien grenzenlos, es bedurfte keiner uniformierten Brigaden, um sie in Schach zu halten, das besorgte die Betelnuss, auf der die meisten Besucher herumkauten. Die Betelnuss wärmte den Gaumen und beruhigte das Gemüt.

Cording war gespannt, wie sich die Stimmung wohl gestaltete, wenn der neue König vor die Massen trat. Der Mann, gerade 28 Jahre alt geworden, war ziemlich überraschend zum Druk Gyalpo, zum Drachenkönig, gekrönt worden. In die Menge kam Bewegung. Cording hatte den Eindruck, als würde sie zu einem einzigen Körper verschmelzen, der sich langsam auf die Zehenspitzen stellte. Wie auf Verabredung wedelten die Menschen plötzlich mit ihren gelb-roten Nationalfähnchen, auf denen sich der weiße Drachen vor Vorfreude schüttelte. Zwei Musikkorps marschierten unter Trommelwirbeln Seite an Seite ins Stadion, auch sie in die Landesfarben gekleidet. Die Musiker nahmen vor der Ehrentribüne Aufstellung und begannen zu spielen, während sich ein offener Jeep den Weg durch das Osttor bahnte. Ein ohrenbetäubender Jubel scholl dem König entgegen, der aufrecht neben dem Fahrer stand und recht angespannt wirkte, wie Cording fand. Er zupfte mehrmals die wollene, knallgelbe, nur dem Herrscher vorbehaltene Stola zurecht, die er sich um die Schulter geworfen hatte. Gelegentlich hielt er sich an der Windschutzscheibe fest, um nicht aus dem Gleichgewicht zu geraten.

Der Jubel begleitete den Monarchen die Treppen hinauf, verstummte aber schlagartig, als er auf dem freien Platz inmitten seiner Ehrengäste Platz genommen hatte. Cording traute seinen Augen nicht, als er links neben dem König Maeva entdeckte. Sie trug den in der Taille geknoteten rot-gelben Pareo, den sie schon während ihrer Rede in Sydney getragen hatte. Wer war noch da oben? Prinzessin Kissan Mangwo natürlich, sie saß zur Rechten ihres Bruders. Rajani und Suu Kyi hatte man eine Reihe dahinter platziert. Der Mann in ihrer Mitte musste Bhutans Chefastrologe sein.

Die Stille im Stadion war beeindruckend. Cording konnte nur hoffen, dass Steve bei seinen waghalsigen Drehmanövern nicht vom Dach fiel. Irgendwann mussten die Achttausender, die der meditierenden Versammlung im Stadion von Thimphu aus der Ferne zusahen, dem Druk Gyalpo ihr Einverständnis gegeben haben, jedenfalls erhob er sich und schritt zum Mikrofon.

»Liebe Landsleute«, begann er mit fester Stimme, »in einer sich verändernden Welt stehen wir vor großen Herausforderungen, denn die Globalisierung kennt weder Frieden, Sicherheit noch Glück.«

Cording schluckte. Er konnte sich nicht erinnern, jemals einen Politiker gehört zu haben, der das Problem derart schnell und schonungslos auf den Punkt gebracht hätte.

»Aber genau diese drei Dinge sind die Hauptpfeiler unserer Philosophie der Nationalen Glückseligkeit«, fuhr der König fort. »Nach Jahrhunderten der Isolation haben wir uns vor einigen Jahrzehnten dazu entschieden, uns der Welt gegenüber zu öffnen. Das Ergebnis ist niederschmetternd. Deshalb verspreche ich euch, dass der Kontakt nach außen in Zukunft so gestaltet wird, dass der Frieden unserer Nation, ihr Glück und ihre Sicherheit wieder gewährleistet sind. Viele von uns haben die beeindruckende Rede der neuen URP-Generalsekretärin im Staatsfernsehen verfolgt, und ich bin glücklich und stolz, euch mitteilen zu können, dass sie heute unser Gast ist! Die Menschen von Bhutan heißen Sie aufs Herzlichste willkommen, Maeva!«

Wer geglaubt hatte, dass der Jubel für König Singye Yangdon Wangchuck nicht mehr zu überbieten war, sah sich getäuscht. Maevas Anwesenheit löste im Stadion eine hysterische Kettenreaktion aus. Zu Tausenden drängten die Menschen in Richtung Ehrentribüne. Woanders hätte man der wogenden Menge unter dem Einsatz von Schlagstöcken Einhalt geboten, hier reichte die erhobene Hand des Königs, um ihm erneut Gehör zu verschaffen.

»Bürger von Bhutan! Hiermit erkläre ich feierlich den Beitritt unseres Landes zu den URP! Ich bin sicher, dass wir in diesem Verbund unabhängiger Regionen unter der Führung Maevas wieder Frieden und Liebe in die Welt tragen werden!«

An Tagen wie diesem schöpfte sogar Cording wieder Hoffnung. Wie jeder, der den Realitäten nicht mehr gewachsen war, neigte auch er gelegentlich zum Kitsch.

Bhutan, 17. April 2028

Tahitis vier Parlamente haben sich einvernehmlich dafür ausgesprochen, Maeva als Präsidentin zu suspendieren, jedenfalls solange sie den URP als Generalsekretärin vorsteht. An ihrer Stelle ist nun Omai ins Amt zurückgekehrt. Die Information wurde per E-Mail übermittelt. Wie stilvoll! Es handelt sich um einen Putsch, da brauchen wir uns nichts vorzumachen.

Wie kann Omai seiner Schwester das antun? Ich vermute, dass die Angelegenheit auf Rauuras Mist gewachsen ist.

Bisher hatte ich nur kurz Gelegenheit, mit Maeva zu sprechen. Was heißt sprechen? Sie war stumm wie ein Fisch, als sie mir zuhörte. Im Augenblick kümmern sich Rajani und Suu Kyi um sie. Noch steht nicht fest, ob wir unsere Reise fortsetzen oder nach Tahiti zurückkehren werden.

Steve hat EMERGENCY TV die letzten Wochen mit ausreichend Material versorgt, das im Internet millionenfach nachgefragt wird. »Maevas Reise« heißt das Format. Die Texte zu den Filmbeiträgen schreibt er selbst, und er macht es gut. Warum er uns das so lange vorenthalten hat, ist mir schleierhaft.

Morgen, höre ich gerade, brechen wir nach Lhasa auf, wo wir die Tibetbahn nach China besteigen werden. Maeva ist noch kurz beim Hofastrologen vorstellig geworden, Sternenglück einsammeln …

24. April 2028

Maeva hat entschieden: Wir fahren in die Region des Todes, in die chinesische Provinz Hubei, wo die Zahl der Opfer seit dem Bruch des

Dreischluchtendamms nach Schätzungen der UNO die Vierzigmillionenmarke längst überschritten hat. Dabei ist nicht einmal sicher, ob wir das von Seuchen heimgesuchte Sperrgebiet überhaupt betreten dürfen. Steve hat immerhin dafür gesorgt, dass wir mithilfe des Internationalen Roten Kreuzes bis in die Provinzmetropole Chongqing reisen dürfen, von wo aus die Hilfsorganisationen operieren.

Maeva ist seit der Nachricht aus Papeete wie verwandelt. Sie spricht kaum, und wenn, dann sehr einsilbig. Obwohl Rajani, Suu Kyi und auch ich ihr von der Reise dringend abgeraten haben, bleibt sie stur. Fast scheint es, als wollte sie ihre Enttäuschung und ihren Schmerz über die Behandlung durch Rauura (Omai nimmt sie inzwischen aus) zu einem viel größeren Leid in Relation setzen.

Ich halte nichts von dieser Stippvisite. Aber es macht wenig Sinn, ihr den Chinabesuch ausreden zu wollen. Zumal sie in Steve einen willigen Komplizen gefunden hat. Die Beziehung der beiden erinnert mich neuerdings an die Allianz zweier trotzköpfiger Kinder…

Cording prüfte den Sitz der Schläuche, er wollte sichergehen, dass ihm in der Tibetbahn nicht plötzlich die Luft wegblieb. Links und rechts der Strecke standen die nackten Berge wie eine Riege verschämter Chorknaben, denen man ihre Gewänder entrissen hatte. Vor der chinesischen Okkupation im Jahre 1950 waren sie noch dicht bewaldet gewesen, aber dann begann die Motorsäge zu regieren, und Tibets kostbare Wälder verließen die Region in Richtung der Holz- und Papierfabriken Zentralchinas. Inzwischen waren die Böden erodiert, Erdrutsche, Steinschläge und Überflutungen bildeten eine ständige Gefahr für die Menschen und Tiere in den Ebenen.

Die Strecke der Tibetbahn war nicht gerade mit Bedacht gewählt. Sie führte durch ein Erdbebengebiet, und ihre Trasse war auf Permafrostboden gebaut, der sich im Zuge der Klimakatastrophe gerade in einen puddingähnlichen Untergrund zu verwandeln drohte. Da halfen auch die zehntausend Kühlstäbe entlang der Gleise auf Dauer nichts, auf die sich die Ingenieure so viel einbildeten. So viel Ammoniak konnte man im Boden gar nicht verdunsten lassen, dass das Erdreich stabil blieb.

In einer lang gezogenen Kurve erblickte Cording die drei Dieselloks, die den Zug mit elftausend PS über den fünftausendzweiundsiebzig Meter hohen Tanggulapass zogen, den höchsten Pass der Welt. Die Loks stammten von General Electric aus den USA, während die Spezialwaggons von einem internationalen Konsortium entworfen worden waren. Ihre Abteile waren gegen UV-Strahlung geschützt, von jedem Sitz aus konnte man sich an die automatische Sauerstoffzufuhr anschließen, die ab dreitausend Meter Höhe freigegeben wurde. Es gab sogar Luxussuiten an Bord, zehn Meter lang, jede ausgestattet mit Bar und Bad. Dazu ein Service, wie man ihn allenfalls aus Grandhotels gewohnt war.

Für Maeva wäre es ein Leichtes gewesen, sich und ihrer Entourage zwei solcher Suiten zu sichern, kostenlos, versteht sich. Aber sie wollte unbedingt inkognito reisen. Also lümmelten Steve und Cording in den blauen Sesseln dieses mit dicken Teppichen ausgelegten Großraumwagens herum, der nicht einmal zur Hälfte belegt war, und starrten wie gebannt nach draußen, wo die göttlichen Kulissenschieber eine Landschaft nach der anderen aus dem tibetischen Fundus zauberten. Die Siebentausender schienen zum Greifen nahe, ein Teppich aus Flechten und Moosen zog sich bis zu den Bergketten. Gelegentlich züngelte eine Gletscherzunge dem Bahndamm entgegen. Yakherden und Hütten schmolzen zu winzigen Punkten, die von dem dramatischen Schattenspiel, das die über den Himmel gehetzten Wolken auf dem weiten Hochplateau veranstalteten, abwechselnd verdunkelt oder erhellt wurden. Der mit Schmelzwassertümpeln durchsetzte grüngelbe Grasboden blitzte im gleichen Rhythmus auf, als bediene jemand eine Lichtorgel.

Cording prüfte noch einmal den Sitz seiner Nasenschläuche, durch die er noch mindestens acht Stunden würde atmen müssen, denn neunzig Prozent der Trasse befanden sich in über viertausend Meter Höhe. Er erinnerte sich an die Worte des Gepäckträgers, der ihn im Bahnhof von Lhasa vor der Fahrt gewarnt hatte. »Ihr werdet das Gefühl haben, dass eure Köpfe anschwellen wie Fußbälle«, hatte er gesagt und dabei den Takt geklatscht, mit dem das Gehirn beim Höhenkoller an die Schädeldecke knallt.

Die sechsunddreißigstündige Bahnfahrt von Lhasa nach Chongqing steckte Cording noch in den Knochen, als ihn das Telefon aus dem Schlaf riss. Sieben Uhr. Er mühte sich auf die Bettkante, um nicht gleich wieder einzuschlafen. Nach einigen Minuten schlich er unter die Dusche, die er aber kurz darauf mit einem gewaltigen Satz verließ. Warum hatte man ihm nicht gesagt, dass es kein warmes Wasser gab? Und warum war das Wasser nicht kalt, sondern eisig? Er zog sich an und ließ die Jalousien herab, nicht ohne jedoch noch einen Blick auf die Senfsoße zu riskieren, die vierzehn Stockwerke tiefer unter dem Namen Jangtse träge vor sich hin floss. Die geballte Ansammlung von Hochhäusern auf der gegenüberliegenden Halbinsel zwischen dem Zusammenfluss von Jangtse und Jialing, die als eigentliches Zentrum Chongqings galt, bemerkte er ebenfalls zum ersten Mal. Sie waren erst spät in der Nacht eingetroffen, aber nachts leuchtete die Millionenmetropole im Herzen Chinas schon lange nicht mehr. Seit der Jahrtausendkatastrophe rund um den Dreischluchtendamm mangelte es ihr an der entsprechenden Energie dafür.

Die Fahrstühle im »Holiday Inn« funktionierten noch. Als er in die Lobby trat, winkte ihn Maeva aufgeräumt zu sich. Sie stellte ihm Dr. Markus Westerstede vor, den Präsidenten des Internationalen Roten Kreuzes, der sich höchstpersönlich herbemüht hatte, um sie zur Universität Shapingba zu geleiten, die ihren Lehrbetrieb vor drei Jahren eingestellt hatte und den zahlreichen Hilfsorganisationen seitdem als Hauptquartier zur Verfügung stand.

»Dr. Westerstede ist ein Landsmann von dir«, sagte Maeva, als würde sie ihm damit eine Freude machen.

»Woher kommen Sie?«, fragte Cording.

»Aus München. Und Sie?«

»Hamburg.«

»A Preiß«, antwortete Westerstede grinsend, »a g'scherter

Bazi! Willkommen in der Hölle…« Er schüttelte Cordings Hand ausdauernd und fest, als wollte er sie gar nicht mehr hergeben. Dass er sich zur Auflockerung der Atmosphäre dieses uralten, in Deutschland liebevoll gepflegten Ammenmärchens von der tief sitzenden Antipathie zwischen Bayern und Preußen bediente, deutete nur darauf hin, wie wenig der beklagenswerte Mann hier zu lachen hatte.

Nachdem nun auch Steve eingetrudelt war, machten sie sich in einem Lkw des Roten Kreuzes auf den Weg. Auf der achtspurigen, kaum befahrenen Yangtze River Bridge reichte Westerstede ihnen ein Set weißer Atemmasken, wie sie in Chongqing jeder tragen musste, der sich auf die Straße traute.

»Sie werden im Gebäude der Meishi Film Academy wohnen«, sagte Westerstede, »es befindet sich in unmittelbarer Nähe des Campus A. Um Ihr Gepäck machen Sie sich keine Sorgen, wir lassen es noch heute abholen.«

»Stimmt es, dass niemand außer den Mitarbeitern der Hilfsorganisationen das Katastrophengebiet betreten darf?«, fragte Cording,

»Ja, das stimmt. Die sechshundert Kilometer zwischen Chongqing und Yichang sind Sperrbezirk. Das geht noch auf eine Verfügung der Zentralregierung in Peking zurück, die sich ihrer Verantwortung aber längst entzogen hat.«

»Wie das?!«

»Nun ja, nachdem klar war, dass sich die Provinz Hubei auf lange Sicht in eine Todeszone verwandeln würde, waren die Herren vom Politbüro auf die Idee gekommen, dem jahrzehntelangen Bestreben der Region nach Unabhängigkeit endlich nachzukommen. Verstehen Sie? Hubei ist seit zwei Jahren autonom, es darf seinen Tod jetzt selbst verwalten.«

»Was ist mit den Milizen, was mit der Armee?«

Westerstede schnippte mit den Fingern: »Abgehauen, einfach so, von einem Tag auf den anderen. Die NATO bietet seit drei Jahren vergeblich Hilfe an, erhält aber keine Überfluglaubnis. So läuft das in China…«

Sie verließen den auf Stelzen gebauten Riverside Motorway

entlang des Jialing und bogen linker Hand ab in Richtung des universitätseigenen Footballfelds, das jetzt als Start- und Landeplatz für Helikopter herhalten musste.

»Über wie viel Personal verfügen die Hilfsorganisationen?«, fragte Cording.

»Zurzeit sind in Chongqing etwa zehntausend Helfer stationiert. Das ist natürlich viel zu wenig. Aber glauben Sie mir«, fügte Westerstede auf Deutsch hinzu, »diese Leute reißen sich den Arsch auf. Tag und Nacht.«

Sie passierten die beiden mit Inschriften verzierten Säulen, die das Tor zum Campus bildeten. Westerstede deutete auf die beiden kürbisgroßen roten Lampions, die zwischen ihnen an einem Stahlgestänge im Wind schaukelten. »Wenn Sie wollen, können Sie das, was ich Ihnen jetzt sage, übersetzen«, sagte er, »das entscheiden Sie. Ich kenne die Befindlichkeiten Maevas nicht. An diesem Stahlgestänge baumelten letzte Woche noch vier abgeschlagene Köpfe. Es waren die Köpfe von vier hohen Herrschaften aus der Chefetage der Firma China Yangtze Power, die den Staudamm zu verantworten hat. Die Männer waren von einer aufgebrachten Menge aus ihren Villen geholt und gelyncht worden. Es dauerte eine Woche, bis man uns endlich erlaubte, ihre stinkenden Schädel abzuhängen. Warum erzähle ich Ihnen das? Vermutlich liegt mir daran, Sie wissen zu lassen, auf welch ungewöhnlichem Terrain sich jemand bewegt, der sich in Hubei einen Überblick verschaffen möchte. Ich vermute mal, dass Maeva sich nicht davon abbringen lassen wird, mit uns zu fliegen. Aber ich kann nur dringend davon abraten. Was sie dort draußen zu sehen bekommt, verkraftet ein normaler Mensch nicht so einfach.«

»Sie ist kein normaler Mensch.«

Westerstede nickte und atmete kräftig durch. In diesem Moment war er Cording plötzlich unglaublich sympathisch.

»Was tuschelt ihr beiden denn die ganze Zeit?«, fragte Maeva.

»Dr. Westerstede hat mich gefragt, ob er für uns zwei Einzel- oder ein Doppelzimmer reservieren soll«, flüsterte Cording ihr ins Ohr. Zu seiner Überraschung schmiegte sich Maeva fest in seine Arme, sie ahnte wohl, was in den nächsten Tagen auf sie zukommen würde.

Am nächsten Morgen brachen Maeva und Steve mit Dr. Westerstede auf, um die »verbotene Stadt« zu besuchen, wie das nördliche Chongqing von den Hilfsorganisationen genannt wurde. Gemeint war die Ebene vom Zhaomumassiv bis hinunter zum Jialingstrom. Auf einer Fläche anderthalbmal so groß wie Hamburg waren die Seuchenopfer konzentriert, die aus der Todeszone gerettet worden waren oder es aus eigener Kraft bis nach Chongqing geschafft hatten. Cording konnte von seinem Fenster aus einige der riesigen Zeltlager sehen, sie reichten ja direkt bis an das gegenüberliegende Ufer. Rund sechshunderttausend Menschen waren in der »verbotenen Stadt« interniert, ihre genaue Zahl stand nicht fest, das Rote Kreuz hatte es längst aufgegeben, über die Ein- und Abgänge Buch zu führen. Cholera, Pocken, Typhus, Fleckfieber, Tuberkulose und eine Reihe bisher unbekannter Krankheiten schlugen erbarmungslos zu. Eine medizinische Versorgung fand so gut wie nicht statt, jedenfalls nicht bei Erwachsenen, dazu reichten die Arzneimittel, die nach Chongqing eingeflogen wurden, einfach nicht aus. Zwei ausländische Transportmaschinen pro Tag, mehr genehmigte Peking nicht.

Im Grunde handelte es sich dort drüben um einen riesigen Friedhof, dachte Cording, nur dass die Kadaver auf ihm noch müde mit den Augen klimperten. Er war nicht besonders stolz darauf, dass er sich dem Besuch verweigert hatte. Maeva hätte seinen Beistand sicher gut gebrauchen können. Zumal sie gegen den Rat Westerstedes darauf bestanden hatte, eines der »Kindercamps« zu besuchen, die rund um die beschaulichen Seen unterhalb des Zhaomumassivs errichtet worden waren. Zum Glück hatte sie sich ihre Enttäuschung nicht anmerken lassen. Das mochte mit seiner Zusage zusammenhängen, sie morgen auf dem Flug in die Todeszone zu begleiten. Steve hingegen brachte Cording keinerlei Verständnis entgegen, er konnte es sich nicht einmal verkneifen, ihm beim Abschied noch einen bitterbösen Blick durch das Sichtfenster seines gelben Schutzanzuges zuzuwerfen, ohne den hier niemand das andere Ufer betrat.

Cording studierte die Unterlagen, die ihm Westerstede freundlicherweise aus seinem privaten Fundus überlassen hatte. Der Mann hatte bereits seit Jahren vor den Folgen eines möglichen Dammbruchs am Jangtse gewarnt. Sicher, er war nicht der einzige Mahner, der in zahlreichen Publikationen und Interviews beharrlich auf die enormen Gefahren hingewiesen hatte, die das aberwitzige Prestigeobjekt barg. Aber er hatte vielleicht als Einziger der weltweiten Kritiker den Mut gehabt, den Bruch des Dreischluchtendamms mit einem Atomschlag gleichzusetzen, bei dem jede erdenkliche Hilfe, zu der die internationale Gemeinschaft in der Lage war, lächerlich anmuten musste. Westerstede, damals noch Präsident des Deutschen Roten Kreuzes, hatte schon seine Stimme erhoben, als die Machthaber in Peking 1986 ein chinesisch-kanadisches Konsortium damit beauftragten, eine erste Machbarkeitsstudie zu erstellen, die übrigens von der Weltbank und der kanadischen Regierung finanziert wurde. Er hatte sich sogar mit Siemens angelegt, das damals ganz offen auf einen Milliardenauftrag spekulierte. Den hatte es ja auch bekommen. Mit Unterstützung der Bundesregierung, die dem Unternehmen als Bürge zur Seite stand. Die Generatoren, Transformatoren und Wasserturbinen am Dreischluchtendamm: alles saubere Arbeit, alles made in Germany.

Cording mochte nicht glauben, wer bei der Entwicklung und Erstellung des Monsterwerks noch so alles seine Finger im Spiel gehabt hatte. Die ausländischen Investoren schienen ja regelrecht Schlange gestanden zu haben. An erster Stelle waren die kanadische Regierung und die Investmentbank Morgan Stanley zu nennen. Den Großteil der Kosten aber trug perverserweise das chinesische Volk, das jahrzehntelang mit einer Sondersteuer belegt worden war. Einhundertzwanzig Milliarden US-Dollar hatte das Bauwerk bis zu seiner endgültigen Fertigstellung im Jahr 2014 verschlungen.

In China selbst hatte sich nur wenig erkennbarer Widerstand

geregt. Die vier Millionen Menschen, die im Zuge der Baumaßnahmen zwangsweise umgesiedelt worden waren, damit ihre Dörfer und Städte in dem sechshundert Kilometer langen Stausee untergehen konnten, hatten keine Stimme mehr, nachdem die populäre Journalistin und Staudammgegnerin Dai Qing wegen unerlaubter Aufsässigkeit für zehn Monate ins Gefängnis geschickt worden war. Ihr Buch, das so vielen Betroffenen aus der Seele gesprochen hatte, wurde eingesammelt und verbrannt. So konnte der zwei Kilometer lange und einhundertneunzig Meter hohe Betonwall, der Chinas Halsschlagader, den Jangtsekiang, auf aberwitzige Weise in seinem Lauf behinderte, problemlos heranwachsen.

Cording fiel ein Foto in die Hände, das Dr. Markus Westerstede an der Seite der geächteten Autorin zeigte. Er vertiefte sich erneut in die Geschichte dieser mutigen Frau, von der man im Westen so gut wie nichts wusste, obwohl sie die Einzige gewesen war, die vehement darauf aufmerksam gemacht hatte, dass ein Großteil der Entschädigungen, die den umgesiedelten Menschen versprochen worden waren, im Korruptionssumpf der Behörden versickerte. Bis zu einer Milliarde US-Dollar sollen im Zusammenhang mit dem Jangtseprojekt veruntreut worden sein. Cording musste an Shark denken und daran, was dieser in einem Anfall von Raserei in der letzten GO!-Show zum Besten gegeben hatte. *»Warum rücken wir den verantwortlichen Herrschaften nicht auf die Pelle? Warum machen wir ihnen und den Politikern, die ihre Schweinereien begünstigen, nicht klar, dass sie Freiwild sind?«* Wie zuvor schon Dai Qing hatte auch der couragierte Shark mit seinem Job bezahlen müssen. Soviel bekannt war, hielten sie den Mann in einer psychiatrischen Klinik in London gefangen.

Feiglingen wie mir könnte das nicht passieren, dachte Cording und klappte die Ordner zu, in denen Westerstede die große Kungelei um den Dreischluchtendamm so akribisch dokumentiert hatte.

»**Was ist das für ein widerlicher Gestank?**«, fragte Cording und hielt sich die Nase zu.

»Leichengeruch«, antwortete Westerstede, »wenn wir tiefer gingen, würden Sie ohnmächtig aus der Kanzel fallen.«

»Wollen Sie etwa andeuten, dass die vielen Feuer... ich meine, dass an den Feuern dort unten ...?«

»Ganz recht. Wir bestatten in Tag- und Nachtschichten. Vierzig Millionen Tote entsorgt man nicht von heute auf morgen.«

Maevas Gesichtshaut zuckte wie unter einem Stromschlag. Aber konnte man Westerstede die zynischen Bemerkungen übel nehmen? Der Mann hatte seine Zelte in der Hölle aufgeschlagen.

»Sehen Sie den rot-weißen Schornstein?«, fragte Westerstede. »Dieser Schornstein gehörte zum Kombinat Roter Schmetterling. Wenn Vögel in seine Rauchfahnen gerieten, fielen sie tot vom Himmel. Der Rote Schmetterling war auf die Gewinnung von Chromsalzen und Strontiumkarbonat spezialisiert. Chromsalze werden in Farben gemischt, damit die Außenhäute der Laptops ansehnlich glänzen. Strontiumkarbonat sorgt dafür, dass die Displays von Mobiltelefonen aufleuchten. An diesen Beispielen wird wieder einmal trefflich deutlich, dass der Mensch nichts ohne höheren Sinn unternimmt... Seltsam nur, dass der Schlot die reißende Flut überstanden hat. Als hätte es eines solchen Mahnmals noch bedurft.«

Sie flogen direkt auf die Stelle zu, an der das Erdbeben vor drei Jahren die gigantische Staumauer ausgehoben hatte. Das Bauwerk war von den entfesselten Naturgewalten innerhalb weniger Minuten zusammengefaltet und versenkt worden. Die am Ufer liegende Stadt Ziqui hatte sich in einen einzigen Steinhaufen verwandelt. Als unbedarfter Beobachter hätte man glauben können, es handelte sich dort unten um einen urzeitlichen archäologischen Fund – wären da nicht die Feuer gewesen, die zum Himmel stanken. Während Steve mit seiner Kamera auf der rückwärtigen Bank unruhig von einer Seite auf die andere rutschte, hielt Maeva die Augen geschlossen, ihre Lippen bewegten sich wie zum Gebet.

»Hier endete der Stausee«, hörte Cording Westerstede sagen. »Die Zentralregierung hat damals peinlich genau darauf geachtet, dass keinerlei Bilder von ihm an die Öffentlichkeit gelangten. Innerhalb kürzester Zeit nach Fertigstellung des Damms war der See auf voller Länge – und wir sprechen immerhin von sechshundert Kilometern – zu einem gigantischen Auffangbecken für Industrieabwässer verkommen. Die Region um Chongqing war das Zentrum der chinesischen Chemieindustrie. Früher haben die gewaltigen Wassermassen des Jangtse den hier anfallenden Dreck effektiv verdünnt. Damit war plötzlich Schluss. Das Wasser im Stausee floss nur noch mit einer Geschwindigkeit von einem Zentimeter pro Sekunde, während es vor dem Dammbau noch fünf Meter pro Sekunde waren. Die Selbstreinigung des Flusses war nun außer Kraft gesetzt. Mit katastrophalen Folgen. Hundert Millionen Kubikmeter hochgiftige Brühe sammelten sich dort unten pro Jahr an. Außerdem spülte der Regen Unmengen von Chemiedünger von den Feldern in die gefluteten Schluchten. Aber damit nicht genug: Da nur die wenigsten der dreißig Millionen Haushalte im unmittelbaren Einzugsgebiet an Kläranlagen angeschlossen waren, saugte sich der See auch noch mit Fäkalien und Waschmitteln voll. Damit war die flächendeckende Verseuchung mit Stickstoff, Kolibakterien und Phosphor gesichert. Wissen Sie, wie die Menschen in der Region den Dreischluchtensee genannt haben? Silbersee! Klingt romantisch, nicht wahr? Und in der Tat gab es Tage, ja Wochen, in denen der See silbern in der Sonne funkelte, als berge er einen kostbaren Schatz. Dieses Naturwunder war den krepierten Fischen zu verdanken, die das verschmutzte Wasser unter einer dichten Schuppenschicht verbargen.«

Maeva hatte ihre Hand in Cordings Oberarm gekrallt, und bei jeder weiteren Information, die ihnen Westerstede verabreichte, wurde ihr Griff stärker.

»Tut mir leid«, sagte Westerstede, der Maevas Verzweiflung durchaus bemerkt hatte, »ich kann Ihnen diesen Irrsinn nicht ersparen. Allzu viele Besucher haben wir ja nicht, denen wir davon berichten können. Die Chinesen lassen schon lange keine Journalisten mehr ins Land.« Er wies den Piloten an, stromaufwärts zu fliegen, in die Phönixbucht. »Silbersee …«, murmelte er kopfschüttelnd. »Grüner See wäre auch passend gewesen. Im Frühling und Sommer leuchtete das Wasser dort unten nämlich giftig grün, fast phosphorfarben. Es war die Zeit der Algenblüte. Die Algen bereiteten den Behörden mehr Kummer als der übrige Dreck, sie drohten nämlich die Turbinen im Kraftwerk zu verstopfen. Dass beim Absterben der Algen ein Gift freigesetzt wurde, das bei den Menschen der Region Leberkrebs auslöste, störte die Herrschaften weniger. Eher schon die gewaltigen Müllberge, die sich vor dem Damm türmten und die ebenfalls eine Gefahr für die Turbineneinlässe darstellten. Um einer Verstopfung vorzubeugen, beschäftigte die Regierung Hunderte arbeitslos gewordener Fischer, die ihre Netze nun nach Plastikschlappen, Dosen, Styroporbehältern, Alufolien und Ästen auswarfen. Der Fang wurde nach Gewicht bezahlt. Etwa drei Tonnen sammelte jeder Fischer pro Tag ein.«

Vor ihnen lagen die Schluchten Qutang, Wuxia und Xiling, die als Chinas Märchenkulisse galten und denen die Flutung und später das Beben enorm zugesetzt hatten. »Die eigentliche Gefahr drohte dem Damm aus dem bergigen Hinterland«, sagte Westerstede in Steves Kamera hinein, »ein mögliches Erdbeben, vor dem die Seismologen gewarnt hatten, ignorierten die Verantwortlichen, das tut die Atomindustrie auch, überall auf der Welt, das ist normal. Dabei war bekannt, dass das Gewicht der aufgestauten Wassermassen ein Erdbeben begünstigen würde. Wissen Sie, was die Antwort der Regierung war? Das Bauwerk ist erdbebensicher, jedenfalls bis zur Stärke 7. Dass es am Ende 7,4 auf der Richterskala wurden – so what, wer konnte das denn ahnen? Aber zurück zu dem, was man in Peking als die wahre Gefährdung angesehen hatte. Die zahllosen Zuflüsse des Jangtse führen Unmengen an Geröll und Sanden mit sich, die sich im Stausee als Sedimente ablagerten. Ursache dafür sind die Erosionen an den Berghängen, verursacht durch das in China so beliebte Clearcutting. Diese Gefahr war real, darauf musste man reagieren. Also plante die Regierung zwanzig weitere Staudämme am Oberlauf des Jangtse, nicht nur zur Stromerzeugung, sondern vor allem, um die Sedimentfrachten zurückzuhalten, bevor sie den Damm erreichen und das Kraftwerk außer Betrieb setzen konnten. Zwölf von diesen Dingern sind fertiggestellt worden, dann wackelte die Wand. Der Rest ist bekannt.«

Westerstede schüttelte den Kopf. »Irgendwann greift ein Fehler in den nächsten, bis überhaupt nichts mehr reparabel ist. Die Abbrüche, die Sie links und rechts sehen, sind auf den gewaltigen Wasserdruck des Stausees zurückzuführen, die Hänge wurden einfach unterspült. So kam es immer wieder zu Erdrutschen, die bis zu fünfzig Meter hohe Flutwellen produzierten. Wussten Sie, dass die Dammbauer bereits kurz nach Fertigstellung ihres Wunderwerks über neunzig Risse im Beton gezählt haben? Natürlich wussten Sie das nicht, so etwas war Staatsgeheimnis in China. Aber die vierundachtzig Terawattstunden Strom, die man sich vom Damm erhoffte, ließen keine Zweifel zu.«

»Wie viel sind vierundachtzig Terawattstunden?«, fragte Cording, um Maeva eine Pause zu gönnen.

»Das entspricht der Leistung von fünfzehn Atomkraftwerken«, antwortete Westerstede. Er blickte nach unten auf den geplatzten Jangtsekiang, der nicht mehr recht zu wissen schien, wohin er fließen sollte. Der Helikopter drehte bei und stob mit tief hängender Stirn flussaufwärts davon. Erst als sie die Ausläufer der völlig zerstörten Millionenstadt Yichang erreichten, meldete sich Westerstede wieder zu Wort: »Beim Bau des Damms wurde übrigens neben den Umweltschützern auch das Militär politisch ruhiggestellt. Das überrascht Sie, oder? Aber im Verständnis der Verantwortlichen machte das Sinn. Den Militärs war nämlich bewusst, dass sich der Damm im Falle eines kriegerischen Konfliktes als Angriffsziel geradezu aufdrängte. Na ja, dieses Problem hat man ja nun nicht mehr.« Er wandte sich an Maeva: »Ich denke, wir sollten jetzt besser umkehren. War ein bisschen viel, ich weiß …«

Als sie drei Stunden später auf dem Footballfeld der Universität Chongqing gelandet waren, nahm Dr. Markus Westerstede Cording beiseite. »Ist es möglich«, fragte er auf Deutsch, während sie zwischen Maeva und Steve über den Rasen schritten, »dass man Jahrtausende Zeit gehabt hat, zu schauen, nachzudenken und aufzuzeichnen, und dass man die Jahrtausende hat vergehen lassen wie eine Schulpause, in der man sein Butterbrot und einen Apfel isst?«

Cording schaute ihn verblüfft an.

»Rilke«, belehrte ihn Westerstede. »Was meinen Sie, wäre das eine Erklärung?«

»Sicher«, antwortete Cording, »die einzige …«

»Das meint Rilke auch.«

Sie lachten. Das hatten sie sich ihrer Meinung nach auch gründlich verdient.

Westerstede hatte sie zum Abschied zu einem kleinen Umtrunk in seine Büroräume gebeten. Als Cording mit etwas Verspätung eintraf, fand er neben dem Hausherrn, Maeva und Steve auch die Leiter aller anderen hier tätigen Hilfsorganisationen vor. Sie nahmen kaum Notiz von ihm, warum auch, die Vorführung, die ihnen Steve auf dem Videoscreen gab, war um ein Vielfaches spannender als seine Ankunft.

Cording nahm sich einen Stuhl und hockte sich in die Runde, die gebannt zur Kenntnis nahm, was Steve in den letzten Wochen unter dem Titel »Maevas Reise« ins Netz gestellt hatte. Von der Seesternstadt über die NAFU-Kommune bis nach Burma und Bhutan waren alle Stationen minutiös dokumentiert. Besonders gespannt war man natürlich auf die Luftaufnahmen aus dem Helikopter, die gestern beim Flug über die Todeszone entstanden waren. Viel Neues war für die Herrschaften nicht dabei, vermutlich verfügten sie über sehr viel umfangreicheres Filmmaterial. Dennoch klatschten sie zum Schluss artig Beifall.

Als ihnen Steve jedoch die Zahl der aktuellen Zugriffe auf seinen Bericht nannte, wich die reservierte Haltung einem ungläubigen Staunen. In nur vierundzwanzig Stunden hatten sich fast eine Milliarde Menschen in aller Welt einen Eindruck von den katastrophalen Zuständen im Herzen Chinas verschafft.

Die Hilfsorganisationen selbst hätten es sich nicht erlauben können, derart schonungslos an die Öffentlichkeit zu gehen. Ob Internationales Rotes Kreuz, die Caritas oder Ärzte ohne Grenzen – jede ausländische Organisation, die in der Region Hubei tätig war, hatte zuvor unterschreiben müssen, dass sie ihre Arbeit in aller Stille verrichtete.

Dass nun zumindest ein Teil der Wahrheit so wirkungsvoll ans Licht gekommen war, freute die Anwesenden. Ohne die Galionsfigur Maeva, darüber waren sich hier alle einig, wäre das kaum möglich gewesen. Konsequenzen aus Peking waren nicht zu befürchten. Die Regierung war zu sehr mit sich selbst beschäftigt, das Riesenreich war kaum noch zusammenzuhalten. In immer mehr Regionen herrschten bürgerkriegsähnliche Zustände, die Umweltkatastrophen waren nicht mehr in den Griff zu kriegen und die Bevölkerung kümmerte sich einen Dreck um die Direktiven aus der Hauptstadt.

Nach und nach verabschiedeten sich die Frauen und Männer, deren unermüdlicher Einsatz nicht hoch genug einzuschätzen war. Auch Westerstede entschuldigte sich. Er würde Maeva und ihre Begleiter heute Nachmittag zum Flugplatz bringen, wo sie eine Transportmaschine des Deutschen Roten Kreuzes an Bord nehmen sollte. Zuvor musste er sich noch um die Verteilung des lang ersehnten Impfstoffs kümmern, den die Maschine eingeflogen hatte. Maeva bat Westerstede, in seinem Büro bleiben zu dürfen, was ihr prompt und freudig gewährt wurde.

»Kannst du mir die Besucherzahlen der anderen Beiträge nennen?«, fragte sie Steve, als sie allein waren.

»Kein Problem. Die Seesternstadt hat bisher vierhundertsiebzig Millionen Besuche«, sagte er, »NAFU liegt bei fünfhundertzwanzig Millionen, Burma bei neunhundert Millionen. Bhutan … das ist krass! Für Bhutan sind es inzwischen 1,2 Milliarden!«

»Wenn ich zum Beispiel wissen möchte, wie viele Leute mich in Alaska sehen, kann man das messen?«

»Aber sicher. Alaska, Indien, Kanada, Guatemala, Marokko. Jedes Land, jede Region, jede Stadt der Welt, was du willst.«

»Was ist mit Tahiti?«

»Kleinen Moment, das haben wir gleich. Tahiti, Tahiti… zwölftausend sind es. Exakt zwölftausend. Durchgängig bei allen Beiträgen. Ziemlich wenig, finde ich. Wie viele Internetanschlüsse gibt es denn auf Tahiti zurzeit?«

Maeva antwortete nicht. Die Information schien sie auf merkwürdige Weise zu berühren.

»Weißt du das nicht?«, hakte Steve nach.

Sie wich seinem Blick aus. Cording bemerkte, dass sich ihre Augen mit Tränen füllten. Er gab Steve zu verstehen, dass er jetzt besser den Mund hielt. Tahiti verfügte über zwölftausend Internetanschlüsse, das wusste er, Maeva hatte es ihm erzählt. Die Idee, die Zahl so drastisch zu limitieren, ging auf Rauura zurück, der es verstanden hatte, die vier Parlamente gegen den erklärten Widerstand Maevas auf seine Seite zu ziehen. Aber diejenigen, die auf Tahiti über einen Internetanschluss verfügten, waren zu hundert Prozent bei ihr.

»Okay, ihr Lieben«, sagte Maeva schließlich, wobei sie ihre Mitstreiter provozierend lange ansah. »Wenn die URP-Generalsekretärin dort draußen tatsächlich eine so große Nummer ist, wie Steve behauptet, dann lassen wir sie auch richtig durchstarten. Wir machen uns auf eine lange Reise, wir sammeln neue Mitglieder ein. Ich möchte, dass die Welt dabei zusieht. Nichts gegen deine bisherige Arbeit, Steve, du machst das hervorragend. Die Leitung bleibt in deinen Händen. Aber alles, was Planung und Organisation betrifft, entscheiden wir in Zukunft gemeinsam. Wir sind ein starkes Team«, sagte Maeva mit triumphierendem Unterton, »zu viert sind wir unschlagbar!«

»Zu viert?!«, fragte Steve verblüfft.

»Zu viert. Denn als Erstes werden wir Shark abholen. Ich glaube, dass wir einen Mann seines Schlages gut gebrauchen können. Meint ihr nicht?«

Bevor sich Cording und Steve von ihrer Überraschung erholen konnten, erzählte Maeva von David Kalakaua, dem letzten regierenden König von Hawaii, in dessen Geiste sie ihre Reise zu unternehmen gedachte. 1881 war König Kalakaua als erster

Monarch der Welt aufgebrochen, um die Welt zu umrunden. Die Tatsache, dass Hawaii erst kürzlich den URP beigetreten war, schien für Maeva Grund genug, an diesen außergewöhnlichen Mann zu erinnern. Was er seinen Untertanen außer dem Wiener Walzer noch alles mitgebracht hatte, wollte sie Cording und Steve auf dem Weg nach London erzählen, wo ihre kleine Delegation, darauf bestand Maeva, allerdings inkognito eintreffen würde.

Maevas Reise

Cording schlenderte den langen Flur entlang, auf dessen glänzendem Linoleumboden die Spur des einfallenden Tageslichts immer breiter wurde. Es roch nach Desinfektionsmitteln und Kaffee, eine Mischung, die er in etwa so gerne mochte wie einen Duftcocktail aus Kuhscheiße und Zimt. Vom Fenster am Ende des Ganges gestattete er sich einen Blick auf den Park, in dem sich die Patienten lethargisch aneinander vorbei bewegten wie Geschöpfe der Tiefsee.

»Professor Pound ist jetzt so weit!«

Cording dankte der Schwester und folgte ihr ins Vorzimmer des Chefarztes. »Sie können rein«, sagte die Sekretärin. Hinter ihm glitt eine lederbeschlagene Tür in ihre Halterung. Es war eine jener Türen, die man nicht zuknallen konnte. Der Mann hinter dem wuchtigen Schreibtisch fixierte ihn über den Rand seiner Lesebrille.

»Nehmen Sie Platz«, sagte er, griff in die Schublade und stellte eine angebrochene Flasche Cognac auf den Tisch. »Möchten Sie auch ein Gläschen?«

Cording schüttelte den Kopf. In was für ein Irrenhaus war er geraten? Es war kurz nach elf, die Patienten waren ruhiggestellt, und der Leiter der Anstalt schenkte sich munter einen ein.

»Douglas Elliott, sagten Sie?« Pound rief die Daten auf den Schirm seines PCs. »In welcher Beziehung stehen Sie zu dem Patienten?«, fragte er, ohne aufzublicken.

»Ich bin sein Onkel«, log Cording.

»Von einem Onkel steht hier nichts. Hier steht überhaupt

nichts von einer Familie. Die Polizei hat uns nicht eine einzige Kontaktperson nennen können. Aber offensichtlich gibt es ihn doch, den guten Onkel. Warum kommen Sie so spät?«

»Ich wohne nicht in England. Sagen Sie, Professor, wie geht es Doug? Macht er Fortschritte?«

Pound schwenkte sein Cognacglas und blickte auf die goldbraune Welle, die im Innern umlief, als formuliere sich in ihr eine zufriedenstellende Antwort.

»Wann kann er entlassen werden?«, hakte Cording nach.

»Für eine Entlassung sehe ich in absehbarer Zeit nicht die geringste Chance«, antwortete Pound. »Ihr Neffe ist äußerst renitent, er ist eine große Gefahr für seine Umwelt. Selbst die ungewöhnlich starken Medikamente reichen nicht, um ihn zu beruhigen. Die meisten unserer Pfleger trauen sich kaum in seine Nähe.«

Er stand auf und winkte seinen Besucher ans Fenster. »Sind das Bekannte von Ihnen?«

Cording sah, wie Steve im Gras kniete und die Beine der jämmerlich gebückten, sich hin und her wiegenden Gestalt umschlossen hielt, die vor ihm im Rollstuhl kauerte. Maeva stand neben dem Patienten und streichelte ihm beharrlich über den Kopf. Das also hatten sie von Shark übrig gelassen. »Kennen Sie die Leute?«

Cording nickte. »Warum sitzt mein Neffe im Rollstuhl?«, fragte er.

»Er könnte auch gehen, aber er will nicht. Der Herr zieht es vor, geschoben zu werden. Ich sagte ja: renitent. Eigentlich müsste man ihn in die Geschlossene schicken, das würde uns eine Menge Arbeit und Ärger ersparen …« Pound ließ die Jalousien herunter. Als er sich umdrehte, war sein Besucher fort. Der Professor zuckte mit den Achseln und öffnete die Schublade seines Schreibtisches.

Unterdessen zuckelte Cording im Lastenfahrstuhl von Stockwerk zu Stockwerk. Die Menschen in hellbrauner Anstaltskleidung schienen durch ihn durchzusehen. Als er in den Garten trat, schnappte er nach Luft wie ein Ertrinkender.

»Fahr den Wagen direkt vor den Fahrstuhl, Steve«, sagte Cording, »und halt die Sachen bereit.«

Eine Schwester näherte sich. »Tut mir leid, die Besuchszeit ist um.« Sie schloss die Ledermanschetten um Sharks Handgelenke und löste die Bremsen des Rollstuhls.

»Lassen Sie mich das machen, Schwester«, sagte Cording, als sie hinter dem Patienten Aufstellung nahm, »ich habe meinen Neffen seit einer Ewigkeit nicht mehr gesehen. Für mich ist jede Sekunde wichtig, das verstehen Sie doch.«

»Sie wissen, wo sich der Speisesaal befindet?«

»Professor Pound hat es mir erklärt, ja ...«

Als sie den Namen des Chefarztes hörte, wich sie zur Seite und widmete sich einem anderen Patienten.

Der Speisesaal befand sich im Parterre, sie brauchten sich nur dem Zug der schlurfenden Insassen anzuschließen. Vor der Treppe, die neben dem Fahrstuhl nach unten führte, hielt Cording an.

»Lauf runter in die Garage, lass dir von Steve die Klamotten geben und komm so schnell wie möglich zurück«, raunte er Maeva zu. »Ich warte hier auf dich!«

Sie war schneller zurück als erwartet. Gemeinsam schoben sie Shark auf die Toilette und parkten ihn in der geräumigen Zelle für Rollstuhlfahrer. Dann wuchteten sie den Jungen aus dem Stuhl. Er stand stabil auf den Beinen. Er hob sogar die Arme, als Cording ihm das Anstaltshemd über den Kopf zog. Schließlich war die Verwandlung vollbracht. Shark sah gut aus unter seinem Lederkäppi, die Sonnenbrille stand ihm auch, nur der Mantel war etwas zu lang, er reichte ihm fast bis zu den Knöcheln.

Maeva musste schmunzeln. Und Shark schmunzelte zurück. Er hielt sich erstaunlich aufrecht in ihrer Mitte, sie brauchten ihn nur leicht an den Ellenbogen zu stützen. Auf der Treppe zur Tiefgarage begegnete ihnen niemand mehr. Steve wartete bei laufendem Motor. Sekunden später raste er die Auffahrt hinauf. Als der Mercedesstern an der Spitze der Motorhaube vom Himmel sackte, um die Straße ins Visier zu nehmen, stieß Maeva einen Freudenschrei aus. In anderthalb Stunden ging ihr Flieger nach Hamburg.

Cording betrachtete die Bücher in Mike Kühlings Bibliothek. Sie sahen abgestaubt aus, aber nicht benutzt. Das Lesezeichen im »Mann ohne Eigenschaften« befand sich noch immer auf Seite 187, dort wo er es vor sechs Jahren stecken gelassen hatte, weil ihm eine Formulierung aufgefallen war, die ihm gut gefiel: *»Man soll von Zeit zu Zeit den Geist in seinem eigenen Hause aufsuchen.«* Von diesem Raum aus hatte Mike ihn in seiner Eigenschaft als Chefredakteur von EMERGENCY in die Südsee entsandt – ohne natürlich zu ahnen, was daraus werden würde. Umso erstaunlicher, dass sein alter Kumpel, der das erfolgreiche Reportagemagazin noch immer leitete, sie nun bei sich aufgenommen hatte.

Cording setzte den antiken Globus in Bewegung, für einen kurzen Moment fühlte es sich an, als bewege er eine bhutanische Gebetsmühle. Mike Kühling, der just in diesem Moment die Bibliothek betrat, schien das ähnlich zu empfinden. »Die Welt kann unsere Fürbitte gut gebrauchen«, sagte er, »ich drehe jeden Tag an dem Ding.«

Cording beobachtete die beiden südamerikanischen Haushälterinnen, die in dem beheizten Wintergarten den Frühstückstisch deckten. Die Elbe rekelte sich ausufernd in der herbstlichen Morgensonne.

»So breit hab ich sie gar nicht in Erinnerung«, bemerkte Cording.

Kühling setzte sich an seinen Schreibtisch und legte die Füße hoch. Alles in diesem Raum war schwer und düster, die getäfelten Wände, die Sessel, der Teppich, sogar die Aschenbecher. Bürobarock für Männer mit Verantwortung. »Fällt dir nichts auf?«, fragte Kühling.

Cording überlegte. Plötzlich fiel es ihm wie Schuppen von den Augen. Die Elbinseln Neßsand, Hahnöfersand und Schweinesand waren von dem Fluss vollständig verschluckt worden.

»Schau mal nach links«, hörte er Mike sagen.

Wo war das Werksgelände von Airbus Industrie geblieben?! Abgesoffen, mitsamt der Startbahn! Ganz Finkenwerder war untergetaucht!

»Es ist noch Ebbe, mein Lieber«, sagte Kühling, »in wenigen Stunden haben wir einen Ozean vor der Tür, dann sind nicht einmal die Rudimente von Cranz, Neuenfelde oder Francop zu sehen, dann reicht die Elbe bis zu den Harburger Bergen. Sag mal, du scheinst dich die letzten Jahre nicht sonderlich für deine alte Heimat interessiert zu haben …«

Cording schluckte. Es war also eingetreten, wovor Wissenschaftler und Deichbauer seit Jahrzehnten gewarnt hatten: Die Norddeutsche Tiefebene war dem steigenden Meeresspiegel nicht mehr gewachsen … »Was ist mit der Innenstadt?«, fragte er benommen.

Wenn die Fluten, wie zu vermuten war, mit Vehemenz in die Fleete drangen, dürfte der Rathausturm allenfalls noch als Mahnmal zu besichtigen sein. Und mit ihm das ganze herrliche Ensemble rund um die Binnenalster, das einem überzeugten Hanseaten wie ihm jedes Mal das Herz höher schlagen ließ, sobald er von einer längeren Reise zurückkehrte. Wie sehr hatte er sich darauf gefreut, mit Maeva zwischen den Kandelabern der Lombardsbrücke zu stehen und zu beobachten, wie sie infiziert wurde von dem Zauber, den diese einzigartige Stadtlandschaft im Betrachter auszulösen vermochte.

»Die Innenstadt ist von der Katastrophe ausgenommen, nach Norden hin ist weitgehend alles wie gehabt«, hörte er Kühling sagen. »Das liegt an der zwölf Meter hohen Flutschutzmauer, die vom Fischmarkt bis zu den Elbbrücken reicht. Ein gigantischer Betonwall, hochgezogen in nur einem Jahr – sieht schrecklich aus, ist aber effektiv. Du hattest wirklich keine Ahnung, oder?« Kühling schnitt eine Zigarre an. »Verglichen mit dem, was sich in Amsterdam abspielt, ist das hier noch Gold …«, fuhr er fort. »Wir haben Wilhelmsburg und Harburg aufgeben müssen, aber doch nicht gleich die ganze Stadt … Dadurch, dass Niedersachsen der Elbe eine fünf Kilometer breite Auslaufzone gestattet hat, ist Hamburg in der Lage, seine Schäfchen auf Jahrzehnte ins Trockene zu bringen. Nicht schlecht in der heutigen Zeit, das musst du zugeben …«

»Willst du damit sagen, dass die Elbe nach Süden hin jetzt fünf Kilometer ins Land reicht?!«

»Bei extremer Sturmflut ja. Die Deichlinie so weit zurückzuziehen war das Beste, was man machen konnte. Für Cuxhaven, Otterndorf, Stade, die Vierlande und die anderen Elbgemeinden tut es mir leid, aber wenn sich die Menschheit in einem erfolgreich geübt hat die letzten Jahre, dann in der Kunst der Evakuierung.«

Mike Kühling war von Natur aus ein sarkastisch veranlagter Mensch, seine Kommentare waren schon immer gewöhnungsbedürftig gewesen. Zum ersten Mal jedoch hatte Cording das Gefühl, dass die zynische Weltsicht seines Freundes mit der Realität durchaus in Deckung zu bringen war.

»Na bitte«, hörte er Mike sagen, »kaum duftet es im Haus nach Kaffee, wachen Steve und Shark auf … Sind übrigens richtig nette Jungs. Von Steve weißt du das ja, aber auch Shark wird euch von Nutzen sein, wenn er wieder richtig fit ist. Die GO!-Show hätte ohne ihn nicht funktioniert. Lasst ihn einfach machen, und ihr werdet eure helle Freude an ihm haben.«

Sie gingen hinaus auf die Terrasse und setzten sich an den üppig gedeckten Frühstückstisch. Wenig später erschien Maeva in der Tür. Sie trug einen schwarzen Rollkragenpullover, Jeans und ein umwerfendes Lächeln im Gesicht. Mike rückte ihr den Stuhl zurecht. Die Haushälterin deckte das Körbchen mit den Eiern auf und schenkte Tee und Kaffee ein. Maeva reckte sich und blickte auf den glitzernden breiten Strom zu ihren Füßen.

»Schön habt ihr es hier in Hamburg«, sagte sie. Dabei legte sie Cording die Hand aufs Knie: »Es tut richtig gut, in deiner Stadt zu sein …«

»Das freut mich«, antwortete Cording mit belegter Stimme.

Während Mike seinen Redaktionsgeschäften im Verlagshaus am Baumwall nachging, nutzten seine Gäste das Haus am Elbhang als ihr Planungszentrum. Von hier aus legten sie die Stationen fest, die Maeva auf ihrer Reise um die Welt demnächst besuchen würde. Ausgangspunkt sollte die sich selbst verwaltende Region Dithmarschen sein, die nur siebzig Kilometer von Hamburg entfernt lag.

Der Vorschlag kam von Cording, der sich daran erinnerte, dass sich der Landkreis bereits vor dreißig Jahren den ökologischen Erfordernissen der Zeit unterworfen hatte. In Dithmarschen war das erste Windrad Deutschlands aufgestellt worden, und zwar im Garten seines Erfinders Karl-Heinz Grün. Er hatte eine Reportage über den Mann geschrieben. Ein Verrückter, zweifellos, ein Besessener, der es in seinem missionarischen Eifer sogar verstanden hatte, die mit friesischer Sturheit geschlagenen Bauern auf seine Seite zu ziehen. Als immer mehr Landwirte damit begannen, die Dächer ihrer Ställe und Wohnhäuser mit Solarzellen zu bestücken, als sich auf den Wiesen immer mehr Windräder zu drehen begannen und die Düngemittelindustrie in der Region einen Kunden nach dem anderen verlor, weil Grün dafür gesorgt hatte, dass in Meldorf regelmäßig über die Vorzüge von Permakultur und alternativer Landwirtschaft aufgeklärt wurde, begannen sich auch der Propst und der Landrat zu interessieren. Seit 2006 fanden im Dithmarscher Herbst regelmäßig sogenannte »Klimatage« statt. Selbst der Weltklimarat hatte es sich nicht nehmen lassen, hier zu tagen. Trotz aller Aufmerksamkeit, die dem Landkreis zuteilwurde, hatte sich die Landesregierung in Kiel wenig kooperativ gezeigt. Also erklärte sich Dithmarschen im Jahre 2014 kurzerhand zur ersten Ökoregion Deutschlands.

Shark ging es von Tag zu Tag besser, er hatte sogar begonnen, mit Steve an dem neuen Internetauftritt zu basteln, mit dem Maevas Reise im Netz dokumentiert werden sollte. Cording war nicht sonderlich überrascht, dass das Format inzwischen erstaunliche Ähnlichkeiten mit der GO!-Show aufwies. Es ging jetzt weit über die pure Dokumentation hinaus, bot genügend Platz für Hintergrundberichte und interaktive Diskussionsforen. Maeva gefiel es. Die Zusammenarbeit in Mikes Bibliothek war derart intensiv, dass sie gar nicht auf die Idee kam, die versprochene Besichtigungstour durch Hamburg anzumahnen, was Cording nur recht sein konnte. Den Abend, an dem Steve das neue Portal für die Öffentlichkeit öffnete, begingen sie mit Mike in seinem geheizten Wintergarten bei einer gepflegten Flasche Wein. In zwei Tagen, so war zu lesen, würde Maeva auf dem Domplatz von Meldorf sprechen.

Die Norddeutsche Tiefebene war nicht unbedingt das, was man einer sonnenverwöhnten Südseeprinzessin gerne ans Herz legen mochte, schon gar nicht im Herbst, dessen Tage sich wie Ertrinkende benehmen: Kaum dass sie sich ans Licht erheben, versagen ihre Kräfte. Tropfend und klamm hängen sie sich der platten Landschaft an den Hals, der gar nichts anderes übrig bleibt, als sich den erzwungenen Umarmungen auf devote Weise zu ergeben.

Cording blickte auf die matschige, mit Stacheldrahtzäunen parzellierte Ödnis. Auf den durchhängenden Stromleitungen, die zwischen den über die Wiesen stampfenden Viadukte gespannt waren, hockten Kolonien von Krähen, als warteten sie auf das Ende der Welt. Das Surren der Reifen auf der regennassen Straße beruhigte ihn. Maeva saß stumm neben ihm und blickte hinunter auf den Nord-Ostsee-Kanal, den sie in großer Höhe überquerten.

»Was ist denn hier los?«, hörte Cording Steve sagen, nachdem sie die Autobahn verlassen hatten. Auf der Landstraße hinter Krumstedt ging es nur noch schleppend voran. In Nindorf, wenige Kilometer vor Meldorf, steckten sie endgültig im Stau. Am Ortsausgang winkten Soldaten der Bundeswehr die nachrückenden Fahrzeuge auf eine Wiese, die man kurzerhand in einen gigantischen Parkplatz verwandelt hatte.

Cording stieg aus. Maeva, Steve und Shark beobachteten, wie er mit einem Offizier sprach, der bei den Shuttlebussen stand, die sich in kurzen Abständen Richtung Meldorf in Bewegung setzten. Nach wenigen Minuten kehrte er zurück und ließ sich grinsend in seinen Sitz fallen. »Ratet mal, wem dieser Volksauflauf gilt?«, fragte er grinsend.

»Im Ernst?!«, rief Steve und stieß mit der flachen Hand aufs Lenkrad. »Die sind alle Maevas wegen hier?!«

»Du sagst es. Man rechnet mit dreißigtausend Besuchern. Nicht schlecht für ein Städtchen mit siebentausend Einwohnern, oder?«

Eine Motorradstreife nahm sie unter Blaulichteinsatz ins Schlepptau. Als sie sich dem Ortskern näherten, war kaum noch ein Durchkommen. Am Landesmuseum bogen sie links auf den Parkplatz des Hotels »Zur Linde«, wo sie von den Eigentümern bereits erwartet wurden. Während die Massen auf den Domplatz drängten, verspeiste Maevas Viererbande im Hinterzimmer des Restaurants eine gepflegte Dithmarscher Scholle mit Speck.

Eine Stunde noch bis zum großen Auftritt. Die Bühne war gerichtet, rund um den Domplatz waren die Videoscreens installiert. Steve schulterte die Kamera und mischte sich unter die Leute. In den Seitenstraßen traf er neben den Ü-Wagen der ARD auch auf Übertragungswagen dänischer, niederländischer und englischer Fernsehanstalten.

Robert McEwen inspizierte sein ehemaliges Büro wie einer, der mal kurz weg gewesen war und nun feststellen musste, dass gezielt mit allem aufgeräumt worden war, was auch nur entfernt an ihn erinnerte. Statt der wunderschönen Ölgemälde, die allesamt mit der Firmengeschichte von Global Oil zu tun hatten, hingen abstrakte Bilder an den Wänden, die dem Betrachter die Augen verdrehten und ihm ins Gesicht zu springen schienen. Sein Eichenholzschreibtisch hatte einem gläsernen Designerpult Platz machen müssen, und die schwere Bücherwand war einem komplizierten Gestell aus rostfreiem Stahl gewichen. Nun ja, was regte er sich auf, ihm war doch immer klar gewesen, dass sein Nachfolger und ehemaliger Stellvertreter ein Geschmacksbanause war. Außerdem hatte ihn Präsident Nowikov nicht nach Dallas geschickt, um mit Mark Dowie über die Inneneinrichtung einer amerikanischen Machtzentrale zu streiten. Er war gesandt worden, um einen Vertrag zwischen Petrol Russia und Global Oil auszuhandeln, der die neuen Kräfteverhältnisse in der Arktis beim Abbau der dort schlummernden Öl- und Gasvorräte entsprechend berücksichtigte.

»Das habt ihr ja fein gedeichselt in Alaska«, sagte McEwen, als er endlich auf der niedrigen Ledercouch Platz genommen hatte, »Kompliment.«

»Was blieb uns denn anderes übrig?«, entgegnete Dowie lächelnd und machte es sich hinter seinem Schreibtisch bequem, von wo aus er auf seinen Gast herabsehen konnte.

McEwen fühlte sich nicht wohl in seiner Haut. Der Trick mit dem niedrigen Besuchermöbel war das Einzige, was Dowie von ihm übernommen hatte. Es fühlte sich schon komisch an, derart herabgesetzt zu werden. Aber so leicht ließ er sich nicht kleinkriegen, nicht von Mark Dowie, der noch immer gehörigen Respekt vor ihm hatte, das wusste er.

»Was soll ich sagen, Mark«, begann McEwen, »die russische Regierung sieht es überhaupt nicht gerne, dass die USA ihre aufgegebenen Militärbasen in den Freien Republiken Alaskas wieder besetzen wollen. Falls es dazu kommt – und das sage ich dir im Vertrauen –, plant Moskau die Einrichtung einer paramilitärischen Sondereinheit, die die russischen Interessen in der Region notfalls mit Waffengewalt durchsetzen soll. Diese sogenannten Polarstreitkräfte unterstehen dem Inlandsgeheimdienst FSB. Das sind die ganz harten Jungs. Speziell für den Küstenschutz ausgebildet. Wollt ihr es wirklich so weit kommen lassen?« Er tupfte sich die Schweißperlen von der Oberlippe. »Du hast Nowikov in Jalta doch erlebt, Mark. Der Bastard meint es ernst, das kannst du mir glauben. Müssen wir uns diese Scheiße antun? Ein kalter Krieg am Nordpol ist das Letzte, was wir jetzt brauchen. Also sprich mit Hurst, mach Global Oils Einfluss im Weißen Haus geltend. Wenn Washington auf die Stationierung in Alaska verzichtet, werden wir uns einig. Dreißig Prozent aller Förderungen gehören dann euch. Zwanzig Prozent gehen an Kanada, fünf an Dänemark. Der Rest ist für uns. Du musst zugeben: Der Deal ist fair.«

McEwen wuchtete seinen Körper von der Couch und schritt

zwischen der Fensterfront und der gegenüberliegenden Wand hin und her, ganz so, wie er es in diesem Raum früher immer gemacht hatte, wenn er die Besucher mit seiner bulligen Gestalt zu beeindrucken versuchte. Mark Dowie fand das nicht amüsant, denn jetzt war er es plötzlich, auf den herabgesehen wurde.

»Wenn *du* das dem Präsidenten nicht verklickern willst, Mark, dann mache ich es eben«, sagte McEwen, »wir können uns zwar nicht ausstehen, aber guten Argumenten gegenüber hat sich der Mann noch nie verschlossen. Im Übrigen«, fuhr er grinsend fort, »könnten die Vereinigten Staaten eine ganze Menge Pluspunkte sammeln …«

»Bei wem?«

»Bei den URP. Du weißt doch, wie sie aufgeheult haben, als sie von eurem *Freundschaftsvertrag* mit Alaska erfuhren. Es geht sogar das Gerücht, dass diese Südseezicke Maeva den von euch annektierten Republiken demnächst einen Besuch abstatten will.«

Dowie blickte entsetzt auf: »Ist das wahr!?«

»Was ist plötzlich los mit dir?«, fragte McEwen. »Du nimmst diese Dame doch nicht etwa ernst?!«

Mark Dowie schaltete den Computer an. »Setz dich, Bob«, sagte er mit einer Bestimmtheit, die McEwen überraschte. »Ich will dir einen Bericht des Ersten Deutschen Fernsehens zeigen, aufgezeichnet vor zwei Tagen in einem Provinznest namens Meldorf. In Deutschland wohlgemerkt. Ein gesittetes, zivilisiertes Land, das für seine revolutionären Neigungen nicht gerade berühmt ist, wie wir wissen.«

Robert McEwen griff sich eine Handvoll Pistazien aus der Glasschale. Auf dem Domplatz im Zentrum des besagten Kaffs hatte sich rund um die wuchtige Kirche eine unübersehbare Menschenmenge versammelt, die sich, wie aus der Hubschrauberperspektive nun klar zu erkennen war, bis weit in die zahlreichen Seitenstraßen ergoss. Man musste die Anmoderation nicht verstehen, um zu erkennen, dass es sich um ein hysterisches Spektakel handelte. Als Maeva die Bühne erklomm, schienen sich die Fachwerkhäuser der Altstadt gegenseitig zu stützen, um von dem Jubelsturm nicht umgeweht zu werden. Dabei hatte die Dame im Gegensatz zu ihrem Auftritt in der Sydney-Oper diesmal auf jeden folkloristischen Schnickschnack verzichtet, sie kam weder bauchfrei daher, noch schmückten Blumen ihr Haar. Sie steckte, dem Schmuddelwetter entsprechend, in einem schlichten Trenchcoat, was der Begeisterung jedoch keinen Abbruch tat.

McEwen zollte ihrer Fähigkeit, sich bei der aufgeregten Menge Gehör zu verschaffen, insgeheim Respekt. Sie sprach auf Englisch zu den Menschen, was natürlich zur Folge hatte, dass sie nach jedem fünften Satz innehalten musste, um der Übersetzerin Zeit zu geben. Es waren die üblichen spirituellen Plattitüden. Aber die Leute gierten danach, als fiele das pure Manna vom Himmel. Sie benimmt sich wie eine Weissagerin, dachte McEwen, die in der Vergangenheit nichts Gutes zu erkennen vermag, aber mit der nächsten aufgedeckten Karte das pure Glück verspricht.

Mark Dowie registrierte sehr wohl, dass sein Gegenüber nicht unbeeindruckt blieb. Besonders an der Stelle, als Maeva den Menschen die schwarze Perlenkette zeigte, die sie um den Hals trug. *»Jede dieser Perlen symbolisiert ein Mitglied der URP. Und mit jeder Region, die sich uns neu anschließt, wird diese Kette um eine Perle reicher. Ich bin eine Perlenfischerin! Und meine neueste Perle soll Dithmarschen heißen! Werdet Mitglied der URP, tretet ein in den Bund der freien Regionen dieser Erde, hängt euch mir sozusagen um den Hals …!«*

McEwen schüttelte den Kopf. Welche Politikerin, welcher Politiker hätte es wagen können, einen solchen Satz zu gebrauchen, ohne dafür ausgelacht zu werden? Maeva durfte das. *»Die Mächtigen dieser Welt behaupten, dass es keinen Weg zurück gibt«*, fuhr sie fort, *»sie behaupten, dass es immer vorwärts zu gehen habe. Das ist natürlich Blödsinn. Die Gattung Mensch existiert seit fünfhunderttausend Jahren. Unsere wahren Bedürfnisse sind bis heute gleich geblieben. Sie sind durch den sogenannten Fortschritt nur verschüttet worden. Es ist an der Zeit, dass wir uns erinnern. Und erinnern heißt, dass wir die*

Nabelschnur zurückverfolgen müssen, die uns mit dem Leben verbindet. Die Natur verlangt von uns nicht, dass wir über sie bestimmen, sie verlangt, dass wir mit ihr kooperieren. Jeder an seinem Platz …«

McEwen winkte unwirsch ab.

»Schau hin, Bob«, sagte Dowie, »jetzt wird es interessant.«

Maeva stieg von der Bühne und mischte sich unter ihr Publikum. Trotz der Enge machten die Menschen ihr respektvoll Platz.

»Die Nummer bringt sie ohne Leibwächter! Oder siehst du einen? Welcher unserer Politiker hätte heute noch den Mut dazu? Über ihre Botschaft will ich mich gar nicht mit dir streiten, aber klar ist doch, dass es diese Frau versteht, in den Menschen ein elementares Bedürfnis nach Veränderung zu wecken. Achte auf das Finale …«

McEwen verschlug es die Sprache, als er Maeva, die inzwischen auf ihre Showbühne zurückgekehrt war, von Edwin L. Drake reden hörte, dessen Porträt noch vor gar nicht so langer Zeit die Wand dieses Büros geschmückt hatte. Drake, der im Jahre 1859 im Bundesstaat Pennsylvania die erste Ölbohrung der Welt vorgenommen hatte, wurde von der Tahitianerin nun kurzerhand vom Sockel gestoßen. Nicht er habe die erste Bohrung in Szene gesetzt, behauptete sie, sondern ein norddeutscher Bauer namens Reimer Peters, der in der Nähe von Meldorf wohnte, wo sie jetzt sprach. Der Mann wollte im Frühjahr 1856 einen Brunnen graben. Er fand an der Stelle jedoch nur stinkenden Sand vor. Durch Zufall erfuhr ein Geologe davon. Und der stellte fest, dass es Steinöl war, das den Sand stinken ließ. Also ließ sich Bauer Peters vom dänischen König das Privileg übertragen, bituminöse Sande auszubeuten, aus denen er Solaröl destillierte, also Petroleum, das in Deutschland bereits zum Verkaufsschlager geworden war, bevor Drake in Pennsylvania seinen Bohrer ansetzte.

»Das Erdölzeitalter, das unsere Gesellschaft so nachhaltig geprägt, entmenschlicht und abhängig gemacht hat, nahm hier, direkt vor eurer Haustür seinen Anfang!«, rief Maeva. *»Also lasst es uns auch an dieser Stelle beenden! Hiermit erkläre ich das Ölzeitalter für beendet!*

Diese Botschaft wird von Dithmarschen aus in die Welt gehen. Ihr wart wunderbar. Ich danke euch! Mauruuru roa!«

McEwen schüttelte den Kopf. »Die ist ja total übergeschnappt…!«

»Mag sein, vielleicht ist sie das«, antwortete Dowie. »Aber ihre Anhängerschaft im Internet nimmt allmählich beängstigende Dimensionen an. Diese Predigerin ist gefährlich, Bob. Äußerst gefährlich. Gewaltlosigkeit ist eine starke Waffe in unserer hochgerüsteten Welt heutzutage. Okay. Vergessen wir das… Ich werde mit Präsident Hurst reden, bestell das deinem Nowikov. Dreißig Prozent sind fair, wir kommen schon zusammen.«

Cording fragte sich, was Walther von der Vogelweide mit Bozen zu tun hatte. Wieso hatten sie den Platz im Zentrum der Südtiroler Landeshauptstadt, auf den er vom dritten Stock des »Greif«-Hotels blickte, nach einem vor achthundert Jahren verstorbenen Minnesänger deutscher Zunge benannt, der mit diesem Flecken doch gar nichts an der Leier hatte? Wieso stand sein Denkmal hier, wo doch ganz andere Städte den Anspruch erhoben, Heimat des Barden zu sein? Frankfurt am Main zum Beispiel, Würzburg, Heidelberg, Feuchtwangen oder Dux in Böhmen. Aber Bozen?

Hatte er wirklich Lust, es in Erfahrung zu bringen? Dann hätte er Maeva ins Bolzano Centre begleiten sollen, wo die Stadt ihr zu Ehren gerade einen Empfang ausrichtete. Aber in seinem Zustand wäre das nicht ratsam gewesen. Über Nacht war er von einer heftigen Magen-Darm-Grippe befallen worden. Die Vorstellung, sich alle drei Minuten von der Festtafel entfernen zu müssen, war nicht lustig. Seine Anwesenheit war auch nicht vonnöten, Maeva kam allein klar, sie hatte hier quasi ein Heimspiel. Abzulesen war dies an den Hunderten von Fahnen, die man anlässlich ihres Besuches in der Stadt gehisst hatte, obwohl diese nicht unterschiedlicher hätten sein können. Auf der einen Seite der feuerrote Adler der Autonomen Republik Bozen-Südtirol, dessen zerfledderte Schwingen ihm wie ausgewrungene Wäschestücke vom Leib hingen, auf der anderen Seite die stolze, unter

Segeln stehende Piroge Polynesiens, die vor dem Strahlenkranz der Südseesonne übers Meer glitt.

Die Idee, in Bozen Station zu machen, kam von Maeva selbst. Sie wollte der Einladung des Bürgermeisters, die nach der Veranstaltung in Dithmarschen auf der Website von EMERGENCY TV eingegangen war, unbedingt Folge leisten. Verständlich, denn immerhin war die kleine Alpenrepublik im Norden Italiens seit einigen Jahren konsequent dabei, sich nach dem Vorbild Tahitis neu auszurichten. Das Projekt war in Europa bislang ohne Beispiel. Zwar gab es auf dem alten Kontinent inzwischen genügend Kommunen, die sich von den großen Energieunternehmen abgekoppelt hatten und sich nun selbst versorgten, es gab verkehrsberuhigte Städte und Regionen, in denen der Anbau genmanipulierter Pflanzen verboten war, es gab neue Ökodörfer, deren Gebäude ausschließlich nach den Gesetzen der Baubiologie errichtet worden waren – ein so umfassendes Konzept, wie man es in der Autonomen Republik Bozen-Südtirol umzusetzen versuchte, gab es woanders jedoch noch nicht. Kraftwagen mit Verbrennungsmotoren durften die Grenzen nicht passieren, die Straßen waren zu siebzig Prozent vom Asphalt befreit und mit Reiskleie versehen worden. Reiskleie war ein Abfallprodukt, das beim Mahlen und Polieren von Naturreis anfiel. Dieser Straßenbelag war porös, abriebfest und geräuscharm. Die ehemalige Brennerautobahn zwischen Brixen und Trient war nur noch einspurig befahrbar, auf der anderen Spur verkehrten die Kabinen des Rail-Cab auf ihrer vorgezeichneten Magnetspur. Die »Gondeln«, wie sie hier hießen, erinnerten an den Reva Tae auf Tahiti. Sie funktionierten auf Anforderung und waren rund um die Uhr abrufbar. Drei Wasserkraftwerke bei Meran, Tramin und Tesero generierten genügend Energie, um die Region zu neunzig Prozent mit Strom zu versorgen. Ein viertes war bei St. Johann im Bau.

Cording wunderte sich, wo die nahen Berge geblieben waren, die der Stadt eben noch bedrohlich zu Leibe gerückt waren. Eine dunkle Wolkenfront fegte in niedriger Höhe über den Platz. Und plötzlich, als hätte jemand den Reißverschluss geöffnet, pladderten hühnereigroße Hagelkörner aufs Pflaster, das sich innerhalb von Sekunden in eine glitschige weiße Wüste verwandelte, auf der die einschlagenden Eisbomben einen wahren Veitstanz vollführten. Der bejammernswerte Bozenadler wand sich an den Fahnenstangen, als würde man ihm das Gefieder ausreißen, während Tahitis Piroge dem Sturm tapfer standhielt. Inmitten des Infernos stand einsam und verlassen Walther von der Vogelweide und köpfte die Geschosse mit seinem Betonschädel, so gut es eben ging, aus der Gefahrenzone.

Cording rückte vom Fenster ab, das unter den Einschlägen jeden Moment zu bersten drohte. Er legte sich aufs Bett, verschränkte die Arme hinter dem Kopf und lauschte den stürzenden Fluten, die aus den überforderten Dachrinnen zu Boden schwappten. Ein Wetter haben die hier ... Kein Wunder, dass sich keine Sau auf die Straße traute, um Maeva zu huldigen. Vielleicht lag es aber auch an der Guerillataktik, auf die sich Shark, Steve und er insgeheim geeinigt hatten. Sie hatten Maevas Bozenbesuch erst in letzter Sekunde preisgegeben. Der Auflauf, den ihr rechtzeitig bekannt gegebener Besuch in Meldorf verursacht hatte, war viel zu riskant und anstrengend gewesen, um sich etwas Ähnlichem auf Dauer auszusetzen. Es gab genug Verrückte, die sich durch ein Attentat auf die charismatische URP-Generalsekretärin Unsterblichkeit erhofften. Es reichte völlig, wenn sie Maevas Reise als Medienspektakel inszenierten, man musste sie den Gefahren der Straße nicht aussetzen.

»**Was in Lissabon beschlossen wurde,** ist eine Sauerei ohnegleichen. Sie wissen es, ich weiß es, und alle anderen, die an der Entscheidung beteiligt waren, wissen es auch.«

José Ernesto Sabato, Präsident der Internationalen Meeresbodenbehörde ISA (International Seabed Authority), lief um den Konferenztisch, als bekomme er Kilometergeld. »Abgesehen von der Tatsache, dass wir der ISA damit praktisch über Nacht die Existenzberechtigung absprechen würden«, fuhr er erregt fort, »sind Sie bereit, der Weltöffentlichkeit ein Signal zu senden, wie es fataler nicht ausfallen könnte. Keine fünf Jahre nachdem die Polynesier die Hebetankerflotte von Global Oil aus ihren Hoheitsgewässern verjagt haben, wollen Sie den Mangangürtel der Clipperton Fracture Zone dieser Flotte nun an anderer Stelle erneut zum Fraß vorwerfen. Das ist absurd!«

Global-Oil-Chef Mark Dowie hielt es für ratsam, sich erst einmal nicht zu äußern. Er rührte im Tee. Die Geräusche, die der Löffel machte, wenn er an die Tasse stieß, wirkten wie das Ticken einer Zeitbombe. UN-Generalsekretär Leifur Sigurvinson blieb ebenfalls stumm. Sowohl Dowie als auch er waren ins Headquarter der ISA nach Kingston gereist, um Sabato die Einwilligung für einen Coup abzuringen, der in der Tat weitreichende Folgen haben würde. Die Internationale Meeresbodenbehörde war 1994 aufgrund des Seerechtsübereinkommens der Vereinten Nationen gegründet worden. Ihr Auftrag lautete, die Bodenschätze der Tiefsee als gemeinsames Erbe der Menschheit zu verwalten. Dieses Erbe sollte der Menschheit nun für immer entzogen werden.

Während Sabato an den Tiefseebergbau-Kodex erinnerte, den die ISA zur Jahrtausendwende noch voller Stolz formuliert hatte, um jedenfalls einen Teil der Ozeane vor den Wirtschaftsinteressen der Global Player zu schützen, sackte Sigurvinson sichtlich betroffen in seinem Sitz zusammen. Er selbst hatte dem kapverdischen Völkerrechtler vor drei Jahren gegen erhebliche Widerstände ins Amt des ISA-Präsidenten verholfen, und jetzt, da die Meeresbodenbehörde mit der Entscheidung von Lissabon, die er unter dem Druck der verheerenden Fakten notgedrungen mitgetragen hatte, ihre Geschäftsgrundlage zu verlieren drohte, kam er sich diesem Mann gegenüber wie ein Verräter vor.

»Die ISA wird die Lissabonner Vereinbarung auf keinen Fall mittragen«, hörte er Sabato sagen, »nicht unter meiner Leitung. Wenn wir den Mangangürtel im Südpazifik zur Exploration und damit zum Abbau freigeben, produzieren wir eine Umweltkatastrophe ungeahnten Ausmaßes. Das ist Ihnen doch hoffentlich klar, meine Herren. Ein solch gewaltsamer Eingriff zerstört den Meeresboden und wirbelt Wolken auf, die die

Lichtverhältnisse im Pazifischen Ozean dramatisch verändern werden. Fauna und Flora wären damit dauerhaft geschädigt. Das beträfe uns über kurz oder lang alle, nicht nur die im Pazifik ansässigen Inselstaaten der URP, was allein schon schlimm genug wäre.«

Sabato wandte sich nun direkt an Sigurvinson: »Haben Sie eigentlich bedacht, was es für die UNO bedeuten würde, wenn sie sich vor aller Welt zu einem solchen Offenbarungseid bereitfände? Wenn sie zu verstehen gäbe, dass die Vereinten Nationen im Zeichen des Klimawandels lieber einer Bande raffgieriger Konzerne gehorchen, statt sich um die natürlichen Lebensgrundlagen der Menschen zu sorgen? Ich prophezeie Ihnen einen Aderlass ungeahnten Ausmaßes. Sie mögen die URP belächeln, aber mit einer Galionsfigur wie Maeva, deren Volk schon einmal erfolgreich gegen den Manganabbau zu Felde gezogen ist, schwingt sich diese Organisation zu einer Macht auf, die nicht zu besiegen ist. Sehnsüchte sind nicht zu besiegen. Und glauben Sie mir: Die Mehrzahl der Menschen sehnt sich inzwischen nach ganz anderen Dingen als dem gewinnbringenden technischen Schnickschnack, den unser System ihnen andrehen will. Im Grunde«, fuhr er leise fort, »wäre es höchste Zeit, dieses System infrage zu stellen. In puncto Wachstum sind wir mit unserem Latein nämlich schon längst am Ende, meine Herren, da gebe ich Ihnen recht… Ist das jedoch ein Grund, das letzte verbliebene Fass aufzumachen? Offensichtlich ja. Falls dem so ist, stelle ich meinen Posten hiermit zur Verfügung.«

Mark Dowie schleuderte seinen Kugelschreiber, den er während der Ausführungen Sabatos zwischen den Fingern gedreht hatte, auf die Tischplatte. »Tut mir leid«, rief er, »ich kann diesen Scheiß nicht mehr hören! Dieses Geschwätz von den raffgierigen Konzernen: Es geht mir so was von auf den Geist!« Er stieß sich vom Tisch ab und sprang auf. »Wo wäre die Welt wohl heute ohne diese raffgierigen Konzerne? Haben Sie sich das mal gefragt? Wo wären wir ohne GENius? Im Hungerparadies? Wo ohne die großen Energieversorger? In der Dunkelkammer? Hören Sie auf mit diesem Verschwörungsquatsch. Hören Sie auf, gegen ein System zu wettern, das sich in der langen Geschichte der Menschheit als einziges hat behaupten können. Natürlich stecken wir in einer schwerwiegenden Krise«, fügte er hinzu, »niemand behauptet das Gegenteil. Aber es wäre hirnrissig, mit einem Flugzeug, das noch genügend Treibstoff an Bord hat, um das Festland zu erreichen, eine Notlandung auf dem offenen Ozean hinzulegen, nur weil unter den Passagieren plötzlich Bedenken wegen der Luftverschmutzung laut werden!«

Er ging ans Buffet, nahm die Teekanne vom Stövchen und schenkte allen Anwesenden nach. »Señor Sabato«, sagte er, wobei er sich um einen versöhnlichen Tonfall bemühte, »bei dem technischen Schnickschnack, den Sie eben erwähnt haben, handelt es sich in erster Linie um alternative Techniken, mit deren Hilfe dem Klimawandel vehement entgegengearbeitet werden soll. Wenn wir uns den Zugriff auf die Bodenschätze im Südpazifik verweigern, brechen uns die Zukunftsindustrien in Kürze zusammen. Betroffen wäre vor allem die Solar- und Windkraftindustrie, und das kann doch nun niemand ernsthaft wollen.«

UN-Generalsekretär Leifur Sigurvinson war froh, dass ihm der Vorstandsvorsitzende von Global Oil aus der Klemme half, obwohl er Sabato noch immer nicht in die Augen sehen konnte.

»In der Schanghaier Empfangshalle der Konzernzentrale von Baotou Steel Rare Earth Hi-Tech Ltd. steht ein Findling«, bemerkte Mark Dowie emotionslos, »auf ihm ist folgender Satz in Stein gemeißelt: *Der Nahe Osten besitzt Erdöl, China besitzt Seltene Erden.* Der Spruch geht auf den Reformer Deng Xiaoping zurück. Er fasst das Dilemma, in dem wir uns heute befinden, treffend zusammen. China besitzt Seltene Erden, und es wird einen Teufel tun, diese zu einigermaßen bezahlbaren Preisen zur Verfügung zu stellen. Im Gegenteil: Die Verknappung der Seltenen Erden ist Teil einer neuen Rohstoffstrategie, die das mächtige Ministerium für Industrie und Informationstechnologie in Peking verfolgt.«

Dowie wirkte plötzlich müde und angeschlagen, als sei er es leid, denselben Vortrag immer und immer wieder zum Besten geben zu müssen.

»Die Volksrepublik China deckt siebenundneunzig Prozent des globalen Bedarfs an Seltenen Erden«, fuhr er fort. »Allein vierzig Prozent der Weltproduktion stammen aus der Bayan-Obo-Mine, die sich in den Weiten der innermongolischen Steppe befindet. In dieser Kraterlandschaft arbeiten achttausend Menschen, hermetisch abgeschirmt von der Außenwelt. Die siebzehn dort gewonnenen Metalle sind für die Herstellung von Hightechprodukten wie Laser, Solarpanels, Hybrid- und Elektromotoren unerlässlich. Auch Röntgengeräte und Kraftwerksgeneratoren wären betroffen, wenn die Versorgung ins Stocken geriete. Die Nachfrage nach Seltenen Erden ist in den letzten zwanzig Jahren um das Zehnfache gestiegen. Gleichzeitig hat China die Ausfuhrzölle systematisch erhöht. Alle Drohungen der USA, das Reich der Mitte mit einem Handelsboykott zu belegen, sind kläglich gescheitert. Chinas Ausfuhrbeschränkungen stehen nämlich keineswegs, wie von Washington immer wieder behauptet, im Widerspruch zu den Regeln der Welthandelsorganisation. Und eine bewaffnete Auseinandersetzung, wie sie vonseiten der Vereinigten Staaten als Option gehandelt wird, kann im Ernst niemand wollen. Wie also kommen wir aus der Versorgungsfalle? Ich sag Ihnen, wie es geht, denn geologisch betrachtet kann von einer echten Knappheit keine Rede sein. Der Mangangürtel im Südpazifik ist eine wahre Schatzkammer. Wenn es uns wirklich ernst ist mit unserer Verantwortung für die Erde, dann müssen wir jetzt handeln. Und genau das haben wir uns in Lissabon vorgenommen.« Dowie massierte seine Nasenwurzel. »Ich bin Generalsekretär Sigurvinson für seine Unterstützung äußerst dankbar«, sagte er und griff nach dem weggeworfenen Kugelschreiber, »zeigt es doch, dass die UNO die Zeichen der Zeit erkannt hat. Auch die ISA sollte sich dem nicht verschließen, Señor Sabato, zumal unsere Abbaumethoden für die Umwelt bei Weitem nicht mehr jene Risiken bergen wie noch vor einigen Jahren.«

José Ernesto Sabato schüttelte kaum merklich den Kopf. Er schien gar nicht damit aufhören zu wollen. »Wie es aussieht«, sagte er schließlich, »kämpfe ich wohl auf verlorenem Posten.

Nehmen Sie also zur Kenntnis, dass ich mein Amt mit dem heutigen Tag zur Verfügung stelle …«

Die Oasenstadt Douz im Südosten des Salzsees Chott el Djerid war in den letzten zehn Jahren von einem verschlafenen Wüstenflecken zu einer prosperierenden Kommune mit fünfzigtausend Einwohnern mutiert. In Douz, dem tunesischen »Tor zur Sahara«, hatten die beteiligten Firmen des Desertec-Konsortiums Quartier bezogen. Über vierzig Schwergewichte der europäischen Wirtschaft glänzten mit ihren Verwaltungsgebäuden vor Ort und dokumentierten eindrucksvoll ihren Anspruch auf die erhofften Milliardengewinne, die das größte von Menschen jemals in Angriff genommene Zukunftsprojekt nach eigener Rechnung dauerhaft abzuwerfen versprach, sobald sich die Investitionskosten von etwa siebenhundert Milliarden Euro amortisiert hatten. 2050, also in etwas mehr als zwanzig Jahren, sollte die Sahara von Marokko bis zum Jemen mit Solarthermie-Kraftwerken bestückt sein, um den alten Kontinent aus der Abhängigkeit von Atom, Erdgas und Kohle zu befreien.

Die Euphorie in den Vorstandsetagen der neuen Glaspaläste, die den Ortskern von Douz wie mächtige Eroberer umstanden, war grenzenlos. Bis vor sieben Tagen. Seit einer Woche flackerte in dem modernisierten Wüstenkaff nachts wieder Kerzenlicht, brannten offene Feuer auf den Plätzen. Die Bewohner tanzten und sangen in den Straßen, als feierten sie das Wunder der geschenkten Rückbesinnung. Selten, eigentlich noch nie, nicht einmal auf Tahiti, hatte Cording unter Menschen so viel kindliche Freude und Liebe empfunden wie hier in Douz nach dem Stromausfall.

Robert van de Laar war ein freundlicher Mensch. Der niederländische Geschäftsführer des Desertec-Konsortiums DII, unter dessen Dach sich vierundzwanzig europäische Unternehmen aus der Energie-, Solar- und Finanzbranche zusammengefunden hatten, ließ es sich nicht nehmen, Maevas kleine Delegation persönlich zu begleiten. Die DII GmbH war 2009 in München gegründet worden, um das Saharaprojekt voranzutreiben. Von deutscher Seite unter anderem dabei: Siemens, E.ON, RWE, die Münchner Rück und die Deutsche Bank, die die Finanzierung mithilfe anderer Investoren organisierte.

Der Weg in die Wüste war beschwerlicher, als Cording vermutet hatte. Bereits dreißig Kilometer hinter Douz verlief die Straße, auf der sie zu dem Solarpark gelangen sollten, buchstäblich im Sande. Aber van de Laar hatte vorgesorgt. Ein offenes Kettenfahrzeug wartete auf sie.

»Was passiert jetzt mit Desertec?«, fragte Cording den Holländer.

»Na ja, wir hoffen, dass die in Bau befindlichen Parks in Marokko, Algerien und Libyen demnächst in Betrieb gehen können«, antwortete van de Laar. »Unsere Ingenieure untersuchen gerade die Wirksamkeit verschiedener Schutzwälle. Nach Expertenmeinung wird sich ein solcher Sandsturm die nächsten hundert Jahre aber nicht wiederholen.«

»Und falls doch?«

»Dann müssen wir gewappnet sein«, sagte van de Laar und zeigte sein erprobtes Lächeln.

Cording merkte, dass mit dem Mann kein vernünftiges Gespräch möglich war. Wie auch? Van de Laar war dem Konsortium verpflichtet, in seiner Position äußerte man keine Zweifel, selbst dann nicht, wenn man gerade hundert Milliarden Euro in den Sand gesetzt hatte. Der Irrsinn solcher Großprojekte bestand darin, dass man sie nicht mehr hinterfragen durfte, sobald erst einmal genügend Geld investiert worden war. Um dieses Projekt umzusetzen, war man beispielsweise gezwungen gewesen, höchst brisante Partnerschaften einzugehen: Marokko, Algerien, Tunesien, Libyen, Ägypten, Israel, Palästina, Sudan, Jordanien, Jemen – der Weltfrieden war in diesen Ländern sicher nicht zu Hause, das stand fest. Wie konnte es Europa riskieren, seine Energieversorgung von einer derart instabilen Region abhängig zu machen? Hatte denn niemand dieser anmaßenden Vision so etwas wie Vernunft entgegenzusetzen gehabt? Um den Saharastrom über eine Distanz von dreitausend Kilometern nach Europa zu transportieren, brauchte man Hochspannungs-Gleichstrom-Leitungen, da der Transport über normale Wechselstrom-Leitungen zu verlustreich war. Eine ideale Aufbauhilfe für den angeschlagenen Siemens-Konzern. Siemens lieferte fortan alles für Desertec: Hochspannungs-Übertragungssysteme für Gleichstrom, Dampfturbinen, Receiver sowie die gesamte Leittechnik für Solarthermie. Über zwanzig Leitungen waren von Nordafrika bisher nach Europa gelegt worden, jede besaß fünf Gigawatt Leistungskapazität. Ihre Routen führten durchs Mittelmeer. Über Gibraltar, Sizilien, Sardinien und Istanbul. Für Terroristen ein gefundenes Fressen. Die Leitungen wurden mit einem enormen Aufwand beschützt. Die Kosten trug natürlich der Verbraucher.

Cording musste an ein anderes, längst in Vergessenheit geratenes Großprojekt denken, mit dem Europa schon einmal im Mittelmeerraum versucht war, seine Energieprobleme dauerhaft zu lösen. Es war exakt hundert Jahre her, dass der deutsche Architekt und Geopolitiker Hermann Sörgel auf die Idee verfallen war, die Meerenge von Gibraltar mit einem monumentalen Staudamm zu schließen. Allein das Fundament des *Atlantropa* genannten Damms sollte 2,5 Kilometer breit und bis zu dreihundert Meter hoch sein. Die Bauzeit hatte Sörgel mit zehn Jahren veranschlagt. Zehn Jahre, in denen sich zweihunderttausend Arbeiter in vier Schichten hätten abmühen sollen, um den Zufluss aus dem Atlantik zu stoppen und das Mittelmeer weitgehend trockenzulegen. Ziel dieses ehrgeizigen Plans war es, Europa und Afrika zu einem Kontinent zu vereinen. Sogar an eine Eisenbahnverbindung Berlin–Kapstadt war gedacht worden. Der Staudamm selbst, da war sich der Architekt sicher, hätte genügend elektrische Energie für ganz Europa liefern können. Heute wusste man, dass *Atlantropa* erhebliche Druckveränderungen zur Folge gehabt hätte, die nicht ohne Einfluss geblieben wären auf die vulkanischen und seismisch aktiven Zonen in Italien, Griechenland oder der Türkei. Darüber hinaus hätte die Versteppung der Mittelmeerrandzonen die Niederschläge in Nordafrika verringert und die Ernteerträge dramatisch einbrechen lassen. Außerdem wäre der Meeresspiegel durch die Verdrängung des Mittelmeerwassers weltweit um einen Meter angestiegen, was nicht einmal die aktuelle Klimakatastrophe so schnell zuwege brachte.

Seltsam, dachte Cording, wie sich der Mensch durch kurzfristige Verblendungen immer wieder in irreparable Schwierigkeiten zu bringen weiß. Als dürste er geradezu nach der Katastrophe. Er blickte van de Laar an, der den Horizont mit dem Feldstecher absuchte.

»Wir müssten eigentlich jeden Moment da sein«, sagte der Holländer. »Ah ja, da vorn, dort, wo es blinkt. Sehen Sie selbst.«

Er reichte Cording das Glas. Was für ein Anblick! Die Trümmer des verschütteten Solarparks glitzerten kilometerweit in der Sonne, als hätte jemand eine Diamantenmine gesprengt. Die Splitter waren allerdings sauber ausgerichtet, es war nach wie vor alles in der Reihe. Hier lag er also begraben, der Traum von Europas solarer Zukunft.

»Wussten Sie, dass auf die Wüsten der Erde in sechs Stunden mehr Sonnenenergie niedergeht, als die gesamte Menschheit in einem Jahr verbraucht?«, fragte van de Laar, als Cording ihm den Feldstecher zurückgab. Robert van de Laar hatte das Desertec-Konzept mitentwickelt, das wusste Cording, da warf man die Flinte nicht so schnell ins Korn.

»Wenn wir es mit der Energiewende ernst meinen«, fügte der Holländer unbeirrt hinzu, »müssen wir wegkommen von der komplizierten Kernfusion, für die milliardenschwere Testreaktoren gebaut werden, wir müssen auch weg von der teuren CO_2-Abscheidungstechnologie, die noch in den Kinderschuhen steckt. Sehen Sie, die Kosten für Kohle, Erdgas und Uran werden weiter extrem ansteigen, da sind die siebenhundert Milliarden, die wir über einen Zeitraum von fünfzig Jahren in Desertec investieren, gut angelegt.«

Cording verspürte wenig Lust, sich mit diesem Mann auf einen Disput einzulassen, das wäre zwecklos gewesen. Also hielt er den Mund und ließ van de Laar reden.

Steve und Shark diskutierten unterdessen über den geeigneten Platz, an dem sie Maeva aussetzen konnten, um mit den Dreharbeiten zu beginnen. Sie fanden ihn schließlich in einer Senke, in der sich zumindest erahnen ließ, wie es hier vor Kurzem ausgesehen hatte.

Maeva verstand sehr schnell, was Shark, der die Rolle des Regisseurs übernommen hatte, von ihr wollte. Sie folgte seinen Anweisungen gerne, denn sie waren schlicht und verständlich. Ihm schwebte vor, sie als eine Art Alice im Wunderland durch die funkelnde Splitterwüste zu schicken.

Cording nahm etwas abseits auf einer hohen Düne Platz. Von dort beobachtete er, wie Maeva Sharks Vorgaben interpretierte. Sie legte einen grazilen Spaziergang in den Sand, auf dem sie verwundert mit den verschütteten Spiegeln spielte, deren Sinn ihr nicht einzuleuchten schien. Es war schon seltsam, wie klaglos sich die ansonsten so selbstbewusste Maeva von Shark in diese alberne Rolle drängen ließ, wie sie jede vorgeschlagene Pose sofort akzeptierte und umsetzte. Und alles nur, um dem in seiner Show irregewordenen und in der Psychiatrie ruhig, gestellten Knaben wieder Vertrauen einzuimpfen. *»Der arme Mensch …«* Cording hatte noch ihren betroffenen Ton im Ohr. Seitdem war sie wohl von der Idee besessen, dem Sensibelchen wieder auf die Beine zu helfen.

Bamako/Mali, 9. Oktober 2028

Maeva, Steve und Shark haben sich an den Bildern noch nicht abgearbeitet, die das Leben für uns bereithält. Mir hingegen kommt es vor, als hätte ich alles schon einmal gesehen, ich bin nicht mehr zu überraschen, das ist ein widerlicher Zustand. Selbst hier in Bamako, dieser quirligen Millionenmetropole am Niger, erkenne ich hinter allem Treiben nur ein gigantisches Zerstörungswerk. Noch in den engsten sandigen Gassen quälen sich altersschwache Mopeds und Pkws Ruß speiend durch die Menge. Ohne die schreiend bunten Farben ihrer Gewänder wären die Menschen kaum auszumachen in den Abgasschwaden. An den Straßenrändern türmt sich Plastikmüll, die Tuchhändler füllen Benzin ab, und aus den Bretterbuden der Werkstätten bahnen sich Rinnsale von Altöl den Weg ins Freie. Wo immer man sich bewegt, ist man von einer Horde lachender, feixender Kinderkobolde umgeben, deren Augen und Münder voller Schorfwunden sind, an denen sich die Moskitos mästen.

Ich hätte Maeva ins Regierungsviertel nach Koulouba begleiten sollen. Wäre interessant gewesen zu sehen, wie der Präsident auf ihre Forderungen reagiert. Die reine Absichtserklärung der Region Bamako, Mitglied der URP werden zu wollen, reicht ihr nämlich nicht. Inzwischen verlangt sie mehr. Jeder Bewerber muss verbindlich erklären, dass er sich im Laufe von zehn Jahren ökologisch neu aufstellt. Um wenigstens den Mindeststandard zu erfüllen, wie er von den Mitgliedern im Pazifik seit Langem vorgelebt wird, ist es unerlässlich, sich sowohl von den fossilen Energieträgern als auch von der Nuklearenergie zu verabschieden. Darüber hinaus sieht der Mitgliedervertrag vor, dass sich keine Petrochemie ansiedeln darf, dass Beton als Baumaterial ausscheidet und Plastik, in welcher Form auch immer, keine Anwendung mehr findet. Für alles andere, wie zum Beispiel den Straßenbau aus Reiskleie, die Umrüstung auf alternative Antriebe und die chemiefreie Landwirtschaft, stehen die URP beratend und mit finanziellen Hilfen zur Seite.

Morgen fliegen wir auf Wunsch Maevas in die Region Djenné-Timbuktu. Der Präsident von Bamako stellt uns einen Helikopter zur Verfügung, da im ehemaligen Mali die Warlords regieren. Bürgerkrieg, Aids, Hunger und Wassermangel haben das Land zu einem Ort des Schreckens und der Willkür gemacht. Eine Fahrt im Auto wäre nicht zu verantworten. Erst kürzlich hat Global Oil von den Plänen einer Niger-Pipeline Abschied genommen und die Erdölförderung im Norden des Landes eingestellt. Daran lässt sich ermessen, was hier los ist.

Djenné – der Name übt auf mich eine eigenartige Faszination aus. Die Stadt ist vollständig aus Lehm gebaut. Mit ihren mittelalterlichen Bürgerpalästen, der Großen Moschee und den traditionsreichen Koranschulen lässt sie die kulturelle Hochzeit des Mali- und Songhai-Reiches erahnen. Djenné ist eine Perle aus der Vergangenheit. Die kleine Zeitreise in diese Enklave der Ruhe könnte erfrischend sein.

Djenné/Mali, 13. Oktober 2028

Die Fahrt vom Flughafen in die Stadt war ein einziger Triumphzug. Jubelnde Massen säumten die Straßen, als hielte mit Maeva die Erlöserin persönlich Einzug. Ein Schwarm kreischender Kinder begleitete unseren offenen Jeep bis auf den Marktplatz vor die Große Moschee. Wer hatte diese Menschen informiert? Was wussten sie von Maeva? Fünfundsiebzig Prozent von ihnen sind Analphabeten und Satellitenschüsseln waren auf den Flachdächern der Lehmbauten nicht zu sehen …

Wir sind zu Gast im Hause des Marabouts Toumani, des mächtigsten der islamischen Heiligen. Morgen kommt es in Djenné zum Fest des Jahres: Morgen ist der Tag, an dem die von der Regenzeit in Mitleidenschaft gezogene Außenhaut der Großen Moschee neu verputzt wird. Traditionsgemäß nimmt die ganze Stadt daran teil. Kurz vor Sonnenaufgang geht es los. Fünf Stunden später, bevor die aufsteigende Sonne den Lehm austrocknen kann, wird die Arbeit wieder eingestellt. Maeva zu Ehren hat man das Spektakel extra um eine Woche nach hinten verschoben. Es muss ein überwältigendes Erlebnis sein, denn den Bewohnern von Djenné sprüht die Vorfreude förmlich aus den Augen …

Kaum dass sich die Flachdächer Djennés in der türkisfarbenen Dämmerung zu einem erkennbaren Ensemble fügten, ging ein tausendstimmiger Aufschrei durch die engen, im Dunkel belassenen Gassen der Stadt. Aus allen Himmelsrichtungen strömten die Menschen auf den großen Marktplatz vor der Moschee, wo sie Bastschalen in Empfang nahmen oder auf bereitgestellte Eselskarren sprangen, um sich in den endlosen Treck einzureihen, der von hier aus zu den Ufern des Bani aufgebrochen war. Während der Zug der Nachrückenden nicht versiegen wollte, kehrten die ersten Läufer lärmend und lachend zurück, um ihre Lehmfracht inmitten des Platzes auf einem schnell anwachsenden Haufen abzuladen. Eine Riege muskulöser junger Männer stapfte barfüßig durch den Matsch und reicherte ihn mit Reiskleie und Kuhmist an. Kinder zerrten an Schläuchen und wässerten die klebrige Masse, um sie geschmeidig zu halten.

Als die Sonne die Moschee glutrot zu färben begann, stiegen die Maurer in die Steilwände des imposanten Gebäudes. Spielend leicht hangelten sie sich auf den in die Mauern eingebrachten Palmstämmen in schwindelerregende Höhen, um unter den Minaretten und Kuppeln Position zu beziehen. Die hervorstehenden Hölzer dienten nicht nur als Baugerüst, sie sorgten auch dafür, dass sich aufgrund der Temperaturschwankungen keine Risse im Mauerwerk bildeten. Der Banko, wie der traditionelle Baustoff hieß, wurde in Eimern über wackelige Holzleitern in die Wand verbracht, wo die auf den Stämmen jonglierenden Hilfsarbeiter ihn staffelweise nach oben reichten.

Maeva saß zwischen dem Marabout und dem Bürgermeister in der ersten Reihe einer provisorischen Holztribüne, die auf dem großen Marktplatz errichtet worden war. Cording hatte man einige Reihen weiter oben platziert. Er war umgeben von den wichtigsten Persönlichkeiten des Ortes. Die Vertreter des Adels waren ebenso anwesend wie die Vorsitzenden der Maurergilden, die in der Stadt großes Ansehen genossen. In Djenné durfte ausschließlich Lehm als Baustoff verwendet werden, ob als Verputz oder als luftgetrocknete Ziegel. Niemand käme hier auf die Idee, ein Haus aus Beton zu bauen. Die rund hundert Meisterbauer der Stadt achteten streng darauf, dass die alten Traditionen erhalten blieben. Jedes architektonische Detail war ihnen wichtig.

Neben dem Adel und den Maurergilden hatten die Stämme der Region ihre bunt geschmückten Abordnungen geschickt. Von den Bambara über die Fulbe, die Bozo, Tuareg, Songhai bis zu den Kunta waren alle Ethnien vertreten. Die Moschee war die Seele des Ortes, die Arbeit an ihr wurde als Gemeinschaftswerk verstanden. Mit Ausnahme Maevas saßen allerdings ausschließlich Männer auf der Ehrentribüne. Sie waren in ihre Grands Boubous gekleidet. Die kostbare, bis zum Boden reichende Robe galt als Statussymbol, ihr Wert bemaß sich an der Zahl der kunstvoll gestickten Schutzzeichen, die dem Träger Würde und Ansehen verliehen.

Cording, dem schon schwindelig wurde, wenn er auf einen

Stuhl stieg, vermochte dem virtuosen Treiben in der Wand nur mit äußerst gemischten Gefühlen zuzusehen. Es brauchte eine Menge Gottvertrauen, um sich einer solchen Arbeit zu stellen. Sein Nachbar, dem die Nervosität des fremden Gastes nicht verborgen geblieben war, versuchte ihn zu beruhigen. Es sei völlig überflüssig, sich um die Männer Sorgen zu machen, meinte er, sie seien schließlich durch ihre Gris-Gris geschützt. Ein Gris-Gris, fügte er mit ruhiger Stimme an, sei ein magisches Amulett, das seinen Träger nicht nur zuverlässig gegen Unfälle absicherte, sondern auch vor Diebstahl, Krankheit, Neid, Eifersucht und bösen Geistern schützte.

Der Mann war von der Wirksamkeit des Zaubers derart überzeugt, dass sogar einem Skeptiker wie Cording die Starre aus den Gliedern wich. Sichtlich entspannt verfolgte er nun das aberwitzige Treiben vor und an der Moschee. Was ihm eben noch als unorganisiertes Gewimmel erschienen war, entpuppte sich bei näherem Hinsehen als eine bis ins Kleinste ausgefeilte Choreografie. In atemberaubendem Tempo und mit ungeheurer Präzision griff ein Arbeitsgang in den nächsten. Kinder und Frauen, junge und alte Männer – sie alle waren auf sinnvolle Weise in das lärmende Renovierungsspektakel integriert.

Cording wagte einen Blick hinauf zu den Maurern, um deren Wohlergehen er sich vor Kurzem noch gesorgt hatte. Die Minarette und Kuppeln auf der rechten Moscheeseite waren bereits verputzt. Wie zähe Schokoladensoße schien der frische Lehm an ihnen hinabzugleiten. Die Sorgfalt, mit der die Männer ihn auf der rissig gewordenen Außenhaut auftrugen, um ihn dann mit bloßen Händen zu verstreichen und anzupassen, hatte etwas Intimes, als würden sie ihr Gotteshaus massieren.

Nach vier Stunden, kurz nach neun Uhr, hatten die Bewohner von Djenné den Wettlauf gegen die Zeit gewonnen. Die rechte Moscheeseite war noch vor Ausbruch der großen Hitze vollständig verputzt worden. In zwei Wochen würde die linke Hälfte in Angriff genommen werden. Aber jetzt galt es erst einmal, den Etappensieg zu feiern. Die von der Wand gestiegenen Maurer wurden von der Menge auf Händen über den Platz getragen. Die Menschen begannen zu tanzen, als hätte man sie in Trance versetzt. Ihre ekstatischen Bewegungen brachten die festgebackenen Lehmkrusten auf ihren Gesichtern zum Platzen. Von allen Seiten sprangen Kinder in den noch feuchten Bankomorast. Sie hüpften und johlten im Schlick und bewarfen jeden, der ihnen zu nahe kam.

Cording beobachtete eine Gruppe von vier Mädchen, die sich im Schutz eines Eselkarrens bis vor die Tribüne geschlichen hatten. Sie steckten die Köpfe zusammen, kicherten und rannten direkt auf Maeva zu, an der sie nun so lange herumzerrten, bis sie ihnen freiwillig folgte. Für einen kurzen Augenblick wurde es still auf dem Platz. Maeva stolperte an den Händen ihrer kleinen Quälgeister lachend durch die Menge. Vor dem großen Lehmhaufen hielten die Mädchen an. Auf ein Zeichen des Marabouts ließen die Kinder von ihrem Opfer ab und warfen sich in den Schlamm. Dabei winkten sie der fremden Frau, es ihnen gleichzutun. Maeva streifte die Sandalen von den Füßen. Kaum dass sie den glitschigen Untergrund betreten hatte, flogen ihr schon die ersten Placken entgegen. Eines dieser kinderfaustgroßen Geschosse traf sie direkt an der Schulter.

Es war das Signal für eine Lehmschlacht ungeheuren Ausmaßes. Soweit Cording beobachten konnte, schlug sich Maeva inmitten der hysterischen Kindermeute äußerst achtbar. Sie ging zwar mehrmals zu Boden, rappelte sich aber immer wieder auf. Da inzwischen auch viele Erwachsene in den Ring gestiegen waren, vermochte er sie unter den verschmierten Gestalten kaum noch auszumachen. Steve, der das Gemetzel hautnah zu filmen versuchte, war um seine Position nicht zu beneiden.

Zu Cordings Verwunderung machte niemand auf der Ehrentribüne Anstalten, das wilde Treiben zu unterbrechen, auch der Marabout nicht, der sich über Maevas hingebungsvollen Einsatz sichtlich amüsiert zeigte. Erst als die Restbestände des Banko aufgebraucht waren, beruhigten sich die Gemüter. In einer langen fröhlichen Prozession strömten die gezeichneten Lehmkrieger zu den Ufern des Bani, um sich reinzuwaschen.

Als Maeva unter dem Beifall der Menschen eine Stunde später mit nasser Mähne in ihrem feuchten, am Körper klebenden Pareo auf den Marktplatz zurückkehrte, traute Cording seinen Augen nicht. Nie zuvor hatte er sie so befreit, so beseelt gesehen.

Cording fühlte, wie jemand ihm auf die Schulter tippte. Es war Steve, der ihn ein Stück zur Seite nahm.

»Dreh dich nicht um«, flüsterte er. »Hinter uns am Stand mit dem Modeschmuck treibt sich ein Mann in Bermudashorts herum. Er trägt eine Sonnenbrille. Shark behauptet, dass er den Kerl schon früher gesehen hat. In Douz.«

»Was ist mit dir? Ist er dir ebenfalls aufgefallen?«

»Nein. Aber Shark ist sich hundertprozentig sicher. Was machen wir?«

Cording überlegte. »Haben wir Aufnahmen von ihm?«

»Nicht dass ich wüsste, müsste Zufall sein. Auf jeden Fall sollten wir das vorhandene Material noch einmal sichten. Vielleicht ist etwas dabei.«

»Okay. Aber kein Wort zu Maeva darüber.«

Die Vorstellung, dass man einen Spürhund auf sie angesetzt hatte, beunruhigte Cording zutiefst. Denkbar war es – Maeva hatte sich inzwischen genügend mächtige Feinde gemacht. Er konnte nur hoffen, dass Sharks Verdacht unbegründet war. Seit er in der Psychiatrie gewesen war, hatte er ja des Öfteren paranoide Schübe.

»Gibt es hier Krokodile?«

»Ja sicher, was glaubst du, was das dahinten ist?«

»Wo?«

»Geradeaus. Dieses gleitende Ding mit dem gezackten Rücken …!«

»Ich seh nichts.«

»Es kommt direkt auf dich zu …«

»Oh, Shit …!«

Steve stolperte an den Strand. Shark kriegte sich vor Lachen kaum noch ein. »Entspann dich, Alter«, gluckste er und warf sich der Länge nach auf den Boden, »das letzte Krokodil wurde hier etwa vor siebentausend Jahren gesichtet, más o menos …«

»Du Arsch!«, rief Steve, den es auf seiner Flucht bis in den höher gelegenen Schilfgürtel getrieben hatte. Zögernd kehrte er zurück und hockte sich neben Shark in den Sand. Das Mondlicht spiegelte sich im Bani, der träge und geräuschlos dahinfloss. Zur Linken kletterte der Orion über den Horizont. Die Stille war atemberaubend. Als hätte jemand den Stöpsel gezogen und aller Lärm der Welt wäre bei Sonnenuntergang gurgelnd im Orkus verschwunden.

Steve legte sich auf den Rücken, und wie Shark verschränkte auch er die Arme hinter dem Kopf.

»Nimmst du eigentlich noch Beruhigungsmittel?«, fragte Steve unvermittelt.

»Nein«, antwortete Shark. »Warum?«

»Ich weiß nicht, du redest einfach nicht mehr so viel wie früher.«

»Du meinst, ich rede nicht mehr so viel über mich selbst.«

»Ja. Warum?«

»Ich hab's mir verboten. Weißt du noch, was ihr euch in den Redaktionskonferenzen über mich erzählt habt: Wenn Shark den Mund aufmacht, spricht er nur über sich selbst! Du warst doch auch der Meinung, dass ich ein egozentrisches Arschloch bin, gib es zu. Bist du eigentlich in sie verliebt?«

»Wie bitte?!«

Shark stützte sich auf die Ellbogen: »Bist du in Maeva verliebt? Ein einfaches Ja würde mir schon genügen …«

»Sag mal, hast du sie nicht alle?!«

»Ja oder nein?«

»Wie steht's mit dir? Bist *du* in sie verliebt?«, fragte Steve zurück, dem das Blut in den Schläfen pochte.

»Ja. Hast du das noch nicht bemerkt?«

Steve setzte sich auf, er fuhr geradezu hoch, was ihm peinlich war. »Und?«, fragte er, sichtlich darum bemüht, das Zittern in seiner Stimme zu unterdrücken. »Wie stellst du dir die Geschichte jetzt vor? Willst du um ihre Hand anhalten …?«

»Sei doch nicht gleich so sarkastisch, Stevie-Boy, ich kann es genießen. In aller Stille. Du etwa nicht?«

»Red keinen Stuss, Shark. In aller Stille … Als ob ihr das verborgen bliebe.«

»Es soll ihr ja gar nicht verborgen bleiben«, antwortete Shark lachend und stieß Steve in die Seite. »Wir machen das doch gut, wir beide. Die wahre Größe liegt im Verzicht. Frauen wissen das zu schätzen, glaub mir. Verzicht zahlt sich irgendwann immer aus.«

Steve war nicht sicher, ob sich Shark über ihn lustig machte.

»Was findet sie eigentlich an diesem alten Sack?«, fragte Shark.

»Cording. Sein Name ist Cording.«

»Ja, was findet sie an ihm? Er kommt mir vor wie eine zerknitterte Spielkarte, die von einem verloren gegangenen Kartenspiel übrig geblieben ist.«

Steve stand auf und ging zum Fluss hinunter. Zum ersten Mal sah er Maevas Mission gefährdet, sie würde derartige Spannungen und Aversionen innerhalb ihres Teams nicht dulden. Dabei hatte sich Shark eine hervorragende Position in der Gruppe erarbeitet, er war verantwortlich für den Reiseplan, seine Recherchen waren brillant, er wusste, welche Stationen sie ansteuern mussten, um eine größtmögliche Symbolik herzustellen. Eigentlich war er für das Unternehmen unverzichtbar geworden.

»He …«

Steve drehte sich um. Shark legte ihm den Arm um die Schulter. »Tut mir leid, dass ich dich verschreckt habe«, sagte er. »Ich hab nur Spaß gemacht. Cording ist okay, ich mag ihn. Und Maeva? Tja, was soll ich sagen … Eine solche Frau ist nichts für Normalsterbliche. Darunter leidet Cording übrigens auch, sieht man ihm doch an, findest du nicht?«

Steve zog es vor zu schweigen.

»Was meinst du«, sagte Shark nach einer Weile, »hätten wir Cording davon erzählen sollen, dass wir den Typen ins Internet gestellt haben?«

»Weiß nicht, bin mir nicht sicher. Ich kann nur hoffen, dass du dich nicht getäuscht hast«, sagte Steve. »Könnte ne Menge Ärger geben sonst.«

»Ich hab mich nicht getäuscht, bestimmt nicht. Ich hab den Mann in Bozen gesehen und auch in Douz. Das ist doch kein Zufall.«

»Okay, dann bleibt es eben so stehen. Mir ist kalt, lass uns gehen.«

Lieutenant General Francis D. Copland wies das Sekretariat an, keine weiteren Telefongespräche durchzustellen, nicht in den nächsten zwei Stunden. Der Einzige, der ihn jetzt noch stören konnte, war der Präsident persönlich. Die Direktleitung zwischen dem Weißen Haus und dem Hauptquartier der National Security Agency (NSA) hatte jederzeit offen zu bleiben. Bisher war der Anruf von Hurst ausgeblieben. Nicht einmal sein Nationaler Sicherheitsberater Laurence Frost hatte sich gemeldet. Ein gutes Zeichen, wie Copland fand. Entweder war man im Weißen Haus über die Agentenpanne noch nicht in Kenntnis gesetzt worden, oder aber – was natürlich sehr viel angenehmer wäre – der Präsident maß der Angelegenheit bei Weitem nicht die Bedeutung bei wie Global-Oil-Chef Mark Dowie, der ihm eben am Telefon auf unflätige Weise zugesetzt hatte.

Copland ging in den Waschraum und betrachtete sich im Spiegel. Die neue randlose Brille stand ihm gut, am Hals zeigten sich kaum Falten, das Kinn war kräftig, die Gesichtshaut straff und glatt. Sorge bereitete ihm allein das dünne Haupthaar, das sich über der hohen Stirn zurückzog wie eine ablaufende Flut. Er befeuchtete es mit den Handflächen, zog den Scheitel gerade und kämmte die verbliebenen Strähnen sauber zur Seite. Dann kehrte er in sein Büro zurück und bestellte seinen Stellvertreter Raul Young zu sich, der die Überwachung Maevas bisher koordiniert hatte.

Copland war niemand, der seine Leute gerne zusammenstauchte, nicht einmal, wenn er Grund dazu hatte. Er pflegte einen Führungsstil, den man in der NSA vor seiner Amtsübernahme vergeblich gesucht hatte. In Washington war er deshalb als Weichei, als Peacenik verschrien. Innerhalb der NSA-Familie jedoch, die in den beiden großen Glaskuben in Fort Meade/ Maryland ihren Dienst verrichtete, war er als Direktor sehr angesehen deswegen. Er stammte aus einer alten Offiziersfamilie, seine Biografie konnte sich sehen lassen. Bachelor of Science an der US-Militärakademie, Master of Science an der Boston University. Darüber hinaus besaß er einen Master of Science in Elektronischer Kriegsführung. Als Nachrichtenoffizier hatte er das General Staff College sowie das National War College besucht. So einer pöbelte sich die Probleme nicht von der Seele, auch wenn bei der CIA, dem FBI, der DEA, ja in der gesamten Intelligence Community der Vereinigten Staaten andere Gesetze galten.

Major General Young steckte seinen Kopf durch die Tür.

»Nehmen Sie Platz, Raul«, sagte Copland und rief das Foto des enttarnten Agenten auf den Schirm, den EMERGENCY TV ins Internet gestellt hatte. Viel war von dem Mann nicht zu erkennen. Er trug eine Sonnenbrille und war zudem äußerst unscharf getroffen, da man ihn wohl aus einer größeren Menschenansammlung herangezoomt hatte.

»Wie konnte das passieren?«, fragte Copland. »Ich meine, wen haben wir denn auf der anderen Seite? Wir haben den ehemaligen Moderator der GO!-Show, einen empörten jungen Ökokrieger, der erst vor Kurzem aus der Psychiatrie entflohen ist. Wir haben einen Computerfreak namens Steve Parker, der vor fünf Jahren eine weltweite Solidaritätskampagne im Internet organisiert hat, die schließlich dazu geführt hat, dass Global Oil seine Schürfaktion in den tahitianischen Hoheitsgewässern abbrechen musste. Schließlich wäre da noch der ehemalige EMERGENCY-Reporter Cording zu nennen, ein ausgebrannter deutscher Journalist, der sich auf seine alten Tage der charismatischen URP-Generalsekretärin Maeva verschrieben hat. Rührige Leute, zugegeben. Talentiert und engagiert, alles richtig. Aber doch eine Laienspielgruppe, oder sehe ich das falsch? Wie dumm müssen wir uns also angestellt haben, damit sie uns auf die Schliche kommen konnten? Was um Gottes willen ...«

»Mit Verlaub, Sir«, unterbrach Young, »davon, dass sie uns auf die Schliche gekommen sind, kann nun wirklich nicht die Rede sein. Sie haben einen Mann geoutet, der von niemandem identifiziert werden kann, außer von uns natürlich. Sie ordnen den Mann auch nicht zu, sie behaupten lediglich, dass er ihnen gefolgt ist. Um sie auszuspionieren, wie es heißt. Ich glaube, dass sie sich mit der vorschnellen Veröffentlichung keinen Gefallen getan haben, das riecht nach Verschwörungstheorie, so etwas schadet letztlich nur. Laurence Frost ist übrigens auch dieser Meinung.«

»Sie haben mit Frost gesprochen?«

»Ja natürlich, Sir, ich hab ihm von der Panne berichtet. Wir dürfen nichts beschönigen, es ist eine peinliche Angelegenheit für die Nationale Sicherheit, auch wenn sie vermutlich folgenlos bleibt. Es war nie beabsichtigt, ein und denselben Agenten an drei verschiedenen Orten auftauchen zu lassen. Wir klären gerade, wie das passieren konnte.«

Copland nahm die Brille ab und rieb sich die Augen. Auf der einen Seite war er froh, dass man die Sache in Washington relativ gelassen sah, auf der anderen Seite klingelten ihm noch die Ohren von der Standpauke, die ihm Mark Dowie von Global Oil vorhin gehalten hatte. Dowies Einfluss auf Präsident Hurst war nicht zu unterschätzen. Einen weiteren Fauxpas konnten sie sich bei der Observation Maevas nicht erlauben. Schließlich handelte es sich bei der NSA um den größten und finanziell am besten ausgestatteten Nachrichtendienst der USA.

»Ändern Sie die Strategie, Raul«, sagte er, »und teilen Sie mir mit, was in Zukunft geplant ist. Ab jetzt haben wir es dort draußen nämlich mit einer ganzen Armee wachsamer Maeva-Anhänger zu tun, so funktioniert das Internet nun mal. Wir können es uns nicht leisten, dilettantisch zu agieren. Verbessern Sie die Tarnung der Männer, setzen Sie verstärkt auf unsere Technik. Ich versteh die Aufregung um diese Frau zwar nicht, aber so viel verstehe ich immerhin: Es scheint eine Menge wichtiger Leute zu geben, die von uns konkrete Ergebnisse erwarten. Das betrifft nicht nur Global Oil, glauben Sie mir.«

Major General Raul Young salutierte und verließ den Raum. Francis D. Copland saß noch eine Weile regungslos in seinem Sessel. Er gestand sich ein, dass er nicht ohne Schuld war an dem Desaster. Bisher hatte er sich nicht vorstellen können, dass der Kreuzzug einer naiven Predigerin aus der Südsee die Interessen der Global Player berühren konnte. Nun gut, wenn dem so war, dann würden sie eben schwerstes Geschütz auffahren. Jetzt galt es, die hoch entwickelte Abhörtechnik einzusetzen und so schnell wie möglich ausländisches Kommunikationspersonal anzuwerben. Sie durften auch vor Einbrüchen nicht zurückschrecken. Notfalls musste man den Feind auch eliminieren. Die Lizenz zum Töten hatte die Nationale Sicherheit allemal. Er konnte nur hoffen, dass es so weit nie kommen würde. Wichtig war, dass sich die NSA in Sachen Maeva jetzt auf ihre Hauptaufgabe konzentrierte, nämlich auf die Überwachung und Entschlüsselung elektronischer Kommunikation.

Copland griff zum Hörer und meldete dem Sekretariat, dass er ab jetzt wieder zu sprechen sei.

Djenné, 23. Oktober 2028

Unglaublich, wie viele Anfragen bei EMERGENCY TV täglich eingehen. Von überall auf der Welt. Die Menschen betteln förmlich um einen Besuch Maevas. Diese Erwartungshaltung macht mir Angst. Ihr nicht. Es kommt mir vor, als würde man sie wie ein letztes verbliebenes Kleinod vorsichtig von Hand zu Hand reichen, immer in dem Bewusstsein, dass der kleinste Fehlgriff jede Illusion auf eine bessere Welt für immer zunichtemachen würde. Charismatische Persönlichkeiten gab es in der Menschheitsgeschichte zur Genüge, aber der Maeva-Mythos ist erst im Cyberspace möglich geworden.

Aufgrund des überragenden Erfolges von »Maevas Reise« hat EMERGENCY TV nun angeboten, ein professionelles Aufnahmeteam an die Front zu schicken. Steve und Shark haben empört abgelehnt. Ich glaube, sie hatten recht damit. Die Sendung lebt vom Charme der Handkamera.

Shark hat inzwischen eine ellenlange Liste möglicher Reiseziele erstellt, sauber geordnet nach Aktualität, Themen und geografischer

Lage. Was die Aktualität angeht, so böte sich ein Besuch im Großraum São Paulo an, wo zwanzig Millionen Menschen seit Wochen ohne Strom leben, weil die Großrechner und Notstromaggregate der Energieversorger durch Virenangriffe von Atomkraftgegnern erfolgreich außer Kraft gesetzt wurden. Auf den Straßen der Millionenmetropole herrschen bürgerkriegsähnliche Zustände. Oder die Region um Helsinki. Dort hat das in der Erde versenkte CO_2 dreier Kohlekraftwerke das Trinkwasser flächendeckend verseucht, die Menschen sterben wie die Fliegen. Das Awáreservat im Regenwald von Kolumbien wäre ebenfalls ein lohnenswertes Ziel. Der Stamm der Awá hat bisher jeden Zugriff auf den Regenwald erfolgreich abwehren können, jetzt wirft das Militär Bomben auf die Dörfer der Indios. Der Grund dieses Massakers: Die Regierung vermutet große Goldvorkommen im Dschungel, die tropischen Edelhölzer lassen sich ebenfalls gewinnbringend vermarkten. Nach der Rodung soll das Land für die Produktion von Palmöl in Plantagen umgewandelt werden. Ich habe Maeva selten so erregt gesehen wie vorhin, als Shark ihr den Zusammenhang im Detail erklärte.

Ich muss zugeben, dass unser Team inzwischen hervorragend funktioniert. Wir diskutieren jeden einzelnen Vorschlag, den Shark auf die Liste setzt. Erstaunlich, wie intensiv Maeva nachfragt, wie umfassend sie informiert werden will. Letztlich ist sie es ja, die entscheidet, wohin wir uns bewegen.

Als Nächstes geht es auf die Malediven, ein Gründungsmitglied der URP. Sie will über dem versunkenen Haa-Alifu-Atoll der Einwohner gedenken, die sich nicht evakuieren ließen. Ihr demonstrativer Untergang war im letzten Jahr wochenlang Gesprächsthema in den Medien. Außerdem erreichte uns eine Anfrage aus Abu Dhabi. Dort werden in der nächsten Woche die Internationale Atomenergie-Organisation und die Internationale Agentur für Erneuerbare Energien IRENA tagen. Beide Organisationen haben Maeva gestern eingeladen. Welche Rolle ihr dort zugedacht ist, wurde nicht näher erläutert. Aber die Anfrage war derart eindringlich formuliert, dass sie sich vermutlich nicht entziehen wird.

Als die Stimme des Kapitäns aus dem Lautsprecher krächzte, schmiss John Holyfield wütend Zange und Phasenmesser in den Werkzeugkasten. »Leck mich am Arsch!«, brüllte er. »Kann man denn auf diesem Kahn keine Minute in Ruhe arbeiten?!« Der Elektriker wusste, dass ihn hier unten niemand hören konnte. Seit drei Stunden fummelte er an dieser Reservebrennstoffpumpe herum, ohne dem Fehler auch nur annähernd auf die Spur gekommen zu sein, der zu ihrem Ausfall geführt hatte. Holyfield wischte sich die schmierigen Hände am Overall ab und verließ kopfschüttelnd seine Werkstatt. Als er die Brücke betrat, bot sich ihm ein atemberaubender Anblick. Die »South Pacific« rutschte gemächlich an den steil aufragenden Felswänden des Boknafjordes entlang Richtung offene See. Global Oils gigantische Hebetanker, die hinter ihnen seit fünf Jahren auf der gegenüberliegenden Seite des Fjords geparkt waren und aus deren verankertem Verbund sie nun ausgeschert waren, wirkten zu Füßen des tausend Meter hohen und senkrecht abfallenden Massivs wie ins Wasser gefallene Brotkrümel. Der Elektriker näherte sich dem Kapitän, der die in der Mündung liegende Insel Bokn ins Visier seines Feldstechers genommen hatte.

»Sie wollten mich sprechen, Sir?«

»Mr. Holyfield«, antwortete Kapitän Willis, ohne das Glas von den Augen zu nehmen, »kriegen Sie das heute noch geregelt mit der Brennstoffpumpe? Ich möchte kein unnötiges Risiko eingehen.«

»Ich krieg das hin, Sir.«

»Ein eigenartiges Gefühl ist das, Mr. Holyfield, finden Sie nicht?«

»Bitte, Sir ...?«

»Dass unser Baby wieder in Aktion tritt. Das hätte doch kein Mensch mehr für möglich gehalten.«

»Da haben Sie recht, Sir.«

»Wir haben doch alle gedacht, dass uns die Dinger in diesem norwegischen Fjord langsam von der Platte rosten ...!«

»Ja, Sir. Die Flotte war eigentlich schon so gut wie verschrottet, da stimme ich Ihnen zu.«

»Manchmal geschehen eben noch Zeichen und Wunder, Mr. Holyfield. Dann wollen wir mal sehen, ob die Lady die lange Liegezeit unbeschadet überstanden hat. Wussten Sie übrigens, dass Sie das einzige Crewmitglied sind, das schon vor Makatea mit an Bord war? Außer mir natürlich.«

»Nein, Sir, das wusste ich nicht.«

»Diesmal«, sagte Kapitän Willis, während er nach wie vor durch den Feldstecher sah, »müssen wir uns nicht einmal schlecht fühlen dabei, diesmal ist alles legal. Von der UNO abgesegnet. Aber bevor wir das Gold des Pazifiks heben, wird dieses Schiff noch einmal seine Tauglichkeit unter Beweis stellen müssen. Wir werden es hart zur Sache nehmen, Mr. Holyfield. Inklusive der außerordentlich komplizierten Hebetechnik. Unser Testprogramm wird ähnlich brutal ausfallen wie auf der Werfterprobungsfahrt. Ein Dreihunderttausend-Tonnen-Riese schläft schnell ein, wenn man ihn nicht regelmäßig in Bewegung hält.«

Holyfield wusste nicht, was er noch antworten sollte. Kapitän Willis schien wie euphorisiert, er sprach mit sich selbst, da brauchte es ihn hier eigentlich nicht mehr. Draußen in der Mündung erkannte er an Backbord die Silhouette eines Frachters. Ein Blick auf den Radarschirm sagte ihm, dass die Entfernung etwa drei Meilen betrug. Ein anderes Schiff hatte sich auf die gleiche Distanz an Steuerbord genähert. Wenn Willis die Fahrt nicht drosselte, würden sie direkt in die Schnittlinie dieser beiden Schiffe geraten. Der Kapitän könnte die Fahrt der »South Pacific« durch ein Rückwärtsmanöver und durch entsprechendes Ruderlegen noch rechtzeitig abbremsen, aber das widersprach ganz offensichtlich seinem Ehrgeiz. Er ließ den Tanker bei achtzehn Knoten stur auf Kurs laufen. Wie ein Rodeoreiter, der voller Tatendrang aus dem Verschlag galoppiert. Das schienen die beiden Kähne dort draußen genauso zu sehen, jedenfalls drehten sie synchron bei.

»Sie können wieder an Ihre Arbeit gehen«, hörte Holyfield den Kapitän sagen, über dessen Gesicht ein triumphierendes Lächeln huschte.

»Ich mach mir Sorgen um Shark«, sagte Maeva, während sie Cording über die Schulter sah.

»Warum?«, fragte dieser und klappte den Laptop zu.

»Ist dir nicht aufgefallen, dass er uns gegenüber bisher kein einziges persönliches Wort geäußert hat? Er macht seinen Job, und er macht ihn gut. Aber ich habe nicht den Eindruck, dass er wirklich bei uns ist. Irgendetwas scheint ihn zu beschäftigen«, sagte sie, »und ich würde gerne wissen, was das ist.«

»Das kann ich dir sagen: Der Junge erstarrt in Ehrfurcht vor dir. Da geht's ihm wie mir ...«

»Warum nimmst du mich nicht ernst?«, fragte Maeva und legte ihr Kinn auf Cordings Kopf.

»Ich habe noch nie jemanden so ernst genommen wie dich«, antwortete er leise.

Ihre Augen trafen sich. Wieder einmal hatte er das Gefühl, als würde er in sie hineinfallen. Und wieder einmal riss er sich los. Ohne diese instinktive Gegenwehr wäre er vermutlich längst auf dem Grund ihrer Seele gestrandet, hätte er sich längst aufgegeben ...

Auf dem Weg zum zweihundertachtzig Kilometer nördlich von Malé gelegenen Haa-Alifu-Atoll begegneten sie einigen noch in der Testphase befindlichen Sprührobotern, von denen sich die Wissenschaft so viel versprach im Kampf gegen die Erderwärmung. Fünftausend dieser computergesteuerten Geisterschiffe wollten die USA, Japan, die Europäische Union und China in den nächsten Jahren rund um den Globus auf einen ausgeklügelten Zickzackkurs über die Weltmeere schicken. Sie sollten die Wolken über den Ozeanen mit feinen Salzwassertröpfchen beschießen, die dann als Kondensationskeime Verbindung suchten und sie heller färbten. Je heller die Wolken, desto höher ihr Reflexionsvermögen. Darum ging es. Die dauerhafte Bestäubung von unten sollte, so die Hoffnung der Ingenieure, sicherstellen, dass die Sonne nur noch einen Teil ihrer bisherigen Wärmelast auf den Weltmeeren ablagern konnte. Auf diese Weise wollte man dem Klimawandel vorübergehend Einhalt gebieten.

Cording stand an Deck der »Malé-Ferry«, die auch vierundzwanzig Abgeordnete des hiesigen Parlaments und eine Abordnung der URP an Bord hatte, welche auf ausdrücklichen Wunsch Maevas auf die Malediven gereist war. Der Himmel war tiefblau und klar an diesem Morgen. Amüsiert blickte Cording auf den fünfzig Meter langen und zwanzig Meter breiten Trimaran, der an Backbord übers Wasser glitt. Er sah aus wie ein riesiger Schlitten, dem man drei gigantische, schraubenähnliche Schornsteine auf den Rücken gebunden hatte, die ihre staubfeinen Wasserfontänen zischend in die Atmosphäre drückten. Bereits 1926 hatte der deutsche Forscher Anton Flettner einen Frachter namens »Baden-Baden« mit solchen Rotoren ausgestattet und damit den Atlantik überquert. Das alternative Antriebskonzept konnte sich nicht durchsetzen, es scheiterte, wie so vieles auf dem automobilen Sektor, an der Mineralölindustrie.

»Wissen Sie, wie die Dinger funktionieren?«

Cording drehte sich um. Es war Shark, der ihn angesprochen hatte und ihn nun fragend ansah: »Interessiert es Sie?«

Nicht wirklich, aber es wäre unhöflich gewesen, den Jungen daran zu hindern, sein Wissen loszuwerden. Also ermunterte er ihn mit einem kurzen Kopfnicken.

»Wenn ein senkrecht stehender Zylinder rotiert und zugleich einer Windströmung ausgesetzt ist, entsteht eine Kraft quer zur Strömung. Das nennt man den Magnuseffekt.«

»Oh bitte, Shark, hör auf damit. Ich verstehe von diesem technischen Kram nichts. Ist mir, ehrlich gesagt, auch scheißegal.«

»Man muss sich nicht für Technik interessieren, um das zu verstehen. Es ist wie beim Fußball, wenn Sie mit Effet aufs Tor schießen. Für die elektrische Energie zum Antrieb der Rotoren und zum Versprühen des Wassers sorgt übrigens ein Unterwasserpropeller unterm Hauptrumpf, der während der Fahrt in Rotation versetzt wird. Der Kurs dieser Schiffe wird von einem Zentralcomputer festgelegt. Um diesen zu berechnen, braucht er lediglich zwei Informationen: die Drehgeschwindigkeit der Zylinder und die Ruderstellung. Das ist alles. Genial, oder?«

»Überaus genial«, antwortete Cording und verkniff sich die bissigen Bemerkungen, die sich in seinem Kopf griffbereit formuliert hatten. Vielleicht sollte er dem Schwindelgefühl nachgeben, das ihn erfasste, als er über die Bordwand ins schäumende Meer schaute. Der Plackerei ein Ende bereiten – der stets zu Hass, Verleumdung und Zerstörung neigenden Bande, die sich Menschheit nennt, Adieu sagen …

»Sechzig Liter pusten die Sprühroboter pro Sekunde in die Luft«, fuhr Shark ungerührt fort, als sei er an der Entwicklung dieser Ungetüme persönlich beteiligt gewesen. »Die meisten Wassertröpfchen schaffen es nie in die notwendigen Höhen, aber der Rest, dem das gelingt, reicht für eine Wolkenbildung durchaus aus. Das Problem dieses Eingriffes sind seine möglichen Nebenwirkungen. Es könnte sein, dass es in Gegenden, die es nicht nötig haben, in Zukunft mehr regnet als gewöhnlich, und anderswo, dort wo Regen dringend gebraucht wird, droht die Gefahr einer noch größeren Dürre als bisher. Je nachdem, wie der Wind weht …«

»Willst du wissen, was *ich* davon halte?«, fragte Cording. »Ich halte das für einen ausgemachten Schwachsinn! Lächerlich und absurd! Diese speienden Monster sind nichts als schwimmende Alibis, die sind erfunden worden, damit die CO_2-Gesellschaft so weitermachen kann wie bisher. Denk mal darüber nach, Shark, bevor du dich vor Begeisterung nicht mehr einkriegst. Wir befinden uns in einem Stadium der kognitiven Dissonanz, wenn du verstehst, was ich meine …«

»Nein, verstehe ich nicht«, erwiderte Shark gereizt.

»Wir sehen uns einem Übermaß an Problemen gegenüber – gleichzeitig spüren wir, dass es dafür keine Lösungsmöglichkeiten gibt: kognitive Dissonanz. Ein unangenehmes Gefühl. Vor allem, wenn es sich wie ein schleichendes Gift in die Gesellschaft frisst. Um dieses Gefühl abzumildern, um an ihm also nicht verrückt zu werden, bleibt uns eigentlich nur eines: die Probleme in einem anderen Licht zu betrachten. Wenn wir sie schon nicht lösen können, so können wir doch wenigstens unsere Einstellung ihnen gegenüber ändern. Also verharmlosen, vertuschen und verdrängen wir wie die Teufel, darin sind wir wirklich brillant. Weißt du, was Groucho Marx einmal gesagt hat?«

»Groucho Wer?«

»Was kümmert mich die Nachwelt? Hat sich die Nachwelt jemals um mich gekümmert?«

Shark musste lachen. Er schien für den Happen dankbar zu sein, den man ihm hingeworfen hatte. Aber anstatt es an dieser Stelle gut sein zu lassen, reizte es Cording, mit dem Jungen zu spielen. Es war lange her, dass er den Zyniker von der Leine gelassen hatte, in dem er sich besser wiedererkannte als in dem verständnisvollen, auf Harmonie gedrillten Abnicker an Maevas Seite. Was war schlimm daran, ein Zyniker zu sein? Hatte man heutzutage eine andere Wahl? Er verlangte von seinen Gesprächspartnern doch lediglich, dass sie sich als Zeitzeugen bekannten und das akzeptierten, was er seit Jahren auf sich nahm: die Erkenntnis nämlich, dass wir Menschen dabei sind, jegliches Leben auf diesem Planeten auszulöschen – wissentlich. So etwas erfüllte den Tatbestand der vorsätzlichen Tötung. Shark wusste das, er hatte es doch herausgeschrien in seiner Show. Aber seitdem er in Maevas Bann geraten war, schien sein Wahrnehmungsvermögen getrübt.

»Anstelle dieser schnaufenden Aluminiummonster wären mir ein paar Wale in unserer Nähe lieber«, sagte Cording, »das würde nach Leben schmecken. Wale ... du erinnerst dich? Irgendwo soll noch einer unterwegs sein ... Weißt du, wie die Norweger ihren Ausrottungsfeldzug gegen die Meeressäuger begründet hatten? Mit einem Klimaschutzargument! Sie setzten das Gewicht der in einem Jahr getöteten Wale in Relation zu dem Dieselkraftstoff, den die Fangboote während dieser Zeit verbraucht haben. Daraus ergab sich eine CO_2-Emission von 1,9 Kilo pro Kilo Walfleisch. Ein Kilo Rindfleisch schlug mit 15,8 Kilo CO_2 zu Buche, bei Lamm waren es 17,4 und bei Hähnchen immerhin noch 4,6 Kilo CO_2 pro Kilo Fleisch. Ein schlagendes Argument für den Walfang, musst du zugeben ...«

Shark stützte sich auf die Reling und rotzte vernehmlich ins Wasser.

»Der Walfang war aber nur zum Teil an der Ausrottung dieser herrlichen Wesen schuld«, fuhr Cording unbeirrt fort. »Wusstest du, dass verschmutztes Wasser die Eigenschaft hat, Geräusche zu verstärken? Je höher der Verschmutzungsgrad, desto lauter die Geräusche, schließlich war der Lärm unter Wasser so groß, dass die Tiere irre wurden und die Orientierung verloren. Da half es wenig, dass die Gutmenschen an den Küsten der Welt mit feuchten Tüchern und Wassereimern bereitstanden.«

Shark begann, demonstrativ zu summen. Er schloss die Augen und bewegte den Kopf im Kreis.

»Dabei hatten wir eine Chance«, sagte Cording, »wir hatten sie bis zuletzt. Wir konnten sie nur nicht nutzen, weil wir keine Idee hatten, was und wer wir eigentlich sein wollten. Wir wissen es ja immer noch nicht. Unsere Hoffnungen ruhen auf neuen Wissenschaftszweigen wie der Bionik oder der Evolutionstechnik, wir träumen von molekularer Selbstorganisation und versuchen uns an der Züchtung von Stopfkrebsen zum Abdichten unserer Deiche. Wir hören von lernfähigen neuronalen Netzen und einer neuen Computerarchitektur, die in der Hardware und Software eine Einheit bilden. Aber wirklich verstehen tun wir nichts von alledem. Und wie immer, wenn wir nichts verstehen, wird es auch diesmal schiefgehen. Mit allem, was wir Menschen bisher nämlich angefangen haben, sind wir in die Absurdität des Gegenteils geraten. Mit dem Versuch, die Äcker fruchtbarer zu machen, haben wir sie zu Tode gefoltert. Mit dem Versuch, uns vor Feinden zu schützen, sind wir so nahe wie möglich an den großen Weltbrand geraten. Selbst der Versuch, zu heilen und zu helfen, geriet immer mehr an die Grenzen der Unmenschlichkeit.«

Shark summte inzwischen beträchtlich lauter, sein Kopf pendelte jetzt noch heftiger hin und her. Cording missachtete die Zeichen, irgendetwas in ihm trachtete danach, dem Jungen wehzutun. Er stellte sich neben ihn an die Reling.

»Warum sagst du nicht endlich, was du denkst?«, fragte er.

»Warum hören Sie nicht endlich auf, zu sagen, was Sie denken?!«, brüllte Shark zurück. Dann hielt er sich die Ohren zu und begann zu schreien. Er schrie sich die Seele aus dem Leib, aber der parallel laufende, Wasser speiende Trimaran verschluckte seine krächzenden, kehligen Laute, bis von ihnen nur noch ein jämmerliches Wehklagen übrig blieb, das Cording erst ernst nahm, als sein Gesprächspartner zusammenbrach, um sich auf den blanken Bohlen zitternd in die Embryohaltung zu retten. Cording ging auf die Knie und streichelte Shark vorsichtig über den Kopf. Der Junge wehrte sich nicht, ein gutes Zeichen.

»He!«, sagte Cording und legte sich neben Shark auf die Bretter. »Du hast mich nicht ausreden lassen, das Gute kommt doch erst …«

Shark öffnete die Augen.

»Das Gute kommt immer zuletzt«, sagte Cording und grinste, »weißt du doch.« Er rückte näher und nahm den Jungen in die Arme. »Du und ich, Shark, wir haben ein verdammtes Glück. Ich will dir sagen, warum: Milliarden Menschen fühlen sich betrogen, sie sind frustriert, ausgebrannt und ohne Hoffnung. Aber in ihren Herzen wächst etwas heran, was von unschätzbarem Wert ist: die Sehnsucht nach einer besseren Welt. Diese Sehnsucht ist förmlich mit Händen zu greifen, spürst du es? Und mit Maeva ist eine Führungspersönlichkeit aufgetaucht, die den Leuten Hoffnung macht. Und wir, du und ich, wir dürfen dabei sein, wenn sich die Menschheit häutet, um ihr neues Leben aufzunehmen. Wie ich schon sagte, wir haben verdammtes Glück …«

Shark drückte Cording seine Stirn auf die Brust.

»Wusstest du«, fragte Cording nach einer Weile und blickte Shark grinsend an, »dass australische Molekularbiologen einen Impfstoff entwickelt haben, der junge Schafe daran hindern soll, übermütig herumzuhopsen? Sie furzen beim Hopsen. Damit soll jetzt ein für alle Mal Schluss sein. Im Interesse des Weltklimas, wenn du verstehst, was ich meine …«

Die beiden starrten sich in die Augen, dann prusteten sie los, bis ihnen die Tränen kamen.

»Was macht ihr da unten?«

Es war Maeva, die sich ihnen unbemerkt genähert hatte und ein wenig ratlos auf sie herabsah.

»Och«, erwiderte Cording, »wir unterhalten uns nur ...«

»Worüber denn?«

»Über Göttinnen und die Welt.«

So albern die Antwort auch war, sie reichte aus, um sie alle ein wenig verlegen zu machen ...

Cording hatte von dem Besuch des Haa-Alifu-Atolls abgeraten, aber Maeva, Shark und Steve wollten sich von der Idee nicht abbringen lassen. Und so spielten sie plötzlich nach einer Partitur, wie man sie überall auf der Welt aufschlug, wenn es darum ging, einer politischen Botschaft in global verständlichen Bildern auf die Sprünge zu helfen.

Die Pressemeute wartete bereits auf sie. Über fünfzig Boote zählte Cording rund um das halb versunkene Atoll, sie alle zeigten Flagge. Die großen Fernsehgesellschaften waren bunt und vollständig angetreten. Der Klimakollaps war keine bloße Theorie mehr, er war endlich in zwanzig Sekunden vorführbar und damit medienkompatibel. Seltsam, dachte Cording, dass die UNO dieses Emotionspotenzial nicht erkannt hat, dass sie das Feld allein Maeva und den URP überließ.

Die »Malé-Ferry« hatte die Fahrt gedrosselt und glitt durch das Spalier der gecharterten Motorjachten und Wasserflugzeuge an die im Meer liegenden Überreste der Insel Utheemu heran, die für die Malediver von ganz besonderer Bedeutung gewesen war. Auf Utheemu war ihr Volksheld Sultan Muhammad Thakurufaanu geboren worden, der die Malediven im sechzehnten Jahrhundert von der portugiesischen Fremdherrschaft befreit hatte. Das Haa-Alifu-Atoll mit seiner Hauptstadt Dhidhoo zählte bis zu seiner Evakuierung vor drei Jahren etwa zehntausend Einwohner, die auf sechzehn seiner Inseln lebten. Vierundzwanzig weitere Inseln des Atolls waren unbewohnt.

Maeva stand am Bug der Fähre und schaute auf die grauen Palmenstämme, die wie versteinerte Meerespflanzen aus dem

Ozean ragten. Zur Linken sah sie die Dächer des Holzpalastes in der Sonne schimmern, den Sultan Thakurufaanu bewohnt hatte und der von den Einwohnern erst vor zehn Jahren aufwendig restauriert worden war.

Cording bewunderte die Haltung, mit der sich Maeva der Erinnerung an eine Tragödie stellte, die im letzten Jahr die ganze Welt erschüttert hatte. Sie reagierte nicht auf die Zurufe der Reporter. Die zahlreichen Richtmikrofone, mit denen man auf sie zielte, fingen nichts anderes ein als das respektlose verbale Gezerre der Journalisten. Es hörte erst auf, als Maeva das zu Wasser gelassene Beiboot bestieg, in dem sie nun bis vor die vierhundertfünfzig Jahre alte, vom Wasser umspülte Moschee ruderte. In diese Moschee hatten sich die 127 Menschen, die sich auf Utheemu über Wochen hinweg hartnäckig jeder Evakuierung widersetzten, in ihren letzten Tagen zurückgezogen. Ihr freiwilliges, aber qualvolles Sterben war dennoch nicht unbeobachtet geblieben. Immer wieder war es Fernsehteams gelungen, sich mit Schlauchbooten Zugang ins Innere des Gotteshauses zu verschaffen. Auf diese Weise wurde die Weltöffentlichkeit Zeuge, wie einundfünfzig Einheimische und sechsundsiebzig mit ihnen sympathisierende Idealisten aus aller Herren Länder langsam und bewusst das Zeitliche segneten – als Opfer des Weltklimas, aber auch in dessen Interesse.

Die tödliche Inszenierung von Utheemu war tatsächlich so etwas wie eine Initialzündung gewesen. Milliarden Menschen waren durch die tragischen und heldenhaften Ereignisse auf Utheemu nachhaltig aufgeschreckt worden. Und wenn Maeva nun nacheinander achtundneunzig Edelsteine vom Boden des Bootes hob, um sie rund um die Moschee zu versenken, so konnte man sicher sein, dass diese Zeremonie weltweit verstanden wurde. Shark hatte auf EMERGENCY TV rechtzeitig auf die Bedeutung der Aktion hingewiesen. Alle achtundneunzig in den URP versammelten Regionen hatten für die heutige Zeremonie einen besonderen »Bodenschatz« zur Verfügung gestellt, um sich durch ihn mit dem Geist der Märtyrer zu verbinden.

Maeva führte jeden einzelnen Stein, den sie dem Wasser anvertraute, zuvor an ihre Stirn. Sie ließ sich in ihrer Andacht auch nicht beirren, als die Pressejachten in ihrem Rücken bei aufheulenden Motoren die Seite wechselten.

Hulhumalé, die neue Hauptstadt der Malediven, war immer noch eine gigantische Baustelle. Seit 1997, als damit begonnen wurde, die drei Kilometer nordöstlich der ehemaligen Hauptstadtinsel Malé gelegene Landfläche der Hulhulé-Lagune aufzuschütten, arbeitete man fieberhaft an der Fertigstellung der neuen Metropole. Die Zeit drängte, denn das nur einen Meter über dem Meeresspiegel gelegene Malé, mit achtzehntausend Einwohnern pro Quadratkilometer einst eine der am dichtest besiedelten Städte der Welt, holte sich immer häufiger nasse Füße. Es war lediglich eine Frage der Zeit, wann die Fluten des Indischen Ozeans von den Straßen dauerhaft Besitz ergriffen. Inzwischen waren bereits siebzig- der einhundertzwanzigtausend Bewohner Malés nach Hulhumalé umgesiedelt worden.

Cording wartete mit Steve und Shark darauf, dass Maeva ihr Treffen mit den URP-Delegierten beendete, das einige Stockwerke höher im großen Konferenzraum des »Residential«-Hotels stattfand. Beim Anblick der unzähligen Kräne, die am Horizont ihre ausufernden Arme im Kreis auf und ab bewegten, als führten sie die unsterbliche Sinfonie des Überlebens auf, musste er daran denken, wie aberwitzig solche Bemühungen doch sein konnten. Die Malediven gehörten zu den ökologischen Vorzeigeländern, der Umweltschutz war in der Verfassung festgeschrieben. Artikel 38 garantierte das Recht der Bürger auf eine »saubere, gesunde und ökologisch ausgewogene Umwelt«, während Artikel 40 jeden Bürger verpflichtete, die Umwelt zu schützen, zu erhalten und zu verbessern. Das an Rohstoffen arme Land betrachtete die Naturlandschaft als ihren Reichtum. Die Malediver verstanden sich nicht als Besitzer, sondern als Hüter dieses Schatzes. Das ging so weit, dass die ursprünglichen Landbesitzer – Einheimische wie Zugewanderte – durch die Regierung enteignet wurden, um Bau und Raubbau zu verhindern.

Mehr vernünftige Politik ging nicht. Und dennoch zwackten die Malediven jedes Jahr einen kleinen Prozentsatz ihres bescheidenen Staatshaushaltes ab, um in Indien, Sri Lanka und Australien Land zu erwerben, denn vor dem Hintergrund des steigenden Meeresspiegels musste man sehen, wo man blieb. Hilfe aus den reichen Verschmutzerländern war nicht zu erwarten.

»Sagt euch der Name Geoffrey Banks etwas?«, nuschelte Shark über den Laptop gebeugt.

»Ja sicher«, antwortete Steve, während er Teewasser aufsetzte. »Britischer Umweltminister. Vertrat Großbritannien auf der letzten großen Klimakonferenz in Neu-Delhi. 2021? 2022? Was ist mit ihm?«

»Tot.«

»Na und?«

»In einer Tiefgarage erschlagen.«

»Autsch.«

»Warum erzählst du uns das?«, fragte Cording.

»Könnt ihr mit den Namen Pratibha Ansari, Hu Jiabao, Boris Lawrow, Stephan Cannon, Margret Clapp und Dr. Volker Städeler etwas anfangen?«

»Städeler war Umweltminister der Bundesrepublik Deutschland«, antwortete Cording, »er stammt aus Hamburg, das weiß ich. Margret Clapp hat die USA in Neu-Delhi vertreten. Sie ist vor drei Jahren bei einem Autounfall gestorben. Was willst du uns sagen, Shark? Rück schon raus damit.«

»Alle diese Personen waren bei der Konferenz dabei. Als veritable Bremser. Ansari für Indien, Jiabao für China, Lawrow für Russland, Cannon für Kanada, Misses Clapp für die USA und Dr. Städeler für Deutschland. Banks war der Letzte dieser glorreichen Sieben, der ins Gras beißen musste. Seit 2022, seit dem grandiosen Scheitern der Klimakonferenz von Neu-Delhi, musste jedes Jahr einer von ihnen dran glauben. Und zwar genau in der von mir genannten Reihenfolge. Ist doch merkwürdig, oder?«

»Allerdings«, murmelte Cording. »Und du glaubst tatsächlich, dass es sich in jedem einzelnen Fall um Mord gehandelt hat?«

»Eindeutig bewiesen ist das lediglich bei Banks«, erwiderte Shark. »Ansari starb an einer Lebensmittelvergiftung, Jiabao bei einem Flugzeugabsturz. Die Umstände von Lawrows Tod sind bis heute nicht geklärt. Cannon soll an Krebs gestorben sein und Städeler nach einem Skiunfall. Dürfte also nicht einfach sein, einen plausiblen Zusammenhang herzustellen. Wenn da nicht das Todesdatum wäre. Die Herrschaften kamen allesamt an einem 17. Juli ums Leben. Klingelt's da bei euch?«

Cording und Steve blickten sich verblüfft an.

»Der 17. Juli 2022 war der Tag, an dem das Abschlusskommuniqué dieser jämmerlichen Veranstaltung veröffentlicht wurde. Am 17. Juli 2022 wurde in Neu-Delhi das endgültige Urteil über die beklagenswerte Menschheit gesprochen: lebenslänglich Treibhaus…«

Cording hatte Maeva ebenso wenig kommen hören wie seine beiden Begleiter.

»Lebenslänglich Treibhaus? Was soll das heißen?«, fragte sie und entledigte sich ihres wollenen Umhangs, mit dem sie sich in dem klimatisierten Konferenzraum gegen die Kälte geschützt hatte. »Nun sagt schon, was habt ihr während meiner Abwesenheit wieder ausgeheckt?«

»Verschwörungstheorien«, antwortete Cording lächelnd, »du hast es hier nämlich mit einer Bande von Verschwörungstheoretikern zu tun. Also sei vorsichtig… Was ist bei dem Gespräch mit der Delegation herausgekommen? War es angenehm?«, fragte er.

»Die URP-Mitglieder haben beschlossen, mir eine Leibgarde zur Seite zu stellen«, sagte Maeva, »sieben ausgebildete Personenschützer. Sie sollen uns in Zukunft begleiten. Was haltet ihr davon? Shark…«

Shark blies die Backen auf. »Weiß nicht«, sagte er, »aber wenn das ein offizieller Beschluss ist, werden wir das wohl akzeptieren müssen.«

»Steve…«

»Ich sehe das genauso. Was können wir tun?«

Maeva wandte sich Cording zu. »Was hältst du davon?«

»Ich halte das für eine ausgesprochen gute Idee. Dann ist endlich Schluss mit dieser Kungelei innerhalb unserer Viererbande …«

Maeva kniff ihm in den Oberarm.

»Nein wirklich«, sagte Cording, »zu deinem Schutz könnten ein paar starke Männer mehr nicht schaden. Wann soll die Truppe denn zu uns stoßen?«

»Schon übermorgen in Abu Dhabi.«

»Und was sind das für Leute?«

»Keine Ahnung, warten wir es ab.«

Dies war vielleicht die letzte intime Situation, die man sich miteinander gönnen durfte. In Zukunft reisten sie im Tross. Wie es sich gehörte, wenn man mit einer Person unterwegs war, die eine herausragende Rolle auf der politischen Weltbühne spielte. Besonderen Charme versprühte die Vorstellung nicht.

Beim Betreten seiner Suite verschlug es Cording den Atem. Was zum Teufel wollten die Internationale Atomenergie-Organisation (IAEA), die Internationale Energie-Agentur (IEA) und die Internationale Agentur für Erneuerbare Energien (IRENA) von Maeva? Was hatten die vor? Die Tatsache, dass man die URP-Generalsekretärin mitsamt ihrer Entourage im »Emirates Palace« von Abu Dhabi einquartiert hatte, ließ nichts Gutes erahnen. Dies war weiß Gott die luxuriöseste Herberge auf Erden. Der drei Kilometer vor der Stadt gelegene rostrote Prunkbau verfügte über dreihundertzwei Grand Rooms, vierzig Deluxe-Suiten, sechzehn Palace-Suiten und vier Royal-Khaleej-Suiten. Shark, Steve und Cording waren in einer Deluxe-Suite untergebracht, Maeva hatte man die Ehre zuteilwerden lassen, eine Royal-Khaleej-Suite zu bewohnen.

Cording sah sich um. Erst jetzt entdeckte er den Balkon hinter dem Damastvorhang, der in etwa die Größe seiner Hamburger Vierzimmerwohnung hatte. Er griff sich den Hotelprospekt vom Mahagonisekretär und ließ sich der Länge nach auf das drei Meter breite Bett fallen. Das mit einer Goldprägung versehene und auf Büttenpapier gedruckte Buch als Prospekt zu bezeichnen war vermutlich die einzige Untertreibung, die der Hotelleitung unterlaufen war.

Es klopfte an der Tür. Shark und Steve rauschten herein. Eigentlich hatten sie sich für heute Nachmittag einen ersten kurzen Besuch in der nur dreißig Kilometer östlich von Abu Dhabi gelegenen Ökomusterstadt Masdar vorgenommen. Aber wie es aussah, hätte es schon mehr als zehn Pferde gebraucht, um die Jungs aus diesem Hotel zu zerren. Wenn man schon mal das Glück hatte, in einen solchen orientalischen Märchenpalast zu geraten, so Shark, dann sollte man ihn auch erkunden.

Also machten sie sich auf den Weg. Wohin sie sich auch bewegten, überall saugten kostbare Läufer und Teppiche an ihren Füßen, sodass sie fast lautlos dahinschwebten. Am Ende des langen Korridors gelangten sie in eine sechseckige, von Kronleuchtern umringte Halle, über die sich eine riesige Glaskuppel wölbte. The Dome. Cording fühlte sich bei seinem Anblick an das Innere einer prachtvollen Moschee erinnert. In den glänzenden, rot-gelben Marmorboden waren Dreiecke und Kreise mit der dunkelbraunen Basmala eingelassen, der häufigsten kalligrafischen Form des Islam.

Staunend, ja fast ehrfürchtig standen sie davor. Eine solche Halle eroberte man nicht lockeren Schrittes, schon gar nicht unter der Beobachtung zahlreicher in weiße Galabijas gewandeten Scheiks, die sich unter den Kronleuchtern zum Tee eingefunden hatten.

Shark war der Erste, der sich überwand, er steuerte direkt auf die Caviar Bar zu, die an die gegenüberliegende Seite grenzte. Unter einer Bar hatten sie sich bisher alles Mögliche vorstellen können, aber keinen protzigen Säulenpalast von der Größe eines Basketballfeldes, in dessen Mitte eine zierliche Dame im Abendkleid die Harfe zupfte. Cording bestand darauf, noch einen Blick ins Auditorium zu werfen, das mit seinen neunhundert Plätzen, der Technik und dem Interieur jedes deutsche Großstadttheater wie eine billige Spielbude aussehen ließ.

Drei Stunden waren sie in dem Hotel unterwegs. Steve verlor als Erster die Lust. Er wollte am East Pool unter Palmen liegen und den Wasserfontänen lauschen, deren Nebel das mit drei Kuppeln versehene Hauptgebäude hinter einem feuchten Schleier verbargen, auf dem die Wüstensonne ihre Regenbögen zauberte. Shark und Cording willigten ein. Sie sagten auch nicht Nein, als Steve nach zwei Stunden des süßen Müßiggangs vorschlug, das Abendmahl im Schatten noch größerer Palmen im Cascade Restaurant einzunehmen. Bei schillernden Meeresfrüchten und einer gepflegten Flasche Wein. Auch dafür war der Palace von Abu Dhabi inzwischen nämlich gut...

»**Ich wusste doch,** dass ich Sie früher oder später hier treffen würde!«

Cording, der in der Lobby gelangweilt die Ankunft cremefarbener Luxuskarossen beobachtete, setzte die Kaffeetasse ab und blickte sich um.

»John! John Knowles!« Er sprang auf, packte den ergrauten Mann, der da grinsend vor ihm stand, bei den Schultern und drückte ihn überschwänglich an sich, was in der Sitzgruppe nebenan für einige Verwirrung sorgte. »Sie sehen gut aus«, bemerkte Cording, nachdem er den Amerikaner einmal von Kopf bis Fuß gemustert hatte. »Setzen Sie sich doch ...«

Knowles gehörte zu den fünfzig internationalen Journalisten, die wie er vor einigen Jahren von der tahitianischen Regierung eingeladen worden waren, um sich vor Ort über den radikalökologischen Wandel zu informieren, den die Südseeinsel unter Omai vollzogen hatte. Er mochte diesen knorrigen, bärbeißigen Kerl, der vor langer Zeit mit einer Artikelserie in der »New York Times« weltweit von sich reden gemacht hatte, als er die Verwicklung der »Bush-Wolfowitz-Bande« in die Terroranschläge auf das Pentagon und das World Trade Center nachzuweisen versuchte.

»Erzählen Sie«, sagte Cording, »sind Sie noch bei der ›Times‹?«

Knowles nickte. »Ich weiß auch nicht, die Typen wollen partout nicht auf mich verzichten. Aber abgeschoben haben sie mich. Ich arbeite jetzt als Nahostkorrespondent. Seit zwei Jahren.«

Cording deutete mit einer ausladenden Handbewegung auf

das prunkvolle Ambiente, das sie umgab. »Na, jedenfalls sind sie nicht knauserig.«

»Das würde ich nicht behaupten«, antwortete Knowles und stutzte. »Sie glauben doch nicht im Ernst, dass meine Zeitung mich auch nur einen Tag … Ich bitte Sie!«

»Ja, und was treiben Sie dann hier im Hotel?« Cording blickte verstohlen auf die Uhr. Noch zehn Minuten, dann war er mit Shark und Steve verabredet. Zum ersten Mal wünschte er sich, dass sie sich wie gewöhnlich verspäteten.

»Ich bin auf der Suche nach Maeva«, antwortete Knowles, »und ich dachte, dass Sie vielleicht den Kontakt herstellen könnten. Ist euch eigentlich bewusst, welchen Hype EMERGENCY TV mit ›Maevas Reise‹ im Internet ausgelöst hat?«

Cording betrachtete sein Gegenüber wie einen alten Freund. Einen wie ihn hätte er gerne im Team gehabt. »Woher wissen Sie von unserem Aufenthalt in Abu Dhabi?«, fragte er. »Es ist schließlich die erste Station, die wir nicht publik gemacht haben.«

»Sie wissen doch: Man hat so seine Quellen.«

»Quelle gegen Kontakt. Anders läuft das nicht, John.«

Knowles kratzte sich am Hinterkopf. »Wenn Sie versprechen, dass Sie es für sich behalten, nenne ich Ihnen die Quelle.«

»Abgemacht.«

»NSA. Die Nationale Sicherheit. Ich kenne da einen, der einen kennt …«

Cording hatte das Gefühl, als hätte man ihm soeben einen Stromschlag verpasst. Er brauchte einige Sekunden, um sich von dem Schrecken zu erholen. »Sie scherzen«, sagte er, so ruhig es eben ging, obwohl ihm längst klar war, dass Knowles die Wahrheit sprach.

Shark hatte also recht gehabt, der Typ auf dem Marktplatz von Djenné war nicht zufällig dort gewesen. Sie befanden sich im Fokus des größten Nachrichtendienstes der Welt, und dass amerikanische Geheimdienste vor nichts zurückschreckten, war hinlänglich bekannt. Er überlegte, ob es Sinn machte, Maeva darüber zu informieren. Vielleicht sollte er die Sache für sich behalten, um ihr unnötigen Druck zu ersparen.

»Was ist?«, hörte er Knowles sagen. »Bekomme ich mein Interview?«

»Okay«, murmelte Cording, immer noch sichtlich benommen, »ich frag sie. Ihr mögt euch ja, was sollte sie dagegen haben. Heute geht das allerdings nicht.«

»Stehen vermutlich wichtige Termine an ...«

Cording runzelte die Stirn: »John Knowles, Sie altes Schlitzohr. Ich könnte wetten, dass Sie auch darüber bereits bestens informiert sind!«

»So ist es, mein Freund. Aber lassen wir es dabei bewenden. Was haben Sie heute noch vor? Ich habe Zeit. Wenn es Ihnen nicht unangenehm ist, würde ich Sie gerne durch den Tag begleiten.«

Der alte Knabe wollte sicherstellen, dass er ihm nicht davonlief, dachte Cording. »Ich warte nur noch auf meine Mitstreiter Shark und Steve«, sagte er. »Wir haben vor, Masdar City einen Besuch abzustatten. Würde mich freuen, wenn Sie uns Gesellschaft leisten. Einen fachkundigen Führer könnten wir gut gebrauchen.«

»Shark? Ist das nicht dieser zornige junge Mann aus der ehemaligen GO!-Show?«

»Richtig. Und Steve kennen Sie ja noch aus Tahiti.«

Knowles winkte der Kellnerin. »Ist noch Zeit für einen Kaffee?«

»So viel Zeit muss sein in Arabien«, antwortete Cording lächelnd. »Was ist der Haken an Masdar, John?«, fragte er. »Einige Umweltschutzorganisationen in Deutschland nörgeln seit Jahren an dem Projekt herum.«

»Einen Haken gibt's eigentlich nicht, die Stadt funktioniert. Alle Vorgaben sind eingehalten worden. Masdar City produziert weder Kohlendioxid noch Müll. Inzwischen leben über fünfzigtausend Menschen in der Stadt. Ihr Energiebedarf wird zu hundert Prozent aus erneuerbaren Energien gedeckt, vor allem aus Wind- und Fotovoltaikanlagen. Außerdem hat man ein Verfahren entwickelt, mit dem es gelungen ist, die Kühle tiefer Erdschichten aus dem Boden zu zapfen. Auf diese Weise werden die Klimaanlagen entlastet. In Masdar, man mag es kaum glauben, herrscht eine um zwanzig Grad niedrigere Lufttemperatur als hier in Abu Dhabi. Das ist wirklich beeindruckend. Beeindruckend sind auch die architektonischen Spielregeln, die der britische Architekt Norman Foster festgelegt hat. Der Knabe hat Glück gehabt. Welchem Stadtplaner werden schon Milliarden zugeschustert, damit er eine Metropole aus dem Boden stampfen kann, die allein ökologischen Kriterien gehorcht? Soll ich weitererzählen?«

»Nur zu.«

»Foster hat dafür gesorgt, dass die Häuser eine bestimmte Höhe nicht überschreiten dürfen. Die Straßen sind relativ eng angelegt und mit Windtürmen versehen. Auf diese Weise ist ein gigantisches Muster an Frischluftkorridoren entstanden. In den Straßen sind ausschließlich Fußgänger und Radfahrer unterwegs, ein angenehmes Gefühl. Ich darf das behaupten, ich wohne in Masdar. Wer sich über weitere Strecken bewegen will, braucht höchstens zweihundert Meter zu laufen, um an eine der insgesamt eintausendsiebenhundert unterirdischen Stationen zu gelangen, wo er ein automatisches Shuttletaxi besteigen kann, das ihn auf Wunsch überall hinbringt. «

»Das reicht«, unterbrach Cording, indem er Knowles die Hand auf den Arm legte, »schließlich wollen wir uns ja überraschen lassen.«

»Woran nörgeln sie denn herum, eure deutschen Umweltschützer?«, wollte sein Gegenüber wissen.

»Sie bemängeln, dass die eingesparten Treibhausgas-Emissionen Masdars zertifiziert und verkauft werden. Wer diese Zertifikate kauft, darf die in ihnen ausgewiesene Menge CO_2 dann an anderer Stelle wieder ablassen. Wenn ich es richtig verstanden habe, sieht die Milchmädchenrechnung folgendermaßen aus: Zur Berechnung der Reduktion nimmt man die CO_2-Werte einer hypothetischen Stadt her, so wie sie in dieser Region normalerweise gebaut wird. Die Differenz zwischen den geschätzten Emissionen dieser Stadt und den tatsächlichen Emissionen Masdars wird dann als Reduktionsleistung ausgewiesen.«

»Ein Scheißsystem, Cording, da stimme ich Ihnen zu. Aber was will man machen, so sehen die letzten Zuckungen unserer Wachstumsgesellschaft nun mal aus.«

»Für die internationale Schmutzmafia ist der Erwerb von Masdarzertifikaten doch ein gefundenes Fressen. Die Arabischen Emirate sind mit 38,5 Tonnen CO_2 das Land mit der zweithöchsten Pro-Kopf-Emission auf der Welt. Im Umkehrschluss bedeutet das: Die CO_2-freie Ökostadt Masdar trägt dazu bei, den Pro-Kopf-Ausstoß an Kohlendioxid an anderer Stelle legal erheblich in die Höhe zu treiben. Bei so viel Logik wirst du doch verrückt.«

»Na ja«, sagte Knowles und rührte in der Kaffeetasse, »wir zwei wohl nicht mehr, dafür sind wir in unserem Beruf dem allgemeinen Wahnsinn zu sehr auf die Schliche gekommen, als dass er uns jetzt noch überraschen könnte. Und eines muss man ihm lassen: Er hat uns ziemlich gut ernährt, dieser Wahnsinn. Was hätten Sie denn ohne ihn schreiben wollen? Possierliche Liebesreime?«

Cording winkte Shark und Steve, die sich in der Nähe der Rezeption unschlüssig umsahen.

»Morgen, Jungs, wir haben Gesellschaft bekommen. Steve, du kennst Mr. Knowles ja bereits. John: Shark! Shark: John Knowles von der ›New York Times‹. John wird uns begleiten. Können wir?«

»Haben wir noch Zeit für einen Kaffee?«, fragte Steve.

»In Arabien immer«, antwortete Knowles, und während Shark und Steve sich an die Bar begaben, begann er über das zu sprechen, was er zurzeit am besten kannte: den Nahen Osten, oder besser: die Vereinigten Arabischen Emirate. »Es ist ja kein Zufall, dass sich die Internationale Agentur für Erneuerbare Energien in Abu Dhabi niedergelassen hat und nicht, wie viele erwartet hatten, in Bonn oder Wien. Dabei war Deutschland doch die treibende Kraft zur Schaffung der IRENA. Warum dann also eine solche Entscheidung? Ich will es Ihnen sagen: weil der Paradigmenwechsel nirgendwo schneller und umfassender vorgenommen wird als hier am Golf. Das Tahitiprojekt war als

Denkanstoß von unschätzbarem Wert für die Welt, aber was in den Emiraten passiert, krempelt sie um!«

»Werden Sie von der ›New York Times‹ bezahlt oder von den Scheichs, John?«, unterbrach Cording scherzhaft. »Wenn ich es recht erinnere, hatten Dubais Finanzprobleme die Börsen in den Emiraten jahrelang bis ins Mark erschüttert, was natürlich nicht ohne Auswirkungen auf die Weltwirtschaft geblieben ist. Dubai World, das staatseigene Firmenkonglomerat, das eine Reihe aberwitziger Prestigeobjekte zu verantworten hat, ist mit hundert Milliarden Dollar in der Kreide, das entspricht zwei Dritteln der gesamten Staatsverschuldung. Und was ist mit dem aufgeschütteten Schnickschnack der Palmeninseln passiert? Sie sind eingebrochen, ihre schlampig erstellten Immobilien rotten unbewohnt vor sich hin! Ebenso der Burj Khalifa. Dreihundertdreißigtausend Kubikmeter Beton hat man für dieses Monstrum verbaut, das für sich gewiss nicht in Anspruch nehmen kann, die ökologischen Kriterien auch nur ansatzweise berücksichtigt zu haben. Fünfzehn Jahre war der Energie fressende Turm von Nutzen, dann fanden sich keine Mieter mehr. Seine täglichen Wartungskosten sind so hoch, dass sie ausreichen würden, sämtliche Obdachlosen New Yorks einen Monat zu verköstigen. Bei siebzig Prozent aller Bauprojekte am Persischen Golf herrschte bis vor Kurzem noch Baustopp. Also frage ich Sie: Was an diesem System ist so vorbildlich, dass es die Welt umkrempeln könnte?«

Knowles blickte Cording amüsiert an. »Wow!«, sagte er und rieb sich ostentativ die Hände. »Sie sind ja noch zynischer, als ich dachte! Oder sollte Ihnen etwa entgangen sein, dass sich die Golfstaaten eine gemeinsame Währung und eine eigene Zentralbank zugelegt haben, was sich übrigens als äußerst stabilisierender Faktor erwiesen hat. Mit diesem Schritt haben sich die Emirate aus der Abhängigkeit vom schwächelnden US-Dollar befreit. Der Ölexport, das wissen Sie doch, spielt nur noch eine untergeordnete Rolle in der Region, die ja immerhin noch über fünfzig Prozent der weltweiten Ölreserven verfügt. Das Verdienst der neuen Scheichgeneration ist doch gerade, dass sie das Öl knapp halten. Damit zwingen sie die Industriestaaten zum Umdenken. Alle internationalen Konzerne, die an den hiesigen Börsen notieren wollen, sind gehalten, ihre Produktion den Erfordernissen der Zeit anzupassen. Mit anderen Worten: Wer von den Global Playern in der neuerdings wieder prosperierenden Golfregion Geld verdienen will, muss sich ökologisch neu strukturieren oder vor Ort in ökologische Projekte investieren. Das ist doch was, das müssen Sie doch zugeben.«

Während seiner Ausführungen hatte Knowles mehrmals energisch in Richtung einer Person geblickt, die zwei Sitzgruppen entfernt saß. Cording hatte den Eindruck, dass seinem Kollegen die Nähe dieses kurz geschorenen Mannes mit dem amerikanischen Nussknackergesicht unangenehm war.

»Ist das der Herr«, fragte er, indem er sich leicht nach vorn beugte, »den jemand kennt, der jemand kennt, der einen kennt, der zufällig in Fort Meade/Maryland Dienst tut?«

Die Bemerkung war nicht ernst gemeint, und dennoch glaubte Cording, im Gesicht John Knowles' ein nervöses Zucken bemerkt zu haben. Dass der besagte Kerl ausgerechnet in diesem Moment aufstand, um betont lässig das Weite zu suchen, gehörte zu jenen Zufällen, die der Spekulation Tür und Tor öffnen.

John Knowles aber hatte sich im Griff, er ignorierte die provokante Frage und begann – für Cordings Geschmack ein wenig zu euphorisch – von einem alternativen Baustoff zu berichten, der in Masdar und jetzt wohl auch im Rest der Emirate Anwendung fand. Er wurde nach der sogenannten Biorocktechnologie gewonnen. Soweit Cording es in seinem verwirrten Zustand verstand, brauchte man nur Gestelle aus Baustahl im Meer zu versenken und Gleichstrom hindurchfließen zu lassen. Die Elektrolyse sorgte dann dafür, dass sich auf der Vorlage eine immer dicker werdende Kruste aus gelösten Salzen bildete, die als Baumaterial hervorragend geeignet war.

»Der Vorteil liegt auf der Hand«, hörte er Knowles sagen, »das Material steht unerschöpflich zur Verfügung und verbraucht nur einen Bruchteil der Energie, die zur Herstellung von Beton erforderlich ist. Der Einsatz von fossilen Energieträgern, wie sie beim Gießen von Beton benötigt wird, fällt buchstäblich ins Wasser. Was ist mit Ihnen?«, fragte Knowles. »Reicht die Aufnahmefähigkeit nicht mehr? Ich könnte Ihnen noch von einer ganzen Reihe bahnbrechender, umweltschonender Erfindungen erzählen, die in den Emiraten längst Anwendung finden. Von der Süßwassergewinnung zum Beispiel, die aus der Golfregion demnächst eine blühende Landschaft machen wird. Sie holen das Süßwasser aus dem Meer. Wussten Sie, dass aus dem Meer mehr Süßwasser zu gewinnen ist als an Land?«

Cording, der den Verdacht nicht los wurde, dass sein Kollege ein unlauteres Spiel mit ihm trieb, reagierte erleichtert, als Shark und Steve zu ihnen an den Tisch traten.

»Können wir?«, fragte Steve.

»Sind Sie bereit, John?«, fragte Cording.

»Okay, dann auf nach Masdar!«, antwortete Knowles und wuchtete sich übertrieben stöhnend aus dem Sessel.

Als sie nach draußen traten, drehte sich Cordings Kollege plötzlich um.

»War das nicht Brandstätter?!«, fragte er überrascht. »Chairman von IRENA. Ich bin sicher, er war es. Maeva hält also Hof. Ich finde das sehr angemessen.«

Cording musste lachen. Da war er wieder, der Mann mit dem untrüglichen Instinkt und der passenden Portion Humor dazu. Steve winkte einem Taxi, aber Knowles bedeutete dem Fahrer, dass er bleiben solle, wo er war.

»Nach Masdar fährt man standesgemäß«, belehrte er seine Begleiter und steuerte mit ihnen auf die Station zu, die sich unterhalb des Ostflügels befand. Dort bestiegen sie die Magnetschwebebahn, die die Ökostadt mit dem Flughafen von Abu Dhabi verband. Da im »Emirates Palace« ausschließlich Menschen logierten, die im Global Village eine herausragende Stellung bekleideten, hatte man das Hotel ans Streckennetz angebunden.

Die Herrschaften waren unterwegs nach oben. Maeva betrachtete sich noch einmal kurz im Spiegel. Der sandfarbene Hosenanzug, den sie gestern Abend in einer der hauseigenen Boutiquen ausgewählt hatte, stand ihr gut, sie mochte ihn. Als Alternative hätte sich ein traditioneller Pareo angeboten, wie sie ihn eigentlich immer trug bei besonderen Anlässen. Im Pareo fühlte sie sich sicher. Das gebundene Tuch gab ihr den Geschmack von Ungebundenheit zurück, der die Kultur der Polynesier über Jahrhunderte bestimmt hatte. Aber wollte sie den drei Herren, die gleich vor der Tür stehen würden, wirklich bauchfrei begegnen? Sie selbst hatte kein Problem damit, aber erfahrungsgemäß führte so ein Auftritt bei zugeknöpften Männern zu Irritationen.

Es klopfte an der Tür. Maeva brach eine Orchideenblüte aus einem der üppigen Blumenbouquets, steckte sie sich ins Haar und bat den Butler, zu öffnen. Anthony Burgess, der neue Vorsitzende der Internationalen Atomenergie-Organisation, schritt bezeichnenderweise voran. Er war es auch, der seine beiden Kollegen Thomas Brandstätter von der Internationalen Agentur für Erneuerbare Energien und Dr. Kiran Desai von der Internationalen Energie-Agentur vorstellte. Der Inder trug eine aus Musselin gefertigte, kragenlose Kurta und einen khakifarbenen Turban, was ihm trotz seiner geringen Körpergröße Würde verlieh.

Maeva bat in die Lounge, wo man es sich in den breiten Polstersesseln rund um den mit Gebäck- und Obstschalen gedeckten Mahagonitisch bequem machte. Die Herren stellten ihre Diplomatenkoffer auf den Boden und warteten geduldig ab, bis der Butler mit dem Einschenken des Kaffees fertig war.

»Ich darf wohl für uns alle sprechen«, begann Burgess, »wenn ich sage, dass Sie in natura noch viel bezaubernder aussehen, als es die Medien zu vermitteln vermögen.«

»Danke«, sagte Maeva. Sie hatte sich schon gefragt, welcher Art die Komplimente wohl sein würden, mit denen man sich bei ihr einzuschmeicheln gedachte. Dieses hier bekam auf der Skala von eins bis zehn eine schlappe Vier. Dr. Kiran Desai schien das ähnlich zu empfinden, denn bevor sein amerikanischer Kollege weiterreden konnte, ergriff er selbst das Wort.

»Neben Ihrer beeindruckenden Schönheit«, sagte er und nahm Maeva mit seinen schwarzen Glutaugen aufs Korn, »ist es vor allem Ihre politische Leistung, die uns Bewunderung und Respekt abnötigt.« Er verbeugte sich so tief, dass sein Turban das aufgehäufte Gebäck in der Schale berührte. Abzug!, dachte Maeva, des unterwürfigen Kotaus hätte es nicht bedurft, mehr als eine Sechs war für die Darbietung nicht drin. Was war mit dem Deutschen, wie würde er sich vorstellen? Dass er schwieg, dass dieses Schweigen ihr gar verriet, wie peinlich ihm die Situation geworden war, sprach durchaus für ihn.

Brandstätter klappte seinen Diplomatenkoffer auf und entnahm ihm einen Stapel Papiere, die allesamt mit dem Aufdruck »Secret« versehen waren. »Ich denke, wir sollten so schnell wie möglich zur Sache kommen, denn viel Zeit bleibt uns nicht, um ein mögliches Massaker zu verhindern. In der nächsten Woche findet in Kapstadt eine Massendemonstration statt, zu der über eine Million Menschen erwartet werden.« Er schob Maeva die Unterlagen über den Tisch. »Diese Geheimpapiere geben Aufschluss über den größten Skandal, den sich die Atomwirtschaft seit Fukushima bisher geleistet hat. Die Demonstration richtet sich gegen den südafrikanischen Energiemonopolisten Eskom, der, wie die Umweltschutzorganisation Earthlife Africa vor einigen Wochen öffentlich gemacht hat, gleich an allen drei atomaren Baustellen versagt hat, die das Unternehmen zu verantworten hat. Das betrifft die Uranminen bei Durban, das Atomkraftwerk Koeberg bei Kapstadt sowie die vor drei Jahren wieder in Betrieb gegangene Produktionsanlage Pelindaba, in der die Brennelemente für die chinesischen Kugelhaufenreaktoren hergestellt werden.

Bevor Sie sich mit dem Material vertraut machen, will ich versuchen, Ihnen in aller Kürze eine Vorstellung von den Problemen zu geben, denen sich die Bevölkerung von Südafrika gegenübersieht. Fangen wir mit den Uranminen an. Die Gewinnung von Uran ist nicht nur äußerst gefährlich, sie ist auch extrem verschwenderisch. Das Erz enthält nur 0,1 bis 0,2 Prozent Uranmetall. 99,8 Prozent der Masse und fünfundachtzig Prozent der Radioaktivität bleiben als Abfall übrig. Diese Rückstände emittieren Radongas, und zwar über Tausende von Jahren hinweg. Die gängige Entsorgungspraxis besteht darin, einen Damm zu bauen und die Rückstände entweder mit Lehm oder mit Wasser abzudecken, um das Entweichen des Gases zu minimieren, denn ganz einfangen kann man es nicht. Heftige Regenfälle haben einen solchen Damm im letzten Jahr brechen lassen, was zur Folge hatte, dass über eine Milliarde Liter radioaktiv verseuchter Flüssigkeit ins landwirtschaftlich genutzte Erdreich und in die Flüsse gelangt sind, was von Eskom bis heute bestritten wird. Dabei weisen inzwischen siebzig Prozent der Häuser in der Durbanregion einen Grad an Radonstrahlung auf, der weit über dem Sicherheitslimit liegt. Die Krankenhäuser an der Ostküste können die Menschen, die an Lungen- und Hautkrebs erkranken, kaum noch aufnehmen. Ihre Kapazitäten sind schlicht erschöpft.«

Maeva, die den Ausführungen Brandstätters konzentriert folgte, war nicht verborgen geblieben, wie nervös Anthony Burgess auf die Worte seines deutschen Kollegen reagierte.

»Was nun das AKW Koeberg betrifft«, fuhr Brandstätter fort, »so sickerte ja seit Jahren durch, wie es um die Sicherheitsdefizite des Schrottmeilers bestellt ist. Immer wieder berichteten Techniker nach Montagearbeiten von erheblichen Mängeln. Aber erst vor Kurzem fand ein Arbeiter den Mut, öffentlich über die Hintergründe zu sprechen, die in den vergangenen Jahren eine Panne nach der anderen ausgelöst hatten. Kostspielige Umbauten und Reparaturarbeiten wurden von Eskom systematisch verhindert. Der Mann berichtete, dass die Wartungscrew sich in mehreren Fällen geweigert habe, Arbeiten auszuführen, da sie sich unter den geltenden Umständen gezwungen sah, Pfusch abzuliefern. Die Leute meldeten sich lieber krank. Messungen wurden manipuliert oder der Aufsichtsbehörde erst gar nicht mitgeteilt. Die Atmosphäre unter den mit Planung, Montage und Inbetriebsetzung Beschäftigten, so die Zeugenaussage, sei durch Streit, Intrigen und Lügen vergiftet gewesen. Auch dies wurde und wird von Eskom vehement bestritten. Ebenso wie die Tatsache, dass die Stadt Kapstadt vor einigen Wochen nur äußerst knapp einem GAU entkommen ist, wie ein anonymer Koeberg-Mitarbeiter der Zeitung ›Saturday Star‹ anvertraute. In einem Generator wurde bei Wartungsarbeiten ein acht Zentimeter langer Bolzen gefunden. Das Werk stand kurz vor einer Kernschmelze. Der Vorfall war auf Sabotage zurückzuführen, wie selbst Südafrikas Energieminister zugeben musste. Mit den lokalen Behörden abgestimmte Notfallpläne zur Evakuierung der Bevölkerung aber bestehen bis heute nicht.

Inzwischen haben die Menschen jegliches Vertrauen in Eskom verloren. Sie glauben den gebetsmühlenartigen Dementis des Unternehmens nicht mehr. Was die Situation im Augenblick aber so brisant macht, ist die Tatsache, dass nach der Abschaltung des betroffenen Reaktors der zweite noch verbliebene Reaktor bereits sehr viel länger läuft, als es das Wartungsintervall vorsieht. Die Katastrophe ist praktisch programmiert, die Menschen wissen das. Und als wenn das noch nicht genug wäre, hatte die ebenfalls vor den Toren Kapstadts gelegene Produktionsanlage Pelindaba vor einem Monat ein Leck zu vermelden. Über hundert Mitarbeiter wurden radioaktiv verseucht, und zwar so schwer, dass sie den Unfall nicht überleben werden.

Die Frage, die wir uns angesichts dieser explosiven Lage zu stellen haben, lautet: Wie können wir Einfluss nehmen auf die Massendemo am Kap? Die Regierung von Südafrika, das wissen wir aus verlässlichen Quellen, überlegt, das Land für die Dauer der Demonstration unter Kriegsrecht zu stellen. Dann stünden eine Million aufgeheizter Demonstranten einer schwer bewaffneten Armee gegenüber. Ich wage mir gar nicht auszumalen, wie das enden könnte.«

Maeva begriff das Dilemma sehr wohl. Sie schaute die Herren der Reihe nach an. Anthony Burgess vermochte ihrem Blick nicht standzuhalten, als plage ihn ein schlechtes Gewissen. »Eines verstehe ich nicht«, sagte sie, um ein wenig Zeit zu gewinnen, denn allmählich begann sie zu ahnen, was man ihr abverlangte, »wie war es möglich, dass die Internationale Atomenergie-Organisation von den Missständen, die Sie eben geschildert haben, keine Kenntnis hatte?«

»Hatte sie«, antwortete Burgess und räusperte sich verlegen. »Grundsätzlich war unseren Kontrolleuren der marode Zustand von Koeberg bekannt. Das gilt auch für den Unfall in den Uranminen, nicht jedoch für den Zwischenfall in Pelindaba.«

»Dann verstehe ich nicht, warum Sie nicht rechtzeitig Konsequenzen gezogen haben«, erwiderte Maeva.

Burgess sah seine Kollegen an, dann gab er sich einen Ruck: »Korruption«, sagte er mit heiserer Stimme. Es klang, als würde er das Wort hervorwürgen. »Bestechung«, fügte er, jetzt, da es heraus war, fast erleichtert an. »Die Vizedirektoren unserer drei zuständigen Hauptabteilungen Kernenergie, Nukleare Sicherheit und Kernmaterialüberwachung waren allesamt von Eskom bestochen worden. Mit Millionensummen, und das über Jahre. Ob mein Vorgänger in dieses Schmierentheater eingebunden war, ist nicht bewiesen. Aber Sie können sich denken, dass ich kein leichtes Erbe angetreten habe. Umso wichtiger ist es nun, das ramponierte Image der IAEA wieder aufzupolieren.«

»Und dazu brauchen Sie mich …«

»Nein, nein, das machen wir schon selbst. Aber wie Brandstätter sagte: Es geht jetzt in erster Linie darum, ein Massaker zu verhindern. Wenn Sie sich beispielsweise bereitfänden, an der Spitze der Demo mitzumarschieren, um anschließend auf der geplanten Kundgebung zu den Menschen zu sprechen, ich glaube, dass sich das Militär dann dreimal überlegen würde, ob es die Versammlung mit Gewalt auseinandertreibt. Allerdings sollte es Ihnen schon gelingen, die Menschen von der Besetzung der Werksgelände abzuhalten.«

Maeva schüttelte ungläubig den Kopf. »Lassen Sie mich kurz rekapitulieren: Wenn ich Sie richtig verstanden habe, verlangen Sie von mir nichts anderes, als dass ich eine aufgebrachte Menge, deren Empörung nur allzu verständlich ist, mit ein paar warmen Worten daran hindern soll, ihrem Zorn den berechtigten Ausdruck zu verleihen. Und wir reden von einer Million Menschen, richtig?«

»Über den Daumen gepeilt, ja«, ließ sich Dr. Kiran Desai vernehmen, der froh war, auch einmal an die Reihe zu kommen.

Oh, bitte, dachte Maeva, komm mir nicht mit dem Gandhi-Beispiel!

»Sehen Sie«, fuhr der Inder fort, »Mahatma Gandhi hat doch vorgemacht, wie es geht, er hat einen ganzen Subkontinent von der britischen Kolonialherrschaft befreit. Völlig gewaltfrei, also genau in Ihrem Sinne. Ich meine, es gibt eine Menge Leute auf der Welt, die Maeva mit Gandhi vergleichen, der übrigens – Duplizität der Ereignisse – auch sehr erfolgreich in Südafrika gewirkt hat. Sie sind eine Ikone des gewaltlosen Widerstands geworden. Eigentlich sollten Sie es als Ihre Pflicht ansehen, unserem Ansinnen nachzukommen.«

»Der Kollege meint«, unterbrach Brandstätter diplomatisch, »dass wir uns überaus glücklich schätzen würden, wenn Sie sich bereit erklären könnten, in Südafrika Präsenz zu zeigen. Wenn überhaupt jemand die Situation entschärfen kann, dann sind Sie es, Maeva. Aber bitte, es ist Ihre Entscheidung…«

Maeva schwirrte der Kopf. Wie gerne hätte sie jetzt Cording an ihrer Seite gehabt. Cording wäre nicht stumm sitzen geblieben wie sie, er hätte das Ansinnen dieser jämmerlichen Bittsteller als das bezeichnet, was es war: als verkappten Anschlag auf ihr Leben. Man wollte sich ihrer bedienen, man wollte sie ins Feuer der Empörung schicken und spekulierte darauf, dass das angebotene Opfer ausreichte, um eine Katastrophe zu verhindern, die man selbst vorbereitet hatte. Sie brachten ihr die schwere Aufgabe wie ein verschnürtes Bündel, das sie zwar annehmen, aber nicht öffnen sollte. Cording hätte es ihnen an den Kopf geworfen, und obwohl sie seine direkte Art nicht immer für angebracht hielt, hätte es gutgetan, ihm dabei zuzusehen. Maeva spürte, wie sich eine unerträgliche Last auf ihre Seele zu legen begann, doch sie wusste, dass sie sich nicht verweigern durfte.

»Ich mache es«, sagte sie schließlich. Die Gesichter ihrer Besucher hellten sich auf. »Ich mache es unter folgenden Bedingungen. Erstens: Sie werden mich begleiten, alle drei. Und zwar an vorderster Front. Zweitens: Mr. Burgess wird den Menschen im Namen der IAEA verbindlich zusagen, dass sowohl Koeberg als auch Pelindaba unverzüglich den Betrieb einstellen.«

»Das mit Pelindaba wird sich machen lassen«, antwortete Burgess, »zwar würde Südafrika gegenüber China vertragsbrüchig werden, aber die fälligen Ausgleichszahlungen sind Sache des Betreibers. Die sofortige Schließung des AKW Koeberg jedoch würde gravierende Probleme aufwerfen. Immerhin bezieht die Millionenmetropole Kapstadt über ein Viertel ihres Energiebedarfs aus der Atomkraft.«

»Gut«, entgegnete Maeva, »dann sollen das diejenigen entscheiden, die vor Ort mit dem Kernkraftwerk leben müssen. Zwingen wir Südafrikas Regierung doch bei der Gelegenheit zu einer Volksabstimmung. Auf jeden Fall, Mr. Burgess, muss Ihre Organisation dafür sorgen, dass Koeberg so lange abgeschaltet bleibt, bis die Mängel seriös behoben sind. Sie, Herr Brandstätter, und Sie, Dr. Desai, kümmern sich darum, dass auch Vertreter der alternativen Energiewirtschaft in Kapstadt anwesend sein werden. Ich könnte mir vorstellen, dass es eine ganze Reihe multinationaler Konzerne gibt, die nur darauf warten, dass sich Südafrika aus den Fängen der Atom- und Kohlewirtschaft befreit. Wir müssen den Menschen am Kap Hoffnung machen, wir müssen sie bei dieser Veranstaltung auf den Geschmack bringen, sie eine bessere Zukunft *spüren* lassen!«

Maeva legte die Mappe mit den Unterlagen beiseite. »Wenn künftige Generationen auf unsere Zeit zurückblicken«, sagte sie und roch an der Orchideenblüte, die sie sich aus dem Haar genommen hatte, »sollen sie von einer Zeit des großen Wandels sprechen. Deshalb ist es unsere vornehmste Aufgabe, den Wandel konsequent vorzunehmen: von einer zerstörerischen industriellen Wachstumsgesellschaft zu einer Gesellschaft, die das Leben langfristig erhält. Ich bin sicher, dass die künftigen Wesen mit Dankbarkeit und Respekt an uns denken werden.«

Thomas Brandstätter fühlte sich von den letzten Worten Maevas wie betäubt. Er hatte ihre Rede in Sydney am Fernseher verfolgt, schon damals war ihr sanfter Predigerton auf ihn nicht ohne Wirkung geblieben. Aber sie direkt zu erleben war dann doch noch etwas anderes.

»Ich bin Ihnen noch ein Kompliment schuldig«, sagte er. Dann senkte er respektvoll den Kopf.

Als Cording, Shark und Steve am Abend aus Masdar zurückkehrten, fanden sie an der Rezeption eine Nachricht von Maeva vor, die sie dringend ersuchte, in ihrer Suite vorbeizuschauen. Cording folgte der Aufforderung sofort, während die Jungs zunächst duschen wollten.

Kaum dass Maeva die Tür geöffnet hatte, fiel sie ihm um den Hals. Sie begrüßte ihn wie jemanden, den man für verschollen gehalten hatte und der nun unversehens aufgetaucht war. Cording ließ sich ihre geschmeidige Umarmung gerne gefallen, fragte sich aber unwillkürlich, was sie zu einem derartigen Gefühlsausbruch bewegen mochte. Während er den betörenden Duft ihrer Haare inhalierte, entdeckte er über ihre Schulter hinweg einige tätowierte Gestalten, die sich lachend am Esstisch des vom Eingang einzusehenden Diningrooms niederließen. Da Maeva noch immer an ihm festhielt, konnte er sich nur ein unvollkommenes Bild von der Situation machen.

»Es sind Rudolfs Männer«, flüsterte Maeva. Sie löste sich aus der Umarmung und blickte ihn aus feuchten Augen an.

Cording vermochte ihren Gemütszustand nicht zu beurteilen. Weinte sie Freudentränen oder Tränen der Wut? Rührte sie die Tatsache, dass die URP ihr eine tahitianische Leibgarde zugeordnet hatten, oder witterte sie eine Finte? Er wusste um das angespannte Verhältnis zwischen Omai und Maeva. Es konnte also gut sein, dass sie vermutete, ihr Bruder würde sie bewusst unter Beobachtung stellen. Musste aber nicht sein.

Er legte Maeva den Arm um die Schulter und schlenderte mit ihr ins Esszimmer. Als Rudolf sie kommen sah, sprang er auf und drückte Cording zur Begrüßung seine mächtige Faust aufs Herz. Mein Gott, fühlte sich das gut an! Cording musste schlucken. Da stand er vor ihm, dieser tätowierte sanfte Koloss mit der Muschelkette um den Hals und sagte kein einziges Wort.

War nicht erforderlich. Die Tahitianer verstanden sich darauf, den kostbaren Momenten des Lebens Raum zu geben und sie nicht mit unnötigen Floskeln zu beschweren.

Cording nahm neben Maeva Platz, die der bunten Tafel an der Stirnseite vorsaß. Sie hatte sich gefasst und fühlte sich zunehmend wohler in der Runde ihrer Krieger, die sich gerne von dem kostbaren Champagner nachschenken ließen, den der Butler mit stoischer Grandezza servierte. Es wurde ein langer, feuchtfröhlicher Abend.

Kapstadt, 16. November 2028

Maevas Zusage an die Energieagenturen war leichtsinnig und birgt erhebliche Gefahren. Sie weiß das, deshalb will sie auch nicht darüber sprechen.

Von Anthony Burgess erfahren wir soeben, dass die Ödnis bei Milnerton, die sich wenige Kilometer westlich landeinwärts erstreckt, von den Behörden als Versammlungsort infrage gestellt wird. Der Stadtverwaltung von Kapstadt ist die Nähe zum Melkbosstrand, wo sich das Kernkraftwerk Koeberg befindet, anscheinend zu heiß geworden. Eine Ausweichmöglichkeit wurde den Demonstranten bisher nicht genannt. Es darf bezweifelt werden, ob dieses Verwirrspiel, das ganz offensichtlich darauf angelegt ist, die Protestwilligen zu verunsichern, klug ist. Sieht so aus, als ginge die Regierung bewusst auf Konfrontationskurs.

Shark berichtet, dass es in den letzten Tagen in der Region mehrere Anschläge auf unterirdisch verlegte Glasfaserkabel gegeben hat. Große Teile Südafrikas und Kapstadts sind vom Internet abgeschnitten. An Zufall mögen weder er noch ich glauben. Ohne das Internet sind die Menschen am Kap auf die konventionellen Medien angewiesen, die scheinen aber allesamt von der Atomindustrie gekauft zu sein. Das Militär kontrolliert bereits jetzt alle Ausfallstraßen. Ab Mitternacht gilt das Kriegsrecht, dann ist Kapstadt eine geschlossene Stadt. Der morgige Tag – ich kann ihn fühlen: Er ist schreiend laut und schmeckt nach Blut …

Die Kundgebung fand im Pelikan Park im Süden Kapstadts statt, einem fünfhundert Meter breiten, bis an den Ozean reichenden lang gezogenen Schlauch, eingeklemmt zwischen künstlichen Seen im Westen und der M 17 im Osten. Aus der Hubschrauberperspektive sah es aus, als hätte man die Demonstrationsmasse in eine rechteckige Kuchenform gegossen und am Rande der Stadt umgestülpt.

Cording verließ die Maschine als Erster. Maeva wurde von Rudolf und seinen Kriegern eskortiert, die ihr problemlos einen Weg durch die Pressemeute bahnten. In dem Rundzelt hinter der Bühne warteten Dutzende von Musikern, Tänzern und Rednern auf ihren Auftritt. Für Maeva hatte die IAEA ein eigenes Zelt im Schatten einer kräftigen Zeder reserviert. Die Bevorzugung war ihr unangenehm, und so gesellte sie sich zu jenen, die wie sie ungeduldig auf ihren Auftritt warteten.

Hinter der Plane herrschte eine angespannte Atmosphäre. Kaum einer der Anwesenden nahm Notiz von der tahitianischen Delegation, fast alle schauten auf die Videowand, auf der eine makabre Riege von Atomopfern zu besichtigen war, welche die Veranstalter gerade aufmarschieren ließen. Es handelte sich um Patienten aus den Hospitälern rund um Durban, die von Rotkreuzschwestern in Rollstühlen auf die Bühne geschoben wurden. Ihre Haut war knallrot, die Hälse so geschwollen, dass die Schultern direkt unter den Ohren begannen. Einer nach dem anderen berichtete über die Qualen, die er seit dem Unfall in den Uranminen auszuhalten hatte. Es handelte sich ausschließlich um Männer – Frauen traute man sich nicht vorzuzeigen.

Cording konnte nicht länger hinsehen. Aber aufstehen und gehen, das verbot sich, das wäre mit Sicherheit falsch verstanden worden. Also hörte er diesen beklagenswerten Kreaturen mit geschlossenen Augen zu, lauschte ihren seltsam ausgedünnten Fistelstimmen, die davon berichteten, wie ihre Körper bei lebendigem Leibe verwesten, wie sie nachts im Blut badeten, das ihnen aus sämtlichen Körperöffnungen drang.

Ein Musiker links von ihm ließ seine Bongos fallen, hielt sich den Magen und kotzte ihm vor die Füße. Cording fühlte sich erleichtert, als hätte der Mann sich auch für ihn übergeben. Die

Gespensterparade nahm inzwischen mühsam winkend Abschied von der Bühne, und Hunderttausende, die eben noch starr vor Entsetzen zugehört hatten, winkten gerührt Richtung der zahlreich aufgestellten Videoscreens, auf denen die Kollateralschäden der Atomindustrie überlebensgroß serviert worden waren.

Cording befürchtete, dass die Menge im Pelikan Park jeden Augenblick durchdrehte. Das Gegenteil aber war der Fall. Die Menschen verharrten wie gelähmt. Irgendwo in der unübersehbar weiten Menge hatten sie damit begonnen, die aktuelle Hymne des schwarzen Widerstands anzustimmen: MAMA AFRIKA.

Mama Afrika, wir lassen dich nicht länger leiden.
Mama Afrika, wir stehen hier zu deinem Schutz.
Mama Afrika, du bist ja einer von uns beiden.
Mama Afrika, denn du verdienst nicht diesen Schmutz!

Der rhythmische Gesang rauschte wie eine aus dem Ozean getretene Welle Richtung Bühne, auf der die Musiker sie nun aufnahmen und tausendfach verstärkt zurückwarfen. Die Menschen im Publikum fassten sich bei den Händen, sie spürten die Vibration des einen großen Körpers, zu dem sie während der letzten Minuten verschmolzen waren. Aber vielleicht war dieser Kurzschluss zu stark, jedenfalls löste sich der Bund nach der ersten Strophe wieder auf.

»Oh nein! NEIIIIIN!!!«

Es war Maeva, die diesen markerschütternden Schrei ausgestoßen hatte. Entsetzt fixierte sie einen Monitor nach dem anderen, als hoffe sie, einer Täuschung erlegen zu sein. Jetzt bemerkten es alle im Zelt. Cording, die verbliebenen Musiker, die Tänzer, die Gastredner, auch Shark, Steve, Burgess, Brandstätter und Dr. Desai. Auf der Zeekoevlei Road im Westen waren Truppen in Stellung gegangen. Ebenso auf der Strandfontein Road im Osten. Das Militär hatte die Demonstranten in die Zange genommen. Cording glaubte, Schüsse zu hören. Andere schienen das auch bemerkt zu haben. Plötzlich wurde es gespenstisch still im Zelt. Sämtliche Monitore waren schwarz geworden. Die Lautsprecheranlage funktionierte ebenfalls nicht mehr. Es drang nur noch ein hysterisches Geschrei ins Zelt, dazwischen vereinzelte Gewehrsalven.

Die Schockstarre dauerte nicht lange. Rudolf erkannte die Situation als Erster. Mit einem kurzen Kopfnicken wies er seine Männer an, Maeva in Sicherheit zu bringen. Sie protestierte energisch, aber dem Zugriff ihrer Krieger war sie nicht gewachsen. Tausendmal geübt. Vor allem hatten die Männer verinnerlicht, dass das Widerwort der zu schützenden Person nichts galt in Notfällen. Shark und Steve wurden ebenfalls energisch aufgefordert, sich Richtung Helikopter zu begeben. Cording folgte sowieso, das wusste Rudolf.

Als ihr Hubschrauber über die Zedernbäume hinweg in nördlicher Richtung davonstob, war das Unternehmen Südafrika gescheitert, hatte Maeva zum ersten Mal Bekanntschaft mit der Realpolitik machen müssen. Cording nahm ihre Hand. Sie gab den Druck zurück, sah ihn aber nicht an. Sie blickte aus dem Fenster. Unter ihr stoben die Menschen in panischer Angst in alle Richtungen davon.

»Wir fahren noch heute nach Koeberg, Shark«, unterbrach Maeva das betretene Schweigen. »Ich möchte mit dem AKW im Rücken einige Worte in die Kamera sprechen. Und ich möchte, dass diese Worte noch heute im Internet zu finden sind.«

Maevas Entschlossenheit ließ Cording frösteln. Wieder einmal wurde ihm bewusst, dass sein eigenes Leben trotz aller aufgestauten Empörung nichts weiter war als ein permanenter lauer Kompromiss, in dem er sich gut eingerichtet hatte mit den Jahren. Im Vergleich zu Maeva war er auf Mittelmäßigkeit programmiert. Er war mäßig engagiert, mäßig ehrgeizig, mäßig mutig, mäßig tolerant, mäßig verrückt und mäßig glücklich. Aus ihm sprach in der Tat die triumphierende Mittelmäßigkeit, die Hälfte seines Lebens hatte er wahrscheinlich flach geatmet. Er würde nie so brennen können wie diese Frau, deren Blick auf unerklärliche Weise weich wurde, wenn sie ihn ansah und die gerade dabei war, in ihrem Kopf eine eindeutige Kampfansage zu formulieren …

Shark fühlte sich extrem unbehaglich, als Maeva darauf bestand, so nahe wie möglich an die mit Stacheldraht und Glasscherben gespickte Monstermauer zu rücken, die das Kernkraftwerk Koeberg in einem Abstand von hundert Metern umschloss. Auch Steve versuchte ihr klarzumachen, dass es diese Nähe nicht brauchte, um den grauen Kasten mit den beiden Kuppeltürmen ins rechte Bild zu rücken. Man musste sich den martialisch aussehenden Sicherheitskräften auf den Wachtürmen nicht unbedingt in Schussnähe präsentieren. Rudolfs Männer sahen das ähnlich. Sie hatten sich durch Maevas energischen Einspruch dazu bringen lassen, den leiblichen Wall um sie herum aufzulösen. Sichtlich irritiert verfolgten sie den Auftritt ihrer Präsidentin nun aus dem Abseits.

»Liebe Menschenfamilie! Liebe Freunde in aller Welt!«, begann Maeva mit belegter Stimme. Verstohlen wischte sie sich die Augen und bat Steve darum, noch einmal anfangen zu dürfen. »Ich stehe hier vor dem Kernkraftwerk Koeberg, dreißig Kilometer westlich von Kapstadt«, hob sie nach einigen Minuten erneut an. Ihre Stimme verriet nun keinerlei Unsicherheit mehr, sie hatte sich gefangen. »Dieser Schrottmeiler ist das Symbol eines untergehenden, kannibalistischen Systems. Wie das System selbst ist er ineffizient und krank. Über eine Million Menschen haben vor wenigen Stunden im Pelikan Park gegen die weitere Nutzung der Atomkraft demonstriert. Junge Menschen, alte Menschen, Kinder und Greise. Sie wurden von der Armee dieses überforderten Staates ohne Vorwarnung in die Zange genommen. Es wurde auf sie geschossen. Die genaue Zahl derer, die dieser provozierten Massenpanik zum Opfer fielen, steht noch nicht fest. Wie ich inzwischen erfahren habe, sollen es weit über dreitausend sein. Lasst uns dieser Menschen an dieser Stelle gedenken. Sie hatten den Mut, gegen die Tyrannei einer abgewirtschafteten, verantwortungslosen und machtgierigen Clique aufzustehen, und zahlten mit ihrem Leben dafür. Sie starben für uns …«

Maeva winkte ihre Leibwächter heran, die sich mit ihr in einer Reihe aufstellten. Auch Shark reihte sich ein. Hinter dem

Reaktorblock 1 stieg ein Werkshelikopter auf und verharrte in zwanzig Meter Höhe mit schmatzenden Rotorblättern in der Luft, während am Boden die Hunde losgelassen wurden, deren heiseres Gebell entlang des Zauns der stillen Andacht jedoch nichts an Würde nehmen konnte. Im Gegenteil, vor dem sattsam bekannten Lärm der Welt wohnte Maevas Moment der Besinnung ein majestätischer Zauber inne.

Schließlich entfernten sich die Krieger wieder nach beiden Seiten, und Maeva schaute erneut in die Kamera: »Ich glaube, dass mir erst heute so richtig bewusst geworden ist, wie seelenlos und brutal das multinational agierende Management auf Veränderung reagiert«, sagte sie. »Ich hätte es wissen sollen. Wir alle sollten es wissen: Der ungezügelte Kapitalismus hat als Ersatzreligion ausgedient, er zerstört sich gerade selbst. Es liegt in der Natur eines auf Gewalt und Ausbeutung basierenden imperialistischen Systems, dass es sich die Tyrannei, die es anderen auferlegt hat, am Ende selbst auferlegen muss.«

Maeva winkte ab und hielt sich die Ohren zu. Der Helikopter umkreiste ihre kleine Gruppe zum wiederholten Mal in niedriger Höhe und zwang die vom ständigen Seewind gebeugten Bäume, unter denen sie Schutz gesucht hatten, noch weiter in die Knie. Shark hielt es nicht länger aus, er stürmte aus seinem Versteck auf die offene Wiese und hielt dem fotografierenden Kopiloten tanzend und feixend den Stinkefinger entgegen. Als nun auch Steve aus der Deckung kam und das Cockpit in den Fokus seiner Kamera nahm, drehte der Hubschrauber bei.

Maeva wischte sich die Haare aus dem Gesicht, stellte sich in Positur und setzte auf Steves Zeichen hin ihre Rede fort: »Wir müssen jetzt handeln«, rief sie, als würde die Lärmschleppe des Helikopters noch über ihr liegen. »Radikaler und schneller, als wir es uns vor einigen Jahren noch vorstellen konnten. Ich will und werde den Traum nicht aufgeben, dass wir gemeinsam zurückfinden zu einem Verständnis, das nicht nur uns selbst, sondern auch unserer Mitwelt nützt. In verschiedenen Ländern und insbesondere in den Regionen der URP gibt es inzwischen viele fortschrittliche Initiativen. Die Wertschätzung und der Zulauf, den die URP allein in meiner Amtszeit erfahren haben, ist riesengroß und zeigt, dass es ein ausgeprägtes Bedürfnis nach sozialer Gerechtigkeit, nach innerem und äußerem Frieden sowie nach einer wirklichen Aussöhnung mit der Natur gibt. Es ist Zeit, dass wir diesem Bedürfnis Rechnung tragen: durch eine Magna Charta der Ökologie. In ihr werden die URP die Eckpfeiler ihrer Politik formulieren, welche in Zukunft für alle Regionen gelten sollen, die sich uns bereits angeschlossen haben oder sich uns noch anschließen wollen. Die Bedingungen für eine Mitgliedschaft in den URP werden in einer neu zu formulierenden Satzung klar definiert sein. In dieser Satzung werden praktische Forderungen festgeschrieben, die es für jedes Mitglied zu erfüllen gilt. Ein wesentlicher Aspekt wird sein, am Eingang der wirtschaftlichen Produktionsprozesse die Weichen so zu stellen, dass alles, was hergestellt wird, letztendlich in den Kreislauf der Natur zurückkehrt. Was nicht in die Wirtschaft hineingeht, kann auch nicht als Abfall, Einleitung oder Emission herauskommen.

Ihr seht also, liebe Freunde, wir müssen von Grund auf neu denken und überdenken. Wir dürfen uns nicht länger mit systemimmanenten Reparaturarbeiten begnügen, die sich bisher doch nur als Selbstbetrug herausgestellt haben. Es geht jetzt darum, unsere gesamte Lebensweise neu zu definieren, es geht darum, Abschied zu nehmen von unseren bisherigen materiellen Bedürfnissen. Eine Herkulesaufgabe, ich weiß. Aber wenn wir uns die Bedingungen nicht selbst stellen, werden sie uns in sehr viel härterer Form demnächst von der Natur diktiert. Dann hätten wir überhaupt keine Chance mehr, auf Dinge Einfluss zu nehmen, die uns gerade aus dem Ruder laufen. Die Lage ist dramatisch, machen wir uns nichts vor.

Als absolutes Tabu in den Mitgliedsregionen der URP gilt in Zukunft der Ge- und Verbrauch von Erdöl, Kohle, Atomkraft und künstlich produzierten chemischen Verbindungen. Beton ist als Baustoff ebenfalls unerwünscht. Genmanipulationen an Pflanzen, Tieren oder Menschen verbieten sich von selbst. Dies und jedes andere Detail, das die URP in Zukunft zur Bedingung einer Mitgliedschaft machen, wird von unseren Gremien in allernächster Zeit formuliert und mitgeteilt werden. Natürlich werden unsere Gegner dieses Konzept zu verteufeln versuchen, man wird uns vorwerfen, dem Fortschritt im Weg zu stehen, weil wir wesentliche Errungenschaften der Zivilisation in Zweifel ziehen.

Lasst euch nicht irremachen. Wir schlachten keine heiligen Kühe, wir schlachten Bestien, die zu heiligen Kühen stilisiert wurden. Die Börsen zum Beispiel, wir schließen sie. Ihre mediale Dauerpräsenz sollte uns glauben machen, sie seien für die Wirtschaft so unverzichtbar wie das Wasser für den Ackerbau. Dabei dienen sie, um im Bild zu bleiben, in erster Linie dazu, das Wasser an einer Stelle zu konzentrieren, anstatt es breitflächig zu verteilen. Zum Wohle weniger. Es geht an den Börsen nicht darum, die Realwirtschaft mit Kapital zu versorgen, es geht darum, sich auf Kosten der Allgemeinheit mit komplizierten Wetten gesundzustoßen. Wie pervers die Börsengeschäfte in der Regel ablaufen, beweist die Tatsache, dass es den Aktienmärkten nie besser geht als in Zeiten von Krieg und Terror. Wir machen Schluss damit, wir lassen nicht länger mit uns spekulieren.

Unsere Neuorientierung betrifft das gesamte Geldwesen. Wir haben es zugelassen, dass sich das Kapital auf aberwitzige Weise vermehrt, wobei der unermessliche Reichtum sich auf nicht einmal zehn Prozent der Bevölkerung konzentriert hat, während die restlichen neunzig Prozent an ihren Schulden zu ersticken drohen. Wir werden das Geld nicht abschaffen, wie uns immer wieder unterstellt wird. Aber wir werden dem Geld seinen Jokervorteil nehmen. Wir lassen es nicht zu, dass Geld gehortet wird. Wir lassen es nicht zu, dass der Geldfluss von einer Insiderclique spekulativ ausgebremst wird. Wir werden das Geld wieder zirkulieren lassen. Es wird wie Blut durch die Adern unserer Wirtschaft fließen und sämtliche Organe mit dem nötigen Sauerstoff versorgen. Auf diese Weise beugen wir dem Kollaps vor, der von den Profiteuren des alten Systems bedenkenlos in Kauf genommen wurde.

Ein weiterer und letzter Punkt, den ich an dieser Stelle erwähnen möchte, ist die neue Bodenordnung, die wir unseren Mitgliedern ans Herz legen. In Polynesien fahren wir extrem gut damit. Die Idee, die hinter unserer Bodenreform steht, ist so einleuchtend wie vernünftig: Das Land gehört allen Menschen, es darf der Allgemeinheit nicht abgekauft werden. Es wird dem Einzelnen lediglich zur Nutzung überlassen. Vom erwirtschafteten Gewinn profitiert dann die ganze Gemeinschaft. Bisher lebten wir in einer Gesellschaft, die die Zerstörung der Erde belohnt. Die URP tun genau das Gegenteil: Sie belohnt den Erhalt und die Vermehrung von Lebensgrundlagen und nicht deren Zerstörung.

Die URP umfassen inzwischen einhundertdreiundzwanzig Regionen. Wir sind eine Macht geworden auf diesem Planeten, wir sind herausgewachsen aus unserem Namen. Darum benenne ich die *United Regions of the Pacific* um in *United Regions of the Planet.* Ich lade jede Region der Welt ein, unserer Organisation beizutreten, unabhängig davon, ob sie Teil eines Nationalstaates ist oder nicht. Die Staatengebilde sind seit Langem überfordert. Es ist daher das gute Recht einer jeden Region, ihren eigenen überzeugten Weg zu gehen. Wo immer ihr mir jetzt also zuhört: Kommt zu uns, liebe Freunde, wir brauchen jeden Einzelnen von euch, es gibt viel zu tun …«

Maeva stand noch eine Weile wie angewurzelt da. Es war still geworden am AKW Koeberg. Selbst die Hunde hielten für einen Augenblick die Schnauze.

29. November 2028

Unsere Reise hat ihre Unschuld verloren. Die dreitausend Toten aus dem Pelikan Park waren direkt vor unseren Augen gestorben, ohne dass Maevas Gegenwart daran etwas hätte ändern können. Entsprechend deutlich fiel ihr Statement am Melkbosstrand aus. Welch ein Unterschied zu ihrer Antrittsrede in Sydney! Die Intention war die gleiche, aber ihr Ton war fordernd geworden. Und als hätte sie das Statement vor dem Atomkraftwerk noch nicht zufriedengestellt, schob sie heute eine Erklärung im Internet nach. Darin verlangt sie nichts weniger, als dass die internationale Elite der Kritiker und Verweigerer des gegenwärtigen Weltsystems mit den Regionen der URP in eine Koalition treten sollte. Damit wären erstmals auch die indigenen Völker mit den privilegierten Schichten der dominierenden Gesellschaft vereint – im gemeinsamen Kampf gegen den Krebs der Industriegesellschaft. Gleichzeitig erinnerte sie zum wiederholten Male an das Naturverständnis unserer Vorfahren, mit dessen Hilfe der gegenwärtigen Krise wirkungsvoll begegnet werden könnte.

Ich bin sicher, dass sie mit unseren Vorfahren nicht die marodierenden Horden Europas gemeint hat, die nur deshalb in gesunder Natur leben konnten, weil sie keine Motorsägen hatten. Nein, sie bezog sich auf ihr eigenes Volk und auf die Tabus, die bis zum Eintreffen der Europäer auf Tahiti gegolten hatten. Indem das Tabu von Häuptlingen oder Priestern über Waldgebiete, Pflanzen oder Fischfanggründe verhängt werden konnte, war es ein wesentliches Ordnungsmittel im sozialen und wirtschaftlichen Leben. Diese Treuhänderschaft, so Maeva, gelte es auf der ganzen Welt auszuüben, und zwar ohne jedes persönliche Verfügungsrecht.

Ist Maeva eigentlich bewusst, dass sie mit ihrem Appell an die Regionen dieser Welt, sich den URP anzuschließen, offen dazu aufgerufen hat, sich von den jeweiligen Nationalstaaten zu distanzieren, in die man bis dato eingebunden ist? Warum sie diesen Nebenkriegsschauplatz eröffnet hat, ist mir nicht klar. Als ob ihr der offene Zoff mit der Atomindustrie nicht gereicht hätte. So ganz nebenbei hat sie es sich auch noch mit dem mächtigen Chemie- und Saatguthersteller GENius verscherzt, indem sie der Gentechnologie kurzerhand den Zugriff auf die Territorien der URP untersagte. Sie sammelt hochkarätige Feinde wie Trophäen, und offensichtlich hat sie Spaß daran …

Ihre Rede vom Melkbosstrand war weniger ein moralischer Appell als vielmehr ein Versprechen. Für jedes Problem, so Maevas Botschaft, liegt bereits eine saubere ökologische Lösung parat, egal auf welchem Gebiet! Sie versprach, dass die URP an der Lösung der Probleme, wo immer sie auftauchen und welcher Art sie auch immer sein mögen, praktisch mitwirken würden. Ihr Versprechen kann jederzeit eingelöst werden, denn die Flut an Spezialisten, die sich in den letzten Mona-

ten aus den Laboren multinationaler Konzerne verabschiedet haben, um sich in den neu gegründeten Instituten der URP ausschließlich der ökologischen Grundlagenforschung zu widmen, steigt unablässig an. Selbst am renommierten Massachusetts Institute of Technology (MIT) in Boston ist der Aderlass an Wissenschaftlern unverhältnismäßig hoch, seitdem einige der ganz Reichen dieser Welt unverhohlen ihre Sympathie für die URP bekundet haben und für die entsprechenden Ausgleichszahlungen sorgen. Einer dieser Herrschaften ist der öffentlichkeitsscheue Malcolm Double U, der mit »World Warrior« das mit Abstand beliebteste Computergame der Welt erfunden hat. Steve war süchtig danach auf Tahiti. Das »Rainbow Tank« genannte Spieleimperium des Malcolm Double U hat bis heute geschätzte zweihundert Milliarden Dollar Gewinn erwirtschaftet. Der Mann ist gerade mal 38 Jahre alt! Immerhin scheint er zur Besinnung gekommen zu sein. Die Gelder, die seine Spiele abwerfen, investiert er in großflächige Landkäufe, vor allem in Argentinien und Chile. Auf diese Weise entzieht er der Industrie den Zugriff auf Landschaften, die ohne ihn garantiert verloren gingen. Der Mann hat sich letzte Woche bei uns gemeldet und Maeva ein Treffen in Südamerika vorgeschlagen. Soweit ich es verstanden habe, will er eine Allianz der Superreichen schmieden, um die URP in ihrem Kampf gegen die Global Player finanziell zu unterstützen.

Morgen haben wir einen anstrengenden Flug vor uns. Es geht nach Bolivien, wo sich die Zukunft der Hightechgesellschaft entscheidet.

Der Empfang war überwältigend, als die drei Geländewagen auf dem »Platz der Lasttiere« vorfuhren. Die zwölftausend Einwohner der Stadt Uyuni im südlichen Teil des bolivianischen Altiplano waren fast vollständig versammelt, als Maeva und ihre zehnköpfige Begleittruppe in dem verschlafenen Kaff eintrafen, das über Nacht zu Weltruhm gelangt war. Auf dem Weg vom Uhrenturm zum nahe gelegenen Rathaus hatten Rudolf und seine Männer erhebliche Mühe, die begeisterte Menge im Zaum zu halten. Gegen die zahlreichen Kinder, die das Spalier der Erwachsenen immer wieder unterliefen, indem sie einfach durch deren Beine schlüpften, waren sie machtlos. Die Kleinen schienen das Spiel zu genießen, das wohl darin bestand, die »Frau« (Mujer!) einmal kurz zu berühren, um dann feixend in der Menge zu verschwinden. Die Überfälle der aufgedrehten Kobolde gelangen so gut, dass selbst Maevas Leibwächter Beifall klatschten, was die allgemeine Heiterkeit noch steigerte.

Der große Saal des Rathauses war bis auf den letzten Platz besetzt. Etwa dreihundert Vertreter der Chiquitano, Guaraní und Moxeño erhoben sich von den Sitzen, als die URP-Vorsitzende eintraf. Ihr andauernder Protest gegen den Lithiumabbau auf dem Salar de Uyuni hatte in den letzten Monaten international für Aufsehen gesorgt. Unterstützung fanden sie kaum, nicht einmal im eigenen Land.

Maeva nahm neben den Gewerkschaftssprechern auf dem Podium Platz, während Steve seine Kamera seitlich am Fenster aufbaute. Cording verdrückte sich in die letzte Reihe. Nachdem die Begrüßungsworte gesprochen waren, erhob sich der Bürgermeister von Uyuni, ein wettergegerbter kleiner Mann mit einer heiseren Stimme. Er erinnerte daran, dass Boliviens Bodenschätze seit den Tagen der spanischen Conquistadores systematisch ausgebeutet worden waren, ohne dass die einheimische Bevölkerung den geringsten Nutzen davon gehabt hatte. In den Bergen von Potosí, also praktisch um die Ecke, sei so viel Silber abgebaut worden, dass man mit dem Edelmetall bequem eine Brücke über den Atlantik hätte bauen können. Ein beeindruckendes Beispiel, wie Cording fand. Auch an den Gas- und Eisenerzvorkommen hätten ausschließlich Fremde verdient, von einer kleinen korrupten Clique im eigenen Land einmal abgesehen.

»Wir können nicht zulassen, dass sich eine derartige Ungerechtigkeit wiederholt!«, rief er zum Schluss und erntete lang anhaltendes, zustimmendes Gemurmel.

Der nachfolgende Redner verwies auf die bolivianische Verfassung, in der die territoriale Selbstbestimmung der indigenen Völker vor neunzehn Jahren festgeschrieben worden war. »Gemäß Artikel 30 müssen wir in unseren Gebieten an der Ausbeutung der natürlichen Ressourcen beteiligt und vorher angehört werden. Aber passiert das so?«, fragte er, um sich gleich darauf selbst zu antworten. »Nein! Natürlich nicht! Wieder wird über unsere Köpfe hinweg entschieden! Einen solchen Verfassungsbruch können und wollen wir nicht dulden!«

Wieder nickten dreihundert Köpfe im Takt, getragen von diesem kräftigen Gemurmel, das an die Geräusche in einem Bienenstock erinnerte.

Der dritte Sprecher zitierte einen anderen Punkt aus der Verfassung. Punkt 10. Dieser sprach den Menschen Boliviens das Recht zu, in einer sauberen Umwelt zu leben. »Der ökologische Aspekt wird in der Debatte bisher ja völlig ausgeklammert!«, empörte er sich. »Unsere Regierung will uns weismachen, dass es sich bei dem Lithium um eine saubere Energiequelle handelt, die auch sauber abzubauen ist. Aber bislang ist völlig unklar, was der massenhafte Abbau anrichten kann. Wir brauchen doch nur nach Argentinien und Chile zu schauen. Dort wird ebenfalls Lithium abgebaut, wenn auch in sehr viel geringeren Mengen, als es bei uns geplant ist. Trotzdem leiden die Menschen in der direkten Umgebung an Atembeschwerden, Augen- und Hautreizungen. Davon erzählt uns natürlich keiner etwas! Nein, Leute, unsere Regierung ist nicht nur dabei, mit dem größten Salzsee der Welt ein einzigartiges Naturerbe zu zerstören, sie will uns auch die Existenzgrundlage rauben! Die Touristen, von denen wir leben, werden sich die Industriekloake, in die man unseren See verwandeln will, sicher nicht mehr anschauen wollen.«

Cording war nicht sonderlich überrascht, dass diese kämpferische, auf den Naturschutz bezogene Rede viel weniger Zustimmung fand als alle vorangegangenen und folgenden Appelle, die darauf abzielten, die indigene Bevölkerung, vor allem die Lamazüchter und Bauern am Rande des Sees, an dem zu erwartenden Milliardengeschäft angemessen zu beteiligen. Die dreihundert im Rathaus von Uyuni versammelten Frauen und Männer vertraten sechzigtausend Menschen in dreihundert Gemeinden, die nichts weniger als eine hundertprozentige Kontrolle über das Konsortium verlangten, das die staatliche

Bergbaugesellschaft COMIBOL nach Jahren des Zögerns mit dem französischen Unternehmen Bolloré, den japanischen Konzernen Sumitomo und Mitsubishi sowie dem koreanischen Bergbauunternehmen Kores vor einem Monat gegründet hatte.

Mit dieser durch die Verfassung abgesicherten Forderung brachten sie die bolivianische Regierung, die sich bis vor Kurzem noch standhaft geweigert hatte, Exklusivrechte an ausländische Unternehmen zu vergeben, gehörig in Bedrängnis. Cording fand es bemerkenswert, wie lange und entschieden die Regierung in La Paz dem Drängen und Werben multinationaler Konzerne widerstanden hatte. Bedeutende Unternehmen aus Russland, Indien, Deutschland und den USA standen seit Jahren für eine Förderlizenz Schlange. Die moderne Industriegesellschaft lechzte nach dem Stoff. Ihr Überleben hing davon ab. Lithium wurde in der Medizin, in Fusionsreaktoren, in der Luft- und Raumfahrttechnik sowie in der elektronischen Kommunikationsbranche (Computer, Mobiltelefone) benötigt. Die sukzessive Umstellung der weltweiten Autoflotte auf Hybrid- oder Elektroantrieb aber hat die Nachfrage explodieren lassen. Ohne die bolivianischen Reserven war der Bedarf an Lithiumbatterien und Ionenakkus bald nicht mehr zu decken. Das Gejammer der Autokonzerne war für Cording nicht nachzuvollziehen. Es gab Alternativen. Algen- und Zuckerbatterien waren längst serienreif. Geschätzte sieben Millionen Tonnen des begehrten Leichtmetalls glaubte man aus dem Salar de Uyuni gewinnen zu können, das waren achtzig Prozent der Weltvorräte. Bolivien könnte sich schlagartig aus der Armut befreien.

Welch eine Versuchung, dachte Cording, und welch eine Leistung, ihr so lange widerstanden zu haben. Soviel ihm bekannt war, fuhr die Regierung in La Paz noch immer einen gemäßigten Kurs. »Partner, nicht Herren!« – so lautete das Regierungsmotto für die Zusammenarbeit mit ausländischen Unternehmen. Der Energieminister, den Maeva morgen in dem Salzhotel auf dem Salar treffen würde, hatte zum Unmut der europäischen und amerikanischen Autoindustrie gerade bekräftigt, dass Bolivien lediglich eine Produktion von eintausend

Tonnen pro Monat anstrebe. Damit wäre man auf dem Salar dann die nächsten einhundertfünfzig Jahre beschäftigt. Die Umwelt bliebe einigermaßen intakt, und die Lebensqualität der Menschen würde sich langsam, aber stetig zum Besseren wenden.

Die Wortbeiträge kamen jetzt vornehmlich aus dem Publikum, wobei die Redner nichts Neues beizutragen hatten, sie ergriffen lediglich Partei. Es war klar, dass es zwei Lager gab. Auf der einen Seite das Gros derer, die sich nicht abkoppeln lassen wollten von dem Geschäft, egal wie es betrieben wurde. Auf der anderen Seite das Häufchen derer, die das Wohlstandselend und damit die kulturelle Entwurzelung der indigenen Bevölkerung kommen sahen. Sie wurden nicht freundlich angehört.

Cording war froh, als das nutzlose Palaver ein Ende fand. Maeva hatte sich zu Wort gemeldet, und plötzlich summte keine Biene mehr im Stock.

»Eigentlich«, begann sie, »hatte ich mir euer Problem anders vorgestellt. Ich bin nicht gekommen, um euch in dem zu bestärken, was die Menschheit an den Rand ihrer Existenz gebracht hat: die Gier nach Geld. Aber ich kann euch versprechen, dass ich für eure Rechte kämpfen werde. Ihr sollt beteiligt werden, und zwar so, wie es eure Verfassung vorschreibt. Es ist eine gute Verfassung, und eure Regierung ist eine gute Regierung. Sie hat es bisher verstanden, euer Land dem Zugriff multinationaler Konzerne zu entziehen. Diese Politik hat meine volle Anerkennung. Und wenn eben in dem einen oder anderen Beitrag Bedenken gegen das Konsortium laut geworden sind, das unter Führung der staatlichen Bergbaugesellschaft COMIBOL gegründet wurde, so solltet ihr daran denken, dass euer Lithiumschatz auf ewig im Salar de Uyuni schlummern würde, wenn es nicht gelungen wäre, sich den Beistand des Auslandes zu sichern. Bolivien hat keine Erfahrung mit der Herstellung von Lithium, es braucht die Technologie aus dem Ausland, sonst könnte das Lithium weder gefördert noch im eigenen Lande weiterverarbeitet werden. Der französische Mischkonzern Bolloré ist Teil des Konsortiums geworden. Er verfügt über das nötige Know-how und wurde mit Bedacht ausgewählt. Bolloré hat eure Regierung jahrelang und kostenlos beraten. Zum Einstieg hat Bolloré nun eine Milliarde US-Dollar in das Lithiumprojekt investiert. Die gleiche Summe wurde von den Japanern und Koreanern zur Verfügung gestellt. Das ist die doppelte Summe dessen, was Bolivien zum Aufbau einer eigenen Lithiumindustrie benötigt. Euer Land verfügt also jetzt über das notwendige Startkapital, um einen gemäßigten Abbau in Angriff zu nehmen und die Menschen dieser Region angemessen zu beteiligen.«

Cording war verblüfft von Maevas Ausführungen, das klang ja, als hätte die bolivianische Regierungssprecherin das Wort ergriffen.

»Wie ihr wisst«, sagte Maeva, »treffe ich morgen im ›Hostel de Sal‹ mit Energieminister Ernesto Mastretta zusammen. Außerdem wird der Leiter der Abteilung Grundmetalle von Mitsubishi zugegen sein. Ich werde die Herren mit Nachdruck daran erinnern, dass laut bolivianischer Verfassung ein nicht unbeträchtlicher Teil des zur Verfügung stehenden Startkapitals unter den Gemeinden am Rande des Salars aufzuteilen ist. Die entsprechende Bereitschaft wurde mir bereits signalisiert.«

Maevas letzte Worte wirkten erlösend auf die Indios, als sei ihnen soeben der Schorf des Zweifels von der Seele gekratzt worden.

»Ihr werdet demnächst genügend Mittel zur Verfügung haben, um die Infrastruktur eurer Gemeinden zu verbessern. Schulen, Krankenhäuser, Straßen, Kraftwerke, auch Telekommunikation – das alles wird schon sehr bald zu finanzieren sein. Seid dankbar dafür und nutzt die Chance. Auf keinen Fall dürft ihr den Fehler begehen, auf ausgetretenen Pfaden in die Zukunft zu stürmen. Denkt nachhaltig, vergesst Beton und Asphalt, baut auf nachwachsende Rohstoffe, setzt auf Wind- und Sonnenenergie, verzichtet auf Pflanzenschutzmittel und genmanipuliertes Saatgut, das man euch mit Sicherheit anzudrehen versucht. Verzichtet auch auf die vielen überflüssigen Produkte der Pharmaindustrie, und vertraut auf die Segnungen, welche Mutter Erde seit jeher bereithält. Vor allem lasst euch nicht gegeneinander ausspielen. Behandelt die Natur mit Respekt, dann wird sie euch mit innerem und äußerem Reichtum beschenken. Dann werdet ihr einsehen, dass man dem Salar de Uyuni nur solche Wunden zufügen darf, die er auch verkraften kann. Die Welt schaut auf euch, gebt ihr ein gutes Beispiel. Ich danke euch, oder wie wir Tahitianer sagen: Mauruuru roa…!«

Einige Sekunden blieb es gespenstisch still im Rathaus von Uyuni, dann hatten die Menschen verstanden und begannen zu klatschen.

Das »CRISTAL« auf dem Salar de Uyuni war ein flacher, einstöckiger Gebäudekomplex, vollständig aus Salzblöcken gebaut. Das gesamte Mobiliar war aus Salz: Tische, Stühle, Regale, der Frühstückstresen, ja selbst die Betten. In die konvexen, mit Oberlicht versehenen Decken der siebenundzwanzig Doppelzimmer waren Stützbalken eingelassen, und in die Stirnwände hatten lokale Künstler prächtig ausladende Reliefs mit exotischen Tiermotiven ins Salz gemeißelt. Wüstenfüchse vor Kakteen, Rad schlagende Pfauen, auf Gipfeln balancierende Gämsen, pirschende Pumas und grazile, auf die Schlafenden herabsehende Flamingos – allesamt Archetypen der Aymara-Astrologie. An den Wänden des kleinen, an eine Puppenstube erinnernden Raums, den Maeva und Cording bewohnten, stoben Dutzende von Vögeln auf. Die Regierung in La Paz hatte das Hotel für drei Tage angemietet, damit die Gespräche mit der URP-Vorsitzenden ungestört verlaufen konnten.

Cording sortierte seine Sachen in den Schrank und machte sich auf den Weg in das runde Restaurant im Zentrum der Anlage, wo Maevas Begleitmannschaft zum gemeinsamen Abendessen verabredet war. Er hatte Mühe, den richtigen Weg zu finden, aber die Wanderung durch das Salzlabyrinth war aufregend. Schließlich gelangte er in einen Kuppelraum, in dem zwei Bänke zur Rast einluden. Auf einer der Bänke saß Shark, der sich zuvor ebenfalls orientierungslos im Kreis gedreht hatte. Gemeinsam rätselten sie, welcher der drei Gänge, die hier mündeten, wohl der Richtige sei. Besondere Eile hatten sie nicht. Es erging ihnen wie allen, die dieses Refugium betraten: Sie fühlten sich in eine Märchenwelt versetzt, glitzernd und mysteriös.

»Ich hab ne richtige Suite abgekriegt«, sagte Shark. »Sind bei euch auch so viele Blumen auf dem Zimmer?«

Blumen? Nein. Cording schüttelte den Kopf.

Rudolf und Maeva kamen vorbei und nahmen sie ins Schlepptau. Der tahitianische Krieger hatte natürlich keine Orientierungsschwierigkeiten, er ging einfach dem Lachen nach, das sich aus der Resto-Bar in alle Winkel verstreute, und führte sie sicher ans Ziel.

Das Essen verlief in einer lockeren, fröhlichen Atmosphäre. Als Vorspeise hatten sie die Locro, eine Reissuppe mit geschnetzelten Hühnchen und Bananen. Anschließend wurden Fleisch- und Gemüsepasteten serviert. Zum Schluss gab es die Nationalspeise Pacamutu, ein Reisgericht mit gegrilltem Rindfleisch, frittierter Yuca und Käse. Eigentlich hätte Cording gewarnt sein müssen. Sie befanden sich in dreitausendsiebenhundert Meter Höhe, und ähnlich wie in Bhutan und Tibet hatte sich auch die bolivianische Küche den Erfordernissen im Hochgebirge angepasst. Sie war reich an Kohlehydraten und extrem scharf gewürzt. Er hätte zumindest probieren sollen, bevor er zu der Flasche griff, die zum Nachwürzen auf dem Tisch stand. Hatte er nicht. Und so sprang er nach dem ersten Bissen wie von der Tarantel gestochen auf und kurvte nach Luft schnappend kreuz und quer durch den Raum. Die Nummer war bemerkenswert. Selbst das Küchenpersonal konnte vor Lachen kaum an sich halten, als der merkwürdige Gast die Tür aufriss und in die Kälte stürmte, um seinen brennenden Atem zu vereisen.

Okay, dachte er, als er schließlich tränenden Auges zurückkehrte, jetzt bist du die Lachnummer des Abends. Als solche musste man sich einiges gefallen lassen. Seinen Teller schob er beiseite, bediente sich stattdessen an den warmen, luftgetrockneten Chuños, die sich – gut gekaut – wie Samt auf die immer noch gereizte Speiseröhre legten. Dass ihm jedes Mal einer mit der Würzsauce zuprostete, sobald er diese köstlichen Kartoffeln in den Mund nahm, fand er nur bedingt lustig, aber so waren die Jungs: gnadenlos. Maeva amüsierte sich ebenfalls, sie lachte sogar am lautesten, wenn die Gelegenheit gekommen war. Offenbar traute man ihm eine Menge Galgenhumor zu, aber der große Quetzalcoatl war Zeuge, dass dem nicht so war. Der große Quetzalcoatl riet ihm auch zum Mate de Coca, als die Getränke gefragt waren … Der Tee verfehlte seine anregende Wirkung nicht.

»Gehen wir ein wenig spazieren?«, fragte Cording Maeva. »Ich brauch das jetzt. Coca-Tee und Vollmond, das ist einfach zu viel der guten Energie …«

Maeva war einverstanden und ging ihm voraus. Vor ihnen lag ein silbern glänzender, kristalliner Ozean, steinhart gefroren und eingefasst von den Bergen und Vulkanen der Anden, die sich scharfkantig gegen den Sternenhimmel abzeichneten. Das Knirschen unter ihren Füßen war das Einzige, was sie in dieser eisigen Nacht hörten. Sie folgten ihren Schatten, die sich jetzt, da Maeva ihren Kopf an seine Schulter lehnte, zu einem wunderbaren Scherenschnitt fügten. Alles um sie herum war nacktes, abstraktes Universum. Alles war so ungeheuerlich viel, so voller abgeklärter, strahlender Dunkelheit und so kalt. Cording legte seinen Arm um Maevas Taille. Ohne sie habe ich nichts mehr, dachte er. Er beobachtete das Schattenpaar, das ihren Füßen entsprang. Er blieb stehen, zog die Schultern hoch und richtete den Kragen auf. Am Horizont schimmerten schwach die Lichter des Hotels. Über ihnen erklomm der schräge Orion die Barrikade der Berge. Gegen das Mondlicht sah Maeva aus, als hätte man sie in eine Gloriole gewickelt. Er führte ihren Kopf an seine Stirn. Sein Herz pumpte das Blut so heftig in die Schläfen, dass er glaubte, ihm müsse der Schädel platzen. In einer einzigen gelungenen Berührung mit ihr steckte mehr Glück, als er verkraften konnte. Maeva schmiegte sich zitternd an ihn. Cording rubbelte ihr mit den Fäusten über den Rücken und wollte gerade vorschlagen umzukehren, als ein ohrenbetäubender Knall die Luft erzittern ließ. Er kam vom Ufer, dort, wo das Hotel stand. Eine Riesenstichflamme erhellte den

Himmel und erstickte wild züngelnd in einer Wolke aus schwarzem Qualm.

Maeva riss sich los. Sie rannte so schnell, dass Cording ihr kaum folgen konnte. Immer wieder stolperte er über die Verwerfungen auf dem Salar, während sich Maeva wie eine Tranceläuferin in irrem Tempo leichtfüßig darüber hinwegsetzte. Schließlich musste er passen. Seine Lungen brannten, und er hatte höllisches Seitenstechen. Schwer atmend hielt er inne, stützte die Hände auf die Knie und musste mit ansehen, wie sie ihm endgültig davonlief. Er riss sich zusammen und trabte ihr, so gut es eben ging, hinterher. Als er sich dem Hotel bis auf hundert Meter genähert hatte, hörte er Schreie und Stimmengewirr. Er sah Menschen hektisch hin und her laufen, sah vereinzelte Flammen aus dem Dach schlagen, sah, wie sich die Menschen im Kreis versammelten, sich übereinander beugten.

Rudolf, die Krieger, Steve, das Hotelpersonal – sie alle machten Platz, als hätte er ein Recht darauf, dem Tod ins Auge zu blicken. Vor ihm kniete Maeva am Boden, ihr Körper bebte und zitterte, während ihre Hände fast flehentlich über Sharks Gesicht strichen, als wolle sie ihm neues Leben einhauchen, als wolle sie nicht wahrhaben, dass dieser entsetzlich entstellte Junge nicht mehr zu retten war. Ihre Klagelaute waren herzzerreißend.

Cording schlich sich rückwärts aus dem Kreis. Hatte Shark ihm gegenüber nicht von dem üppigen Blumenschmuck in seiner Suite geschwärmt? War diese Suite nicht eigentlich Maeva und ihm vorbehalten gewesen? Hatten sie nicht mit Shark zusammen eingecheckt und gemeinsam die Schlüssel empfangen? Hatte nicht er, Cording, als Erster nach dem Schlüssel gegriffen, nach dem falschen, wie es aussah?

Schwarz und weiß

Santiago de Cuba, 21. Dezember 2028

Habe eben lange mit Omai telefoniert. Es war das erste Mal seit unserer Abreise aus Sydney, dass er Kontakt zu uns aufgenommen hat. Er rief an, um sich nach Maevas Zustand zu erkundigen. Auf Tahiti glaubt niemand, dass es sich bei der Explosion um einen Unfall gehandelt hat. Angeblich soll eine kaputte Propangasflasche schuld gewesen sein, die im Badezimmer der Suite vergessen worden war. Eine dubiose Geschichte. Warum Omai seine Schwester nicht direkt angerufen hat, ist mir ein Rätsel.

Die Art, in der sich Omai über Maevas »Erweckungstournee« geäußert hat, lässt darauf schließen, dass ihr Engagement auf Tahiti zum Politikum geworden ist. Er sprach gar davon, dass ihre Reise in den Reihen der URP inzwischen höchst umstritten ist. Viele Mitglieder – Namen nannte er keine – seien der Meinung, dass ihr Alleingang mit den Statuten nicht vereinbar sei. Kann ich nicht nachvollziehen. Sie steht mit dem Präsidium im regelmäßigen Kontakt, da hätten wir etwas hören müssen.

Viel bemerkenswerter fand ich seine Vermutung, dass Maeva – durch den öffentlichen Erfolg geblendet – von einem fatalen Sendungsbewusstsein durchdrungen sein könnte. So etwas sei immer gefährlich, und er mache sich große Sorgen um ihr Leben. Aber offensichtlich habe sie auf ihrer religiösen Mission den eigenen Tod längst akzeptiert. Ich muss gestehen, dass ich mir schon ähnliche Gedanken gemacht habe. Und wie Omai war mir nicht wohl dabei …

Nach Sharks Tod ist Maeva verschlossen wie nie zuvor. Zurzeit ist es zwecklos, sie anzusprechen. Von Teamwork kann seit dem Ereignis auf dem Salar de Uyuni nicht mehr die Rede sein. Obwohl ich mich bereit erklärt habe, Sharks Aufgaben zu übernehmen (Recherche, Reiseplanung, Redaktion), wurde der Besuch auf Kuba innerhalb der Gruppe nicht diskutiert. Selbst Rudolf zeigte sich von Maevas selbstherrlicher Art überrascht. Er durfte sie nicht einmal auf den Pico Turquino in die nahe gelegene Sierra Maestra begleiten, wo sie sich seit zwei Tagen mit Kubas Präsidentin Ana Mariana Sánchez de Varona zurückgezogen hat. Die weibliche Leibgarde der Präsidentin reiche zu ihrem Schutz aus, beschied sie ihm.

Kubas Präsidentin scheint eine bemerkenswerte Frau zu sein. Bereits mit siebzehn Jahren war sie von ihrem Wahlbezirk ins Bezirksparlament delegiert worden. 2003 zog sie als jüngste Abgeordnete ins Nationalparlament ein, wo sie sich als engagierte Kämpferin für eine nachhaltige Landwirtschaft profilierte. Mit der gleichen Leidenschaft setzte sie sich später für eine dezentrale Energieversorgung Kubas mit erneuerbaren Energien ein. Ihre größte Sorge aber galt dem inneren Zustand der Inselgesellschaft, der wachsenden Kluft zwischen Regierung und Bevölkerung. Sie spürte die Verhärtung zwischen ihren Landsleuten und wurde nicht müde, die Aggressionen zu geißeln, die sie auf beiden Seiten zu beobachten glaubte. Internationale Beachtung fand Ana Mariana Sánchez de Varona, als sie kurz vor Castros Tod in einem Interview mit der »Washington Post« ihrer Überzeugung Ausdruck gab, dass an diesem sensiblen Punkt der Geschichte allein die kubanischen Frauen das Weiterbestehen eines unabhängigen Kubas garantieren könnten. Als sie 2018 zur Präsidentin gewählt wurde, war sie längst selbst Mutter zweier Töchter geworden. Die Menschen vertrauten ihr. Und offensichtlich tun sie es noch immer.

Jetzt stecken wir erst einmal in Santiago de Cuba fest, Steve, die Krieger und ich. Abgehängt, ohne Auftrag und ohne Ziel. Wenn wir nachts durch die Altstadt schlendern, wo sich die leidenschaftlichen Schreie der Liebenden mit dem Verkehrslärm mischen, wenn wir zwischen narbenübersäten Mauern wandern, wenn Menschennester sich auftun in den Hinterhöfen, wenn die Zärtlichkeit zu spüren ist, die aus den aufgeheizten Häusern quillt, wenn wir umgeben sind von Salsamusik und afrokaribischer Virilität, von kreolischem Spott und verletzenden Kraftausdrücken, dann lässt es sich aushalten, dann ist sie zu spüren, die jahrhundertealte Melancholie der geschlagenen Indios und der aus ihrem Land gerissenen Schwarzen. Dann gehen wir durch die Latinoschule, die alles andere als ein Mythos ist…

Ana Mariana Sánchez de Varona war von derber Schönheit. Ihr festes schwarzes Haar fiel ungebändigt über die Schultern und umschloss ein etwas zu breit geratenes Gesicht mit weit auseinander stehenden Augen, einer kurzen kräftigen Nase und einem vollen Mund, dessen Winkel sich leicht, fast spöttisch nach unten neigten. Die wuchtigen Ohrringe, die mehrfach um den Hals geschlungene Holzkette, das weit geöffnete Khakihemd über dem schwarzen T-Shirt – all das zeugte von Stilempfinden, Selbstbewusstsein und Energie. Die achtundvierzigjährige Diplom-Ökonomin wusste um Maevas Zustand, entsprechend behutsam benahm sie sich ihr gegenüber. Sie stellte keine Fragen, vertraute darauf, dass die Weite der Sierra Maestra, die Stille und der würzige Duft der Kiefernwälder auf dem Pico Turquino schon das Ihre tun würden, um eine verwundete Seele zu heilen.

Seit drei Tagen war Maeva nun in der historischen Sommerresidenz der Präsidentin zu Gast. Die Comandancia de la Plata hatte dem Rebellenführer Fidel Castro einst als Generalkommando gedient. Für den Besuch war eine Sondererlaubnis der Parkaufsicht in der Villa Santo Domingo nötig. Aber die Kubaner pilgerten gerne her. Der Weg dorthin war beschwerlich, er konnte nur zu Fuß erfolgen und führte durch dichte, neblige Wälder. Hauptattraktion war der Raum, von dem aus Che Guevara einst seine Radioansprachen an das kubanische Volk gehalten hatte.

Etwa hundert Meter oberhalb der Behausung befand sich eine Lichtung, auf die es die beiden Frauen jeden Morgen zog. Diesmal machten sie sich ohne Leibwächterinnen auf den Weg, was beide als angenehm empfanden. Kubas Präsidentin war nicht verborgen geblieben, dass Maeva allmählich Vertrauen zu ihr fasste. Also hielt sie die Zeit für gekommen, ihr von den Wirren zu berichten, die ihre Insel nach Castros Tod an den Rand des Bürgerkrieges gebracht hatten. Und vom Wandel, den sie mitinitiiert hatte.

»Nach meinem Ökonomiestudium nutzte ich die Bloggerszene, um meine Vorschläge ins Netz zu stellen. Meiner Meinung nach konnte sich Kuba nur erholen, wenn es sich aus der Abhängigkeit vom Erdöl befreite und stattdessen auf erneuerbare Energien setzte. Anfangs hat der Geheimdienst noch versucht, unsere Internetplattformen zu blockieren, aber das hat nur dazu geführt, dass sich das Virus der freien Meinungsäußerung immer rasanter ausbreitete. Wir waren nicht mehr zum Schweigen zu bringen. In den Diskussionsforen des Cyberspace hat sich Kuba international vernetzt. Die Weltöffentlichkeit erfuhr plötzlich die Wahrheit über das Innenleben dieses Staates, sie erfuhr beispielsweise von den *Frauen in Weiß*, die im Schlagstockhagel der Armee regelmäßig für die Freilassung ihrer verhafteten Angehörigen demonstrierten.«

Ana stand auf, stellte sich auf die Zehenspitzen und streckte die Arme nach oben, als wolle sie den Himmel berühren. Dann reichte sie Maeva die Hand und zog sie an ihre Seite.

»Willst du wissen, warum mich die Kubaner gewählt haben?«, fragte sie verschmitzt. »Aus der Bloggerszene kam der Vorschlag, mit einer eigenen Partei an den Wahlen teilzunehmen. Die Partei nannte sich ¡Cuba Libre! und wurde von einem Großteil der Jugend unterstützt. Darüber hinaus genoss sie erhebliche Sympathien im kulturellen Lager sowie bei den Verfolgten und Geknechteten im Lande. Sie baten mich, ihnen als Spitzenkandidatin zur Verfügung zu stehen, wohl auch deshalb, weil man mir aufgrund meiner Ausbildung eine Menge ökonomischen Sachverstand zutraute. Das Problem war nur: Unsere Partei hatte kein Programm! Aber das hatten andere auch nicht. Neunzehn verschiedene Gruppierungen standen zur Wahl, alle so unsortiert wie wir. Ist es nicht herrlich hier?«, sagte sie unvermittelt und deutete auf die weite Landschaft, die ihnen zu Füßen lag. »Na ja, was soll ich sagen?«, fuhr sie fort. »Wir gaben die beiden einzigen Botschaften aus, für die man damals empfänglich war:

Abschaffung der Planwirtschaft und Auflösung des Geheimdienstes sowie des gesamten kubanischen Militärapparates. Die Menschen waren von der Vorstellung, ihre Insel demnächst ohne die allgegenwärtige Armee vorzufinden, wie elektrisiert. *WOZU BRAUCHEN WIR SIE?!* Das war der Slogan, mit dem wir die Wahl gewannen. Nicht schlecht, oder? Zu unserem Glück hat Tahiti der Welt damals sein sozioökologisches Gesellschaftsmodell vorgestellt. Etwas Besseres hätte uns nicht passieren können. Das Tahitiprojekt war wie zur Nachahmung empfohlen und den Kubanern relativ leicht zu vermitteln. Endlich hatten wir wieder eine Aufgabe, die uns *alle* forderte, und wir haben diese Herausforderung angenommen. Du wirst ja sehen, was wir aus eurer Idee gemacht haben, es wird dir gefallen …«

Maeva mochte diese Frau, sie war authentisch. Anas unerschöpflicher Optimismus tat ihr gut, ebenso wie ihre behutsame Umgangsform. Ihre Gastgeberin war bisher mit keinem Wort auf die Tragödie in Bolivien eingegangen und schien doch voller Mitgefühl zu sein. Jetzt freute sie sich auf den Abend. Da wollte Kubas Präsidentin ihr von der Macht der Frauen berichten, wie der Untertitel ihres »Handbuches für Staatsführerinnen« hieß, das auf der Karibikinsel zum Bestseller geworden war.

»Ich weiß nicht, ob du dir die Situation überhaupt vorstellen kannst«, sagte Ana, während sie die Holzscheite im Kamin ordnete, denn es war empfindlich kalt geworden. Sie griff zum Blasebalg, um die Glut auf den Reisigbündeln zu entfachen, die zwischen den Scheiten steckten.

Dann hockte sie sich neben Maeva auf die Kissen, die auf dem Boden drapiert waren. »Man kann einfach nicht glauben, dass ausgerechnet wir Kubaner dem Patriarchat die Stirn geboten haben. Du kennst die Sprüche von der radikalen Weiberkratie, die über uns in Umlauf sind. Wie soll das funktionieren?, fragt man sich. Ich verstehe die Ratlosigkeit. In den männerbeherrschten Systemen gilt nur eines: die Erhaltung der Männerherrschaft. Aber das Patriarchat, das wisst ihr Tahitianer sehr gut, ist nicht naturgegeben, es ist nur eine Lebensform unter vielen. Und wenn die Menschen feststellen, dass diese Lebensform zu einem menschenwürdigen Dasein nicht taugt, dass sie auf längere Sicht gesehen nicht einmal zum Überleben taugt, dann sind sie frei, sich anders zu organisieren. Es ist nur logisch, dass die entscheidenden Impulse von denen kommen, deren Situation untragbar geworden ist.«

Ana schenkte von dem Rotwein ein, den sie vorsorglich auf Zimmertemperatur gebracht hatte. Obwohl Maeva nur selten Alkohol trank, hielt sie die Situation für angemessen und erwiderte den Toast ihrer Gastgeberin.

»In jedem Moment unseres Lebens haben wir die Freiheit der Entscheidung«, fuhr Ana fort. »Und die kubanischen Frauen haben sich entschieden. Anstatt für das bloße Überleben zu kämpfen, kämpfen sie nun für die Verwirklichung ihrer Träume. In diesen Träumen sind Frauen und Männer gleichgestellt, das werden wir nicht müde zu betonen. Unsere Compañeros beginnen das allmählich zu begreifen.«

Sie musste schmunzeln. »Ich weiß, was es bedeutet, wenn man in der Politik unerfahren ist«, sagte sie. »Wenn ich an unsere Anfänge denke, dann kann ich über unseren Dilettantismus nur lachen. Dir wird es anfangs sicher nicht anders ergangen sein. Eines weiß ich aber inzwischen: Es gibt keinen sicheren Weg zum Erfolg, aber es gibt einen zu einem sicheren Misserfolg. Er besteht darin, es jeder und jedem recht machen zu wollen. Zum Glück sind die kubanischen Männer verständnisvoller als anderswo. Die Tatsache, dass wir gegen die Mitglieder des alten Systems keine Hetzjagd eröffnet haben, hat uns geholfen. Weißt du was? Manchmal habe ich den Eindruck, dass die ehemaligen Verantwortungsträger froh sind, aus der Verantwortung entlassen worden zu sein. Wer keine Verantwortung trägt, kann sich auch nicht schuldig machen. Es ist schon erstaunlich, wie schnell Machos die Rollen wechseln können. Vom Despoten zum unschuldigen Kind – das schaffen die im Handumdrehen, ehrlich!«

Ana lachte laut auf, konnte kaum noch an sich halten. Maeva vermochte sich ihrer Heiterkeit nicht zu entziehen, auch sie fiel ein in dieses Gelächter, das ihr schließlich die Tränen ins Gesicht trieb. Sie hatte das Gefühl, als würde ihr ein Pfropfen von der Seele springen, als löse sich die Blockade der letzten Tage wie von Geisterhand auf. Endlich beruhigten sich die beiden Frauen. Die plötzliche Nähe, die zwischen ihnen entstanden war, machte sie verlegen.

»Radikale Weiberkratie …«, ließ sich Ana vernehmen, nachdem sie eine Weile nachdenklich im Feuer gestochert hatte. »Natürlich ist eine Bewegung radikal, die an die Wurzeln einer Gesellschaft rührt, welche auf die Unterwerfung der Frauen baut. Allerdings steht dieser Politik, die imstande wäre, die Probleme der Welt erfolgreich zu lösen, ein fundamentales Hindernis im Weg: Das sind die Frauen selbst. Frauen müssen erkennen, dass die Veränderungen zu einem würdevollen Leben in erster Linie bei ihnen liegen. Das betrifft ihre Art, zu denken, zu leben und zu arbeiten. Ihre Haltung ebenso wie ihre Unterhaltung. Jede Frau muss sich fragen, wie sie mit sich selbst umgeht. Wenn sie das konstruktiv und aufbauend betreibt, wenn sie sich als ihre beste Verbündete begreift, dann ist mir um unsere Gesellschaft nicht bange. Meinst du, wir kriegen das hin? Immerhin will auch die *neue Frau* von allen gemocht werden. Sie will sich zwar durchsetzen, aber sie will niemanden verletzen. Sie will ihr Ziel erreichen, aber sie will niemanden überrollen; sie will kritisch sein, aber sie will niemanden schlechtmachen; sie will ihre Meinung sagen, aber sie will nicht manipulieren; sie will selbstsicher sein, aber andere nicht ängstigen. Geht das gut?«

Maeva war ein wenig ratlos, in ihrer Kultur stellten sich diese Fragen nicht, jedenfalls nicht so drastisch. Ana schien auch gar keine Antwort erwartet zu haben, denn sie fuhr in ihrem Monolog unbeirrt fort. »Die Mutlosigkeit der kubanischen Frauen ist jedenfalls beendet. Ihre Anliegen werden ernst genommen und sind wichtig für das Leben unseres ganzen Volkes«, sagte sie. Es klang, als versehe sie ihre Worte mit einem Regierungsstempel.

Lieutenant General Francis D. Copland war sauer, um nicht zu sagen stinksauer. Obwohl er den Herrschaften in Washington seit Tagen versicherte, dass die NSA mit dem Anschlag auf das »CRISTAL«-Hotel in Bolivien nichts zu tun hatte, schickte der Präsident ihm jetzt seinen Sicherheitsberater Laurence Frost auf den Hals. Er mochte diesen alerten, karrierebesessenen Typen nicht. Frost war ein Hohlkopf, ein leerer, von der Idee eines anderen gefüllter Raum. Er glich einem Jagdhund mit einem Brillanthalsband. Und dieser Jagdhund war nun auf Geheiß seines Herrn nach Fort Meade gekommen, um in den inneren Angelegenheiten der NSA herumzuschnüffeln.

Coplands Stellvertreter Major Raul Young betrat den Raum. Young war verantwortlich für die Observierung Maevas, es machte also Sinn, wenn er dem Treffen beiwohnte.

»Setzen Sie sich«, murmelte Copland, während er die Brille abnahm und sich die Augen massierte. »Haben Sie einen Garten, Raul?«

»Wie bitte …?«

»Einen Garten! Besitzen Sie einen?«

»Ja. Warum?«

»Ich habe Ihnen doch neulich von meinen Indischen Laufenten erzählt. Zwei reizende, possierliche Wesen. Sie haben Nachwuchs bekommen, und meine Frau meint, dass wir die Jungen hergeben sollten, sie befürchtet, dass es ihr einfach zu laut wird, wenn die erst einmal richtig die Schnäbel aufreißen. Es fällt mir zwar schwer, aber ich könnte Ihnen zwei vermachen.«

»Sir, sollten wir nicht …?«

»Sie würden es nicht bereuen. Die Tierchen wirken beruhigend aufs Gemüt. Ich sitze manchmal stundenlang im Garten und sehe ihnen zu. Der ganze Mist, mit dem wir uns hier herumzuschlagen haben, ist dann wie weggeblasen. Die Viecher holen mich in die Gegenwart zurück. Die denken weder nach hinten noch nach vorn, sie *sind,* wenn Sie verstehen, was ich meine. Die machen sich keine Gedanken über den Tod, als wüssten sie von Natur aus um das Überleben der Seele …«

Major Young blickte ostentativ auf seine Armbanduhr. In

fünf Minuten würde der Sicherheitsberater des Präsidenten von ihnen Rechenschaft verlangen, und sein Direktor saß hier und meditierte über das Seelenleben Indischer Laufenten!

»Nein, Raul«, bemerkte Copland spöttisch, »Sie sind nicht der Mann, der so etwas zu schätzen wüsste.« Es klang, als würde er einen Aktenordner schließen. »Wo befindet sich diese Maeva eigentlich zurzeit?«

»Auf Kuba, General«, antwortete Young, der in den absurden Gedanken seines Vorgesetzten nicht zum ersten Mal Anzeichen von Amtsmüdigkeit zu erkennen glaubte. »Unsere Agenten sind vor Ort«, fügte er an, »sie sind über alle ihre Schritte informiert. Merkwürdig finde ich nur, dass EMERGENCY TV den Kuba-Aufenthalt im Internet mit keinem Wort erwähnt. Sie sind bisher nicht einmal auf das Attentat eingegangen.«

Das Sekretariat meldete die Ankunft von Laurence Frost. Copland ging hinaus, um den Gast zu begrüßen. Es würde nicht einfach werden, den Mann davon zu überzeugen, dass die Nationale Sicherheit mit dem misslungenen Anschlag auf die URP-Vorsitzende nichts zu tun hatte. Dass es sich um einen Anschlag gehandelt hatte, stand nach ihren Recherchen zweifellos fest. Wenn aber weder die NSA noch die Regierung in Washington involviert war, wer zum Teufel steckte dann dahinter?

Es war ein milder, sonniger Morgen, als die kleine Wagenkolonne Santiago de Cuba in Richtung Havanna verließ. Rudolf und seine Männer fuhren in zwei offenen, auf Batteriebetrieb umgerüsteten ehemaligen Armeefahrzeugen voraus. Ana Mariana Sánchez de Varona, Maeva und Cording folgten in einer schusssicheren, mit Wasserstoff betriebenen Luxuslimousine, die Kubas Präsidentin im letzten Jahr anlässlich ihrer Wiederwahl von der Firma Daimler Benz zum Geschenk gemacht worden war. Die beiden Frauen aus Anas Leibgarde teilten sich mit Steve einen Kleinwagen aus kubanischer Produktion, dessen Karosserie aus Hanffasern gefertigt war und lediglich zwei Liter kalt gepresstes Öl auf hundert Kilometer verbrauchte, wie die Fahrerin dem jungen Engländer stolz verkündete.

Maeva war entspannter vom Pico Turquino zurückgekehrt, als es Cording vermutet hatte. Als ihr Ana erklärte, dass die Straße zwischen Santiago und Havanna bereits zu großen Teilen aus Reiskleie bestand, dass man sogar vorhatte, alle wichtigen Strecken auf Kuba mit diesem auf Tahiti üblichen Straßenbelag zu versehen, schien sie regelrecht aufzublühen. Gespannt lauschte sie den Ausführungen ihrer Gastgeberin, die es offenbar verstanden hatte, die Eigenversorgung des Landes erheblich zu stärken.

»Der jahrzehntelange flächendeckende Anbau von Zuckerrohr war ein großer Fehler«, erklärte Ana, »er hat unsere Böden extrem ausgelaugt. Außerdem besaß Zuckerrohr schon lange keinen adäquaten Tauschwert mehr auf dem Weltmarkt. Wir haben diesen Unsinn gestoppt und Platz geschaffen für andere Ackerfrüchte. Für originäre, wertvolle Kulturpflanzen, deren Anbau und Nutzung im Zuge der Kolonialisierung verloren gegangen waren.«

Sie nannte den Amaranth, ein hirseähnliches Lebensmittel aus der Familie der Fuchsschwanzgewächse, das sich durch einen hohen Proteinanteil auszeichnete, dessen Zusammensetzung sich wie eine Empfehlung der Weltgesundheitsbehörde für eine optimale Eiweißdiät las. Cording blickte Maeva an, die sich aber nach wie vor sehr interessiert zeigte. Für jemanden wie ihn, der sich im Pflanzenreich so gut auskannte wie ein Kartoffelkäfer im Theater, war Anas landwirtschaftlicher Exkurs einfach nur ermüdend. Ausweichen konnte er ihm nicht.

»Wenn die Amaranthpflanze einmal Wurzeln geschlagen hat«, fuhr Kubas Präsidentin unbeirrt fort, »wächst sie auch bei Trockenheit weiter. Sie erträgt sogar einen gewissen Prozentsatz an Salz im Boden. Das Phantastische ist, dass sie diesen Boden im Schatten ihrer Blätter allmählich in fruchtbare Erde verwandelt. Dieser Pflanze wohnt ein ganz besonderer Zauber inne. Die Azteken vermischten Amaranthmehl mit Honig und rotem Amaranthfarbstoff. Sie formten Tierfiguren daraus, die dann zu Ehren der Götter verspeist wurden. Die spanischen Eroberer sahen in diesem Ritual eine Missachtung des christlichen Abendmahls und unterbanden den Anbau. Wir sind heilfroh, dass wir diese vergessene Kulturpflanze wiederentdeckt haben.«

In den beiden Geländewagen vor ihnen schienen sich Rudolf und seine Männer prächtig zu amüsieren. Cording überlegte kurz, ob er Ana bitten sollte anzuhalten, damit er umsteigen konnte. Aber das wäre ihm wohl als Affront ausgelegt worden. Also bot er dem warmen Fahrtwind weiterhin die Stirn, stellte die Ohren auf Durchzug und gestattete es seinen Augen, sich die hügelige Palmenlandschaft einzuverleiben. Gelegentlich grüßte eine überlebensgroße Che-Ikone von verwitterten, wackeligen Stelltafeln, die auf Flachdächern oder Äckern installiert waren: *»… DE TU QUERIDA PRESENCIA. HASTA SIEMPRE COMANDANTE …«* Sie hatten die Zeugnisse der Revolution also nicht gänzlich gelöscht. Das Coca-Cola-Billboard, welches er erstaunlicherweise an einer Straßengabelung ausmachte, sah noch mitgenommener aus, kam aber ohne Parole aus. Dies war eben der Unterschied zwischen den Segnungen, die der Kapitalismus reichte, und denen, die von Revolutionären versprochen wurden. Um eine Gesellschaft ethisch-moralisch neu auszurichten, brauchte es halt ein paar Worte mehr.

Neueren Datums waren sicher die an jedem Ortseingang zu findenden Plakate, auf denen sich ein lachender Brotlaib vor Vergnügen bog. In der rechten Hand hielt er den Zweig einer an Heidekraut erinnernden Pflanze, aus der linken loderte eine blaue Flamme. Eingefasst war das Motiv von zwei ineinandergreifenden halbrunden Pfeilen. *»EL PAN ALEGRE«*, stand über dem kindlich anmutenden Motiv, was so viel hieß wie »Das fröhliche Brot«. Das wusste Cording, so viel Spanisch musste sein.

»Was bedeutet dieses Zeichen?«, unterbrach er Ana, die über die Vorzüge der Terra preta schwadronierte, was immer das sein mochte. Maeva kniff Cording in den Arm, was wohl so viel heißen sollte wie: *Warte es ab, sie erklärt es uns doch gerade!* Ana hingegen schien über die Frage nicht unglücklich zu sein. Natürlich hatte sie mitbekommen, dass der Mann an Maevas Seite sich bisher nicht sonderlich neugierig gezeigt hatte, also nutzte sie die Chance, das innovative Projekt in aller Ausführlichkeit vorzustellen. EL PAN ALEGRE, so viel verstand Cording jetzt immerhin, bezeichnete den Versuch, die Energie- und Nahrungsmittelversorgung in lokalen und regionalen Kreisläufen zu sichern.

»Die Überlebensfähigkeit der Gesellschaft basiert auf fünf Säulen«, erklärte Ana: »Zugang zu regional verfügbaren Energiequellen, ausreichend sauberes Wasser, saubere Luft, fruchtbare Böden und Bewahrung der biologischen Vielfalt. EL PAN ALEGRE und TERRA PRETA – das Brot mit dem Powerkorn Amaranth und die fruchtbare schwarze Erde stehen dafür als Symbol.«

Selbst auf die Gefahr hin, sich zu blamieren – das mit der Terra preta war Cording nicht geläufig. Also fragte er nach.

»Ähnlich wie dem Amaranth wohnt auch der Terra preta ein besonderer Zauber inne«, erwiderte Ana freundlich. »Das Geheimnis um die schwarze Erde wurde erst vor fünfzig Jahren gelüftet. Bodenkundler fanden heraus, dass die Indios am Unterlauf des Amazonas bereits vor zwei- bis dreitausend Jahren Landwirtschaft betrieben hatten. Auf einer Fläche, die siebenmal so groß war wie Kuba. Und zwar mit einem selbst hergestellten Erdmaterial aus Holzkohle, Dung und Kompost, durchsetzt mit Tonscherben, Muschelschalen und Fischgräten. Der hohe Holzkohleanteil verhinderte, dass der Tropenregen die Nährstoffe gleich wieder aus dem Boden wusch. Die Terra preta ähnelte einem lebenden Superorganismus. Was lag also näher, als uns ihre Eigenschaften zunutze zu machen? Inzwischen stellen wir die schwarze Erde selbst her. Auf Terra-preta-Böden wachsen Pflanzen doppelt so schnell wie auf normalen Böden und ergeben einen ungleich höheren Ertrag. Außerdem ist ihre Fähigkeit, Wasser zu speichern, enorm. Hinzu kommt, dass die Schwarzerde langfristig beträchtliche Mengen an CO_2 in sich aufnimmt. Aber der eigentliche Zauber, von dem ich sprach, besteht darin, dass wir nun in der Lage sind, auf die chemischen Hilfsprodukte der Agrarindustrie vollständig zu verzichten!«

Cording blickte nach vorn zu den tahitianischen Kriegern, die sich nach fremden Salsaklängen tanzend auf ihren Sitzen versuchten. Zwischen ihnen hätte er nichts zu suchen gehabt. Was er in Anas Staatskarosse auf die Schnelle zu hören bekam, war viel beeindruckender. Maeva hatte ihn gebeten, Kubas neuen Weg für sie im Internet zu kommentieren. Es war übrigens das erste Mal, dass sie seine Ghostwriterqualitäten im vollen Umfang forderte. Die Veröffentlichung war in einigen Tagen geplant, wenn Ana Mariana Sánchez de Varona und Maeva in Havanna den offiziellen Beitritt Kubas zu den URP verkündeten.

»**Mal ehrlich, Steve, wie hat dir die Fahrt** mit den Mädels gefallen?«, fragte Cording. »Sag schon, wie sind sie, die Ladys aus Anas Leibgarde?«

»Lustig.«

»Lustig. Aha... Ist das alles?«

»Na ja«, antworte Steve ein wenig verlegen, »du hast sie doch gesehen...«

»Na und ob ich die gesehen habe! Prost, mein Lieber!«

Steve winkte ab. »Ich finde nicht, dass wir uns heute betrinken sollten«, sagte er.

»Du hast recht...«, stimmte Cording zu, »ich dachte nur, dass wir vielleicht einen auf Shark... nein? Ach komm, einen!«

Steve schüttelte den Kopf. Cording nahm die Flasche, ging an den Nebentisch und stellte sie den beiden französischen Rucksacktouristen vor die Nase, die sich in der schäbigen, mit lärmenden Kubanern gefüllten Kaschemme umsahen wie in einem Kuriositätenkabinett. In gewisser Weise war sie das auch. Decken und Wände erstickten unter dicken Schichten vergilbter Filmplakate. Der »Andalusische Hund« war darunter, aber auch die »Titanic«. Anna Magnani fehlte ebenso wenig wie Klaus Maria Brandauer (!), Anita Ekberg und zahlreiche andere vergessene und unvergessene Stars des Kinos. Auf der Kachelwand hinter der Bar glänzte Fidel Castro mit einer weißen Taube auf der Schulter. Der Barkeeper erklärte Cording, dass der Vogel dem Comandante während dessen Siegesrede in Havanna zugeflogen war, weswegen die Kubaner den Revolutionsführer von

Anfang an als Erlöser betrachtet hatten. Auch die anderen Köpfe der Revolution waren in dieser kleinen Bar in Camagüeys Altstadt verewigt. Camilo Cienfuegos, Che Guevara, Frank País, Raúl Castro, José Antonio Echevarría, Celia Sánchez und Haydée Santamaría – sie alle geisterten zwischen amerikanischen und kubanischen Filmhelden herum und grüßten wie diese aus dem Reich der Toten. Cording leerte sein Glas in einem Zug.

»Das war für Shark«, sagte er und legte Steve die Hand auf die Schulter. Dort blieb sie eine Weile liegen, einfach nur, weil er vergaß, sie herunterzunehmen. Steve entschuldigte sich und ging zur Toilette, vorbei an dem völlig entrückten Pianisten, in dessen virtuosen Klangteppich Cording seine aufkommende Schwermut wickelte.

»Weißt du, wer das ist?«, fragte Steve, als er zurückkehrte. »Chucho Valdés! Der Mann ist weltberühmt, ein Gott des Latino-Jazz. Chucho Valdés – sagt dir nichts, wie ich sehe ...«

»Er ist gut«, bemerkte Cording und schnupperte am leeren Rumglas. Er wusste, dass Steve nur darauf wartete, dass er sich einen weiteren Drink genehmigte, dann hätte er ihm endlich die lang ersehnte Gardinenpredigt halten können, aber den Gefallen tat er dem Jungen nicht. Obwohl ... Nein.

»Er fehlt mir«, sagte Cording. »Ich kannte ihn zwar kaum, aber irgendwie hat unsere Band nicht mehr den richtigen Drive ...«

»Du hast keine Schuld an Sharks Tod«, beruhigte Steve, »hör endlich auf, dich wegen der vertauschten Schlüssel verrückt zu machen.«

»Wusstest du, dass er in Maeva verliebt war?«, unterbrach Cording.

Steve errötete. Der Barkeeper schenkte nach, ohne gefragt worden zu sein. Cording rührte den Rum nicht an. Das volle Glas blieb den ganzen Abend zwischen ihnen stehen, während sie sich in nie gekannter Manier über ihre persönlichen Befindlichkeiten austauschten. Die Unschuld war seit Sharks Tod raus aus dem Unternehmen, darin waren sie sich einig. Um Maeva mussten sie sich Sorgen machen, auch das war unbestritten zwischen ihnen. Nicht nur wegen weiterer möglicher Attentate, sondern vor allem wegen ihres »Sendungsbewusstseins«, wie Omai es genannt hatte. Maeva schien der Realpolitik immer mehr zu entrücken und ihre Aufgabe vor allem darin zu sehen, im Chaos des Untergangs Zuversicht zu säen. Eine beseelte Heilsbringerin, die sich mit allem und jedem anlegte. Oder, wie Cording es formulierte: eine moderne Jeanne d'Arc auf dem direkten Weg zum Scheiterhaufen.

»Ich hätte Lust, nach Tahiti zurückzukehren«, bemerkte er. »Ich meine, wohin soll diese Reise noch führen? Jetzt hat sie sich in den Kopf gesetzt, die Republik ECOCA zu besuchen. Ich kann den Ärger förmlich riechen, der da auf uns zukommt. Du weißt doch, was im ehemaligen Kalifornien los ist. Die fahren einen höllisch harten Kurs. Die haben die Bevölkerung praktisch in Geiselhaft genommen. Und jetzt stell dir Maeva vor, wie sie den Hardlinern dieses dubiosen Ökorats die Stirn bietet, denn ich schwöre dir: Genau das wird sie tun. Dieser Aufenthalt wird alles andere als angenehm. Im Übrigen glaubst du doch nicht im Ernst, dass wir dort auch nur eine Minute drehen dürfen! Also wozu das alles?«

Cording spürte, dass sich während seiner Rede eine Kluft in ihm auftat, er war selbst überrascht von dem barschen Tonfall, in den sich seine Worte kleideten. Es hätte dieses eisigen Schweigens von Steve gar nicht bedurft, um sich plötzlich wie ein Verräter vorzukommen.

»Keine Angst, mein Lieber«, sagte er und drehte das gut gefüllte Rumglas zwischen den Fingern, »ich geh euch schon nicht verloren ...«

Warum hatte er den Eindruck, dass Steve diese Äußerung höchst unbefriedigt zur Kenntnis nahm? Etwas sehr Merkwürdiges schien passiert zu sein: Er hatte dem Jungen gegenüber seine Autorität verloren! Mrs. Parkers Sohn, der im Gegensatz zu ihm seit jeher ohne viele Worte auskam, hatte ihn soeben als Moralisten in den Schatten gestellt. Mit dem Mut und der Naivität seiner scheinbar unerschütterlichen Jugend. Cording konnte sich nicht erinnern, dass er sich je isolierter gefühlt hatte.

Cording hockte auf der Mauer am Malecón und blickte aufs Meer hinaus. Hinter ihm knatterten die Fahnen Kubas, Tahitis und der URP im Wind. Die bunte Dreifaltigkeit wurde einem heute in ganz Havanna um die Ohren gehauen. Der Hurrikan, der sich zweihundert Meilen entfernt langsam im Golf drehte, warf zur Feier des Tages eine Schleppe aus Wind und Regen vor Kubas Haustür, während er gleichzeitig den nördlichen Herbst ansog, sodass sich die Hitze der vergangenen Woche spürbar abkühlte.

Zwei Stunden vor der Großkundgebung auf der Plaza de la Revolución war der Malecón wie verwaist. Cording beobachtete die beiden Angler, die das Ufer ganz für sich allein hatten. Ein Mädchen näherte sich ihm von der Seite, sie war hübsch, mit einem klaren, herzförmigen Gesicht und kobaltblauen Augen, die ihn aus einer großen Tiefe anzublicken schienen. Aber diese Tiefe war leer. Sie bot ihm Sex. Für Dollar. Wie nannten die Kubaner einen Touristen wie ihn? Dollarschein auf zwei Beinen. Nein danke, Lady, sehr liebenswert. Sie gab sich schnell geschlagen und schlenderte auf der menschenleeren Promenade unter dem Flaggenwald einsam Richtung Westen, wobei sie sich lasziv in den Hüften wiegte. Sollte der Gringo doch sehen, was er verpasst hatte. Und er sah es. Sie war schön, aber es berührte ihn nicht. Sein Leben war freudlos geworden. Es kam ihm vor, als löse sich mit zunehmendem Alter alles auf, was ihm einmal eine Identität verliehen hatte. Als würde seine Seele im Gegenwind der Zeit von einer Folie befreit, auf der alle bisher gesammelten Eindrücke verzeichnet waren, die es ihm ermöglicht hatten, sich zurechtzufinden und sich Urteile anmaßen zu können. Das Koordinatensystem, in dem er so virtuos seiner moralischen Empörung gefrönt hatte, bröckelte in sich zusammen. Er war kaum noch in der Lage zu kommunizieren, seine Worte begannen sich auf das zu beschränken, was der Alltag ihnen an Banalitäten abverlangte. Er war ein Schweigender geworden, ohne Anspruch und ohne Ziel. Wieder ausgestattet mit der Naivität eines Kindes in einer Welt voller Wunder und Verrücktheiten. Er hatte sich überantwortet. Aber wem?

Warum kann ich mich nicht entschließen meinen Arsch von der Mauer zu heben und dort hinzulatschen wo sie heute alle sind ich meine wer bin ich dass ich diesem Ereignis fernbleiben darf wo ihm doch ganz Kuba entgegenfiebert du natürlich nicht Möwe hau ab geh zu den Anglern aber fressen würde ich den Fisch nicht an deiner Stelle warte mal ist das ein Ölklumpen an deinem Schnabel in Indien ist ein Schrottmeiler explodiert wer hätte das gedacht und wer hätte vor zwei Wochen gedacht dass die Favelas in Rio nach dem nächsten großen Regen direkt an die Copacabana rutschen würden zwölftausend Tote kann man nichts machen in der Ostsee knabbert das Salzwasser seit Jahren beharrlich und erfolgreich an den Ummantelungen von dreihunderttausend verklappten Giftgasbomben aus dem Zweiten Weltkrieg ja Jonathan so machen wir das so machen wir es auch mit dem Atommüll unsere Nachkommen werden das schon deichseln oh mein Gott sieht denn keiner dass die menschliche Geschichte ein einziger Albtraum ist acht Milliarden gierige Nager machen sich inzwischen auf der Erde zu schaffen im Kollektiv sind sie unschlagbar im Kollektiv hauen sie mal eben einen ganzen Planeten weg aber wenn man diese Sensibelchen einzeln hernimmt ihnen beispielsweise den kleinen Finger ritzt dann schreien sie wie am Spieß drüben in Pasadena ist eine neue Sternwarte gebaut worden sie soll Aufschluss geben über die Geheimnisse des Weltraums ha wir zoomen mal kurz davon wo ist sie denn unsere kleine Sternwarte kaum noch zu sehen gar nicht mehr zu sehen die Erde ein kleiner Ball in der Finsternis unser Sonnensystem kaum noch zu sehen eins von Milliarden anderer Sonnensysteme und weiter immer weiter in die Unendlichkeit wo ist sie geblieben die kleine Warte in Pasadena die Aufschluss geben soll lächerlich alles lächerlich wo scheißt du denn hin Jonathan wir fabrizieren nicht so einen glibberigen Dünnschiss das unterscheidet den Menschen vom Tier na ja zumindest von euch komischen Vögeln hör zu Möwe jeder Schritt den ein Mensch tut jeder Gedanke den er denkt jeder Handgriff von ihm ist Teil eines ausgeklügelten Zerstörungswerks unsere Rasse ist von der Evolution nur deshalb eingesetzt worden um diesen Planeten einmal kräftig umzupflügen was ist Jonathan hab doch recht gehabt mit dem Fisch kann doch kein Schwein mehr essen ich weiß warte mal ich hab da hoffentlich noch tut mir leid dachte ich hätte mir ein Brötchen eingesteckt beim Frühstück sieh an da kommt sie schon wieder die Schöne vom Ma-

lecón einfach nicht hinsehen oder besser aufstehen und von hier verschwinden soll mir keiner nachher sagen können ich sei nicht dabei gewesen ...

Cording rutschte von der Mauer, um nicht von einer der zahlreichen Gischtfontänen erwischt zu werden, die, vom Nordwind getrieben, den Wall ansprangen. Er inhalierte die tanggewürzte Luft, betrachtete mit Abscheu die zerschnittenen Fischleiber, welche die Angler als Ködervorrat neben sich liegen hatten, und überlegte, welche Richtung er einschlagen sollte. Gestern Abend war er mit Maeva schon einmal in der Stadt unterwegs gewesen. Es war ihnen gelungen, sich heimlich aus dem Hotel zu schleichen, ohne dass die Leibwächter etwas bemerkt hätten. Sie war stolz auf ihr Husarenstück, endlich durfte sie sich wieder unbeobachtet unter Menschen mischen, das hatte ihr gefehlt. Unter ihrem tief in die Stirn gezogenen Strohhut fühlte sie sich frei und sicher. Havanna hatte ihr gefallen. Die lärmende Altstadt mit den vielen Gemüse- und Lebensmittelläden, die offenen Bars und Hinterhöfe, der Fischmarkt mit seinen kräftigen und schlagfertigen Matronen, der alte Hafen, die engen, verrufenen und doch so einladenden Gassen, in denen lässig und katzenhaft »gefährliche« Männer mit pockennarbigen Gesichtern herumstanden, während Frauen mit Lockenwicklern einen mit erhobener Stirn taxierten – Maeva genoss die Eindrücke wie ein Kind, das man auf den Jahrmarkt geführt hatte. Für wenige Stunden war es ihr gelungen, die Bürde ihres Amtes abzustreifen.

Cording nahm Kurs auf die »Stadt der Toten«, die sie gestern mit Bedacht gemieden hatten. Der Cementerio Cristóbal Colón im Herzen Havannas galt als die schönste Nekropole Amerikas. Mit seinen sechsundfünfzig Hektar war der Friedhof fünfmal so groß wie der nahe gelegene Platz der Revolution, auf dem heute Nachmittag Hunderttausende Kubas Beitritt zu den URP bejubeln würden. Er schlenderte durch die schachbrettartig angelegten Straßen Havannas, die Hemingway einmal die Leben spendenden Flüsse der Einsamen genannt hatte. Vor dem Hotel

»Parque Central« wurde ein roter Teppich ausgerollt. Ein Herr in livrierter Uniform ordnete an, wo die Blumenkübel hingestellt werden sollten. An der nächsten Ecke plötzlich zwei ineinander verkeilte Wagen. Er mischte sich unter die Schaulustigen, die den Unfall aufgeregt diskutierten. Er diskutierte sogar mit, er war dabei, er gehörte dazu, das tat gut. Polizist müsste man sein. Gehorchen, befehlen, an seinem Platz sein, seinen Platz kennen …

JANUA SUM PACIS – »Ich bin das Tor des Friedens« stand auf dem Haupteingang zum Friedhofsgelände. Der vierunddreißig Meter breite, aus weißem italienischen Marmor gefertigte Zugang mit den drei romanisch-byzantinischen Bögen flößte Respekt ein, keine Frage. Die drei Figuren, die den Ankommenden aus zweiundzwanzig Meter Höhe vom Sims der Portada Principal begrüßten, ließen Cording fast vor Ehrfurcht erstarren, schließlich symbolisierten sie die drei christlichen Tugenden Glaube, Liebe, Hoffnung. Alle drei besaß er nicht gerade im Überfluss.

Entsprechend vorsichtig betrat er das streng gegliederte Gelände, das für die Kubaner mehr war als eine Gedenk- und Beerdigungsstätte. Es war ein Pilgerort, ein Nationaldenkmal.

Er musste an die Worte Maevas denken, die sie Steve letzte Woche in die Kamera gesprochen hatte und die seitdem im Internet millionenfach abgefragt wurden: *Der Mensch der Zukunft muss ein Liebender sein – oder er wird gar nicht mehr sein.* Er war sicher, dass sie diesen Satz heute Nachmittag auf dem Platz der Revolution wiederholen würde, er war zu ihrem viel beachteten Credo geworden.

Auf der Bank rechts von ihm saß ein kleines Mädchen und ließ die Füße baumeln. Als er ihr zulächelte, schlug es die Augen nieder, um nicht gesehen zu werden. Sekunden später sprang es unversehens auf, wie ein Vogel, der von einem Zweig davonflattert. Eine Familie näherte sich, Mutter, Vater, drei Kinder. Der Vater bat ihn, einige Aufnahmen von ihnen zu machen, und drückte ihm eine antiquierte Digitalkamera in die Hand. Cording kam der Bitte gerne nach. Muchas gracias! De nada!

Er blickte auf die Uhr. Zeit zu gehen. Er würde sich irgendwo ein Plätzchen am Rande der Plaza suchen, einen, der ihm den Rückzug offenhielt, er konnte auf keinen Fall riskieren, von der wogenden Masse absorbiert zu werden. So weit ging seine frisch gewonnene Menschenliebe noch nicht. Er versuchte sich zu erheben, aber seine Beine gehorchten ihm nicht. Das kann doch nicht wahr sein!, fluchte er und drückte sich mit den Händen von der Bank. Okay … links, rechts, immer einen Schritt vor den anderen. Geht doch …

6. Januar 2029

Es ist mir immer noch ein Rätsel, warum mir meine Füße gestern weitgehend den Dienst versagten. Vielleicht führten sie nur aus, was mein Unterbewusstsein ihnen diktiert hatte. Vielleicht hat mich auf dem Cementerio zwischen all den Engeln ein heimlich ausgesandter Voodoofluch gestreift. Jedenfalls war es mir unmöglich, den Feierlichkeiten auf der Plaza de la Revolución beizuwohnen. Mit anderen Worten: Ich habe Kubas spektakulären Eintritt in die URP verpasst! Ich habe aber weder ein schlechtes Gewissen deswegen, noch quält mich der Gedanke, dass mir etwas Wesentliches entgangen sei. Zu erleben, wie eine Menschenmenge in geschickt geschürter Zuversicht ekstatisch zu einem Körper verschmilzt, wäre in Havanna sicher interessant gewesen – aber eigentlich passiert hier nichts anderes als zuvor schon in Dithmarschen, Bhutan oder anderswo. Menschen formulieren ihre Sehnsüchte von Zeit zu Zeit gerne neu. Und mit Maeva wird ihnen eine Figur gesandt, die an jedem Ort der Welt als Projektionsfläche dienen kann.

Allmählich wird mir dieses Theater unheimlich. Wir sind doch nur zu dritt. Wir reisen um die Welt. Ausgestattet mit einer Handkamera. Billiger geht es ja kaum. Und was ist das Ergebnis? Dass uns die ganze Welt dabei zusieht! Maevas Kreuzzug ist zu einem alternativen Medienspektakel geraten, wir befinden uns auf offener Bühne, und das Stück, nach dem die Weltöffentlichkeit süchtig geworden ist, besitzt alles, was ein Blockbuster braucht: Der Kampf zwischen Gut und Böse hat durch Maeva eine besondere, fast erotische Komponente bekommen. Es ist nur eine Frage der Zeit, wann ihre Feinde handeln werden. Ich rechne mit allem, Mordanschläge inklusive. Mit jedem Tag, den wir unterwegs sind, wird meine Beklemmung größer. Ich bin sicher, dass Steve und Rudolf ähnlich empfinden. Wir reden aber nicht darüber. Solche Dinge darf man nicht aussprechen, dann passieren sie garantiert. Eine alte Voodooweisheit…

Das ist ja ein Ding! Die Rezeption rief an und teilte mir mit, dass John Knowles im Hotel ist und mich zu sehen wünscht. Sofort. Aber gerne doch…

»**Ist Ihnen eigentlich klar, wer unter** diesen Arkaden bereits alles seinen Drink geschlürft hat?«, fragte Knowles und ließ die Eiswürfel in seinem Whiskeyglas kreisen. »Hemingway, Churchill, Sinatra, Ava Gardner, Marlon Brando, Nat King Cole… Das »Hotel Nacional de Cuba« war einmal eine weltbekannte Institution, mein Lieber, wussten Sie das?«

Knowles hatte eine ganz spezielle Art, sich ins Gespräch zu begeben, Cording mochte seine Eröffnungen. Sie waren von charmanter Harmlosigkeit und ließen nie erahnen, was der alte Haudegen tatsächlich im Schilde führte. Er hatte es längst aufgegeben, den knorrigen Amerikaner zu drängen, das führte lediglich zu weiteren Verzögerungen. John Knowles genoss es, die Gesprächspartner einzulullen, um sie dann mit einer plötzlichen Frage oder Feststellung bloßzustellen. Die Interviews, die der Pulitzerpreisträger für die »New York Times« mit Polit- und Wirtschaftsgrößen führte, gehörten zum Besten, was der Journalismus seit einer gefühlten Ewigkeit zu bieten hatte. Knowles war immer informiert. Er hatte immer einen tödlichen Pfeil im Köcher. Er ging einfach davon aus, dass jeder, der es in unserer Gesellschaft bis an die Spitze eines Konzerns, einer Organisation oder Partei geschafft hatte, ein Gangster sein musste. Die Schlitzohrigkeit erinnerte Cording an Shark, der in der GO!-Show ähnlich radikal vorgegangen war.

»Die Sache mit Shark war kein Unfall«, bemerkte Knowles beiläufig, während seine Augen die kichernden Badenixen verfolgten, die unterwegs zum Swimmingpool waren, wo sie in wenigen Minuten ihr allabendliches Wasserballett aufführen würden. »Shark ist einem Mordanschlag zum Opfer gefallen. Armer Kerl, er war gar nicht gemeint, der Anschlag galt Maeva. Wobei man auch Ihren Tod, lieber Freund, ohne Weiteres in Kauf genommen hatte …«

Cording wusste spätestens seit Abu Dhabi, dass Knowles über spezielle Kontakte zu amerikanischen Geheimdiensten verfügte, insbesondere zur NSA. Er hätte den langen Weg nicht auf sich genommen, wenn er seine Behauptung nicht beweisen könnte.

»Es war nicht, was Sie denken«, hörte er den Amerikaner sagen, »es war keine Geheimdienstoperation. Diesmal nicht. Das Komplott wurde in der Chefetage von GENius geschmiedet. Und zwar unmittelbar nach Maevas Rede am Melkbosstrand. Erinnern Sie sich? Sie kündigte an, dass gentechnisch verändertes Saatgut auf den Territorien der URP-Mitglieder nichts zu suchen habe. War ihr eigentlich bewusst, dass sie dem Biotechmulti und Monopolisten auf diesem Gebiet einen zehnprozentigen Umsatzrückgang angedroht hat? Wenn jetzt noch einige Regionen Indiens den URP beitreten, erhöht sich der Verlust auf satte 25 Prozent. Hat Maeva im Ernst geglaubt, dass GENius sich einen solchen Marktanteil nehmen lässt? Die Dame lebt in Zukunft äußerst gefährlich. Das ist mutig. Aber auch ein bisschen durchgeknallt, finden Sie nicht?«

Cording schluckte. Er war sich der Gefahren, die Maevas Mission für ihre kleine Truppe mit sich brachte, seit Langem bewusst, aber erst John Knowles in seiner unnachahmlich sachlichen Art verwandelte die schlummernde Angst in einen greifbaren Horror.

»Woher wissen Sie das mit GENius?«, fragte er.

»Die Enthüllungsplattform Muckrake hat sowohl Mitschnitte einer Präsidiumssitzung als auch schriftliche Unterlagen zugespielt bekommen. Muckrake hat die Sachen der ›New York Times‹ zur Veröffentlichung angeboten. Übrigens nicht nur uns. Insgesamt wurden sechzehn internationale Magazine und Fernsehanstalten mit dem Material beliefert. Niemand wollte an die Sache ran. Und Muckrake allein hat sich auch nicht getraut. Also liegen die Beweise weiter unter Verschluss. Gut möglich, dass GENius die Daten inzwischen für einige Millionen zurückgekauft hat. Enthüllungsjournalismus ist eben auch nur ein Geschäft…«

Es war empfindlich kühl geworden unter den Arkaden. Knowles schlug vor, sich an die Bar zu begeben. Nachdem sie dort zwei weitere Drinks zu sich genommen hatten (Cording hatte sich zur Belustigung Knowles' an Fruchtcocktails gehalten), teilte der Amerikaner ihm mit, dass er seinen Job bei der »New York Times« gekündigt habe. »Ich dachte mir, dass es auf meine alten Tage nicht schaden könnte, wenn ich mich noch einmal in den Dienst einer richtig guten Sache stellen würde«, sagte Knowles wie zu sich selbst.

»Was meinen Sie?«, fragte Cording überrascht.

»Wenn Maeva, wenn Steve und Sie nichts dagegen haben, würde ich gerne mit Ihnen reisen. Sozusagen an Sharks Stelle. Ich könnte von Nutzen sein, oder etwa nicht? Wie viel Zeit bleibt mir noch, Cording? Maximal zehn Jahre. Angesichts solcher Perspektive soll sich bei manchen Leuten ja das Bedürfnis entwickeln, mit ihrem Leben etwas Sinnvolles anzufangen…«

Cording musste lachen. Sein Lachen schien den Amerikaner zu beruhigen, der zuvor doch sichtlich nervös gewesen war.

»Fragen Sie Maeva und Steve«, insistierte Knowles, »am besten noch heute. Und legen Sie ein gutes Wort für mich ein, ich würde Ihre kleine Streitmacht nämlich nur ungern wieder verlassen.«

San Francisco, 11. Januar 2029

John Knowles tut uns gut. Sein trockener Humor bringt sogar Maeva zum Lachen, die ansonsten sehr angespannt wirkt. Ab morgen werden wir sie erst mal nicht mehr zu Gesicht bekommen. Die Informationsministerin Tanith Agosta hat zu einer Rundreise durch die abtrünnige Republik gebeten, die aus den ehemaligen US-Bundesstaaten Kalifornien und Oregon besteht. Höhepunkt soll ein Zusammentreffen Maevas mit den Mitgliedern des Ökorats sein, der sich regelmäßig an wechselnden, geheim gehaltenen Orten trifft.

Keinem von uns ist es erlaubt, Maeva zu begleiten. Nicht einmal ihrer Leibgarde. Außerdem hat uns das Informationsministerium gleich nach der Ankunft unmissverständlich zu verstehen gegeben, dass man Filmaufnahmen nicht dulden werde. Als Beweis ihrer Gastfreundschaft hat die Ministerin vier diskrete Herren zu unserem »Schutz« abgestellt.

Wirklich überrascht sind wir nicht. Wir wussten es ja vorher: Die Republik mit dem albernen Namen ECOCA ist das Paradebeispiel einer Ökodiktatur. Allerdings macht es einen Unterschied, ob man sie nur vom Hörensagen kennt oder hautnah miterleben darf. John Knowles brachte es mal wieder auf den Punkt: Er nennt diese obskure Weltverbesserungsclique am Pazifik »die Roten Khmer der Ökologie«.

Dabei sind die Grundgesetze, nach denen die Bürger ECOCAS regiert werden, durchaus nachvollziehbar. Nur ihr permanenter Schnelldurchlauf auf den zahlreichen Videoscreens dieser Stadt nervt.

1) *Die Würde der Erde ist unantastbar*
2) *Genmanipulationen an Pflanzen, Tieren oder Menschen sind verboten*
3) *Die herkömmlichen Zahlungsmittel sind außer Kraft gesetzt. Vegetarische Grundnahrungsmittel, Kleidung und Wohnraum stellt der Staat*
4) *Es besteht Arbeitspflicht. Jeder Bürger zwischen achtzehn und fünfundfünfzig Jahren investiert seine Arbeitskraft in den ökologischen Neuaufbau*
5) *Tiere und Pflanzen genießen unseren Schutz. Schlachthäuser, Zoos und Versuchslabore sind geschlossen*
6) *Es besteht Reiseverbot. Privatfahrzeuge sind bei den zuständigen Stellen abzugeben*
7) *Strom und Wasser sind rationiert. Die Energieversorgung wird über Solarzellen, Wind- und Wasserkraft sowie über Biogas gewährleistet*
8) *Es besteht Bauverbot. Die vorhandenen Bestände werden bei Bedarf instand gehalten*
9) *Private Medien sind verboten. Als Informationsquelle dient das Staatsarchiv*

10) Jede Frau zwischen achtzehn und fünfunddreißig Jahren hat das Recht auf ein eigenes Kind. Voraussetzung ist ein Gebärgutschein des Gesundheitsamtes

Während ihrer kurzen Begrüßungsansprache hatte Tanith Agosto davon gesprochen, dass man nicht nur bei ihnen, sondern überall auf der Welt bestrebt sein müsse, mindestens drei Menschengenerationen »ruhigzustellen«, um der Erde die Möglichkeit zu geben, wieder kräftig durchzuatmen. »Erst die Erde, dann der Mensch!« So lautet das allgegenwärtige Motto ECOCAS, das sogar die Flagge der Republik ziert. Von den 3,7 Millionen Einwohnern Oregons sind seit der Unabhängigkeitserklärung ECOCAS gerade mal 2,4 Millionen übrig geblieben. In Kalifornien sank die Einwohnerzahl gar von vierzig auf siebenundzwanzig Millionen. Der Ökostaat lässt die Menschen einfach ziehen. Inzwischen scheint der Aderlass gestoppt, viele Menschen kehren gar zurück. Offensichtlich ist ihnen der Sklavendienst in der Ökodiktatur lieber als die kümmerliche Existenz am Rande einer kollabierenden »freien Gesellschaft«.

Morgen sind John Knowles, Steve und ich eingeladen, einem Schauprozess im Orpheum Theatre beizuwohnen. Die Tribunale finden einmal pro Woche abwechselnd in Salem, Sacramento oder San Francisco statt. Angeklagt sind Verantwortungsträger der sogenannten »alten Welt« – Politiker, Wirtschaftsgrößen, Wissenschaftler, Finanzjongleure. Aber auch Journalisten und Leute aus der Werbebranche mussten sich bereits verantworten. Die Verhandlungen werden im Staatsfernsehen übertragen und sind äußerst beliebt.

Die eintausendvierhundert Besucher im Orpheum Theatre waren wie immer durch das Los bestimmt worden, wobei die Betroffenen nicht das Recht hatten, der Veranstaltung fernzubleiben. Cording, der von dieser Zwangsrekrutierung zuvor im Hotel erfahren hatte, war überrascht, wie aufgekratzt und erwartungsfroh sich die Leute gebärdeten, die an ihnen vorbei durch das Foyer in den Zuschauerraum drängten.

»Ich frage mich, wer von denen wohl zu Hause geblieben wäre, wenn sie selbst hätten entscheiden können«, bemerkte er.

»Niemand, mein Lieber«, antwortete Knowles, »kein Einziger. Panem et circenses. Moment mal! Das ist doch …«

Der Mann, dem er winkte, hatte ihn nun seinerseits erkannt und kam freudestrahlend zu ihnen herüber.

»Allan Prescott!«, rief Knowles hocherfreut und schüttelte dem Besagten lange und kräftig die Hand. »Darf ich vorstellen? Maximilian Cording, Steve Parker.«

»Tatsächlich?! Es ist mir ein Vergnügen, meine Herren. Sie machen einen großartigen Job. Ist Maeva heute Abend auch hier?«

»Nein«, erwiderte Knowles. »Aber erzähl: Was treibt dich denn so unversehens ins Paradies?«

»Das Informationsministerium von ECOCA hatte schon vor Monaten bei mir angefragt, ob ich in diesem Prozess als Sachverständiger aussagen würde. Hab lange hin und her überlegt. Schließlich habe ich mich gefragt: Was weißt du schon über diesen Staat? Wird ja viel kolportiert. Muss aber nicht alles stimmen. Immerhin haben sie hier die Reißleine gezogen, während sich der Rest der guten alten USA weiterhin im freien Fall befindet. Ich war neugierig. Darf ja nicht jeder einreisen. Eigentlich niemand, es sei denn, er wird von offizieller Stelle eingeladen. Wie ihr ja auch … Voilà, hier bin ich, frisch eingeflogen aus New York City!«

»Eingeflogen?!«

»Mit einer Sondermaschine des Ökorats, angetrieben mit kalt gepresstem Öl. Tut mir leid, Jungs, ich muss mich sputen. Auf den Zeugen der Anklage verwenden die Maskenbildner hier besonders viel Mühe …«

»Sehen wir uns nachher noch?«, fragte Knowles.

»Ich wohne im ›Fairmont‹ in der Mason Street. Kommt rüber, wenn ihr Lust habt. Ist nicht mehr ganz der strahlende Schuppen von einst, aber immerhin.«

»Der gute Allan als Zeuge in einem Schauprozess …«, murmelte Knowles. »Haben wir es nicht weit gebracht?«

Ein schrilles Klingelsignal forderte dazu auf, die Plätze einzunehmen. Knowles, Steve und Cording hatten die Ehrenloge im ersten Rang nahe der Bühne zugewiesen bekommen. Als sie eintraten, blickten die Leute im Parkett unisono zu ihnen auf. Das Orpheum war ein prächtiges Haus. In der Mitte des schweren, roten Samtvorhangs prangte ein golddurchwirktes Mandala, das zwei Dutzend Sonnenstrahlen züngelnd in alle Richtungen schoss. Der Vorhang kontrastierte mit der tiefblauen Decke, auf der Hunderte eingelassener Lämpchen unterschiedlich stark funkelten. Die Wände des Theaters erinnerten mit ihren barocken Schnitzereien und kunstvollen Intarsienarbeiten an einen spätmittelalterlichen Sakralbau. Als sich die pompösen Verzierungen nach einem letztmaligen Klingeln der einsetzenden Dunkelheit ergaben und die Sterne über ihnen verblassten, herrschte eine gespenstische Stille im Saal.

»Wer ist Allan Prescott eigentlich?«, fragte Cording an Knowles gewandt.

Die Antwort kam prompt und aus allen Richtungen: »Psssst…!«

Allan Prescott verfolgte die Verlesung der Anklageschrift in der Garderobe auf einem Monitor. Sie strotzte vor moralischen Vorwürfen und wurde immer wieder vom Beifall des Publikums unterbrochen. Prescott empfand Mitleid mit Charles Ball. Der Mann war weit in den Siebzigern, eine kümmerliche Gestalt, die in gebeugter Haltung auf einem Podest im Scheinwerferkegel hockte, wo sie den verbalen Attacken wehrlos ausgeliefert war. Der Staatsanwalt teilte mit, dass der Bruder des Angeklagten, David Ball, ebenfalls hätte anwesend sein sollen, aber es vorgezogen habe, sich gestern in der Haft selbst zu richten. Einige Theaterbesucher begannen zu klatschen, wurden aber niedergezischt.

»Beide, der Verstorbene und der Angeklagte«, rief der Staatsanwalt mit schneidender Stimme, »haben sich eines Verbrechens schuldig gemacht, wie man es sich perfider nicht hätte ausdenken können. Die Ball-Brüder gehörten zu den zehn vermögendsten Bürgern der USA. Ball Industries war an Pipelines und Raffinerien, an der Düngemittel- und Faserindustrie sowie an Asphalt- und Nahrungsmittelfirmen beteiligt. Was aber taten die Gebrüder Ball mit dem Geld, das ihr obskurer Mischkonzern erwirtschaftete? Sie investierten über eine Milliarde Dollar in eine Kampagne, mit der sie die Glaubwürdigkeit jener Institutionen und Persönlichkeiten unterminierten, die nach Jahren der Vertuschung und Verharmlosung endlich bereit waren, der Öffentlichkeit die Wahrheit zu sagen. Die Wahrheit darüber, wie dramatisch es tatsächlich um den Klimawandel bestellt ist. War es so, Angeklagter?!«

Charles Ball nickte und blickte verschämt zu Boden. Was hätte er anderes tun können? Ein Verteidiger stand ihm nicht zur Seite. In den Schauprozessen mussten die Angeklagten ihre Verteidigung selbst übernehmen.

»Im Jahr 2017 waren fünfzig Prozent aller Amerikaner der Meinung, dass man dem Ressourcenverbrauch und dem CO_2-Ausstoß nur mit einem rigorosen Gesetzeswerk begegnen könnte. Fünf Jahre später, nachdem sich mithilfe der Ball-Gelder ein Netzwerk der Verleugnung übers Land gelegt hatte, waren nur noch zwanzig Prozent der US-Bürger der Meinung, dass der Gesetzgeber zum Handeln verpflichtet sei. Achtzig Prozent der Amerikaner hielten die prognostizierte Klimakatastrophe jetzt für Panikmache. Die Ball-Propaganda hatte gegriffen. Weit über die Vereinigten Staaten hinaus. Schließlich hatten die USA damals noch erheblichen Einfluss auf die Weltwirtschaft. Übrigens verfügen die Vereinigten Staaten immer noch nicht über jene Umweltgesetze, die vor der Lügenkampagne der Ball-Brüder bereits kurz vor der Ratifizierung standen.«

Allan Prescott fragte sich angesichts des etwa fünfunddreißigjährigen Mannes, der in seiner glänzenden roten Robe deklamierend die Bühne durchmaß, wieso ihn die Ankläger in diesen Prozessen, von denen er sich zuvor einige im Hotel hatte vorspielen lassen, an gut ausgebildete Schauspieler erinnerten, die zudem einem bestimmten Schönheitsideal entsprachen, als müsse das Recht jugendlich-dynamisch, gebräunt und gut gebügelt daherkommen.

Der Staatsanwalt nahm nun an der Rampe Aufstellung und ließ seine Blicke theatralisch über die Ränge streifen. Dabei deutete er mit ausgestrecktem Arm hinter sich auf den Angeklagten: »Sie hatten nicht einmal den Mut, für ihr Verbrechen mit ihren Namen einzustehen!«, rief er. Der Mann tut ja immer noch so, als würde gegen beide Balls verhandelt, dachte Prescott. »Die Organisation, die mit den Geldern dieser Brüder die Klimagesetze kippte, nannte sich *Americans for Prosperity.* Diese Organisation verfügte sogar über eine eigene Armee. Ihre schwarz gekleideten *Carbon Cops* bereisten das Land bis in seine hintersten Winkel. Sie fuhren nach Searcy, Pocahontas, Paragould, Magnolia oder Texarkana, wo sie auf Marktplätzen Vorurteile bedienten und erfolgreich Stimmung machten gegen die Environmental Protection Agency, deren engagierter Einsatz für die Umwelt ihr in Washington erheblichen Einfluss beschert hatte. Gleichzeitig wurden Ball-Gelder dazu verwendet, Wissenschaftler zu kaufen, die jede seriöse Studie des Weltklimarats, der EPA, der UNEP, von Greenpeace oder der Wilderness Society in Zweifel zogen. Damit nicht genug: In Washington flossen Millionen von Ball-Dollars in die Hände von Regierungsmitgliedern, Senatoren und Abgeordneten. Der republikanische Senator Gary Warner, der ebenfalls geschmiert worden war, veröffentlichte hinterher eine Namensliste führender Klimatologen, die seiner Meinung nach angeklagt werden sollten, weil sie die Regierung in Umweltfragen falsch beraten hätten. Viele dieser international hoch angesehenen Wissenschaftler erhielten anschließend Morddrohungen. Professor Snyder von der Stanford-Universität wurde auf offener Straße erschossen. Seine Mörder laufen heute noch frei herum.«

Allan Prescott wollte sich gerade eine weitere Tasse Kaffee genehmigen, als ein Gerichtsdiener in der Garderobe erschien und ihm ein Mikro ans Revers klemmte. »Sie sind dran, Sir!«

Ich hätte mich niemals für ein solches Spektakel hergeben dürfen, dachte er auf dem Weg durch die Kulissen. Zu spät. Es dauerte eine Weile, bis er sich an das gleißende Bühnenlicht gewöhnt hatte. Erst als er auf dem Zeugenstuhl Platz genommen hatte, schälten sich die barocken, goldverzierten Ränge allmählich aus dem Dunkel, in dem die Zuschauer auf der

Lauer lagen. Während der Staatsanwalt ihn als einen radikalen ökologischen Vordenker pries, dessen Buch »Blueprint for Survival« die grüne Bewegung nachhaltig beeinflusst habe, beobachtete Allan Prescott den Angeklagten. Charles Ball hatte die Hände im Schoß gefaltet. Sie zitterten, und die Knöchel waren vor Verkrampfung schneeweiß. Im Gesicht dieses Mannes war nichts mehr zu spüren von der Arroganz der Macht, die seiner Kaste einmal zu eigen gewesen war. Er war eine gebrochene Person mit wässrigen Augen und vertrockneten Lippen, die gelegentlich unkontrolliert aufzuckten. Den Zeugen hatte er wahrgenommen, weitere Beachtung schenkte er ihm jedoch nicht. Er wusste, dass von ihm nichts Gutes zu erwarten war.

»Mr. Prescott, wie erklären Sie sich die Tatsache, dass sich die amerikanischen Bürger von der Ball-Propaganda derart aufs Kreuz legen ließen?«, hörte er den Staatsanwalt fragen.

»Das ist relativ einfach zu erklären«, erwiderte Prescott leicht amüsiert: »John Maynard Keynes, einer der bedeutendsten Ökonomen des zwanzigsten Jahrhunderts, hat es zutreffenderweise so ausgedrückt: Der Kapitalismus basiert auf der Überzeugung, dass widerwärtige Menschen mit widerwärtigen Methoden für das allgemeine Wohl sorgen. Solchen Leuten traut man natürlich nicht zu, dass sie so etwas Schreckliches wie die Klimakatastrophe in Kauf nehmen ...«

Die Bemerkung provozierte eine Menge Lacher im Publikum und ließ sogar den Staatsanwalt schmunzeln. Allan Prescott war die Situation peinlich, er hatte sich mit ein paar flapsigen Worten eigentlich nur warmreden wollen, wie er es auf seinen Vorträgen tat. Aber dies war kein Vortrag, dies war eine Anhörung.

»Ball Industries«, fuhr er betont sachlich fort, »war nicht das einzige Unternehmen, das den düsteren Prognosen der Klimaforscher mit großem finanziellen Aufwand entgegenzuwirken versuchte. Es war der Ölmulti Global Oil, der die mächtige Allianz der Vertuscher und Verharmloser jahrelang angeführt hat. Die Gründe für das obskure Engagement der Global Player liegen auf der Hand: Laut einer UNO-Erhebung aus dem Jahr 2017, also dem Start der Ball-Kampagne, waren die dreitausend weltgrößten Konzerne für jährliche Umweltschäden von vier Billiarden Dollar verantwortlich. Das ist eine Zahl mit fünfzehn Nullen. Mehr als die Hälfte der berechneten Kosten wurde durch den Klimawandel verursacht. Weitere Kostentreiber waren die Verschmutzung des Trinkwassers und die Luftverschmutzung durch Feinstaub. Hätten die Unternehmen für die Schäden, die sie der Umwelt zufügten, selbst zahlen müssen, wäre das ziemlich teuer geworden. Die Studie sprach davon, dass es die Verursacher ein Drittel ihres Gewinns gekostet hätte. Noch Fragen?«

»Keine weiteren Fragen, Sir. Jedenfalls nicht dazu.«

Die Art, in der er vom Staatsanwalt vereinnahmt wurde, war Prescott unangenehm. Er wollte auf keinen Fall den Eindruck einer Komplizenschaft zwischen dem Ankläger und ihm erwecken. Andererseits sah er sich verpflichtet, bei der Wahrheit zu bleiben und die Tatsachen zu benennen, die zu den desaströsen Zuständen geführt hatten, die nicht zuletzt auch der Angeklagte zu verantworten hatte.

»Ich möchte noch einmal auf die Methoden der Ball-Kampagne zurückkommen«, ließ sich der Staatsanwalt vernehmen. »Was machte sie so erfolgreich? Die Informationen über den Klimawandel waren doch seit Jahren für jedermann einsehbar …«

Allan Prescott hob die Schultern, als sei es ihm selbst ein Rätsel. »Vielleicht ist es tatsächlich so«, sagte er, »dass die Menschen in bedrängten Situationen nur glauben, was sie glauben wollen. Ähnlich wie früher die Tabakkonzerne, die gezielt Zweifel über die Schädlichkeit von Nikotin gesät haben, produzieren die Großkonzerne jetzt Zweifel an den kalkulierten Folgen der Erderwärmung. Dabei kommt ihnen natürlich entgegen, dass die Klimaforschung selbst eine Reihe von Fehlern begeht. So hat der Weltklimarat das Kunststück fertiggebracht, sich innerhalb kürzester Zeit um seine Reputation zu bringen. Vom Friedensnobelpreisträger zum Schwarzmagier. Die Gletscher im Himalaja werden nicht, wie von ihm prognostiziert, in sechs Jahren verschwunden sein. Die Menschen sehen das, und sie fragen sich, was diese Panikmache sollte. Der Bericht von 2007, der uns noch fünfzehn Jahre gab, um den Klimakollaps abzuwenden, ist heute, zweiundzwanzig Jahre später, zur viel zitierten Lachnummer verkommen. Aber dürfen wir uns aufgrund falscher Prognosen das Recht herausnehmen, weiter in unser Wohnzimmer zu urinieren? Die Erde ist nun einmal unser Wohnzimmer. Und wenn wir ehrlich sind, hat es in ihm gewaltig angefangen zu stinken. Anstatt also weiter über die Saugfähigkeit des Teppichs zu diskutieren, sollten wir allmählich anfangen, unsere bisherige Lebensweise infrage zu stellen.«

Ein Zischeln verbreitete sich im Theater.

»Mr. Allan Prescott, meine Damen und Herren!«, rief der Staatsanwalt und deutete in Showmastermanier auf den Zeugen. »Würden Sie sich der Beurteilung anschließen«, fuhr er fort, »dass der Angeklagte Charles Ball wider besseres Wissen die Vernichtung unseres Planeten in Kauf genommen hat, dass er sogar bewusst dafür gesorgt hat, diese aus reiner Profitgier zu beschleunigen?!«

»Ich bin kein Richter«, entgegnete Prescott. »Es liegt mir fern, eine einzelne Person für die Sucht und Dummheit einer ganzen Gesellschaft verantwortlich zu machen. Ist es denn nicht bemerkenswert, dass in den Industriestaaten bis weit in unser Jahrtausend hinein ein gesellschaftlicher Konsens darüber möglich war, dass es keine Rolle spielt, welche Welt wir unseren Kindern hinterlassen, solange es noch etwas auszubeuten gibt? Die Trümmergenerationen der Zukunft werden uns für diese Haltung verfluchen …« Nur nicht aufhören zu reden, dachte Prescott, solange du redest, bestimmst du selbst, wo es langgeht. Also spulte er sein bewährtes Repertoire herunter, mit dem er seit Jahren auf Tournee war. »In jeder öffentlichen Diskussion, die sich – aus Anlass des Klimawandels, der Wirtschaftskrise oder der Energieprobleme – mit Möglichkeiten gesellschaftlicher Veränderung befasst«, fuhr er fort, »meldet sich jemand und teilt mit, dass Veränderung zwar ohne Zweifel notwendig sei, die Menschen aber auf nichts verzichten wollten, weshalb jede Veränderung völlig unrealistisch sei. Dann meldet sich gleich der Nächste und fragt, ob man denn allen Ernstes Verzicht predigen wolle und wie man denn dazu komme, anderen Menschen vorzuschreiben, was sie zu tun und zu lassen haben. Diese beiden Positionen kommen so sicher wie das Amen in der Kirche. Warum ist das so? Veränderung wird umstandslos mit Verzicht gleichgesetzt. In dem Augenblick, wo das Wort *Verzicht* fällt, erscheint der Status quo blitzartig als ein Optimum, an dem um Gottes willen nicht herumgeschraubt werden darf.«

Jetzt fühlte er sich sicher. Während die Greifarme der Kameras über den Köpfen der Protagonisten aufgeregt hin und her schwenkten, servierte Prescott dem Publikum seine Lieblingsthemen, als würde er eine Schachtel Konfekt herumreichen. Er geißelte die Aufrechterhaltung einer Wirtschaft, die mit Milliardeninfusionen in einer Art Wachkoma gehalten werde, führte aus, warum die Erderwärmung nicht nur ökologisch, sondern auch sozial und politisch eine Katastrophe sei, malte die Gefahr von Klimakriegen an die Wand, die den Planeten demnächst zu erschüttern drohten, und schloss mit einem Ausblick, der bisher noch immer verblüfft hatte:

»Eine Wirtschaft ohne Wachstum? Geht das? Das ist ja wie ein Scheichtum ohne Öl!, werden Sie sagen. Aber ist schon jemandem aufgefallen, dass gerade jene Staaten, die ihren ungeheuren Reichtum dem Öl verdanken, sich konsequent der Entwicklung emissionsfreier Städte widmen, um sich auf ihre nichtfossile Zukunft vorzubereiten? Sie definieren ihr System von der Zukunft her, nicht aus der Gegenwart. Systeme, die ihre Relevanzkriterien bloß aus der Gegenwart beziehen, sind nicht überlebensfähig.«

Prescott, der es gewohnt war, dass sein Publikum an dieser Stelle Beifall zollte, wunderte sich über die Stille, die ihn umgab. Er hatte den Eindruck, dass sich die Menschen nicht aus der Deckung trauten. Zum ersten Mal glaubte er den Druck zu spüren, dem sie ausgesetzt waren. Dass dieser Staat seine Relevanzkriterien nicht aus der Zukunft bezog, war hier jedem klar. Es war ein Rächersystem und somit der Vergangenheit verpflichtet. Mein Gott …

Er verließ den Zeugenstand. Als er zum Abschminken in die Garderobe trat, fühlte er sich hundeelend. Er ließ sich in den Sessel fallen, betrachtete sein Spiegelbild wie etwas, das nicht zu ihm gehörte, und wandte sich anschließend dem Monitor zu, um der Urteilsverkündung zu folgen. Das Urteil in diesen Schauprozessen wurde vom Publikum gesprochen, im Namen des Volkes sozusagen. An jedem Sitz befand sich eine elektronische Tafel, auf der man zwischen vier Möglichkeiten wählen konnte: zehn Jahre Gefängnis, zwanzig Jahre Gefängnis, lebenslänglich Gefängnis oder Todesstrafe. Ein Freispruch war nicht möglich. Im Moment zeigten die Kameras jede Menge Daumen und Zeigefinger, die unschlüssig über die Tastaturen fuhren. Ein Gong ertönte. Auf der Bühne wurde es dunkel, lediglich der Angeklagte verharrte in seinem Lichtkegel. Auf einer Videowand, die sich wie ein Fallbeil aus den Kulissen senkte, baute sich die Grafik auf, die über das Abstimmungsergebnis Aufschluss gab. Todesstrafe! siebenundsiebzig Prozent. Allan Prescott übergab sich ins Waschbecken.

Fünf Tage war Maeva mit der Informationsministerin Tanith Agosta unterwegs gewesen. Fünf Tage zwischen Abscheu und Bewunderung. Morgen nun sollte sie hier in Eugene mit den Mitgliedern des Ökorats zusammentreffen. Bis dahin hatte sie ein wenig Zeit für sich selbst, was ihr nach der anstrengenden Rundreise sehr gelegen kam. Sie dachte an ihren Aufenthalt auf Kuba zurück und an Ana Mariana Sánchez de Varona. Wie angenehm hatte sie sich in deren Gegenwart gefühlt, und wie kalt, ja herzlos war ihr dagegen Tanith Agosta erschienen. Die Frau war eine Fanatikerin, eine gnadenlose Ideologin, unbeugsam und arrogant. Menschen waren für sie Verfügungsmasse, die der Staat nach Belieben bewegen und manipulieren durfte. Menschen hatten sich schuldig gemacht an der Schöpfung. Für Tanith Agosta war das Rechtfertigung genug, diese Spezies auf der Werteskala des Lebens zurückzustufen in den Rang eines Raubtieres dritter oder vierter Art, wie sie es nannte. Noch nie war Maeva derart sprachlos gewesen wie in Gegenwart dieser Person.

Sie überlegte, ob sie auf einen Spaziergang in die Stadt gehen sollte. Sie war ohne Aufsicht, und da der Ökostaat sich vom Internet abgenabelt hatte, lief sie auch nicht Gefahr, auf der Straße erkannt zu werden. Die Vorstellung hatte ihren Reiz. Zumal Eugene, wie alle Städte ECOCAS, ausschließlich Fußgängern vorbehalten war. Von den Bussen des öffentlichen Nahverkehrs abgesehen. Aber auch die durften sich der Innenstadt nur auf eine bestimmte Entfernung nähern. Aus ECOCA war das Auto konsequent verbannt worden. Man begnügte sich nicht mit alternativen Antrieben, das Auto wurde als das erkannt, was es war: ein Virus, das sämtliche Gesellschaftssysteme der Welt befallen hatte. Das sich eigene Strukturen schuf, immer mehr Platz forderte, die öffentlichen Räume zerriss und die gewachsenen Sozialkontakte schwer beschädigte, wenn nicht ganz zerstörte.

»Die Vielfalt der Geschäfte, der kulturellen Einrichtungen und Handwerke, die man bei uns vorfindet, ist nur in entschleunigten Städten möglich«, hatte Tanith Agosta ihr auf dem Weg zum stillgelegten Flughafen von Sacramento mitgeteilt. In der für sie so typischen blutleeren Sprache, an der Maeva die letzten Tage fast verzweifelt wäre. Das Wort Autofahrer galt in ECOCA als Schimpfwort. Und wer das Pech hatte, von den Grünhelmen ohne Sondergenehmigung mit einem Altfahrzeug erwischt zu werden, womöglich noch mit Benzinantrieb, dem wurde im wahrsten Sinne des Wortes übel mitgespielt. Auf dem Rollfeld des stillgelegten Flughafens von Sacramento.

»Eine reine Entzugsmaßnahme«, wie Tanith Agosta kalt lächelnd erklärte, bevor sie Maeva bat, in einer der gepanzerten Stahlkisten Platz zu nehmen. Etwa zwanzig dieser Fahrzeuge standen zur Verfügung. Ihre Inneneinrichtung war spärlich: Sitz, Steuer, Gaspedal sowie ein Schlauch, der mit dem Auspuff verbunden war. Dazu dicke Panzerglasscheiben. Kaum dass sich Maeva gesetzt hatte, schloss sich die Tür. Kurz darauf vernahm sie eine Stimme aus dem Bordlautsprecher: *»Sie sind des Autofahrens überführt worden. In den nächsten Minuten erleben Sie am eigenen Leib, was Sie der Umwelt zugefügt haben. Es besteht keine Lebensgefahr. Starten Sie das Fahrzeug jetzt!«*

Natürlich erwartete niemand von ihr, dass sie das Fahrzeug starten würde, aber sie hatte zusehen müssen, was jenen Menschen passierte, die zu dieser »Entzugsmaßnahme« gezwungen wurden. Nachdem sich eine Kabine in Bewegung setzte, füllte sich der hermetisch abgeriegelte Innenraum mit Abgasen. Die Delinquenten schnappten nach Luft, griffen sich an die Gurgel oder trommelten in panischer Angst minutenlang gegen die Scheiben, bis sie schließlich betäubt zusammensackten. Sobald das ungesteuerte Gefährt gegen eine der Barrieren krachte, klappte das Dach auf, durch das eine dichte, schmutzige Qualmwolke entwich. Sanitäter wuchteten die Ohnmächtigen in bereitstehende Krankenwagen, in denen sie reanimiert wurden.

Maeva blickte aus dem Fenster. Hinter dem Universitätsgebäude, in dem sie morgen mit den Mitgliedern des Rates zusammentreffen würde, blinkte der McKenzie River im Mittagslicht – von allen Fesseln befreit und wieder eingebettet in weites grünes Schwemmland. Eugene gehörte zu den vier Musterstädten ECOCAS. Bürger, die sich um den ökologischen Neuaufbau verdient gemacht hatten, durften mit ihren Familien hier ein Jahr lang wohnen. Die Beton- und Asphaltbänder waren vollständig ausgehoben und durch phantasievolle Gartenstraßen ersetzt worden. Strom und Wasser standen in Eugene ausreichend zur Verfügung und waren nicht, wie im Lande üblich, rationiert. Außerdem verfügte die Stadt über ein reichhaltiges kulinarisches und kulturelles Angebot.

Dass sich die Menschen darum rissen, hier für einige Zeit wohnen zu dürfen, wie Tanith Agosta versichert hatte, war verständlich. Bedenklich nur, dass die Hälfte von ihnen Denunzianten waren. Menschen, die den Behörden Gesetzesbrecher und Umweltsünder aus der Nachbarschaft meldeten und dafür belohnt wurden. Die ganz offiziell als Denunzianten bezeichnet wurden und nichts dagegen einzuwenden hatten. In ECOCA galt ein Denunziant als ehrenwerte Person. Hier war sie bereits passiert, die Sprachverdrehung des Guten und des Bösen, vor der Nietzsche einst gewarnt hatte.

Maeva blickte auf die vor einigen Sekunden aktiv gewordene Videowand, die auf dem Dach der Universität installiert war. Solche Screens fanden sich überall im Lande, nicht nur in den Städten und Dörfern, auch inmitten landwirtschaftlicher Nutzflächen. Die Tafeln dienten als Frühwarnsystem und funktionierten über biologische Messfühler. Sie reagierten auf erhöhte Ozonwerte, auf ultraviolette Strahlung, Chemiestaub und Radioaktivität. Aber für gewöhnlich transportierten sie Texte der Weltliteratur. »Poetische Injektionen« hatte Tanith Agosta die Botschaften genannt, welche sich hier anstelle von Coca-Cola und Konsorten an die Bevölkerung richteten. Maeva erinnerte sich besonders gerne an ein Zitat des deutschen Dichters Novalis, den Cording ihr gegenüber auf Tahiti einmal erwähnt hatte. Es leuchtete glutrot aus den grünen Weinbergen Napa Valleys und berührte sie sehr:

Es ist schon viel gewonnen, wenn das Streben, die Natur vollständig zu begreifen, zur Sehnsucht sich veredelt, zur zarten bescheidenen Sehnsucht, die sich das fremde, kalte Wesen gern gefallen lässt, wenn sie nur einst auf vertrauteren Umgang rechnen kann.

Eigentlich hatten alle Texte, die ihr auf der Reise nach Eugene begegnet waren, ihren ganz speziellen Reiz. Umso neugieriger war sie auf die Worte, die sich auf dem Dach gegenüber abzuspulen begannen:

Die Menschheit ist in zwei ungleiche Teile zu teilen. Der kleinere Teil, etwa ein Zehntel der Gesamtheit, erhält allein die persönliche Freiheit und das unbeschränkte Recht über die anderen neun Zehntel. Diese neun Zehntel sollen aber ihre Persönlichkeit vollkommen einbüßen und zu einer Art Herde werden, um bei grenzenlosem Gehorsam durch eine Reihe von Wiedergeburten die ursprüngliche Unschuld wieder zu gewinnen, wenn sie auch, nebenbei bemerkt, werden arbeiten müssen.

F. M. DOSTOJEWSKI

Maeva traute ihren Augen nicht. Was für ein perverses Spiel! Vermutlich hatte das Informationsministerium dieses Zitat speziell für Eugene ausgesucht. Weil man wohl der Meinung war, dass es unter Denunzianten verstanden würde. Eines stand jedenfalls fest: Freiwillig würde sie keinen Fuß in diese Stadt setzen!

»**Welcher Teufel hat Maeva geritten,** diese gottverdammte Republik aufzusuchen? War das Ihre Idee?«

Cording winkte ab.

»Irgendeinen triftigen Grund muss es für diese bescheuerte Reise doch gegeben haben«, sagte Knowles.

»Es war Sharks Idee«, antwortete Cording. »Er hat im Informationsministerium angefragt. Die Einladung erging prompt.«

»Ihr hattet aber keine Ahnung, was hier gespielt wird, oder?«

»Und Sie, John? Hatten Sie eine Ahnung?«

»Ja sicher. Ahnung schon. Allzu viel ist über ECOCA ja nicht bekannt. Aber es gab einen kompetenten Zeugen. Julien Green. Schon von ihm gehört?«

Cording schüttelte den Kopf.

»Green tauchte vor einem Jahr auf. Sie müssten sich eigentlich erinnern. Er behauptete, Mitglied des Ökorats von ECOCA gewesen zu sein und über wichtige geheime Informationen zu verfügen. Damals hat ihm das niemand abgekauft, zumal der Ökostaat völlig unaufgeregt dementierte. Der Mann hatte keine Papiere und machte einen ziemlich verstörten Eindruck. Julien Green, Cording! Klingelt's? Mein Gott, haben Sie überhaupt noch etwas mitgekriegt auf Tahiti? Na seien Sie froh ... Also: Als die ›New York Times‹ sich geweigert hatte, seine Anschuldigungen zu drucken, ist er durchgedreht. Er hat den Redaktionsbetrieb quasi im Alleingang lahmgelegt. Vierzehn Tage lang. Durch Bombendrohungen! Den Rest seiner Zeit verbrachte er in der Klapsmühle. Dort hat er an einem Buch gearbeitet. Titel: SECRETS – *aus dem Innenleben einer Ökodiktatur.* Sind nur vierundsiebzig Seiten geworden – er starb während der Schreibarbeiten. Die Umstände seines Todes wurden nie geklärt.

SECRETS. Ich hatte die Gelegenheit, das Manuskript einzusehen. Interessant. Bar jedes Beweises, aber interessant…«

Knowles zog sich die Jacke über. »Ich brauche dringend frische Luft«, sagte er und hielt sich nacheinander Mund, Ohren und Augen zu, womit er andeuten wollte, dass ihr Zimmer total verwanzt war, was Cording lächerlich fand. Dennoch folgte er dem Amerikaner die Geary Street hinunter zum Union Square, wo sie sich in der Nähe des großen Springbrunnens auf eine Bank setzten. »Wasserrauschen ist gut«, sagte Knowles, »das Geräusch ist Gift für Richtmikrofone.«

Cording war nicht sicher, was er von Knowles' paranoidem Gebaren halten sollte. »Okay, John«, sagte er, nachdem sie einige Zeit geschwiegen hatten, »schießen Sie los, hört uns ja keiner.«

»Die Leute! Fällt Ihnen an ihnen etwas auf, Cording? Schauen Sie genau hin …«

Was sollte sein? Na ja, allzu fröhlich sahen sie nicht aus. Es war ein milder, sonniger Tag, da hätte sich der ein oder andere ruhig ein Lächeln abringen dürfen. Auffallend auch, dass sie alle in einem ähnlich schleppenden Tempo unterwegs waren.

»Lethargisch …«, hörte er Knowles sagen. »Die Menschen in ECOCA sind von der Lethargie befallen wie von einer unheilbaren Krankheit… Das liegt an den vegetarischen Grundnahrungsmitteln, die ihnen hier kostenlos verabreicht werden. Jedenfalls behauptet Julien Green das.«

Auf einer gigantischen Videotafel, die an einem leer stehenden Hochhaus des ehemaligen Financial District installiert war, liefen die zehn Grundgesetze ab wie der Rolltitel eines Hollywood-Blockbusters.

»Genmanipulationen an Pflanzen, Tieren oder Menschen sind verboten«, las Knowles laut mit. »Sehr lobenswert, finden Sie nicht? Wissen Sie, was Green behauptet? Aufgrund der extremen Bodenverseuchung in ECOCA ist die Ernährungslage derart prekär, dass sich der Staat selbst gezwungen sah, dieses Gesetz zu brechen. Das Plasma, welches einen wesentlichen Bestandteil der vegetarischen Grundnahrung darstellt, besteht aus Single-

Cell-Proteinen, ein durch genmanipulierte Mikroben entstandenes Eiweiß. Es wird fabrikmäßig hergestellt. An geheimen Orten. Seine Nebenwirkungen sind nie erforscht worden, werden aber bewusst in Kauf genommen. Welches diktatorische Regime hätte ernsthaft etwas einzuwenden gegen lethargische Untertanen?«

Cording fühlte sich nicht wohl in seiner Haut. Die Gesichter der Vorbeiziehenden schienen sich plötzlich auf fatale Weise ähnlich zu werden, als würde von unsichtbarer Hand die Folie des Gleichmuts über sie gezogen. Gequält lächelte er einer jungen Frau zu, die ihre Hände im Feinstaub der Fontäne kühlte. Sie lächelte zurück.

»Wissen Sie, was ich glaube, John«, sagte er sichtlich erleichtert, »ich glaube, dass Julien Green nicht zu Unrecht in der Klapsmühle gelandet ist.«

Knowles' Augen glitten prüfend über Cordings Gesicht. »Ich stelle mir gerade vor«, sagte er, »wie verrückt Sie wohl geworden wären, wenn Sie über derartige Kenntnisse verfügt hätten … Über die Schutztruppen dieses Staates zum Beispiel. Drei Millionen Mann sollen es sein, nicht schlecht für ein kleines, elitäres Ökoparadies. Laut Green gibt es vier Divisionen mit unterschiedlicher Aufgabenstellung: die Energiepolizei, die Pflanzen- und Tierschutzpolizei, den Verhaftungsservice sowie die Grünhelme, die als schwer bewaffnete Armee überall im Land unterwegs sind. Der Einsatz der Grünhelme wird über eine Computerzentrale gesteuert, die auf Tipps aus der Bevölkerung reagiert. Baumfrevel, illegale Schlachtung, Autofahren, Tierhaltung etc. Jedes Fahrzeug der Grünhelme ist beständiger Onlinepartner des Schutztruppenministeriums. Die Soldaten selbst sind zu willfährigen Befehlsempfängern degradiert worden. Mit dem elektronischen Einsatzbefehl wird der sogenannte Aggressorchip aktiviert, der ihnen unter die Haut gepflanzt wurde. Damit reagieren sie wie Maschinen, die auf Knopfdruck wieder zu Menschen werden. Sagt Green. So ganz würde ich das nicht von der Hand weisen …«

Cording hatte kaum noch ein Ohr für Knowles, der nicht zu

bemerken schien, was sich um sie herum abspielte. Auf jeder Seite des rechteckigen Platzes waren offene Armeelaster vorgefahren. Die Menschen, die eben noch phlegmatisch ihrer Wege gegangen waren, liefen plötzlich aufgescheucht durcheinander. Einige versuchten durch die Rosenbüsche in die Nebenstraßen zu entkommen, wurden aber von den Soldaten abgefangen und auf die Lkws getrieben. Innerhalb weniger Minuten war der Union Square menschenleer, nur Cording und Knowles waren übrig geblieben. Sie hatten einem Offizier ihre Bluecard gezeigt, die Gäste bekamen, die auf Einladung des Rates in der Republik weilten.

»Was war das?!«, fragte Cording, dem der Schreck noch in den Gliedern saß. »Wo bringen sie die Menschen hin?«

»Wir sind Zeuge einer Erziehungsrazzia geworden«, sagte Knowles. »Julien Green behauptet, dass die Grünhelme das Recht haben, jeden Bürger jederzeit zu verhaften, um ihn einer sogenannten Erziehungslektion zuzuführen. Sieht aus, als läge er gar nicht so verkehrt damit... Orte solcher Lektionen sind ehemalige Schlachthöfe, Zoos und Versuchslabore. Anhand von Videoinstallationen dürfen die Menschen vor Ort nachvollziehen, was ihre Rasse den Tieren angetan hat und außerhalb dieses Staates immer noch antut. Ich stell mir das sehr beeindruckend vor...«

Als die URP-Vorsitzende an der Seite der Informationsministerin das Konferenzzimmer der Universität von Eugene betrat, erhoben sich die zwölf Mitglieder des Ökorats von ihren Sitzen. Maeva bedankte sich für den freundlichen Empfang und nahm den für sie reservierten Platz an der Stirnseite der ovalen Tafel ein. Nachdem die Damen und Herren sich vorgestellt und ihre Verantwortungsbereiche definiert hatten, erlaubte sich Tanith Agosta den Hinweis, dass es bisher noch keinem Staatsgast vergönnt gewesen sei, die Identität der Ratsmitglieder in Erfahrung zu bringen. Mit der heutigen Ausnahme wollte die Runde ihren Respekt vor der Leistung Maevas bekunden, die mit Mut, Ausdauer und Vehemenz für die gleichen Ziele kämpfte wie man selbst. Weshalb der Rat der Republik einstimmig beschlossen habe, ECOCA in den Verbund der URP zu integrieren.

Maeva fühlte sich düpiert. Der Rat konnte beschließen, was er wollte – ob es zu einer Mitgliedschaft in den URP kam, entschieden allein die Gremien ihrer Organisation. Und nach allem, was sie hier in Erfahrung gebracht hatte, würden diese bestimmt anders votieren. Sie hatte Mühe, die Fassung zu bewahren. Dabei verschaffte ihr ausgerechnet ein Vorschlag der Informationsministerin Luft, die dafür plädierte, erst einmal den strittig gebliebenen Tagesordnungspunkt von gestern zu klären, was dem Gast zugleich Gelegenheit gäbe, sich einen Eindruck von der hiesigen Debattenkultur zu verschaffen. Soweit Maeva es verstand, ging es darum, ob die Ergebnisse der einjährigen Testphase, die mit einer Spezialeinheit durchgeführt worden war, ausreichten, um nun alle Soldaten der Schutztruppen mit dem elektronischen Chip auszurüsten. Sie wusste zwar nicht, um was für einen Chip es sich handelte, aber die Heftigkeit der Auseinandersetzung ließ auf ein höchst umstrittenes Projekt schließen.

Eric Sears, ein ehemaliger Harvardprofessor und Leiter des Entsorgungsministeriums (Atom- und Chemieabfälle), war das verbissene Ringen um die besseren Argumente als Erster leid. »Wir sind alle ein bisschen müde geworden an unserer Aufgabe«, sagte er und wanderte im Rücken der Kollegen um den Konferenztisch. »Es ist völlig normal, wenn der eine oder andere angesichts der Maßnahmen, zu denen wir qua Faktenlage gezwungen werden, gelegentlich Skrupel empfindet. Das ändert jedoch nichts daran, dass wir nach wie vor nur einem Ziel verpflichtet sind: nämlich sicherzustellen, dass der Weg in eine tiefenökologische Gesellschaft nicht durch jene blockiert wird, die zu schwach sind, ihn zu gehen. Um diese Kräfte aufzuspüren und auszuschalten, benötigen wir verlässliche Schutztruppen. Lassen wir doch um Gottes willen nichts unversucht. Wir sind Wissenschaftler, keine Bande machtgieriger Weltverbesserer. Wir sind aus der Reserve getreten, als es keine andere Wahl mehr gab.« Er stellte sich hinter die Energieministerin Vanilla Burnham und blickte die anderen Ratsmitglieder der Reihe nach an. »Die Testergebnisse sind beeindruckend«, sagte er, »das wissen Sie. Bisher ist kein einziger Soldat durch den Chip zu Schaden gekommen. Im Grunde spricht also nichts dagegen, einer dauerhaften Nutzung zuzustimmen. Es herrscht Krieg, liebe Kollegen! Überlebenskrieg. Und ich finde, dass wir ihn auf die bestmögliche Weise führen. Also lasst uns abstimmen. Wer ist dafür?«

Die Ökoräte schauten sich Hilfe suchend an. Einer nach dem anderen hob zögernd die Hand. Ausgerechnet Schutztruppenminister John Hodge verweigerte sein Einverständnis. »John«, mahnte Vanilla Burnham, »wir sind nicht beschlussfähig ohne deine Stimme.« Der Angesprochene drückte seine rechte Faust mehrmals gegen die Lippen, als wolle er sich den Mund verbieten. Schließlich stimmte auch er zu.

Die umstrittene Chipgeschichte war vom Tisch, und Tanith Agosta ging erleichtert zur eigentlichen Tagesordnung über. Sie berichtete dem Rat von der Inspektionsreise, die Maeva und sie während der letzten sieben Tage unternommen hatten, wobei das Informationsministerium bestrebt gewesen sei, keine Frage der URP-Vorsitzenden unbeantwortet zu lassen und ihr jede gewünschte Einsicht in den Alltag von ECOCA zu gewähren. Sie erwähnte die als Altensiedlungen bezeichneten Wohnkolonien, die sie besucht hatten und in denen die ehemalige gesellschaftliche Elite des Staates konzentriert war, die man bewusst aus dem Arbeitsprozess ausgeschlossen hatte: Politiker, Journalisten, Wirtschaftsgrößen, Werbefachleute etc. Sie ließ auch die Sterbekliniken in den Altensiedlungen nicht unerwähnt, in denen sich am Leben müde gewordene Insassen ein sogenanntes »Todesmenü« aus dem Cyberspace zusammenstellen konnten. Gerüche, Geräusche und atemberaubende Landschaften, die in eigens dafür entwickelten Sterbekammern abgerufen wurden, während die Kandidaten mithilfe eines zuvor verabreichten Sedativums sanft dahinschieden. Tanith Agosta sprach von den zahlreichen chinesischen Flüchtlingen, die Maeva aufgefallen waren und die in ECOCA im ökologischen Arbeitsdienst und dort hauptsächlich bei der Demontage von Atomkraftwerken, Chemiefabriken und auf gefährlichen Mülldeponien eingesetzt wurden. Bei der Gelegenheit vergaß sie nicht, die ausgeklügelte Logistik zu erwähnen, mit der die Renaturierungsbrigaden an ihre wechselnden Einsatzorte transportiert wurden. Sie ließ überhaupt keine der Scheußlichkeiten aus, die Maeva unterwegs so viel Kopfzerbrechen bereitet hatten. Die in jeder Kleinstadt eingesetzten Schnellgerichte ebenso wenig wie die willkürlich ausgerufenen Sperrgebiete. Inzwischen waren siebzig Prozent ECOCAS »menschenfrei«, wie Tanith Agosta es formulierte. Die elf geomorphologischen Gebiete Oregons und Kaliforniens mit ihren klar definierten Grenzen standen den Menschen nicht mehr zur Verfügung. Die meisten Bürger dieses Staates wussten nicht mehr um die Schönheit der schneebedeckten Berge, der Nebelküsten, der heißen Wüsten und urzeitlichen Mammutbäume. Sie hatten nie an den Ufern des Lake Tahoe oder zu Füßen des Mount Whitney gestanden, sie waren noch nie von den Wasserfällen und der üppigen Blütenpracht des Yosemitetals überwältigt worden, sie hatten keine Ahnung, wie der Pazifik roch, ihre Seele konnte nicht durchatmen, weder in der Sierra Nevada noch in der Mojavewüste. Für die Mitglieder dieses Rats war das ein Grund, stolz zu sein, getreu ihrem Motto »Erst die Erde, dann der Mensch!« Den gleichen Stolz glaubte Maeva auszumachen, als Tanith Agosta von der Verschmelzung der Religionen sprach. Das Christentum, behauptete sie, sei in ECOCA problemlos in der herrschenden Staatsreligion aufgegangen, weshalb es den Priestern der Ökosophie nicht schwerfalle, ihre Botschaft von den Kanzeln ehemals christlicher Gotteshäuser zu verkünden. »Die Ökosophie«, so Tanith Agosta, »bereitet die kommenden Generationen auf einen verantwortungsvollen Umgang mit der Schöpfung vor. Es ist deshalb nur logisch, dass wir den sonntäglichen Kirchenbesuch zu einer staatsbürgerlichen Pflicht erhoben haben.«

Maeva wurde der Gedanke, sich vor diesem Rat äußern zu müssen, zunehmend unangenehm. Zweifellos verfügte die Ökorepublik über zahlreiche positive Ansätze. Sie dachte an die chemiefreie, dezentralisierte Landwirtschaft; an die Wiederentdeckung der Hanfpflanze, die zur Nutzpflanze Nummer eins geworden war. Sie dachte an die umfassenden Renaturierungsmaßnahmen; an die Bodenreform. Ab einer bestimmten Größenordnung war Grundbesitz verboten, das war nachzuvollziehen. Ein gewisses Verständnis brachte sie auch dem Reiseverbot entgegen. Der Individualverkehr, einst der alles bestimmende Götze im Sonnenstaat Kalifornien, war abgeschafft worden. Selbst der ökologische Arbeitsdienst machte angesichts der verheerenden Altlasten Sinn. Vieles, was in den Regionen der URP noch Zukunftsmusik war, funktionierte in ECOCA bereits: Die Umstellung auf alternative Energien war gelungen, renoviert wurde nach den Gesetzen der Baubiologie, die Kleidung der Menschen bestand aus Hanf- und Brennnesselfasern, künstlich produzierte chemische Verbindungen waren nicht in Umlauf. Maeva imponierte die Bedeutung, die man den Ureinwohnern Nordamerikas wieder beimaß. Sie hielt es auch für fair, dass diejenigen, die dem Druck des Arbeitsalltags nicht gewachsen waren, sich einer der zahlreichen Meditationskommunen im Lande anschließen konnten, in denen der Versuch unternommen wurde, die zivilisationsgeschädigten Bürger unter Anleitung spiritueller Lehrer wieder an das alte Wissen der Naturvölker heranzuführen. Die Kommunen waren autark, ihre wachsenden Gebietsansprüche wurden berücksichtigt. Tanith Agosta hatte sich ihr gegenüber vor einigen Tagen mit hintersinnigem Lächeln zu der Bemerkung verstiegen, dass der Staat seine Menschenherde nur deshalb mit so harter Hand regiere, um sie so leichter in die Pferche der Meditationskommunen treiben zu können. Genau diese elitäre Überheblichkeit aber war es, die Maeva so abstieß.

Ein junger Mann trat ein und reichte der Informationsministerin ein Blatt Papier. Tanith Agosta las den Ausdruck aufmerksam durch, schob ihn dann zu Maeva hinüber und blickte triumphierend in die Runde. »Der Zugriff auf die Manganvorkommen im Südpazifik ist abgewehrt«, sagte sie, und es klang, als würde sie jedes Wort einzeln abschmecken. »Die UNO hat das Projekt mit nur einer Stimme Mehrheit soeben zu Fall gebracht. Die

Hebetankerflotte, die letzte Woche von Norwegen aus aufgebrochen war, hat Befehl erhalten, umzukehren. Damit ist die aberwitzige Allianz zwischen Global Oil und der Solarindustrie gescheitert. Und nun ratet mal, wer in letzter Sekunde umgeschwenkt ist: unser aller Freund Brandon Selby! Vielleicht sollten wir an dieser Stelle in uns gehen und ihn um Verzeihung bitten für die Verwünschungen, die wir in seine Richtung ausgestoßen hatten, als die *Pacific Republic* den Vereinten Nationen und nicht den URP beigetreten ist.«

Maeva starrte immer noch fassungslos auf die Nachricht in ihren Händen. Dies war bereits das zweite Mal, dass Selby ihnen in dieser Angelegenheit zu Hilfe gekommen war, aber weder Omai noch sie hatten bisher Gelegenheit gehabt, sich persönlich bei dem Mann zu bedanken. Sie würde Cording oder Knowles bitten, den Kontakt so schnell wie möglich herzustellen.

»Gut«, hörte sie Tanith Agosta sagen, »wir haben zur Kenntnis nehmen dürfen, dass die Vernunft außerhalb unserer Grenzen – und natürlich denen der URP – noch nicht gänzlich ausgestorben ist. Dies ist aber noch lange kein Grund, den eigentlichen Zweck unseres Zusammentreffens außer Acht zu lassen. Der eigentliche Grund, Maeva, besteht für uns darin, zu erfahren, welche Eindrücke Sie von hier aus mitnehmen werden und wie wir in Zukunft miteinander kooperieren wollen.«

Dieser Moment war schlimmer auszuhalten, als Maeva befürchtet hatte. Durch die hereingereichte Erfolgsmeldung war eine Atmosphäre der Verbundenheit entstanden, die es ihr schwer machte, jenen Abstand zu wahren, der dem Unterschied zwischen ihrer Politik und der dieses Rates am ehesten entsprochen hätte. Sie blickte in Tanith Agostas erwartungsfrohes Gesicht, in dem das Lächeln wie eine Zahnprothese saß.

»Was euch und mich eint«, begann sie zögerlich, »ist die Erkenntnis, dass wir ohne eine radikale Kehrtwende verloren sind, dass wir die Konditionierungen aus der Zeit des materiellen Strebens aufzulösen haben. Das ist hart und nur schwer durchführbar. Aber es ist der einzig verbliebene Weg. Er führt jedoch nur dann zum Ziel, wenn die Menschen über jede Absicht des

Staates informiert werden, wenn man ihnen sagt, wozu die einzelnen Schritte notwendig sind. Ein Staat, der seine guten Absichten mit Repressionen durchzudrücken versucht und seine Bürger zu willfährigen Befehlsempfängern degradiert, kann unmöglich erwarten, dass sich seine Menschen zu harmonischen, friedlichen Wesen entwickeln. Lüge und Gewalt sind ein schlechter Nährboden für Vertrauen. Hinzu kommt, dass den Bürgern dieser Republik jegliches Recht verwehrt wird. ECOCA ist ein Unrechtsstaat, der seine Gesetzesbrecher über Schnellrichter willkürlich aburteilt, bis hin zur Todesstrafe. Genau genommen ist jeder Bürger ECOCAS ein potenzieller Todeskandidat. Ich bin nicht bereit, eine Politik zu unterstützen, die im Umgang mit der eigenen Bevölkerung jeden ethischen Ansatz vermissen lässt. Die Aussöhnung des Menschen mit der Natur kann nur gelingen, wenn dem Menschen die gleichen Rechte wie den Pflanzen und Tieren zugestanden werden. Nicht mehr, aber auch nicht weniger. Die Realität in ECOCA sieht anders aus. Keiner weiß das besser als Sie, denn Sie haben diese Zustände zu verantworten.«

Maevas Worte prasselten wie Steinschläge auf die Versammelten ein. Es herrschte Schockstarre am Tisch. Maeva nutzte die Chance. Nachdem sie in aller Nüchternheit ihre Hauptargumente dargelegt hatte, ging sie von der Philippika zur Nachrede über, mit verändertem Tonregister. »Jeder Mensch auf der Welt wünscht sich doch dasselbe«, sagte sie sanft. »Größtmögliche Sicherheit, Respekt und Verständnis. Erst wenn wir über genügend Empathie verfügen, sind wir stark genug, uns die Werte nicht mehr von außen diktieren zu lassen. Unsere Werte verlagern sich. Wir konzentrieren uns nicht wie bisher auf Unterschiedlichkeiten, wir setzen den Fokus auf Gemeinsamkeiten. Der Begriff Tiefenökologie, den Sie in ECOCA so gerne verwenden, findet in der Kultur des Herzens, um die wir uns in den URP bemühen, seine adäquate Entsprechung. Eine solche Kultur stärkt die Verantwortung des Einzelnen gegenüber dem Ganzen, was wiederum zur individuellen, sozialen und ökologischen Gesundung der Gesellschaft beiträgt. Ich war übrigens letzten Sonntag in der Kirche. Ihre Staatsreligion hat diesen Gedanken längst aufgenommen. Gehen Sie mal hin, hören Sie zu, was die Priester der Ökosophie dem Volk predigen …«

Es hätte dieses Affronts nicht bedurft, um die Stimmung kippen zu lassen. Einzig Maevas natürliche Autorität bewahrte sie vor unflätigen Bemerkungen, wie sie einigen der Anwesenden erkennbar auf der Zunge lagen. Schließlich nahm Professor Eric Sears das Wort, der schon in der Chipdebatte zu Beginn der Sitzung gesprochen hatte.

»Dass die URP es sich leisten können, einen Vorreiter der ökologischen Wende als Mitglied abzulehnen, ist mir, und ich glaube da im Namen aller Kolleginnen und Kollegen zu sprechen, völlig unverständlich. Wir sind es gewohnt, in der Welt auf Unverständnis zu stoßen. Von Ihnen, Maeva, hätten wir jedoch etwas mehr erwartet als eines der üblichen Pauschalurteile. Ich habe Ihnen eben sehr genau zugehört. Eine neue Kultur des Herzens! Klingt … wie soll ich sagen? Klingt phantastisch, irgendwie großartig. Wer könnte da schon Nein sagen? Ich nicht. Leider muss ich Ihnen trotzdem gestehen, dass Sie mich nicht überzeugen konnten. Nicht vor den dramatischen Hintergründen, mit denen wir konfrontiert sind. Es bleibt schlicht keine Zeit, um auf eine allgemeine Bewusstwerdung zu setzen. Ich garantiere Ihnen, dass noch eine ganze Reihe anderer Staaten dem Beispiel von ECOCA folgen werden. Weil sie erkennen, dass man die notwendige Operation auch wollen muss, wenn man am Leben hängt.«

Wenn Rauura den tahitianischen Präsidenten in seine Hütte zitierte, musste es sich um eine Angelegenheit von größter Wichtigkeit handeln. Omai, von dem langen Fußmarsch in die Berge des Te Pari erschöpft, wunderte sich, dass der Schamane auf die üblichen Begrüßungsrituale verzichtete und sofort zur Sache kam.

»Ist deine Schwester noch bei Sinnen, oder wie soll ich das verstehen?«, schimpfte Rauura und wanderte mit auf dem Rücken verschränkten Armen nervös auf und ab.

»Was meinst du?«, fragte Omai.

»Was soll ich schon meinen? Ihr edelmütiges Angebot von gestern natürlich!«

Omai bewertete Maevas Versprechen bei Weitem nicht so tragisch, wie es Rauura offensichtlich tat. Sicher, sie hatte den Zeitpunkt geschickt gewählt. Außerdem waren die notleidenden Inuit, die durch die Offshoreanlagen der Amerikaner einen Großteil ihrer Fischgründe verloren hatten, eine ideale Besetzung in ihrem Weltverbesserungsdrama. Dass sie den um ihre Existenz kämpfenden Sympathieträgern aus Alaska, nur einen Tag nachdem Global Oils Hebetankerflotte aus den polynesischen Gewässern verwiesen worden war, öffentlichkeitswirksam versprochen hatte, ebendiese Gewässer zu nutzen, um dort mithilfe der URP ökologische Fischfarmen zu errichten, aus denen sie ihren Bedarf würden decken können, war ein PR-Geniestreich. Aber Maeva musste doch wissen, dass sie darüber nicht entscheiden konnte, das war Sache der Parlamente Polynesiens. Allerdings, und da gab Omai dem Schamanen recht, würde es Tahiti und seine Inseln in ein extrem schlechtes Licht rücken, wenn diese der Zusage der URP-Vorsitzenden nicht entsprachen.

»Wir ziehen die Sache jetzt wie geplant durch«, sagte Rauura. »Ist Cording eingeweiht?«

Omai nickte.

»Ist er einverstanden? Können wir uns auf ihn verlassen?!«

»Ich denke schon. Wir stehen in Kontakt.«

»Das reicht mir nicht, Omai! Wir müssen zu hundert Prozent sichergehen. Das Beste wird sein, du triffst dich mit ihm. So bald wie möglich.«

»Ich halte das für keine gute Idee«, entgegnete Omai. »Das Risiko, erkannt zu werden, ist einfach zu groß. Das fängt schon bei der Einreise an. Wie wäre es, wenn *du* dich auf den Weg machen würdest?«

»Auf mich hört er nicht, da wittert er sofort eine Verschwörung.«

»Es ist eine Verschwörung, machen wir uns nichts vor.«

»Es ist eine Befreiungsaktion. Und als solche müssen wir sie auch verkaufen.«

»Gut, Rauura, dann flieg nach L.A., triff dich mit Cording. Danach wirst du Klarheit haben. Können wir uns auf ihn verlassen oder nicht? Solange du nicht fest an ihn glaubst, funktioniert es nicht. Wie willst du Cording, wie willst du Rudolf und seine Männer sonst davon überzeugen, dass sie sich mit ihrem Verrat unbezahlbare Verdienste erwerben?«

Rauura ließ sich auf einer Matte nieder. Da er auf die Begrüßungsrituale, wie sie unter den Arioi üblich waren, wohlweislich verzichtet hatte, sah er seine Autorität durch Omais Worte nicht beschädigt. Die beiden Männer verbrachten den Nachmittag palavernd beim Tee. Von der Befreiungsaktion war nicht mehr die Rede. Als versagten sie sich bewusst jeden Gedanken an den ungeheuren Plan, der ihr Leben für immer verändern würde.

Das Staples Center in Downtown Los Angeles war bis auf den letzten Platz besetzt. Es geschah nicht mehr häufig, dass die Stadt Schauplatz eines Ereignisses war, das von den Medien landesweit transportiert und wahrgenommen wurde. Da ECOCA den Durchgangsverkehr auf der Straße gesperrt und sämtliche Überflugrechte gestrichen hatte, konnte man sich der kränkelnden Metropole nur mit dem Zug oder vom Pazifik aus nähern, per Schiff oder Flugzeug. Allzu viele Menschen zog es deshalb nicht in die Stadt der Engel. Die achtzehntausend Farmer jedoch, die aus Oklahoma, Tennessee, Iowa, North Carolina und nahezu allen anderen Bundesstaaten hergefunden hatten, wähnten sich genau am richtigen Ort. Los Angeles war der Hauptsitz der GENius AG. Und hier, in der Höhle des Löwen, wollte man der Öffentlichkeit demonstrieren, wie solidarisch Amerikas Landwirte gegen den übermächtigen Agrarkonzern zu Felde zogen.

»War sie immer so stur?«, fragte Knowles sichtlich verärgert, als er Maevas Marsch in die Arena auf dem Videowürfel verfolgte.

Cording schüttelte den Kopf. Er verstand so wenig wie sein Kollege, warum es sie seit geraumer Zeit drängte, Unruhe in ihrem eigenen Leben zu stiften.

»Sie hätte hier niemals auftreten dürfen«, hörte er den Amerikaner sagen. »Als wenn der Mordanschlag in Bolivien nicht Warnung genug gewesen wäre. Die Frau scheint es ja förmlich darauf anzulegen, als Märtyrerin zu enden. Wenn das der Preis für ihre Visionen ist, dann fangen diese Visionen an, mir Angst zu machen. Wozu braucht sie uns eigentlich noch?«

Cording war verblüfft. John Knowles, den so gut wie nichts zu erschüttern vermochte, machte sich ernsthaft Sorgen um Maeva! Wie er übrigens auch. Wie Omai, wie Rauura und vermutlich noch sehr viele andere Menschen. Vielleicht sollte er den Amerikaner einweihen, das würde einiges erleichtern. Knowles würde mitmachen, vor allem würde er dichthalten.

Trotz der aufgeheizten Atmosphäre, die bis hinauf zu ihnen in die obersten Ränge zu spüren war, fühlte sich Cording so entspannt wie lange nicht mehr. Er hätte Knowles bei dem riskanten Unternehmen nur ungern gegen sich gehabt. Sobald Maeva ihr Grußwort gesprochen hatte, würde er mit dem Mann von hier verschwinden. Aber zunächst lauschte er den einführenden Sätzen Les Beavers, des wohl wichtigsten Wortführers der Protestbewegung. Beaver war bereits vor zwanzig Jahren gegen den Chemie- und Saatguthersteller GENius aufgestanden. Damals hatten die meisten der Anwesenden den Versprechungen des Agrarmultis noch geglaubt. Inzwischen wussten sie alle, dass genmanipuliertes Saatgut nicht zu höheren Erträgen führte, dass von einem besseren Nährwert keine Rede sein konnte und der Einsatz von Chemikalien nicht zurückgegangen war. »Im Gegenteil«, rief Beaver, »wir setzen mehr Chemikalien ein als jemals zuvor, und sie sind stärker und giftiger als jemals zuvor!« Das Staples Center schien sich unter den Buhrufen regelrecht aufzublähen. Beaver versuchte zu beschwichtigen. Es gelang ihm nicht. Erst als er sich zum Mikrofon beugte und ein langgezogenes »Maaeevaa ...!« sprach, hatte er Erfolg.

Unter den Klängen einer Countryballade betrat Maeva die

Bühne. »Es wird ein Leben nach GENius geben!«, rief sie mit fester Stimme und lächelte überlebensgroß vom Würfel. In Sekundenschnelle hatte sie das Publikum hinter sich gebracht. Knowles blähte anerkennend die Backen. »Wann das Leben nach GENius beginnt«, fuhr Maeva fort, »hängt ganz allein von euch ab. Zurzeit übt der Konzern mehr Macht über euch aus, als sich eine Regierung je trauen würde. GENius besitzt das Monopol auf Saatgut. Sie besitzen das Leben, Freunde! Wie weit der Zynismus der GENius AG geht, beweist die sogenannte Terminatortechnologie. Ein sehr verräterisches Wort. Die Pflanzen werden so manipuliert, dass sie nur einmal keimfähig sind. Eine Wiederaussaat ist zwecklos. Ihr seid also Jahr für Jahr gezwungen, neues Saatgut zu kaufen. Das ist es, worum es den Herrschaften geht.«

Maeva hielt einige Sekunden inne. Die ganze Arena schien mit ihr den Atem anzuhalten. »Wie ihr wisst«, fuhr sie fort, »sind GENius und ich nicht gerade durch ein rosarotes Band der Sympathie miteinander verbunden. Sie mögen mich nicht. Weil ich ausspreche, was inzwischen alle hier im Saal wissen: Die Gentechnik ist eine pervertierte Wissenschaft, sie ist unsicher, und sie hat sich nicht bewährt! Ihre Profiteure besitzen weder Ethik noch Moral. Warum also sollten wir zulassen, dass sie unsere Gemeinschaften zerstören? Denn genau das tun sie. GENius betreibt eine Hotline, über die die Kunden aufgefordert werden, den Nachbarn zu denunzieren. Der Konzern gibt also seinen Kunden die Möglichkeit, GENius-Anwälte auf unliebsame Landwirte loszulassen, die dann Hunderttausende von Dollars aufbringen müssen, um sich gegen Anklagen zu verteidigen, die jeder Grundlage entbehren. Der Konzern tut alles, um jene unter euch, die zu einer natürlichen Bewirtschaftung ihrer Felder zurückfinden wollen, finanziell und mental zu zerstören. Dabei weiß er sowohl die Gerichte als auch die Lebensmittelüberwachungsbehörde der USA auf seiner Seite, die bisher noch keine einzige eigene Untersuchung durchgeführt hat, wenn es um die Zulassung neuer GENius-Patente ging. Wie lange kann eine Gesellschaft solch offenen und offensichtlichen

Betrug mit ansehen, ohne ihre Selbstachtung zu verlieren? Ihr, das ist mir heute klar geworden, werdet eure Selbstachtung nicht verlieren. Ihr seid stolz, und ihr seid stark. Das reicht in der Regel, um dem bösen Spuk ein Ende zu bereiten … Ich wünsche euch im Kampf gegen den Agrarmoloch Ausdauer und Mut. Beides werdet ihr brauchen. Steht zusammen. Die Regionen der URP werden euch unterstützen, wo immer sie können!«

Sie lauschte ergriffen dem Applaus, verbeugte sich mehrmals und verschwand schließlich zu den Klängen von »Going up the country« winkend in den Kulissen.

»Lassen Sie uns ne Kleinigkeit essen gehen, John«, rief Cording Knowles ins Ohr. »Ich möchte etwas mit Ihnen besprechen.« Hatte der alte Knabe etwa feuchte Augen? Jedenfalls fuhr er sich kurz mit dem Ärmel übers Gesicht, bevor er ihm folgte.

»Was ist mit Steve?«, fragte Knowles. »Sollten wir nicht auf ihn warten?«

»Nein«, antwortete Cording, »das geht nur Sie und mich etwas an.«

Los Angeles, 27. Januar 2029

John Knowles ist einverstanden. Es war nicht schwer, ihn für den Plan zu gewinnen. Aufgrund seiner Geheimdienstkontakte weiß er die Gefahr, in der sich Maeva befindet, gut einzuschätzen. Den von Omai festgelegten Zeitpunkt der Aktion hält er für richtig. Je schneller, desto besser. Wird knapp. Schon übermorgen soll die Privatmaschine von Malcolm Double U bereitstehen, mit der uns der exzentrische Milliardär in Patagonien einfliegen lassen will. Soweit ich Maeva verstanden habe, warten in Malcolms Pampapalast noch andere Superreiche auf sie. Tut mir leid, Jungs, ihr werdet die schöne Erlöserin aus der Südsee, die ihr so gerne gesponsert hättet, nicht zu Gesicht bekommen!

Das einzige Problem ist Steve. Er darf von der Geschichte auf keinen Fall Wind bekommen, weder jetzt noch später. Um zu verhindern, dass er mit Maeva ins Flugzeug steigt, hatte Knowles eine geniale Idee: Wir fliegen mit dem Jungen morgen nach New York, wir werden bei CBS vorstellig! Amerikas größter Fernsehsender hatte vor einigen Monaten Interesse an »Maevas Reise« durchblicken lassen. Steve und Shark fanden das gar nicht lustig, sie hatten es nicht einmal für nötig befunden, zu antworten. Inzwischen hat sich die Situation verändert, die Probleme im Internet häufen sich. In China, Russland, Südafrika und einigen anderen Ländern sind wir von den Servern geflogen, woanders versucht man uns durch Hackerangriffe zu stoppen. Knowles kennt den Chefredakteur der Evening News bei CBS. Vielleicht geht da was. Selbst wenn nicht: Als Alibi eignet sich der Besuch hervorragend.

Sie bewohnten das »Hollyhock House« des berühmten Baumeisters Frank Lloyd Wright in Little Armenia, einem Stadtteil im Bezirk Hollywood. Die architektonische Perle aus den 1940er-Jahren gehörte Malcolm Double U. Cording hätte die Tage lieber in der Anonymität eines Hotels verbracht. Das Haus erinnerte ihn mit seinen glatten Putzflächen und Ornamenten an einen Mayatempel. Bei dem Begriff Tempel musste er automatisch an Opfer denken. Tempelopfer – lag doch nahe. Er hätte Knowles' Einladung annehmen und ihn auf dessen Spritztour nach Malibu begleiten sollen. Im hauseigenen Buick Caprice von 1986. Blau metallic, Klimaanlage, zweiundzwanzig Liter Super auf hundert Kilometer. »Wo gibt's das heute noch?«, hatte Knowles augenzwinkernd gefragt, als er die Limousine genüsslich über den knirschenden Kies um die Blumenrabatte lenkte, bevor er sie federnd auf die Straße setzte.

Cording verweilte unschlüssig zwischen den Wasserspielen im Hof. Er fürchtete sich davor, ins Haus zu gehen. Er wollte Maeva nicht in die Arme laufen. Sie fühlte sich an diesem Platz sichtlich wohl, sie war gut gelaunt und voller Zuversicht. Er fragte sich, ob Omai wohl an seinem Plan festhalten würde, wenn er Zeuge dieser unverfälschten Heiterkeit geworden wäre, mit der seine Schwester hier alle zu bezaubern wusste, selbst das Personal. Steve war wie ausgewechselt. Er trug ein nerviges Dauergrinsen im Gesicht, das extrem provozierend wirkte. Jedenfalls auf Cording, der im Voraus Verachtung für sich selbst empfand.

Eigentlich hätte er es wissen müssen: Er war nicht geschaffen für den Verrat. Nicht weil er reinen Herzens gewesen wäre, sondern weil er dem Stress einer Intrige nicht standhielt. Da mochte der Verrat noch so gut begründet sein, am Ende blieb dieses eklige Gefühl, den Rest seines Lebens in Einsamkeit verbringen zu müssen.

Sein Gemütszustand konnte Maeva unmöglich verborgen geblieben sein. Aber sie ließ sich nichts anmerken. Sie ließ sich nicht einmal blicken. Nicht in seiner Nähe. Er hörte sie am Pool, auf der Terrasse, im Garten, auf dem Balkon – ihr Lachen verhedderte sich in den Hecken, und wenn sie schwieg, schien die Zeit stillzustehen. Zwischendurch bat man ihn zum Dinner und zum Nachmittagstee, aber er zog es vor, nicht zu erscheinen. Stattdessen schlenderte er in der Abenddämmerung den abgewrackten Sunset Boulevard hinunter, was in der Regel mit einem Überfall oder einer Schusswunde endete. Aber Leuten wie ihm, denen das egal war, weil sie insgeheim hofften, vom Schicksal an der Ausübung ihres eigenen Verbrechens gehindert zu werden, passierte das natürlich nicht. Es war die Aura des Bösen, die ihn schützte, und er fühlte sich böser als alle Gangster zusammen, die an den Ecken des Winona Boulevard und des North Kingsley Drive herumlungerten …

»Sind Sie wahnsinnig?! Steigen Sie ein!« Es war Knowles, der neben ihm anhielt. Er stieß die Beifahrertür auf. »Beeilen Sie sich!«, rief er, als die ersten Wurfgeschosse auf Kühler und Dach prasselten. Cording nahm neben ihm Platz. Wortlos glitten sie in ihrem klimatisierten Buick Caprice durch die Hölle, in der die Häuserskelette Rauch husteten. Erst in dem abgeschotteten Viertel der Superreichen trugen die Bäume wieder Grün, war Magnolienduft in der Luft und Grillengezirpe zu hören. Cording gesellte sich zu Maeva, Steve und Rudolf in den Salon. Knowles folgte nur wenige Minuten später. Er erzählte von seinem Ausflug nach Malibu, von den verrotteten Piers entlang der Küste, die wie gebrochene Finger in den Pazifik ragten, von dem zerstörten Hindutempel, von den verwilderten Parks in der Santa Monica Bay und von der heruntergewirtschafteten Gettyvilla, in der er als Student einst die Antikensammlung des Gettymuseums bewundert hatte. Cording verließ die Runde als Erster, er ertrug es nicht, von Maeva zärtlich berührt zu werden. Als sie ihm später nach oben folgte, stellte er sich schlafend, was sie veranlasste, ihn noch sanfter zu streicheln als zuvor. In Spiralen und Schnörkeln, wie eine gewissenhafte Priesterin der Liebe, stolz auf das Vergnügen, das sie ihm zu bereiten glaubte. Ihre verfeinerten Zärtlichkeiten waren schlimmer zu ertragen als die hingehauchten Nackenküsse, die sie ihm im Salon verabreicht hatte. Cording vergrub seinen Kopf in ihrer Achselhöhle, er wollte nicht mehr gesehen werden.

Die Verbannung

Maeva war es nicht mehr gewohnt, allein zu fliegen. Sie kam sich irgendwie verloren vor. Gut, Rudolf und seine Männer waren noch an Bord, aber die hielten respektvoll Abstand. Sie dachte an Rajani und Aung San Suu Kyi, die sie nach ihrer Amtseinführung ein Stück begleitet hatten und denen sie so viel Zuversicht und Selbstvertrauen zu verdanken hatte. Sie dachte an Cording, an Steve und Shark, mit denen sie auf ihren Flügen so herrlich herumalbern konnte, ohne dabei die Arbeit aus den Augen zu verlieren. Und sie dachte an John Knowles, das jüngste und zugleich älteste Familienmitglied auf ihrer Reise. Sie mochte diesen immer etwas mürrisch wirkenden Amerikaner. Er war grundehrlich, und wenn man ihn ein wenig näher kennenlernte, war man überrascht, wie humorvoll und warmherzig er sein konnte, wie besorgt. Maeva fiel ihr Gespräch im Hollyhock House ein, das sie geführt hatten, nachdem Cording aufs Zimmer gegangen war. Knowles hatte sie auf die Gefahren hinzuweisen versucht, denen sie sich seiner Meinung nach seit Monaten unnötigerweise aussetzte. Ihre verbalen Attacken auf GENius und die Atomindustrie würden auf Dauer nicht ungestraft bleiben, hatte er gesagt, davon könne sie ausgehen. Als sie ihm etwas flapsig entgegnete, dass niemand die Zukunft gewinne, der die Gegenwart nicht beim Namen nenne, zeigte er sich von einer Seite, die sie an ihm noch nicht kannte. »Sie sind besessen, Maeva!«, antwortete er resignierend. »Besessenheit ist ein Spiel für junge Menschen. Ich kann Ihnen da nicht länger folgen …« Sie hatte seinen Worten keine größere Bedeutung beigemessen. Ihre drei Männer waren am nächsten Tag bei CBS in New York verabredet, um herauszufinden, ob sich »Maevas Reise« auf sichere Füße stellen ließ. Und morgen, spätestens übermorgen würde man sich auf dem Anwesen eines sympathisierenden Milliardärs in Patagonien wiedersehen.

Maeva blickte über die Tragfläche in das endlose Blau des Himmels. Hatte sie wirklich, wie Knowles meinte, die Bodenhaftung verloren? »Ich kann Ihnen nicht länger folgen …« Was konnte er damit gemeint haben? Sie war sich plötzlich nicht mehr sicher, ob John Knowles zurückkehren würde. Und die anderen, Cording und Steve, würden die zurückkehren? Sie fuhr auf ihrem Sitz herum wie eine aufgescheuchte Eidechse. Warum hatte Rudolf in Los Angeles darauf bestanden, dass nicht die Crew von Malcolm Double U das Flugzeug flog, sondern Uira und Arenui aus ihrer Leibgarde, die ihr schon als Piloten in Tahiti zur Verfügung gestanden hatten? Warum sprachen Rudolfs Männer nicht miteinander, warum hockten sie da, als würden sie zu einer Beerdigung geflogen? Und Rudolf selbst! Warum blätterte er seit einer Stunde in diesem Magazin, ohne sich ein einziges Mal nach ihr umgedreht zu haben? Nun ja, jetzt drehte er sich um, aber das änderte doch nichts an dieser grauenvollen Stimmung!

Sie winkte ihn zu sich. Ihr oberster Leibwächter deutete an, dass er zuvor noch kurz im Cockpit vorbeischauen müsse. »Was macht ihr denn alle für Gesichter?«, fragte Maeva, als der Tahitianer mit dem deutschen Namen endlich bei ihr in Malcolm Double Us fliegendem Büro Platz genommen hatte. »Nun sag schon, was ist los?«

Rudolf blickte auf seine Armbanduhr, als prüfe er, ob es schon Zeit sei für die richtige Antwort.

»Unsere Maschine hat einen Triebwerkschaden«, antwortete er so unaufgeregt wie möglich, »weit schaffen wir es nicht mehr. Zum Glück liegt die Kokosinsel direkt vor uns. Wir werden dort in wenigen Minuten notwassern und uns mit einem Schiff nach Costa Rica übersetzen lassen. Das Schiff hat unseren Notruf gehört und ist bereits unterwegs zur Insel.«

Maeva fand, dass das Flugzeug sich ganz normal anhörte, aber warum sollte Rudolf ihr eine solche Geschichte auftischen? »Ist die Landung gefährlich?«, fragte sie. »Seid ihr deshalb so bedrückt?!«

»Die Landung macht uns keine Schwierigkeiten«, antwortete Rudolf, »dies ist ein Wasserflugzeug, Maeva, es wurde dafür gebaut.«

Sie war geneigt zu fragen, was ihnen denn sonst Schwierigkeiten bereitete, aber sie verzichtete darauf, um Rudolf nicht noch nervöser zu machen, als er ohnehin schon war.

»Mr. Platt bittet Sie noch um ein wenig Geduld«, sagte die Sekretärin, »darf ich Ihnen etwas anbieten? Kaffee, Tee?«

»Kaffee«, antwortete Knowles. Steve lehnte höflich ab, und Cording reagierte nicht, er schien mit seinen Gedanken woanders zu sein. Seine Augen streiften teilnahmslos durch das Vorzimmer. Er stand auf und stellte sich an die Fensterfront, die vom Boden bis zur Decke reichte. Der Times Square passte locker unter seinen Daumen. In der Scheibe spiegelten sich die Bilder aus dem Flachbildschirm, der zwischen zwei schwarz-weißen Landschaftsfotos von Ansel Adams in der hinteren Wand installiert war. Cording konnte sehen, wie Ed Morley von »60 Minutes« seiner Gesprächspartnerin das Wort abschnitt. Die beiden schwebten sprachlos im grauen Himmel über New York. Unter ihnen lief ein Nachrichtenband über den Schirm. BREAKING NEWS. Was dort verkündet wurde, konnte Cording nicht lesen, es war ja spiegelverkehrt. Umdrehen mochte er sich nicht, er hatte keine Lust, sich von der künstlich erzeugten Dramatik, die der Sender permanent herzustellen hatte, wenn er im Geschäft bleiben wollte, anstecken zu lassen.

»Tut mir leid, Gentlemen, dass ich Sie habe warten lassen«, hörte er eine kräftige Männerstimme in seinem Rücken. »Sie wissen ja, wie es in Redaktionen zugeht. Schön, Sie zu sehen, John, bitte gehen Sie doch schon mal hinein … Mr. Cording, kommen Sie. Und Sie müssen Mr. Parker sein. Ich freue mich, Sie kennenzulernen.«

Sie folgten dem gut gebräunten Herrn mit den silbernen Haaren in dessen Büro. Nicht übel, dachte Cording. Wer mit der medialen Mistgabel Tag für Tag im Elend der Welt herumstocherte, der hatte es verdient, dass man ihm einen chinesischen Seidenteppich unter den gläsernen Schreibtisch schob. Der Miró und der Kandinsky waren ebenso Lohn wie das ausschreitende, bronzene Strichmännchen von Alberto Giacometti. Sie setzten sich in die weißen Ledersessel, die um den Acryltisch standen. Platt nahm hinter dem Schreibtisch Platz. Er massierte seine Schläfen, offenbar schien er nicht sicher zu sein, wie er das Gespräch eröffnen sollte.

»Sind Sie informiert?«, fragte er, wobei er seine Besucher der Reihe nach musterte.

»Worüber?«, wollte Knowles wissen.

Platt startete die Videowand. Ed Morley saß inzwischen allein im Studio, und alles, was er zu verkünden hatte, war, dass man bisher weder die Ursache des Absturzes noch die genaue Absturzstelle kannte. Jetzt blendeten sie das Sprachband ein: »BREAKING NEWS: MAEVA VERMISST! DAS FLUGZEUG DER URP-VORSITZENDEN MAEVA AUF DEM WEG VON LOS ANGELES NACH ARGENTINIEN VERSCHOLLEN! BREAKING NEWS: MAEVA VERMISST! DAS FLUGZEUG DER …«

»Was soll das?!«, stammelte Steve, als hätte sich Platt gerade einen üblen Scherz mit ihnen erlaubt. Innerhalb weniger Sekunden wich seine Empörung einem Gefühl der Hilflosigkeit. Auch Knowles und Cording, die eigentlich hätten vorbereitet sein müssen, zeigten sich betroffen. Die Wucht, mit der sich das Ereignis seinen Weg an die Öffentlichkeit bahnte, erschreckte sie. Platt brachte die Wand mit einem Fingerschnippen zum Schweigen.

»Jetzt ist nicht der richtige Zeitpunkt, um über die finanziellen Details unseres möglichen Deals zu reden«, sagte er um Rücksichtnahme bemüht, »da geben Sie mir sicher recht. Falls Maeva noch am Leben sein sollte – und davon bin ich fest überzeugt –, würde CBS das Format aber gerne übernehmen. Und zwar ohne jede Bedingung. Na ja, eine kleine vielleicht …« Er legte eine Pause ein, um seiner folgenden Bitte mehr Nachdruck zu verleihen. »Sie haben ja gesehen, dass wir im Moment noch über sehr spärliche Informationen verfügen, es kommt nichts nach im Augenblick. Der gute Ed ist um diese Situation nicht zu beneiden. Mr. Parker, Mr. Cording, was halten Sie davon, wenn Sie runterfahren in unser Studio und ihm live Auskunft geben? John, du bist ebenfalls gefragt. Aber deine Einschätzung sparen wir uns für die Evening News auf.«

Knowles willigte ein. Das war *die* Gelegenheit, um den Verdacht auf jene gesellschaftlichen Kräfte zu lenken, die Maeva nachweislich lieber tot als lebendig sahen. Eine gepflegte Verschwörungstheorie zur rechten Zeit – schaden konnte das nicht…

Cording weigerte sich, mitzuspielen. Für eine Stellungnahme vor der Kamera war er nicht bereit, Steve schon. Zumal soeben gemeldet wurde, dass die mexikanische Luftaufsicht die Absturzstelle in der Nähe der zu Costa Rica gehörenden Kokosinsel vermutete. Die Information schien Steve zu beflügeln. Er bat Platt, ihn bei »60 Minutes« anzumelden. Er würde Ed Morley Rede und Antwort stehen. Unter der Voraussetzung, dass CBS ihnen noch heute drei Tickets nach San José buchte. In der Hauptstadt Costa Ricas, meinte er, werde man dann weitersehen. Cording und Knowles waren von der Idee nicht begeistert. Sie rieten dringend davon ab, sich jetzt in Aktionismus zu flüchten. Steve quittierte ihre Reaktion mit Unverständnis. Sollten die alten Säcke doch machen, was sie wollten, er bestand auf seinem Ticket.

Maeva verstand selber nicht, weshalb sie auf einen Aufprall vorbereitet gewesen war und nicht auf eine sanfte Landung. Wer einen Triebwerkschaden hatte, konnte ihrer Meinung nach nur aufprallen. Sie waren bei der Chatham Bay zu Wasser gegangen, im Nordosten der Insel. Rudolf zeigte ihr die Stelle auf einer Karte. Wieso hatte er eine Karte der Kokosinsel dabei?! Er hätte ihr die Insel bequem auf dem Display seines iPads erklären können. Und was bedeuteten die vielen Zahlen und Kringel auf der Karte, die alle im Wasser lagen?

»Was sind das für Zahlen?«, fragte sie und bohrte ihre Füße in den warmen schwarzen Sand.

»Tiefenangaben«, antwortete Rudolf.

Tiefenangaben, okay. Wozu brauchte man die? Allmählich kam sie sich albern vor. Von nun an würde sie auf jede weitere Frage verzichten, sie hatte keine Lust, dem verstockten Rudolf jede kleine Einzelheit aus der Nase ziehen zu müssen. Obwohl ihr noch genügend Fragen auf der Zunge lagen. Wieso hatte man ihren Laptop und ihr Mobiltelefon im Flugzeug vergessen? Warum reagierte keiner auf ihre Bitten und holte die Sachen? Sie hätte gerne mit Malcolm Double U telefoniert und mit Cording.

Maeva erhob sich und lief in Richtung des Wasserfalls, der sich am anderen Ende der Bucht aus großer Höhe ins Meer ergoss. Sein Anblick beruhigte sie. Das Geschrei der Tölpel und Seeschwalben konkurrierte mit dem fröhlichen Konzert der Tropenvögel, die ihren barfüßigen Marsch aus dem Regenwald begleiteten. Bei jedem ihrer Schritte drückte sich der feine Sand wie Puder zwischen ihre Zehen. Es kitzelte, deshalb beschleunigte sie ihren Gang, bis sie schließlich ins Laufen geriet. Oh, wie sie dieses Gefühl vermisst hatte! Sie hörte erst auf zu laufen, als sie den Wasserfall witterte und der Wind ihr eine erste Kostprobe des feinen nassen Staubes auf die Stirn tupfte. Erschöpft ließ sie sich neben einem der zahlreichen mannshohen Findlinge nieder, die an diesem Strand von göttlicher Hand ausgestreut worden waren. Sie lehnte mit dem Rücken an dem Stein, dessen gespeicherte Wärme ihr Rückgrat durchflutete, während sein Schatten sie gleichzeitig vor der Sonne schützte. Sie hatte schon des Öfteren den Wunsch verspürt, der sagenumwobenen Kokosinsel einen Besuch abzustatten. Diese abseits der großen Schifffahrtsrouten im Pazifik gelegene Perle war das reinste Paradies. Vielleicht das letzte auf Erden. Berühmte Piraten wie Benito Bonito, Henry Morgan oder Kapitän Thompson sollen hier ihre Schätze vergraben haben. Unter anderem den Kirchenschatz von Lima, inklusive der goldenen Madonna. Rudolf hatte es ihr im Flugzeug erzählt, und dabei hatte er ausgesehen, als würde er gerne fortsetzen, was der Deutsche August Gissler, nachdem ihn die Regierung von Costa Rica 1897 zum ersten und einzigen Gouverneur der Kokosinsel ernannt hatte, in zwanzigjähriger Wühlarbeit nicht geschafft hatte: die Schätze zu heben. Rudolf… Sie wurde nicht schlau aus ihm. Er wirkte verwirrt und entschlossen zugleich. Bis zum Eintreffen des Schiffes würde es noch mindestens eine Stunde dauern, hatte er gesagt. Vielleicht sollte sie sich ein wenig umsehen. Sie stand auf und bemerkte, dass der Findling, an dem sie gelehnt hatte, voller Inschriften war. Die meisten der in Stein gehauenen Namen, Daten und Zeichnungen waren verwittert und kaum noch zu erkennen. Unter anderem glaubte sie eine Hieroglyphe aus der Symbolschrift Rongorongo zu erkennen. Sie erinnerte sich an die schnäbelnden Wesen, die ihr Steve in Sydney als Zeichen der Entschuldigung unter der Zimmertür hindurchgeschoben hatte. Die Zeichnung war aus einem Guss, aus einer einzigen, alles umfassenden Linie. Maeva bückte sich und versuchte die Konturen in den Sand zu malen. So oder so ähnlich hatten die vogelähnlichen Wesen ausgesehen. Sie wischte mit der Hand über die Schnäbel. Die Schnäbel hatten sich nicht berührt, die Vögel waren lediglich an Händen und Füßen miteinander verbunden… so etwa, ja, so war es richtig. Sie suchte nach einem scharfen Gegenstand, einem Stein oder einer Muschel. Sie fand ihn schließlich in Form eines Flaschenhalses, der an den Strand gespült worden war. Es funktionierte nicht. Das Glas brach und hinterließ keinerlei Spuren auf dem Stein. Also griff sie zu einer Muschel und ritzte Steves komische Vögel leuchtend weiß auf dunklen Grund. Sie setzte das Datum dazu und betrachtete zufrieden ihr Werk. Es würde nicht lange halten, aber immerhin hatte sie auf der Kokosinsel ein Zeichen gesetzt. Sie überlegte, ob sie ihren Namen dazuschreiben solle, als ein infernalischer Knall die Luft vibrieren ließ. Hunderte von Vögeln stoben schreiend aus dem Dschungel, als hätte man sie von den Bäumen katapultiert, während in der Bay eine sich überschlagende Rauchwolke den Himmel eroberte. Aus dem Privatflugzeug von Malcolm Double U züngelten meterhohe

Flammen, bis sie von der sinkenden Maschine mit sich gezogen wurden und im fauchenden Meer erloschen.

Maeva hatte diesem nur wenige Minuten dauernden Spuk regungslos zugeschaut. Als sie endlich in der Lage war, zurückzulaufen, stellte sie bei den Männern ihrer Leibgarde, auch bei den Piloten und bei Rudolf, nicht etwa Entsetzen, sondern Erleichterung fest. Die taten gerade so, als würden sie sich nach einem Drecksjob die Hände waschen. Fehlte nur noch, dass sie anfingen, sich gegenseitig zu gratulieren. Warum hatte sie den Eindruck, dass die Männer genau dies getan hätten, wenn sie nicht dazugekommen wäre? Sie hatte endgültig genug von der Geheimniskrämerei.

»Kann mir jemand erklären, was hier gespielt wird?!«, rief sie erregt. Ihre Augen loderten wild von einem zum anderen. Als wollte sie jedem einzelnen ihrer Krieger ins Hirn brennen, dass er Zeuge ihrer Qualen geworden war und früher oder später dafür würde zahlen müssen. Rudolf stapfte mit gesenktem Kopf auf sie zu. Er packte sie beim Ellbogen, eine Geste, die er sich normalerweise nie erlaubt hätte, und führte sie an den Rand des Waldes, wo sie sich auf den Wurzeln einer Würgefeige niederließen.

»Ich höre«, sagte Maeva. Ihre Worte klangen scharf und fordernd.

Rudolf, ohnehin kein Meister der Sprache, war wie gelähmt. Er schien an der Antwort, die sich ihm in tausend plumpen Varianten auf die Zunge legte, zu ersticken.

»Wir haben dich entführt!«, platzte es schließlich aus ihm heraus.

Maeva blickte ihn ungläubig, fast mitleidig an. Ihre Augen streiften über Rudolfs Gesicht, als suchten sie nach Indizien für eine plötzliche Geistesverwirrung.

»Dies ist eine Entführung, Maeva«, wiederholte Rudolf. »Du bist eine Geisel der Arioi.« Er hatte sich gefangen, er war in der Lage, ihr die Wahrheit zu sagen, lange genug hatte er sich auf diesen Augenblick vorbereitet. »Jetzt hör mir bitte zu und unterbrich mich nicht«, sagte er und wunderte sich über den drohenden Unterton in seiner Stimme. »Die Arioi haben sich zu diesem Schritt entschlossen, weil sie dein Leben schützen wollen. Wir glauben, dass du dir als URP-Vorsitzende mächtige Feinde gemacht hast, von denen jeder Einzelne inzwischen Grund genug hat, dich ermorden zu lassen. Das ist uns spätestens nach dem Anschlag in Bolivien klar geworden.«

»Es war ein Unfall!«, warf Maeva ein.

»Es sieht immer wie ein Unfall aus«, antwortete Rudolf, »aber bitte unterbrich mich nicht. Ich bin ein Arioi. Wie alle anderen Krieger deiner Leibgarde auch. Wir sind einfache Mitglieder, Soldaten. Wir achten die Weisheit derer, die es in unserer Hierarchie ganz nach oben geschafft haben, wie Omai, wie Rauura. Wenn diese Männer der Meinung sind, dass sie dich aus der Schusslinie nehmen müssen, dann zweifeln wir nicht, dann gehorchen wir. Gib dich keinen Illusionen hin, wir können und werden dir nicht helfen. Nicht auf die Art, wie es dir vorschwebt. Wir werden dich wie befohlen zurück nach Tahiti bringen. Bis dahin giltst du offiziell als verschollen. Ob das so bleiben soll oder ob du in dein ursprüngliches Präsidentenamt zurückkehrst, entzieht sich meiner Kenntnis. Als URP-Vorsitzende bist du Geschichte. Du hast eine Menge bewirkt, Maeva, aber dein Volk wird es nicht zulassen, dass du dich auf dem Schlachtfeld der Weltpolitik opferst.«

Rudolf fühlte sich extrem unbehaglich. Die Hälfte seiner kurzen Rede bestand aus Zitaten Rauuras, die er aufgeschrieben und auswendig gelernt hatte. Ausgerechnet in dieser Situation, in der Maeva es mehr denn je verdiente, dass er sich mitfühlend zeigte, war er nicht authentisch, kam er sich wie ferngesteuert vor.

»Wer ist noch beteiligt?«, fragte sie mit zitternder Stimme. »Wer?! Sag es mir, Rudolf! Wer aus unserem Team wusste davon? Knowles?«

Rudolf nickte.

»Cording …?«

Rudolf nickte.

»Cording?! Sag, dass es nicht wahr ist …!«

Rudolf schlug die Augen nieder.

»Was ist mit Steve?«, presste Maeva hervor.

»Nein.« Rudolf schüttelte energisch den Kopf.

Beißender Qualm kroch über den Strand und brannte Maeva in den Augen. Sie warf den Kopf in den Nacken und begann zu schreien. Schrill und laut. Wieder stoben Vögel über ihr auf. Sie fiel nach hinten, schlug mit den Füßen aus und wand sich wie ein Wurm. Ihre Schreie verloren allmählich an Kraft, schienen an sich selbst zu ersticken, sie wurden heiser und leiser, bevor sie unter Husten- und Schluckbeschwerden jämmerlich verendeten. Rudolf, der das Elend hautnah miterlebte, sah sich außerstande, eine Geste des Trostes zu spenden. Zu wirr schaute Maeva zu ihm auf mit ihrem nassen Gesicht und den sandigen Lippen. Sie starrte auch auf die übrigen Krieger, die sich um sie versammelt hatten. Dann und wann, regelmäßig wie ein schmerzender Nerv, flackerte in ihr die Überzeugung auf, dass diese Visagen einer unbekannten, monströsen Rasse angehörten …

San José, Costa Rica, 14. Februar 2029

Maeva befindet sich auf dem Weg nach Tahiti. Das hat mir Omai mitgeteilt. Ich hätte mich nicht auf diese Scheiße einlassen dürfen. Ich vermisse sie. Allmählich gehen mir die Entschuldigungen aus. War ich wirklich um ihr Leben besorgt? Was ist mit dem Versprechen, das ich mir am Anfang der Reise gegeben hatte? Wollte ich meiner Jeanne d'Arc nicht tapfer zur Seite stehen? Hatte ich mich nicht verpflichtet, mein Leben in den Dienst dieser außergewöhnlichen Frau zu stellen? Stattdessen dieser Verrat. So ist das mit uns Normalsterblichen: Wir rächen uns, wenn etwas zu groß geworden ist, um es zu verstehen. Warum bin ich diesem windigen Schamanen gefolgt, der keine Gelegenheit ungenutzt ließ, um Maeva als wahnsinnige Weltenretterin zu verunglimpfen? Warum ist Omai ihm gefolgt? Niemand verkörpert die Sehnsucht der Menschheit nach Selbsterneuerung besser als seine Schwester. Sie kann diese Sehnsucht spüren, sie kann sie riechen, sie weiß, dass es nur jemanden braucht, der den Stein ins Rollen bringt. Und wie jeder historischen Person ist auch ihr klar, dass es immer nur ein Mensch sein kann, der die höchste Vision heraufbeschwört, der die großartigste Wahrheit artikuliert, der inspiriert, agitiert und wachrüttelt, um letztlich eine Atmosphäre zu schaffen, in der ein kollektives Handeln nicht nur möglich, sondern unausweichlich wird.

Es fühlt sich nicht gut an, ins Rad der Geschichte gegriffen zu haben. Es wäre besser gewesen, Maeva ihre Mission zu Ende führen zu lassen, sie war doch im Unterbewussten bereit für den »Scheiterhaufen«, den man sendungsbewussten Kämpferinnen wie ihr seit jeher aufschichtet. Ich habe das nur nicht begriffen, Knowles auch nicht. Er ist in New York geblieben, er will an ihrem Mythos stricken, wie er sagt. Seine angedeuteten Schuldzuweisungen in Bezug auf Maevas Verschwinden, die er gestern bei CBS vom Stapel gelassen hat, schlagen hohe Wellen. Knowles ist der Einzige von uns, der vorbehaltlos glücklich zu sein scheint über die Entwicklung. Jetzt hält er das Ruder in der Hand. »Einen Mythos zu kreieren ist nicht schwer«, hat er zum Abschied gesagt, »die Kunst ist, ihn wirkungsvoll am Leben zu halten.«

Inzwischen sind Steve und ich von San José nach Puerto Quepos gereist. Der Junge klappert gerade die Schifffahrtsbüros nach einer Passage auf die Kokosinsel ab. Er ist davon überzeugt, dass wir dort Spuren finden, die uns Aufschluss über Maevas Verbleib geben werden. Ich könnte ihm die Wahrheit sagen, aber will ich das? Er würde es nicht verstehen. Das Dumme ist nur, dass ich in seiner Gegenwart gezwungen bin, eine ähnliche Betroffenheit an den Tag zu legen wie er. Eines Tages, das spüre ich, werde ich ihm nicht mehr unter die Augen treten können. Ebenso wenig wie ich Maeva künftig unter die Augen treten kann …

Das Treffen der Arioi auf dem Te Pari dauerte seit Sonnenaufgang an, aber noch immer waren sich die Erlauchten des Geheimbundes nicht einig, was mit Maeva geschehen sollte. Allerdings war die Zahl derer, die für eine Rückkehr der Entführten ins Präsidentenamt plädierten, in den vergangenen sechs Stunden auf elf geschrumpft. Die restlichen neunundzwanzig, allen voran Rauura, sprachen sich dafür aus, Maeva ohne Umwege nach Rapa Iti zu verbringen. Die vierzig Quadratkilometer große Insel lag südöstlich von Tahiti und war etwa so weit entfernt wie die Marquesas in nordöstlicher Richtung. Ihr Vorteil:

Sie wurde hauptsächlich von Arioi bewohnt, und zwar in wechselnden Besetzungen. Nachdem die ursprünglichen Bewohner die schwer zu versorgende Insel Anfang des Jahrtausends nach und nach verlassen hatten, nutzte der Geheimbund Rapa Iti als »spirituelle Waschanlage«, wie es unter den Mitgliedern scherzhaft hieß. Einmal pro Jahr wurden die zweihundert Arioi auf der Insel ausgetauscht und durch neue ersetzt. Die Zivilisation, die auf Iti einmal schüchtern Einzug gehalten hatte, war unter den Arioi in den letzten zwanzig Jahren weitgehend verbannt worden. Es gab keine Fahrzeuge, keine Telefone, keine Zeitungen, Fernseher oder Computer. Der ideale Platz, so Rauura spöttisch, um einer erschöpften Priesterin der Tiefenökologie jenes Umfeld zu bieten, das mit ihren wahren Bedürfnissen in Einklang stand.

Omai stimmte für eine Wiedereinsetzung von Maeva als Präsidentin Tahitis. Am Ende aber mussten er und seine zehn Mitstreiter einsehen, dass es wohl kaum gelingen würde, Maeva im Zaum zu halten, wenn man ihr weiterhin gestattete, Politik zu betreiben. Es stand zu befürchten, dass sie ihre Macht als Präsidentin nutzen würde, um den Geheimbund der Arioi wegen ihrer gewaltsamen Entmachtung als URP-Vorsitzende vor aller Welt bloßzustellen. Von einer Verbannung Maevas, wie einige seiner Kritiker geklagt hatten, wollte Rauura in seinem Schlusswort nichts wissen. »Wer von euch allerdings der Meinung ist, dass wir jemanden verbannen, wenn wir ihm die Chance geben, den Ballast der Welt abzuwerfen, wer glaubt, dass ein Leben mit und in der freien Natur einem Gefängnisaufenthalt gleicht, der soll diese Maßnahme ruhig Verbannung nennen.«

Omai hasste Rauura für dessen eiskalte Rhetorik, die sich anfühlte, als würde er ihm mit dem Seziermesser in die Seele ritzen. Der Schamane wusste genau, wie schwer sich Omai mit der Entführung seiner Schwester tat, die er mehr liebte als sich selbst.

Drei Tage hatten Steve und Cording in Puerto Quepos warten müssen, bis das Schiff endlich auslief. Bevor nicht mindestens dreißig Tickets verkauft waren, legte die »Aaros« nicht ab. Das

Boot gehörte den »Freunden der Kokosinsel«, und die benötigten nun einmal dreißig Tagestouristen pro Passage, um auf ihre Kosten zu kommen. Rechnete man die sechsunddreißigstündige Überfahrt hinzu, hatten sie fast fünf Tage verloren, seit sie in Costa Rica angekommen waren. Wer weiß, wie lange sie noch hätten warten müssen, wenn sie nicht zusätzlich zu ihren eigenen auch noch die restlichen drei Tickets gekauft hätten. Aber es machte Sinn, die Reise auf sich zu nehmen. Inzwischen stand nämlich fest, dass das Flugzeug in unmittelbarer Nähe der Kokosinsel abgestürzt war, man hatte das Wrack geortet. Soweit Steve in Erfahrung bringen konnte, war ein Tauchtrupp der US Navy vor Ort – auf Bitten der Regierung in San José.

Die »Aaros« ging in der Waferbucht im Westen der Insel vor Anker. Steve hatte gehofft, dass sie auf die Bioexkursion verzichten und ihrer eigenen Wege gehen konnten. Aber bevor sie an Land gingen, machte man ihnen unmissverständlich klar, dass die Gruppe zusammenzubleiben hatte. Die wenigen geduldeten Besucher durften sich in diesem Paradies nur sehr beschränkt bewegen – und mussten dafür auch noch teuer bezahlen. So latschten sie im Tross über klapprige Holzstege, die man als Touristenroute in den Regenwald gezimmert hatte. Während ihnen die Zweige des dichten Buschwerks ins Gesicht schlugen und das Gekreisch der Vögel wie ein andauernder hämischer Kommentar ihre Nerven strapazierte, erfuhren sie von den zahlreichen Glücksrittern, die die Kokosinsel während der letzten Jahrhunderte heimgesucht hatten. Selbst US-Präsident Franklin D. Roosevelt hatte sich dreimal auf Schatzsuche herbegeben, bevor ihm der Zweite Weltkrieg keine Zeit mehr für derlei Vergnügungen gelassen hatte. Sie erfuhren von dem Versuch Costa Ricas, die Insel Ende des 19. Jahrhunderts in eine Strafkolonie zu verwandeln, und davon, dass der berühmte Meeresforscher Jacques Cousteau auf einem Findling in der Chathambucht eine fabelhafte Steingravur hinterlassen hatte. Zwei Stunden waren sie bis dahin unterwegs. Während die Gruppe die fliegende Jungfrau bewunderte, die Cousteau in den Findling gehämmert hatte, machte sich Steve in ihrem Rücken davon.

Nicht einmal Cording bemerkte das. Steves Fehlen wurde ihm erst bewusst, als man sich aufmachte, um die Hinterlassenschaften zahlreicher Schatzsucher-Expeditionen zu besichtigen, die mit Pickel und Dynamit einst ganze Berghänge geschliffen hatten.

Steve kroch unter dem schützenden Blätterdach hervor. Draußen auf See entdeckte er eine Reihe parallel laufender Boote, welche die Wasseroberfläche systematisch abzusuchen schienen. Er näherte sich den Soldaten, die am Strand in ihren Kochgeschirren löffelten. Es waren einheimische Soldaten, und da er kein Spanisch konnte, gestaltete sich die Unterhaltung schwierig. Einer von den Männern sprach ein wenig Englisch, und so erfuhr er, dass man im Umkreis von einem Kilometer eine Menge Flugzeugtrümmer gefunden hatte, aber keine Spur menschlicher Überreste. Die Maschine hing in vierhundert Meter Tiefe an einem unterseeischen Hang fest, und man befürchtete, dass sie durch die Strömung weiter abrutschen könnte. Vor einer halben Stunde waren Tiefseetaucher der US-Marine zum Wrack aufgebrochen.

»Mit etwas Glück wissen wir in wenigen Stunden mehr«, sagte der Soldat, »aber selbst wenn sie da unten niemanden finden sollten, zu bedeuten hätte das nichts. Das Meer hier wimmelt nur so von Hammer- und Riffhaien, die sich eine anständige Mahlzeit nicht entgehen lassen …«

Steve nickte gequält und machte sich auf in Richtung des Wasserfalls am Ende der Bucht. Er fragte sich, wieso ihn die Bemerkung des Soldaten nicht wirklich schreckte. Woher nahm er nur die Gewissheit, dass Maeva am Leben war? Seit er von dem Flugzeugunglück erfahren hatte, hegte er nicht den geringsten Zweifel daran. Vielleicht hatte das auch mit Cording zu tun, dessen Reaktion er nicht nachvollziehen konnte. Trotz aller zur Schau gestellten Betroffenheit wirkte seine Trauer kalt und leblos. Er überzeugte einfach nicht, weder im Reden noch im Schweigen. Schmerz fühlte sich anders an, und Cording hätte allen Grund gehabt, im Schmerz zu ertrinken, schließlich war er mit Maeva liiert, sie waren ein Paar!

Steve blieb stehen. Er hörte nichts mehr. Weder das Meer noch das Geschrei der Vögel. Er hielt sich die Nase zu und presste Luft in die Ohren. Nichts. Die Welt stand still. Wie lange dauerte das schon? Eine Sekunde? Zwei? Eine Minute? Ein Fregattvogel tauchte schreiend vor ihm auf, setzte sich auf einen der zahllosen Findlinge, die unterhalb des Wasserfalls über den Strand verteilt lagen, und blickte ihn mit schief gestelltem Kopf herausfordernd an. Steve lauschte erleichtert dem wiederkehrenden Geräusch der Wellen, die über die Kiesel rollten, und zog sich kräftig an den Ohren. Es fühlte sich nicht gut an, wenn die Welt stillstand.

»Was willst du?!«, fragte er den Vogel, der nicht aufhörte, ihn zu fixieren. Und dann entdeckte Steve etwas, das sein Herz rasen ließ. Er schloss die Augen. Als er sie wieder öffnete, war klar, dass dies hier keine Täuschung war! Vor ihm auf dem Stein, direkt im Schatten des hartnäckigen Fregattvogels, prangte in leuchtendem Weiß die Rongorongorune, die er Maeva in Sydney als Geste der Entschuldigung unter der Tür hindurchgeschoben hatte! Darüber, ebenfalls leuchtend weiß, ein Datum: 14.2.2029. Das war vor fünf Tagen gewesen! Er drehte sich um und rannte über den Strand zurück an die Stelle, wo man die Besucher auf den Holzweg geführt hatte. Wie in Trance trugen ihn seine wirbelnden Füße über den federnden Untergrund an die Gruppe der Tagestouristen heran, an deren Ende Cording ging. Steve hätte ihn fast umgerannt.

»Sie lebt!«, presste er keuchend hervor. »Maeva lebt!«

Er legte sich auf die Bretter und stieß einen Schrei aus, der sämtliche Vögel des Dschungels aus den Bäumen katapultierte …

John Knowles, der wieder sein Apartment in Downtown Manhattan bewohnte, war mit seiner Arbeit der letzten Tage zufrieden. Sein Mittelsmann bei der Nationalen Sicherheit hatte ihm von der Verunsicherung erzählt, die im Hauptquartier herrschte. Speziell im DO (Directorate of Operations), der größten Einzelabteilung der NSA. Obwohl man dort seit einem Jahr jede Bewegung Maevas beobachtet hatte, wusste man nicht, wer hinter dem jüngsten Anschlag stand. Und dass die Medien den Geheimdienst nun selbst in den Kreis der Verdächtigen rückten, schmeckte niemandem in Fort Meade/Maryland. Schlimmer als die Nationale Sicherheit aber hatte das Verschwinden der URP-Vorsitzenden die Konzerne GENius und Global Oil getroffen, die im Mittelpunkt zahlreicher Verschwörungstheorien standen, die im Internet immer neue Blüten trieben. Knowles hatte dazu nicht unerheblich beigetragen. Er war so forsch aus der Reserve getreten, dass man im Haus des Agromonopolisten nicht einzuschätzen wusste, über welche Informationen bezüglich des Bolivienattentats er wirklich verfügte. Wenn er beweisen konnte, dass der Konzern den Anschlag in Auftrag gegeben hatte, konnte man einpacken, dann galt man in der Öffentlichkeit automatisch auch als Drahtzieher des Maeva-Dramas. Dass Global Oil in den Fokus geraten war, erklärte sich von selbst. Noch war der illegale Zugriff auf die Manganvorkommen Polynesiens nicht vergessen. Ebenso wenig wie die Schmach, die der Konzern erlitten hatte, als seine hochmodernen Hebetanker von einer Armada hölzerner Kanus aus den Gewässern vor Makatea vertrieben worden waren. Sechs Jahre später hatte die Gier des Konzerns auf die Bodenschätze der Südsee nicht nachgelassen. Erst recht, nachdem Maeva versprochen hatte, über der Clipperton Fracture Zone riesige Fischfarmen zu installieren, wodurch der Meeresgrund geschützt wäre. Der Verdacht lag nahe, dass man in der Chefetage von Global Oil nach Mitteln und Wegen suchte, dieses Worst-Case-Szenario zu verhindern. Die Existenz des Konzerns hing schließlich davon ab.

Knowles blickte hinüber auf den Central Park. Hatte er Probleme damit, dass die Herrschaften in den Chefetagen von GENius und Global Oil mit Morddrohungen konfrontiert wurden? Nein. Hatte er Probleme damit, dass in den Tiefgaragen der beiden Konzerne Luxuskarossen abgefackelt wurden? Nicht wirklich. Dass den Managern mit Anschlägen auf ihre Landsitze gedroht wurde? Dass die Tochter von Mark Dowie entführt worden war? So etwas war wohl der Preis, den man zu entrichten hatte, wenn man grob fahrlässig an den Menschen vorbei wirtschaftete. Die Umverteilung der Angst von unten nach oben könnte sich auf die Gesellschaft durchaus positiv auswirken, dachte Knowles. Er wunderte sich, wie zynisch er auf seine alten Tage geworden war. Das hatte er Cording zu verdanken, dem schon lange nichts Positives mehr einfiel, wenn von der menschlichen Gemeinschaft die Rede war. »Gemeinschaft kommt von gemein«, pflegte der zu sagen. Knowles mochte Cording, aber tauschen wollte er mit ihm nicht. Noch loderte Lebensfreude in ihm. Das zeigte sich auch jetzt wieder. Was ihn an dem Drama um Maeva am meisten faszinierte, war die Tatsache, dass diejenigen, die Maeva zu hindern gesucht hatten, eine Märtyrerin serviert bekamen. Der Verdacht, dass sie am Verschwinden der URP-Vorsitzenden beteiligt waren, reichte aus, um ihren Interessen mehr zu schaden, als es weitere Aktivitäten Maevas je hätten tun können. Und er, John Knowles, hatte das Privileg, den Mythos Maeva zu befördern, indem er in einer Serie der »New York Times« über seine Zeit an der Seite dieser charismatischen Frau berichtete.

Östlich der Marquesas erreichte Rudolf der Befehl, vom Kurs abzuweichen und Rapa Iti anzusteuern. Eine Erklärung bekam er nicht. Er konnte sich den plötzlichen Kurswechsel nur dadurch erklären, dass die Arioi sowohl die Bevölkerung Tahitis als auch Maeva selbst in Ruhe auf die neue Situation vorbereiten wollten. Rapa Iti war der perfekte Ort, um ein aufgewühltes Gemüt zu besänftigen. Er konnte das beurteilen. Vor vier Jahren hatte er zu den zweihundert Arioi gehört, die den Regeln des Ordens entsprechend alle Jahre für zwölf Monate auf die Insel geschickt wurden, um sich abseits der Zivilisation völlig neu zu erfahren. Er zehrte heute noch davon und hatte nicht übel Lust, sich für ein weiteres Jahr in die Abgeschiedenheit zu begeben. Nachdem er sich die letzten Monate im Dauerstress befunden hatte, würde es sicher guttun, einige Tage oder Wochen auf Rapa zu verbringen. Wie lange dies genau sein würde, hing nicht von ihnen ab.

Er ging hinunter in Maevas Kajüte, um sie über die Änderung des Reiseziels zu informieren. Sie begrüßte ihn wie einen Fremden. Während er sprach, streifte ihr prüfender Blick über sein Gesicht, und sie schien darin nichts zu finden, was ihr vertraut war. Ob sie seine Worte überhaupt zur Kenntnis nahm, vermochte Rudolf nicht zu beurteilen. Er war froh, als er wieder an Deck stand.

Cording hatte fast vergessen, wie heftig es bisweilen auf Tahiti regnete. Er saß auf den Stufen seiner Terrasse und beobachtete, wie die Palmen von den herabstürzenden Wassermassen regelrecht verprügelt wurden. Omai war vor einer halben Stunde gegangen. Sein Besuch hinterließ einen merkwürdigen Nachgeschmack. Dass sie Maeva zunächst nach Rapa gebracht hatten, um sie dort langsam zur Besinnung kommen zu lassen, leuchtete ein. Der Aufschub kam Cording nicht ungelegen. Zwar hätte er sich der Situation gestellt, aber es war nicht zu leugnen, dass er Angst vor dem Wiedersehen hatte. Er ging ins Haus. Es sah genauso aus wie vor einem Jahr. Es roch auch noch so. Maevas Duft war der Körpergeruch dieses Gebäudes. Er öffnete ihren Schrank und inhalierte, was von ihr noch in den Kleidern steckte. Merkwürdig, dachte er, auf dieser Insel kann man mit allem seinen Frieden schließen, selbst mit der eigenen Schuld. Er zündete ein Räucherstäbchen an und setzte sich in den Schaukelstuhl, um den sie des Öfteren scherzhaft gestritten hatten, nur um sich am Ende gemeinsam schaukeln zu lassen. Vielleicht war es ja so, wie Omai vermutete. Vielleicht würde Maeva die Entführung mit anderen Augen sehen, wenn sie erst einmal wieder in ihrer Kultur und bei ihren Leuten angekommen war. Die Eindrücke, die sie draußen in der Welt gewonnen hatte, mussten schwer auf ihrer Seele liegen – jedenfalls nach Meinung der Arioi. Es war schließlich das erste Mal, dass sie außerhalb Polynesiens unterwegs gewesen war. Und das auch noch in herausragender Position, als engagierte Kämpferin gegen die Mächte des Bösen. Cording musste schmunzeln. Sie hatte ihre Rolle in diesem Weltenepos wirklich gut gespielt. Aber hier, auf

Tahiti, fragten sich die Menschen nach anfänglicher Begeisterung mit einigem Recht, ob ihre Präsidentin sich unbedingt an der Dummheit der Welt abarbeiten musste, statt sich um die Geschicke dieser fabelhaften Insel zu kümmern. So viel stand fest: Der Empfang für Maeva würde überwältigend ausfallen. Vielleicht würde sie dann verstehen, was ihr Bruder, Rauura und auch er sich bei der spektakulären Entführungsaktion gedacht hatten.

Cording rief »Maevas Reise« im Internet auf, er wollte sehen, ob Steve noch an dem Format arbeitete. Der Junge war nach New York zurückgeflogen, um Knowles für eine weitere Zusammenarbeit zu gewinnen. Wie stellte er sich die Zusammenarbeit vor? Knowles' Arbeit am Mythos der Märtyrerin machte doch nur Sinn, wenn Maeva für die Öffentlichkeit gestorben war. Steve dagegen schien sicher zu sein, dass sie lebte. Die beiden schienen sich noch nicht einig zu sein, jedenfalls las man weder von Steve noch von Knowles irgendein Wort. Aber einen Blog hatten sie eingerichtet, auf der User aus aller Welt ihrer Empörung und Trauer Ausdruck verliehen. Wie immer, wenn Platz war für Verschwörungstheorien, meldeten sich auch Augenzeugen, die Maeva gesehen hatten. Im russischen Ufa etwa, in Anchorage/Alaska oder in der mexikanischen Provinz Yucatán. Beeindruckend fand Cording die Statements zahlreicher internationaler Persönlichkeiten, die sich für die Ziele Maevas einsetzten. Künstler, Wissenschaftler und Politiker waren darunter, sogar die Staatschefs von Kanada und des Iran. Die URP hatten inzwischen bekannt gegeben, dass sie keinen Nachfolger einsetzen würden, solange es noch Hoffnung gebe, Maeva lebend zu finden. So einfach, wie es sich die Arioi vorstellten, würde die Jeanne d'Arc der Ökologie wohl doch nicht von der Weltbühne ins tahitianische Provinztheater wechseln …

Eine Woche nachdem Cording auf Tahiti eingetroffen war, kehrte auch Steve dorthin zurück. Knowles hatte es vorgezogen, in New York zu bleiben, er sah keinen Sinn darin, sich in der Südsee auf die faule Haut zu legen, wie er sagte. Steve hätte bei

Cording wohnen können, aber die Vorstellung, mit ihm im Hause Maevas zu leben, bereitete ihm Schwierigkeiten. Cording hielt die Sache mit der Rongorongozeichnung nach wie vor für Spinnerei. Was war der Grund dafür, dass er ein so wichtiges Indiz ignorierte und lieber ohne Hoffnung blieb? Steve wurde nicht schlau aus ihm. Er entschied sich, Cording über seine Ankunft im Unklaren zu lassen und zu Fara und Anapa zu ziehen, deren Haus in Teahupoo Platz genug bot für drei Personen. Dass die beiden inzwischen verheiratet waren, wusste er, sie hatten die letzten Jahre regelmäßig in Kontakt gestanden. Es fühlte sich trotzdem komisch an. Anapa war Steves bester Freund bei dessen erstem Aufenthalt auf Tahiti vor sechs Jahren gewesen. Er hatte Steve aus der Abhängigkeit vom »Warrior Game« befreit, einem zynischen Computerspiel, mit dem Steve damals den größten Teil seiner Zeit verbracht hatte. Anapa hatte ihn mit der Natur vertraut gemacht. Und mit Fara hatte Steve vor sechs Jahren eine kurze, aber heftige Liebesgeschichte verbunden. Die beiden Tahitianer wussten natürlich, welche Rolle er in Maevas Team gespielt hatte, wenngleich sie über die Reise sehr unzureichend informiert waren, da sie nur selten nach Papeete kamen, wo sie den Internetanschluss eines Bekannten nutzen konnten.

»Der Mann kennt jemanden in Mahaena, der uns vielleicht weiterhelfen könnte«, sagte Anapa eines Morgens beim Frühstück, nachdem Steve ihnen von seiner Entdeckung auf der Kokosinsel berichtet hatte. Sie saßen wieder unter dem prächtigen Brotfruchtbaum, mit dem Steve so angenehme Erinnerungen verband. Fara schien seine Gedanken erraten zu haben, jedenfalls errötete sie leicht.

»Wie weiterhelfen ...?«, fragte Steve, dem die Situation peinlich war.

»Ich weiß nicht, ist nur so ein Gefühl. Der Typ hat unserem Bekannten gegenüber damit geprahlt, dass er über die Hintergründe von Maevas Verschwinden Bescheid weiß. Angeblich sollen die Arioi ihre Finger im Spiel haben. Verrückt ...«

»Die Arioi?«

»Eine Geheimgesellschaft, die bis ins frühe neunzehnte Jahrhundert die Geschicke Tahitis bestimmt hat. Ihre esoterische Heilslehre stand im krassen Gegensatz zum Christentum, weshalb sie von den Missionaren erbittert bekämpft wurde. Geheimgesellschaften dieser Art gab es überall im pazifischen Raum. Die Kaioi auf den Marquesas, die Hulaschulen auf Hawaii oder die Mädchengemeinschaften auf Samoa. Sie alle sind untergegangen. Schwer zu glauben, dass ausgerechnet die Arioi wiederauferstanden sind. Aber der Typ behauptet das. Er hat sich sogar als Mitglied der Arioi geoutet. Allerdings hatte er da schon reichlich Alkohol intus …«

»Zum Wohl …«, sagte Steve, »à votre santé!« Wenn das der Strohhalm war, an den er sich klammern musste, dann gute Nacht!

Der Mann aus Mahaena hieß Teiki und war trotz mehrmaliger Bitten nicht bereit, mit Steve zu sprechen. Erst als sich Anapa und Fara bei ihrem Bekannten aus Papeete zu Besuch meldeten – Steve hatten sie wohlweislich in Teahupoo zurückgelassen –, ergab sich im Lauf des Abends eine Situation, in der man ihn an seine Aussagen erinnern durfte, ohne Gefahr zu laufen, aus dem Haus gejagt zu werden. Teiki reagierte berechenbar auf Alkohol. Nach zwei, drei Gläsern veränderte sich seine Körperchemie, und wie auf Knopfdruck gab er Geheimnisse preis, die ein Arioi nie und nimmer verraten durfte. Ein Arioi durfte überhaupt keinen Alkohol trinken, wie Teiki seinen Gästen zum Abschied lallend und lachend gestand. Da hatte er bereits vergessen, was er ihnen zuvor unter dem Siegel der Verschwiegenheit anvertraut hatte und was weder Anapa noch Fara ernst nehmen mochten. Als sie kurz nach Mitternacht nach Hause kamen, wartete Steve voller Ungeduld auf sie.

»Vergiss den Typen«, sagte Anapa, »der Mann ist Alkoholiker. Der spinnt. Ein Wichtigtuer, mehr nicht.«

»Was hat er denn erzählt?«, fragte Steve.

»Sag du es ihm, Fara«, meinte Anapa müde und ging unter die Dusche.

»Fara, bitte ...«, insistierte Steve, als sie nicht so recht mit der Sprache herausrücken wollte.

»Na ja«, begann sie, »er behauptet halt, dass es diesen Geheimbund der Arioi wirklich gibt. Und dass es die Arioi sind, die Tahitis Politik maßgeblich mitbestimmen. Sogar Omai soll ein Arioi sein. Das ist doch lächerlich, Steve, lass uns schlafen gehen. Wir reden morgen darüber.«

»Hat er was zu Maeva gesagt?«

»Ja, auch so einen Quatsch. Er behauptet, dass es ihre Leibwächter waren, die sie entführt haben. Natürlich allesamt Arioi.«

»Und? Wo ist sie jetzt?«

»Du glaubst diesem Teiki doch nicht etwa? Er war volltrunken, Steve! Der hat ein echtes Problem, der hat einen an der Waffel ...«

»Was sagt er denn, wo sie ist?«

»Angeblich hält man sie auf Rapa Iti versteckt. Eine kleine Insel eintausendzweihundert Kilometer südöstlich von Tahiti. Ne Woche mit dem Boot von hier. Er behauptet, dass ausschließlich Arioi auf der Insel leben. Und ein paar Einheimische. Alle zwei Monate soll sich ein Versorgungsschiff von Papeete aus dahin auf den Weg machen. Wie klingt das für dich, Steve?«

Skurril, sicher. Aber es war endlich eine Spur, eine ziemlich konkrete Spur. Er konnte die Fährte riechen! Alkohol ist eine banale Droge, sagte sich Steve. Sie macht die Phantasie platt, anstatt sie zu beflügeln. Ein so kompliziertes und in sich logisches Gespinst denkt man sich unter Alkohol nicht aus, das verrät man unter Alkohol.

»Was hältst du davon?«, fragte Fara.

»Verrückt ...«, antwortete Steve lächelnd, gab ihr einen Kuss auf die Stirn und ging ins Bett.

Cording ging ins Internet. Es waren nur noch wenige Minuten bis zur Pressekonferenz, auf die ihn John Knowles per E-Mail aufmerksam gemacht hatte. »Das Eis ist gebrochen!«, hatte er geschrieben. Nun pflegte sich Knowles gerne in Andeutungen zu ergehen, und so hatte Cording nicht weiter darüber nachgedacht. CNN eröffnete die Konferenz mit einem optischen »Fanfarenstoß«: Die Kamera stürzte aus großer Höhe durch die Wolken auf Ottawa zu, ging dann in einen Gleitflug über und hielt direkt auf den Parlamentshügel mit seinen neugotischen Gebäuden, dem markanten Peace Tower und der an einen Sakralbau erinnernden Parlamentsbibliothek zu, durch dessen Kuppeldach man direkt in den Saal mit den wartenden Journalisten gelangte. Auf dem Podium erschienen nacheinander der kanadische Ministerpräsident Peter Norfolk, seine dänischen und norwegischen Amtskollegen Henrik Bastrup und Sander Yitterdal, ein Vertreter der Freien Republiken Alaskas, sowie David Cunningham von der UNO, Leiter des Bereichs Rechtsangelegenheiten, Abteilung Meeresangelegenheiten und Seerecht.

»Falls Sie damit nichts anfangen können«, sagte Cunningham und blickte sich verschmitzt um, »wir sind diejenigen, die unseren Kollegen von der UN-Festlandsockelkommission gelegentlich korrigierend unter die Arme greifen müssen. Im Namen des Generalsekretärs.«

Es wurde unruhig im Saal, auch Cording spürte, dass sich hinter den locker vorgetragenen Worten Cunninghams eine Menge Zündstoff verbarg, was sich in den folgenden Minuten bestätigen sollte. Was war geschehen? Im jahrelangen Poker um die Gas- und Ölvorkommen des Nordpolarmeeres war die Festlandsockelkommission im letzten Jahr den russischen Vorstellungen gefolgt und hatte den dreihundertsiebzig Kilometer breiten Lomonossowrücken dem Riesenreich als Staatsgebiet zugesprochen. Damit war festgeschrieben, dass allein die Russen die Rechte an den natürlichen Ressourcen des Sockels besaßen. Kanada, Dänemark und Norwegen hatten in diesem arktischen Gerangel vergeblich darauf gepocht, dass es sich bei dem fraglichen Gebiet um eine »Terra incognita« handelte, um das letzte Territorium unseres Planeten, das noch nicht einer staatlichen Souveränität unterstellt war. Natürlich ging es auch diesen Anrainerländern darum, sich ein Stück vom großen Rohstoffkuchen zu sichern. Man schätzte, dass im Polarmeer fünfundzwanzig Prozent der weltweiten Öl- und Gasvorkommen zu holen waren sowie weitere wertvolle Rohstoffe. Die Entscheidung der Kommission hatte jede Hoffnung darauf zunichtegemacht.

Indem David Cunningham vom UN-Sekretariat – Bereich Rechtsangelegenheiten, Abteilung Meeresangelegenheiten und Seerecht – sich nun hinstellte und die Entscheidung der Festlandsockelkommission für null und nichtig erklärte, war eine Situation geschaffen worden, wie sie brisanter nicht sein konnte. Schwer vorstellbar, dass sich Russland dem UN-Beschluss beugte. Damit war eine kriegerische Auseinandersetzung um die letzten Ressourcen endgültig in den Bereich des Möglichen gerückt. Was zum Teufel war bloß in die gute alte UNO gefahren?, dachte Cording. Erst kippte sie die Lissabonner Vereinbarung, die den Mangangürtel im Südpazifik zum Abbau freigegeben hatte, und jetzt verweigerte sie einer Weltmacht das bereits zugesprochene Recht auf die Rohstoffe der arktischen Tiefsee. Wieso schwangen sich die Vereinten Nationen plötzlich zum Retter der Meere auf? Welche Kräfte hatten dort die Oberhand gewonnen und warum?

Ministerpräsident Peter Norfolk nahm das Wort und erklärte, dass Kanada, Dänemark und Norwegen sich aus dem Rattenrennen um die Ressourcen des Nordpolarmeeres für immer verabschieden würden. Er verlas eine Erklärung, nach der die drei Staaten beabsichtigten, ihre Hoheitsgewässer rund um den Pol in Nationalparks umzuwandeln, was dort in Zukunft jeden Raubbau unmöglich machen würde.

»Seien wir ehrlich, meine Damen und Herren«, fuhr Norfolk fort, nachdem er sich unter den aufgeregten Journalisten wieder Gehör verschafft hatte, »im Kampf gegen den Klimawandel haben wir jahrzehntelang mit gespaltener Zunge gesprochen, wie die kanadischen Ureinwohner sagen. Die Versuche, ihn wirkungsvoll einzudämmen, waren halbherzig und verlogen. Sie sind es bis heute. Am Ende ist – nicht ganz zu Unrecht, wie ich finde – der Eindruck entstanden, als würde es den Industrienationen nicht schnell genug gehen können, bis das Eis in der Arktis abgeschmolzen und ein Zugriff auf die Rohstoffe möglich ist. Kanada, Dänemark und Norwegen nehmen sich nicht aus, auch unsere Länder gehörten zur Allianz der Ignoranten und Verweigerer. Eine Allianz übrigens, die unter dem Deckmantel der Demokratie in erster Linie wirtschaftlichen Interessen verpflichtet war und folgerichtig jede Profit versprechende Fehlentscheidung *demokratisch* abgesegnet hat. Eine Allianz, die sich mit den Bodenschätzen des Nordpolarmeeres Luft zu verschaffen sucht in ihrem Untergangskampf, der letztlich die ganze Welt vernichten wird.«

Cording traute seinen Ohren nicht. Welcher gottverdammte Engel hatte dem kanadischen Ministerpräsidenten das Wahrheitselixier verabreicht, und zwar intravenös, wie es aussah? Die Säulen der ehrwürdigen Parlamentsbibliothek schienen sich vor Wonne zu biegen. Dänemarks Henrik Bastrup klopfte mit dem Zeigefinger mehrmals gegen das Mikrofon, dessen dumpfe Schläge die aufgebrachte Journalistenschar allmählich zur Ruhe brachten.

»Lassen Sie uns… bitte, Herrschaften… Nicht jetzt. Ihre Fragen werden wir im Anschluss an unsere Statements beantworten, haben Sie also ein wenig Geduld. Lassen Sie uns…« Ratlos blickte er zur Seite. Sein Amtskollege Sander Yitterdal zuckte nur mit den Schultern. »Zur Beantwortung Ihrer Fragen kommen wir später!«, rief Bastrup aufgebracht. »Lassen Sie uns einer Frau gedenken, die es an dieser historischen Zeitenwende mehr als alle Regierungen zusammen verstanden hat, auf die Ängste und Sehnsüchte der Menschen zu reagieren, sie aufzugreifen und zu artikulieren. Einer Frau, die Hoffnung gemacht hat. Hoffnung auf ein besseres, selbstbestimmtes Leben außerhalb eines Systems, das den Menschen auf ein reines Konsumentendasein reduziert, wenn er denn überhaupt noch in der Lage ist zu konsumieren. Ich spreche von Maeva, der immer noch vermissten URP-Vorsitzenden. Sie hat uns daran erinnert, dass Leben mehr bedeutet als Überleben. Mit ihrer unerschrockenen Art hat sie sich die Liebe und den Respekt von Abermillionen Menschen in aller Welt erworben. Eine Politik, die sich weigert, den Paradigmenwechsel zur Kenntnis zu nehmen, der sich gerade in den Köpfen und Herzen der Menschen vollzieht, hat mit den Realitäten nichts mehr zu tun. Sie …«

Es klingelte. Cording griff genervt zu seinem Satellitentelefon.

»Gucken Sie gerade?! Ist ein Hammer, oder?!« Es war Knowles, der ihm triumphierend ins Ohr grölte. »Aber glauben Sie nur nicht, dass sich die Gutmenschen dort auf dem Podium aus freien Stücken besonnen hätten! No, Sir!«

»Was meinen Sie?«

»Den Herren laufen die Regionen weg. Das werden sie uns heute natürlich nicht aufs Butterbrot schmieren. Aber sie müssen in ihren Ländern zusammenhalten, was noch zusammenzuhalten ist. Aus Kanada sind die Provinzen Alberta, Nova Scotia und Nunavut letzte Woche zu den URP gewechselt. In Dänemark haben sich die Regionen Hovedstaden und Syddanmark losgesagt. Norwegen ist am meisten gebeutelt: Die haben die Lofoten, Trones, Finnmark und Nord-Trøndelag an die United Regions verloren. Sämtliche Beitrittsgesuche wurden nach Maevas Entführung gestellt. Das nenne ich mal einen gelungenen Dominoeffekt. Florida scheint demnächst ebenfalls wegzubrechen. Kein Wunder, nach dem, was in Miami los ist.«

»Was ist denn in Miami los?«

»Sie haben wirklich keine Ahnung, Cording, oder? Irgendwie beneidenswert. Checken Sie das Internet, lohnt sich. Der Staat, so wie wir ihn kennen, ist ordnungspolitisch am Ende. Er wird der zahlreichen Einschläge einfach nicht mehr Herr. Eine mittlere Überschwemmung, ein Stromausfall, ein Hurrikan reichen aus, und alle Ordnung ist beim Teufel. Es liegt nicht viel zwischen uns und der Anarchie. Die Fassade der Zivilisation hält maximal achtundvierzig Stunden. Übrigens sollte sich Omai überlegen, ob er Maeva je wieder von Rapa Iti entlässt. Das mag zwar herzlos klingen, aber eigentlich müsste es in ihrem Interesse sein. Nie war sie so wertvoll wie heute.«

»Woher wissen Sie von Rapa, John?«

»Hat mir Steve gestern erzählt.«

»Steve?! Wo ist der denn?«

»Na, Sie machen mir Spaß. Auf Tahiti natürlich. Ihr Zusammenspiel hat auch schon mal besser geklappt.«

Cording legte auf. Wenn Steve definitiv wusste, dass Maeva am Leben war, wenn er sogar wusste, wo sie sich zurzeit aufhielt, dann war ihm auch klar, dass er, Cording, bei ihrer Entführung seine Finger im Spiel gehabt hatte. Dass der Junge sich bei ihm nicht meldete, sprach dafür. Cording rief eines der zahlreichen Miamivideos auf. Während er in Straßen voller kokelnder Autowracks und Tierleichen blickte, während er Zeuge wurde, wie Anwohner Kleidung und Möbel aus den Häusern schmissen, um den Plünderern zu suggerieren, dass bei ihnen nichts zu holen sei, während er beobachtete, wie Leichen in Vorgärten verbuddelt wurden, während er den Gestank förmlich riechen konnte, der über der Stadt lag, quälte ihn sein schlechtes Gewissen. Es war stärker als das Mitleid mit den Bürgern von Miami, die seit Tagen ohne Strom und Wasser waren, die sich zu Banden zusammenschlossen, um Lebensmittel und Medikamente zu ergattern. Die von Hunger, Cholera und Ruhr gezeichnet durch die Straßen taumelten, immer auf der Suche nach ihrem alten Leben, das nie zurückkommen würde. Wenn das Licht ausgeht, dachte Cording, sind wir mit unserem Latein am Ende. War Maeva wirklich so etwas wie ein Hoffnungsschimmer am Ende des Tunnels? Für diese Leute sicher nicht.

Anderthalb Stunden waren Steve und Anapa im gleißenden Mondlicht auf den Wassern der Lagunen unterwegs, bevor sie den Hafen von Papeete erreichten. Zwischen den Kaianlagen kamen sie sich vor wie auf dem Präsentierteller. Sie trauten sich kaum noch, die Paddel ins Wasser zu stechen. Jeden Augenblick fürchteten sie, entdeckt zu werden. Aber von wem? Auf dem Boulevard Pomaré herrschte absolute Stille. Langsam glitten sie in ihrem Auslegerboot in den Schatten der »Aremiti-Ferry«, die als Versorgungsschiff zwischen Tahiti und Pitcairn pendelte. Auf ihrer Fahrt machte sie auch vor Rapa Iti Station.

Zu Steves Überraschung war die Laderampe am Heck heruntergelassen. Er hatte sich eigentlich darauf vorbereitet, die

Außenwand zu entern, aber eine solche Einladung konnte man natürlich nicht ausschlagen. Nachdem sie sich davon überzeugt hatten, dass niemand in der Nähe war, warf Steve seinen Rucksack und den Schlafsack auf den Kai, umarmte Anapa und kletterte an der Eisenleiter die Betonwand hoch. Er lief die Rampe hinauf in den Laderaum und hielt Ausschau nach einem passenden Versteck. Schließlich suchte er unter einer Persenning zwischen mehreren Getreidesäcken Schutz. Es lag sich relativ bequem dort. So bequem, dass er einschlief. Er wurde erst wieder wach, als es die Fähre kräftig durchschüttelte. Kurz darauf verteilten sich die Vibrationen des Motors gleichmäßig über das ganze Schiff. Die »Aremiti« hatte Fahrt aufgenommen. Darauf hatte er drei Wochen gewartet. Steve kramte im Rucksack nach Wasser, Popoi und Obst und genehmigte sich ein erstes Frühstück auf See.

Der Proviant reichte für drei Tage, genau wie Fara es berechnet hatte. Niemand hatte ihn während dieser Zeit in seinem Versteck gestört, es war überhaupt kein Crewmitglied in den Laderaum gekommen, was es Steve ermöglichte, seine eingeschlafenen Glieder durch ein paar gymnastische Übungen mehrmals täglich wiederzubeleben. Das einzig Irritierende war die permanente Dunkelheit, die ihn umgab. Er hatte zwar seine Armbanduhr dabei, aber nach drei Tagen war er dermaßen aus dem Rhythmus gekommen, dass er nicht mehr wusste, ob es nun drei Uhr am Nachmittag oder drei Uhr nachts war. Es war drei Uhr nachts, als er sich wie geplant auf der Brücke zeigte. Der Steuermann staunte nicht schlecht über den unerwarteten Besucher, aber den Kapitän wollte er trotzdem nicht wecken. Sie würden ja nicht den ganzen Weg wieder zurückschippern, nur weil sich jemand unerlaubt an Bord geschlichen hatte. Auf Rapa konnten sie ihren blinden Passagier allerdings nicht wie gewünscht aussetzen, dort war es niemandem gestattet, an Land zu gehen, der dem Orden nicht angehörte. Sollte Rudolf dann entscheiden, was mit dem Mann zu passieren hatte.

Rapa Iti schwebte wie eine Fata Morgana zwischen den Wolkenbergen. Auf den zerklüfteten Berghängen lag ein Belag aus Gras und Moos, als hätte jemand ein Tuch über die Insel geworfen, um ihre wahre Identität zu verschleiern. Steve wischte mit seinen schweißnassen Fingern über den hölzernen Handlauf der Reling. Die Unsicherheit zerrte an seinen Nerven. Ein Matrose gesellte sich zu ihm und ahmte mit den Händen lachend den Zickzackkurs nach, den sie aufgrund zahlreicher Untiefen nehmen mussten. Der Hindernisparcours, den sie so gekonnt durchliefen, führte sie in die Ahureibucht, wo sie wenig später an der Mole des gleichnamigen Städtchens festmachten. Steve beobachtete den Kapitän, der am Fenster der Kommandobrücke stand und telefonierte. Dabei sah er die ganze Zeit zu ihm herunter. Meist hörte er zu, nickte, schien gelegentlich nachzufragen. Schließlich legte er auf und winkte ihn zu sich hinauf.

»Sie dürfen uns verlassen«, verkündete der Kapitän schroff. »Rudolf erwartet Sie.«

Steve nahm seinen Rucksack und stieg die Gangway hinunter. Unter den etwa fünfzig Menschen, die sich zum Empfang der Fähre eingefunden hatten, war Rudolf nicht zu entdecken. Er stand ein wenig ratlos herum, als ihm jemand von hinten die Hand auf die Schulter legte.

»Mr. Steve Parker, hab ich recht…?«

Es war Rudolf, dessen Pranke auf ihm lastete und der ihn unversehens an seine breite Brust drückte. Als sich Steve aus der Umarmung löste, war alle Furcht verflogen. Der Tahitianer freute sich, ihn zu sehen, in seinem Blick lag sogar etwas wie Bewunderung. Wortlos machten sie sich auf den Weg. Am Rande Ahureis kehrten sie in ein kleines Holzhaus ein.

»Wie hast du uns gefunden?«, fragte Rudolf, während er Teewasser aufsetzte.

Steve erzählte die ganze Geschichte, von Anfang an. Er erzählte, dass er zu keiner Zeit daran gezweifelt habe, dass Maeva lebte. »Das hätte ich gespürt«, sagte er und tippte mit Daumen, Zeige- und Mittelfinger auf sein Herz. Er erzählte von dem Schock, den er in New York erlitten hatte, als die Nachricht vom angeblichen Absturz bekannt gegeben wurde. Und davon, wie dieser Schock verflogen war. Wie ihm plötzlich klar geworden war, was er zu tun hatte. Wie er auf die Kokosinsel gekommen war. Und wie er in der Chathambucht von unsichtbarer Hand zu dem Stein mit der Rongorongozeichnung geleitet worden war. Welche Bedeutung diese Zeichnung für Maeva und ihn hatte. Und dann erzählte er, wie er und seine tahitianischen Freunde von einem betrunkenen Arioi erfahren hatten, dass Maeva vorübergehend nach Rapa gebracht worden war. Bei der Gelegenheit hätten sie auch von dem Versorgungsschiff erfahren, auf dem er drei Wochen später als blinder Passagier unterwegs gewesen war.

Rudolf, der mit Worten sparsam umging, rührte schweigend in seiner Tasse. Eine Minute, zwei …

»Dir ist hoffentlich bewusst«, begann er zögerlich, »dass wir dich nicht einfach wieder gehen lassen können. Nicht, solange Maeva noch hier ist.«

»Ja, ich weiß«, sagte Steve. »Was schätzt du, wie lange das sein wird?«

»Schwer zu sagen …«

»Warum?«

»Sie will sich nicht beruhigen. Im Gegenteil: Ihr Zustand wird schlimmer. Vielleicht ist es gut, dass du gekommen bist.«

»Wo ist sie? Kann ich sie sehen?«

»Wenn sie zurück ist. Heute Abend.«

»Zurück von wo?«

»Von Morongo Uta. Die Ruinen dieses verfallenen Hügeldorfs liegen nicht weit von hier auf einem Bergrücken. Sie verkriecht sich dort. Wenn die Sonne untergeht, kehrt sie zurück. Du wirst sie kaum wiedererkennen, sei darauf gefasst.«

»Weiß Omai, dass ich hier bin?«

»Soll er?«

Steve schüttelte energisch den Kopf. Rudolf legte ihm wieder seine Pranke auf die Schulter, doch diesmal drückte er nur ganz sanft zu.

Maeva wohnte gleich nebenan. Steve war nervös wie lange nicht. Er starrte auf das flackernde Licht hinter ihren Fenstern, als wolle er eine Botschaft entschlüsseln.

»Irgendwann wirst du es tun müssen«, hörte er Rudolf sagen.

Steve gab sich einen Ruck und ging hinaus. Die Mondsichel betupfte den gezackten Bergrücken, der die Bucht wie ein schlafender Drache umfangen hielt. Es waren nur dreißig Meter bis zu Maevas Haus. Genug, um sich vor Aufregung zu übergeben. Er würgte den Saft mit geschlossenem Mund hervor, um keinen Lärm zu machen. Ließ ihn über die Lippen zu Boden träufeln, wischte den Schweiß von der Stirn und klopfte an. Keine Reaktion. Ein zweites Mal war er dazu nicht in der Lage, er stand nur da und blickte auf die Tür. Stand nur da.

Dann öffnete sich die Tür einen Spaltbreit, gerade so viel, dass er Licht im Inneren sehen konnte. Und die Konturen ihres Kopfes. Die einströmende Luft ließ die Kerzen aufflackern. Steve erkannte nur Blätter und Schatten von Blättern auf ihrem changierenden Gesicht. Jeden Moment konnte sie zu etwas anderem werden. Zwischen den Trugbildern machte sich ein Glitzern bemerkbar. Wie das Funkeln eines erloschenen Sterns. Maevas Augen hatten sich mit Tränen gefüllt. Sie ging auf ihn zu und umarmte ihn. Es war keine stürmische Umarmung, wie man es vermuten konnte, sondern ein bedächtiges Verschmelzen. Steve fuhr ihr in die Haare. Seine Finger glitten vom Nacken aufwärts über ihren wohlgeformten Kopf. Sie ließ es geschehen, drückte ihre Stirn für einige Sekunden an seine Brust und führte ihn schließlich an der Hand hinein. Nachdem sie weitere Kerzen angezündet und die Paraffinlampe näher gerückt hatte, nahm sie Steve gegenüber auf der Matte Platz und ließ sich seine Geschichte erzählen.

Als er fertig war, fragte Maeva nach Cording. Die Härte, die sich plötzlich in ihre Stimme mischte, blieb Steve nicht verborgen. Als er ihr berichtete, dass Cording nach Tahiti zurückgekehrt war, dass er ihr gemeinsames Haus bewohnte und auf sie wartete, lächelte sie bitter unter ihrem wissenden Blick, den Steve von nun an häufiger zu sehen bekommen sollte. Er hatte

Lust, ihr von den Reaktionen zu erzählen, die ihr Verschwinden in der Welt ausgelöst hatte, aber er spürte schnell, dass dies nicht der richtige Zeitpunkt war. Er konnte ja nicht wissen, dass es den richtigen Zeitpunkt dafür nie wieder geben würde.

Steve hatte die Nacht bei Rudolf im Haus verbracht. Als er Maeva wie verabredet kurz nach Sonnenaufgang abholen wollte, war sie bereits ausgeflogen.

»Du musst nachsichtig mit ihr sein«, sagte Rudolf, nachdem er angeboten hatte, ihn die halbe Strecke nach Morongo Uta zu begleiten, »sie ist nicht mehr dieselbe, das sagte ich dir doch.«

Der Pfad, den sie nahmen, erlaubte an der einen oder anderen Stelle einen umfassenden Blick auf Rapas grüne Berge, die sich nach und nach die Nebelschleier vom Gesicht rissen. Zum Vorschein kamen Hänge mit überwucherten Terrassen und Gipfel, die mit Sicherheit nicht auf der Werkbank der Natur gedrechselt worden waren. Sie ragten als geheimnisvolle Pyramiden in den sich lichtenden Himmel. Der stetige Anstieg vorbei an Hibiskus, Pandanus und Farnbäumen ging in die Beine. Steve hatte Mühe, Rudolf zu folgen, war jedoch zu feige, das zuzugeben. Also quälte er sich weiter und war nur bedingt empfänglich für die historischen Unterweisungen, die ihm sein Führer schuldig zu sein glaubte. Immerhin bekam er mit, dass auf Rapa etwa zweitausend Leute gewohnt hatten, als der erste Europäer 1791 seinen Fuß auf die Insel setzte. George Vancouver, so hieß der Mann, zählte achtundzwanzig auf die Bergrücken gesetzte Festungen, die sorgsam über die Insel verteilt waren. Wovor hatten die Menschen Angst gehabt? Rapa lag abseits allen Weltgeschehens inmitten der südpazifischen Wasserwüste! Um die Wehrdörfer waren gewaltige Gräben gezogen, die durch Umfriedungsmauern zusätzlich gesichert wurden. Für einen Augenblick glaubte Steve den Angstschweiß der Ureinwohner in den abziehenden Nebelschwaden riechen zu können. Er blieb stehen, stemmte die Arme in die Hüften und täuschte ein reges Interesse an der Entstehungsgeschichte der Terrassen vor, die links und rechts des Weges zu erahnen waren.

Das verschaffte ihm Luft. Im Übrigen war es in der Tat erstaunlich, wie Hunderttausende von Basaltbrocken, die zum Aufschütten der Terrassen notwendig waren, ihren Weg aus den Tälern hierher gefunden hatten.

»Von hier aus gehst du allein weiter«, hörte er Rudolf sagen, »wenn du dein schnelles Tempo beibehältst, könntest du in einer halben Stunde da sein…« Er grinste und machte sich davon. Steve wunderte sich, wie vorsichtig er plötzlich seine Schritte setzte. Als hätte er in Rudolfs Windschatten keinen Bezug zu dieser Landschaft entwickeln können, während er sich jetzt voller Ehrfurcht auf dem schmalen Grat bewegte, der ihn zu Maeva führen sollte. Nach genau fünfundvierzig Minuten erreichte er das freigelegte Bergdorf Morongo Uta. Es war 1956 von den Frauen und Männern Rapas in einer kaum nachzuvollziehenden Kraftanstrengung unter Leitung Thor Heyerdahls aus der Versenkung ans Tageslicht gebracht worden. Die Anlage hatte eine Gesamthöhe von fünfzig Metern, war vierhundert Meter lang und schüchterte Steve gewaltig ein. In London war es einfach, sich über den Ahnenkult lustig zu machen. Nicht hier. Hier nahmen die Geister der Verstorbenen einem schon den Atem, wenn sich in die eigenen Gedanken auch nur die Spur von Überheblichkeit oder Ignoranz mischte.

Wo sollte er Maeva suchen? Sie zu rufen und in dieser einsamen Höhe notfalls ein gespenstisches Echo ertragen zu müssen, traute er sich nicht. Also schlich er vorsichtig durch das größte zusammenhängende Bauwerk, das in Polynesien jemals entdeckt worden war. Er sah in die Felswände gehauene kuppelförmige Nischen, die er sich nicht erklären konnte. Ebenso wenig wie die Reihen hochkant aufgestellter Steine, die er auf dem flachen Boden ausmachte und die an Schachfiguren erinnerten. Alles in Morongo Uta sah aus, als bräuchte man nur ein wenig Hand anzulegen, um das Dorf wieder zum Leben zu erwecken.

»Hat Rudolf dich hergebracht?«

Es war die Stimme Maevas, die ihn aufhorchen ließ. Sie kam von weit her, ob von oben oder unten, das vermochte er nicht zu sagen. Er blickte sich um. Nichts. Nur kahle Wände. Phantasierte er? Warum sagte sie nichts mehr? Am liebsten hätte er sich davongeschlichen, stattdessen verharrte er wie gelähmt inmitten dieses Geisterdorfes und spürte, wie ihm das Blut in den Schläfen pochte.

»Ich bin hier oben!«

Wo? Wo, um Gottes willen?! Endlich entdeckte er sie. Sie stand am Rande des Plateaus zehn Meter über ihm.

»War das so schwer?«, fragte sie lachend und zeigte an, wie er zu gehen hatte. Die steil aufragende Felswand entlang, immer an der Felswand entlang. Tatsächlich befand sich hinter der Kurve, die die Wand in einiger Entfernung nahm, eine in Stein gehauene Treppe, auf der man bequem zu ihr gelangte. Maeva empfing ihn mit einem strahlenden Lächeln. Wie schön sie aussah! Sie ging barfuß auf ihn zu, das lange schwarze Haar im Nacken zusammengebunden. Der rot gemusterte Pareo, in den sie sich gewickelt hatte, reichte gerade über die Brust. Ihre Schultern und Arme schimmerten bronzefarben in der Sonne. Mehr Südseeklischee ging nicht. Und dennoch wirkte die rührende Szene in diesem der Geschichte entrissenen Bergdorf authentischer als alles, was Steve bisher in Polynesien gesehen und erlebt hatte. Er fühlte sich auf einer Zeitreise ins Paradies versetzt, ohne schon zu wissen, dass dies die Hölle war.

Anstatt eine der zahlreichen frei stehenden Hütten zu bewohnen, war Steve bei Rudolf eingezogen, in direkter Nachbarschaft zu Maeva, mit der er sich jeden Morgen bei Sonnenaufgang auf den beschwerlichen Weg nach Morongo Uta machte, ihrem »Regierungssitz«, wie sie sagte. Es war empfindlich kühl morgens, um die fünf Grad, da war es ratsam, in einem Stück durchzumarschieren, was ihm von Tag zu Tag leichter fiel. Sie redeten beim Aufstieg nicht miteinander, das hätte unnötige Kraft gekostet, sie folgten ihrem Atem, der als Fähnchen vor ihnen herschwebte und der umso blasser wurde, je näher sie dem sonnenbeschienenen Plateau kamen.

Steve war nicht der Meinung, dass sich Maeva sehr verändert hatte, wie Rudolf behauptete. Sie sprach nicht viel, das war richtig. Aber dafür, dass sie verraten worden war, und zwar von den Menschen, denen sie am nächsten stand, benahm sie sich erstaunlich gefasst. In ihrer vornehmen Selbstbeherrschung war sie von gewaltiger Schönheit, ja fast von gewalttätiger Schönheit, wie Steve fand, wenn er dem Moment wieder einmal nicht gewachsen war, in dem sich auf ihrem Gesicht Schmerz und Anmut stumm vereinten. Dass sie weder Omais noch Cordings Namen erwähnte, fand er normal, nach allem, was geschehen war. Ihm selbst fiel das nicht so leicht, aber natürlich versuchte er, sich an die unausgesprochene Sprachregelung zu halten. Indem ihre Namen zu Tabus erklärt worden waren, fehlte jedoch ein wesentlicher Zugang zu Themen, die er gerne mit ihr besprochen hätte. Wie stellte sie sich ihre Zukunft auf Tahiti vor? Wäre sie im Falle ihrer Rückkehr bereit, der Weltöffentlichkeit zu erklären, dass ihr Verschwinden eine mit ihr abgestimmte Vorsichtsmaßnahme war? Würde sie wieder ins Amt der Präsidentin der Ökologischen Konföderation Polynesiens zurückkehren wollen? Und wenn ja, inwieweit würde sie dann ihren Einfluss geltend machen, um die Errichtung der Fischfarmen zu fördern, die sie den Inuit versprochen hatte?

Drei Wochen waren vergangen, ohne dass Maeva auch nur eine einzige politische Äußerung zu entreißen gewesen wäre. Sie wurde in der Welt als Ökoikone gehandelt, als couragierte Heilsbringerin, aber auf ihrem augenblicklichen »Regierungssitz« wollte sie davon nichts wissen. Die Vergangenheit der letzten zwölf Monate: ausgeblendet, nicht der Rede wert. Ihr passierte genau das, was den auserwählten zweihundert Arioi auch passierte, wenn sie lange genug in der Abgeschiedenheit gelebt hatten: Sie wurde bescheiden. Wo einem die Natur zum Frühstück süße Orangen, Birnen, Feigen und Passionsfrüchte reichte, wo schmackhafte Knollengewächse und »Mungos« wuchsen, deren Blüten man wie Bonbons lutschte, wo wilde Ziegen in den Bergen lebten, die den Speiseplan ebenso belebten wie Lachs, Langusten und Austern, dort relativierte sich aller Ehrgeiz. Auf Rapa gab es keine Grundstückseigentümer, weil die Insel allen Bewohnern gehörte. Und diejenigen unter ihnen, die hier dauerhaft lebten, waren allesamt gewiefte Fischer, Jäger und Landwirte. Diese Leute hatten wirklich keine Ahnung, was in der Welt vor sich ging, sie waren durch Unwissenheit geschützt, während sich die Arioi ja nur vorübergehend aus dem Informationsfluss nahmen. Es machte also Sinn, dass die hundert verbliebenen Insulaner so wenig wie möglich mit ihnen zu tun haben wollten und allesamt ans andere Ufer der Ahureibucht in das Dörfchen Area gezogen waren. Natürlich kam es zu Begegnungen, denn in Ahurei befanden sich Kirche, Schule und Krankenstation.

Obwohl Steve die Tage mit Maeva genoss, begann er sich Sorgen zu machen. Würde sie jemals hineinwachsen in die Rolle der braven Mitspielerin, die ihr Rauura und Omai in dem Entführungsdrama zugedacht hatten? Zweifel waren erlaubt. Eine solche »Dressur« würde nicht gelingen. Aber bedeutete dies nicht im Umkehrschluss, dass ein Ende der Verbannung nicht in Sicht war? Konnte es sein, dass man Maeva ihre Rückkehr nach Tahiti nur in Aussicht stellte, um die brisante Situation für eine Weile zu entschärfen, während von vornherein feststand, dass man sich der Aufmüpfigen für immer entledigen wollte? Ihm wurde schwindlig bei dem Gedanken.

»Rudolf und du, ihr werdet mich nach Tahiti zurückbringen, wenn ich so weit bin«, hatte sie eines Abends seelenruhig geantwortet, als er den Mut fand, seinen Befürchtungen Ausdruck zu verleihen. Und dabei hatte sie wieder diesen wissenden Blick gehabt, als hätte sie die ganze Geschichte schon einmal erlebt.

Sechs Wochen war Steve bereits auf Rapa. Immer noch begleitete er Maeva auf ihrem täglichen Ausflug hinauf nach Morongo Uta. Der Platz war ihm unheimlich geworden. Jedes Mal, wenn sie die historische Anlage betraten, hatte er das Gefühl, als werde ein Leichentuch über sie geworfen. Sie sprachen dort oben nicht miteinander, kein Wort. Und der Nachhall ihres Schweigens begleitete sie beim Abstieg bis vor Maevas Haus, wo er dann zum Abschied ein freundliches »Gute Nacht …« ins Ohr geflüstert bekam.

Eines Tages – die gezackten Bergrücken sahen aus, als würden sie im Morgenrot geröstet – antwortete sie nicht auf sein Klopfen. Er versuchte es erneut, wieder und wieder. Rudolf, der die Szene durchs Fenster beobachtet hatte, kam mit dem Nachschlüssel und öffnete die Tür. Maeva kauerte mit dem Rücken zur Wand auf dem Boden und hielt sich einen Spiegel vors Gesicht, ganz nah, als wolle sie sich verstecken. Sie saß aufrecht und still, nur ihre Zehen krampften sich zusammen. Jetzt sah es Steve, und Rudolf bemerkte es ebenfalls: Ihre Füße steckten bis zu den Knöcheln in Flocken aus schwarzem Haar! Rudolf fand als Erster die Fassung wieder, er kniete vor sie hin und nahm ihr vorsichtig den Spiegel aus der Hand. Maeva ließ es geschehen, zeigte weiter keinerlei Regung. Sie blickte durch Rudolf hindurch, mit Augen, die überdimensioniert wirkten unter dem kahl geschorenen Schädel. Auf ihren Lippen lag ein breites, ausdrucksloses Lächeln. Es zuckte in den Mundwinkeln, als wollte es wieder davonspringen. Steve ertrug den Anblick nicht und rannte ins Freie. Rudolf fegte die Haare zusammen, bereitete Maeva einen Tee, verneigte sich respektvoll vor ihr und ging dann ebenfalls hinaus.

Tahiti, 19. April 2029

Es heißt, Maeva habe ihren Frieden mit der Situation geschlossen und werde ihre Amtsgeschäfte als polynesische Präsidentin schon bald wiederaufnehmen. Ich habe das Gefühl, dass mir Omai und Rauura etwas verschweigen. Ihr Kontaktmann auf Rapa ist Rudolf. Er verfügt dort als Einziger über ein Telefon. Aber seine Nummer mögen sie mir nicht geben. Offenbar bin ich ihnen als Mitwisser lästig geworden. Wie der Fahrer bei einem Banküberfall, den man zwar brauchte, aber nicht wirklich einweihen wollte ins Unternehmen.

Ich hätte Maevas Ambitionen von Anfang an torpedieren sollen. Dieser ganze verdammte Kreuzzug, den sie im Namen der URP veranstaltet hat: was ist dabei herausgekommen? Außer einem enormen Mediengetöse und einer permanenten Gefahr für Maevas Leben? Ich bin nach wie vor skeptisch gegenüber jedem missionarischen Eifer. Man kann das Gute wollen und das Böse ernten. Wäre ja nicht das erste

Mal in der Geschichte. Wie hatte Einstein gesagt? »Wer es unternimmt, auf dem Gebiet der Wahrheit als Autorität zu erscheinen, scheitert am Gelächter der Götter.« Womöglich liegt Maevas verzweifeltem Versuch, die Schöpfung vor weiteren Attentaten zu schützen, ein gravierendes Missverständnis zugrunde. In Wirklichkeit ist wohl alles schon ein Raub des Himmels, Überbleibsel eines göttlichen Mahls …

Sie fehlt mir. Ich hatte ja keine Ahnung, wie sehr.

Maeva hatte ihre Besuche auf dem Morongo Uta eingestellt. Stattdessen setzte sie nun in der Morgendämmerung nach Area über. Dazu bediente sie sich eines der Boote, die an der Mole dümpelten. Das leiser werdende Tuckern des Außenbordmotors verursachte in Steve jeden Morgen aufs Neue das schmerzhafte Gefühl, dass die Verbindung zu ihr abriss, dass er Maeva verloren hatte. Und wäre Rudolf nicht gewesen, der ihn das eine oder andere Mal zu beruhigen wusste, er hätte die Beklemmung, die sich in ihm tagsüber aufbaute, nicht ausgehalten. Abends lauschte er dann gespannt den Geräuschen, die von der See herüberwehten. Sobald er das Tuckern des Außenborders ausmachte, fiel alle Sorge von ihm ab. Dann setzte er sich am Rand des Dorfes auf eine Mauer und wartete, bis Orion über die Bergzinnen gestiegen kam.

Der Versuchung, sie bei der Ankunft zu überraschen, konnte er widerstehen. Wenn sie ihn sehen wollte, würde sie ihm das zeigen. Außerdem schaute Rudolf regelmäßig nach ihr. Spätestens an dem Tag, an dem sie Maeva kahl geschoren in ihrem Haus vorgefunden hatten, an dem er Zeuge geworden war, wie souverän Rudolf mit der Situation umging, hatte er begriffen, dass es jemand aus ihrem Volke brauchte, um ihr fragiles Gemüt zu stabilisieren. Er hatte doch keine Ahnung, wie man einem aufkommenden Wahnsinn begegnete. Rudolf offenbar schon. Irgendetwas ging vor mit und um Maeva. Aber solange Rudolf darüber nicht beunruhigt war, versagte sich Steve jegliche Spekulation.

Inzwischen hatte Steve sich daran gewöhnt, dass Maeva immer häufiger über Nacht ausblieb. Bis zu einer Woche dauerten ihre Besuche in Area. Und die seltenen Male, die sie sich in Ahurei zeigte, verbarg sie ihr Gesicht unter einem Schleier. Auch darauf wusste Rudolf eine Antwort, als Steve ihn nach der Bedeutung fragte.

»Sie macht gerade eine große Wandlung durch«, war Rudolfs Erklärung für dieses Verhalten. »Im Zeichen großer Wandlungen haben wir kein Gesicht. Das alte ist verloren und das neue noch nicht gewonnen …«

Die rätselhafte Erklärung half Steve nicht weiter, er hielt sie für einen Trick, um ihn von etwas fernzuhalten. Aber noch traute er sich nicht, der Sache auf den Grund zu gehen. Die geschorenen Haare, der Schleier, ihre Menschenscheu – alles Indizien einer schleichenden Verwirrung, die es ihr unmöglich machen würde, sich jemals wieder in der Öffentlichkeit zu zeigen, geschweige denn, ein politisches Amt auszuüben. Wenn das »zweite Gesicht«, auf das sie laut Rudolf so dringend wartete, auch nur im Entferntesten ihrem jetzigen Geisteszustand entsprach, wäre das Urteil über sie gesprochen: Aus dem angedachten Zwischenstopp auf Rapa Iti würde eine lebenslängliche Verbannung werden. Steve schüttelte es bei dem Gedanken. Und da Rudolf nichts zu unternehmen schien, um der fatalen Entwicklung entgegenzuwirken, war es wohl an ihm, Maeva die melancholische Bürde zu nehmen. Es müsste ihm gelingen, ihre Erinnerung freizulegen, die durch den Schock des Verrats verschüttet worden war. Sie sollte wieder spüren, welch großartige Rolle sie dort draußen in der Welt gespielt hatte, wie wichtig sie den Menschen immer noch war, die durch sie Inspiration und Hoffnung erfahren hatten. Die nächsten zwei Tage surfte er auf Rudolfs Satellitentelefon im Internet. Rudolf wich nicht von seiner Seite. Er durfte nicht zulassen, dass Steve heimlich telefonierte, so weit ging die Freundschaft noch nicht. Aber Steve hatte nicht vor zu telefonieren, er klickte sich bei seinen Recherchen in einen wahren Rausch. Am Ende besaß er einen ganzen Sack voll neuer Informationen, von denen er sicher war, dass sie Maeva gefallen würden.

Worüber hatte er sich Gedanken gemacht? Maeva freute sich über seinen Besuch, sie war liebenswürdig und aufmerksam, sie hatte es nicht mehr nötig, ihren Charme mechanisch einzusetzen wie noch während ihrer letzten gemeinsamen Tage auf Morongo Uta. Trotz des Schleiers vor ihrem Gesicht und obwohl sie nur das Notwendigste redete, war sie Steve fast so vertraut wie vor der Entführung.

»Eigentlich dürfte man dich nie mehr von hier fortlassen«, bemerkte er scherzhaft, »als Märtyrerin bist du doppelt so viel wert. Die Entwicklungen dort draußen zeigen es ...«

Er hätte sich auf die Zunge beißen mögen, das war nun wirklich daneben. Also rettete er sich in die Aufzählung der »Good News«, die er dem Internet entnommen hatte. An erster Stelle nannte er das, was Malcolm Double U und seine Milliardärsfreunde getan hatten, und zwar im ausdrücklichen Gedenken an Maeva. Vierundzwanzig der wohlhabendsten Männer der Welt hatten zusammengelegt und mal eben den brasilianischen Regenwald gekauft. Jedenfalls das, was von ihm übrig war. Dadurch war der Belo-Monte-Staudamm verhindert worden, um dessen Bau es ein zwanzigjähriges Gezerre gegeben hatte. Der Damm hätte im Herzen Amazoniens eine Narbe hinterlassen, größer als der Panamakanal. Riesige Teile des Regenwaldes wären überflutet worden, und die Indianer hätten ihre Lebensgrundlage verloren.

»Außerdem beabsichtigen Malcolm Double U und seine Money Men, die Urwälder im Kongobecken zu erwerben. Die Dschungel von Indonesien sollen ebenfalls auf ihrer Einkaufsliste stehen«, berichtete Steve stolz. »Ich weiß nicht, ob du von der Studie der Citigroup gehört hast. In dieser Studie kommen die großen Investoren der Welt zu dem Schluss, dass es sich bei den Industrieländern Indien, Brasilien und den Vereinigten Staaten nicht länger um Demokratien handelt, sondern um Gesellschaftsformen, die einzig und allein auf den Gewinn der ein Prozent Superreichen ausgerichtet sind. Solange die Superreichen dir folgen, kann es uns doch recht sein. Wie es aussieht, kann man sich auch durch Reichtum rächen ...«

Er hätte Maeva gerne in die Augen gesehen, aber die waren unter der dünnen Gaze nur zu erahnen. »Apropos Brasilien und Indien«, fuhr er fort, »den Giganten sind die ersten Regionen weggebrochen. Aus Indien haben sich Goa, Andhra Pradesh und Kerala den URP angeschlossen, in Brasilien sind es die Provinzen Paraná und Mato Grosso. Die URP zählen jetzt doppelt so viele Mitglieder wie vor deinem Verschwinden, das ist der absolute Wahnsinn!«

Maeva saß ihm stumm gegenüber, ihr Brustkorb hob und senkte sich wie ein Korken in der Dünung. Steve fühlte sich ihrem verschleierten Blick kaum mehr gewachsen.

»Du hast Geschichte geschrieben, Maeva!«, unterbrach er ihr Schweigen. »Du hast es fertiggebracht, den Trend zur Globalisierung endgültig umzudrehen! Erinnerst du dich an Omais Worte im Hafen von Papeete, bevor die Boote nach Makatea aufgebrochen sind? *Die Natur ist uns heilig,* hat er gesagt, *wir müssen begreifen, dass wir sie nicht ausbeuten, sondern beschützen müssen, wenn wir reich werden wollen*... Immer mehr Menschen scheinen genau das zu begreifen. Dank dir! Seit der industriellen Revolution hat es eine so umfassende Veränderung nicht mehr gegeben. Im sozialen Bereich ebenso wie auf wirtschaftlichem und ökologischem Gebiet. Aus Gesellschaften werden Gemeinschaften! Ich hab dir doch mal erzählt, dass ich auf Samuraifilme stehe. Am Schluss kommt es immer zum Showdown. Die Schwerter fliegen so schnell, dass man mit bloßem Auge kaum nachkommt. Schließlich treten die Kämpfer zurück. Der gute Samurai sieht in der Regel sehr mitgenommen aus, sodass man glaubt, er habe den Kampf verloren. Doch dann fällt dem bösen Samurai plötzlich der Kopf ab. Was ich damit sagen will, ist Folgendes: Es gibt eine Menge böser Samurai, die noch nicht begriffen haben, dass sie tot sind. Die Atomindustrie, die Rüstungsindustrie, die Agrarindustrie, die Autoindustrie, die Genkartelle. Es braucht nur noch ein wenig Zeit, bis herunterfällt, was du ihnen abgeschlagen hast...«

Maeva musste lachen. Sie lüftete den Schleier und gewährte dem Verdutzten einen kurzen Anblick auf ihr zur Hälfte tätowiertes Gesicht. Noch Fragen, Steve? Genau das schien die Geste ausdrücken zu wollen.

Rudolf wusste von der Tätowierung. Er kannte auch den Grund, warum Maeva die letzten drei Monate mehr Zeit in Area als bei ihnen verbracht hatte. Auf der anderen Seite der Ahureibucht lebte der Schamane Mataora, einer von drei Priestern in Polynesien, die noch die geheime Symbolsprache der Maorimythologie beherrschten. Diese Sprache kannte keine Schrift, sie verband sich durch kunstvolle Verzierungen, durch Achsensymmetrien, Punktsymmetrien, Radialsymmetrien. Zusammen transportierten sie eine persönliche Botschaft – als Ganzkörpertattoo auf der Haut hochrangiger Maori. Das Gesicht wurde dabei nicht ausgespart. Im Gegenteil: Es war das Aushängeschild der Botschaft. Es wurden zwar keine Aussagen auf dem Gesicht getroffen, aber je kunstvoller die Linienführung, die Ornamente und Arabesken um Auge, Nase und Mund gestaltet waren, desto intensiver hatten sich die Menschen dieses Kulturkreises einst von der Geschichte beeindrucken lassen, welche symbolhaft auf den Körpern ihrer Führer nachzulesen war.

»Heute, mein Freund, ist der Tag, an dem Mataora die Schale mit dem Gemisch aus Wasser und Asche, das er Maeva unter die Haut getrieben hatte, beiseitestellen wird. Ab heute ist Maeva für immer gezeichnet.« In Rudolfs Worten schwang ein pathetischer Unterton mit.

»Ab heute wird sie nie wieder in der Lage sein, ihr altes Leben aufzunehmen«, gab Steve zurück. Er bückte sich nach einem Stein, warf ihn flach übers Wasser, wo er dreimal aufsprang, bevor er sich in eine Welle bohrte.

»Richtig«, sagte Rudolf, »aber das wäre ihr ohnehin nicht vergönnt gewesen. Ich habe letzte Woche mit Omai telefoniert. Er teilte mir mit, dass die Erlauchten über ihr Schicksal entschieden hätten. Maeva darf Rapa Iti nie mehr verlassen. Sie soll leben wie eine Königin, aber eben nur hier …«

Steve hatte das Gefühl, als trete sein Herz das Blut mit Füßen.

Eine Woche später bat Maeva Rudolf und Steve zu sich.

»Ich bin so weit«, sagte sie und lüftete den Schleier.

Steve blickte benommen auf diesen Strauß dunkelblauer Linien, die an der Nasenwurzel ihren Ausgang nahmen und sich in Kreisen und Kringeln über das ganze Gesicht verbreiteten, als würde in ihrem Inneren eine Quelle sprudeln, aus der sie sich speisten.

»Ich möchte, dass ihr mich nach Tahiti bringt«, hörte er Maeva sagen.

Vier Tage später legte das Versorgungsschiff von Pitcairn kommend Richtung Papeete ab. Die einzigen Passagiere an Bord waren Steve, Rudolf und eine verschleierte Frau.

Cording hatte von dem Gerücht gehört. Angeblich geisterte ein Tupapa'u über die Insel. Jemand wollte sogar mit ihm im Reva Tae gesessen haben. Jeden Tag behauptete irgendwo eine andere Person, das verschleierte Wesen gesehen zu haben. Am Strand von Faaone, in der Markthalle von Papeete, im Tal des Papenoo oder bei Pointe Vénus. In der gestrigen Ausgabe des »Tahiti Pacifique« diskutierten die Leser auf zwei Seiten über das Phantom. Sie tauschten ihre Vermutungen und Befürchtungen voller Ehrfurcht aus, als wollten sie dem Geist keinen Anlass geben, ihnen böse zu sein. Zwischen den Briefen war ein Foto zu sehen, das eine Dame in einem schwarzen Pareo zeigte, was sehr ungewöhnlich war. Auf Tahiti konnten die gemusterten Tücher nicht bunt genug sein. Die Frau war barfuß und von schlanker Gestalt, sie trug einen ausufernden Strohhut auf dem Kopf, das Gesicht verbarg sie unter einem Schleier. Das Foto zeigte sie im Gauguinmuseum beim Betrachten des berühmten Gemäldes »Manao tupapau« (Der Geist der Toten wacht).

Die schwarze Lady wusste sich zu inszenieren. Cording wunderte sich trotzdem über das Theater, das um diese Frau gemacht wurde. Wie dünn die Kruste der Zivilisation auf Tahiti immer noch war! Kaum kratzte jemand an einem alten Mythos, wurde er auch schon lebendig. Im Fall dieser fremden Besucherin trieb die Phantasie der Menschen so seltsame Blüten, dass er

Rauura um Aufklärung bat. Von Rauura erfuhr Cording, dass die Tupapa'u im Vaitepihatal am Ende der nördlichen Küstenstraße auf Tahiti Iti wohnten. Der Schamane ließ nicht den geringsten Zweifel daran, dass es die Geister wirklich gab: »Sie entsteigen den Körpern Verstorbener«, sagte er. »Tupapa'us können gutmütig oder schlecht sein, je nach Charakter der Person, aus der sie hervorgegangen sind. Sie kommen in unsere Welt zurück, um sich für die Schmerzen zu rächen, die ihnen die Menschen ihrer Umgebung im Leben zugefügt haben.«

Die Gerüchte um die Verschleierte waren bisher noch nicht zu Rauura auf den Te Pari gedrungen. Als Cording ihm erzählte, dass die Fischer von Tautira vor lauter Angst nach Sonnenuntergang nicht mehr aus dem Haus gingen, dass die Bewohner des Dorfes nachts eine Lampe brennen ließen, wurde der Schamane nachdenklich.

»Es soll einen Jungen im Dorf geben«, berichtete Cording, »der die Frau schon mehrmals aus einem Haus unterhalb des Berges Vaiami hat kommen sehen.«

»Ein Tupapa'u zeigt sich erst, wenn es dunkel wird«, sagte Rauura nach einer Weile. »Die Person, von der du sprichst, wurde tagsüber beobachtet. Es scheint sich also um einen ganz normalen Menschen zu handeln, sterblich wie du und ich. Die Frage ist, warum diese Frau sich ausgerechnet im Vaitepihatal niedergelassen hat. Die wenigen Häuser dort sind verlassen. Entweder weiß sie nicht um die Bedeutung dieses Platzes, oder sie hat ihr Domizil sehr bewusst gewählt. Wir sollten der Sache nachgehen, bevor sich unsere Leute weiterhin verrückt machen lassen.«

Am nächsten Tag wurde der Junge aus Tautira ins benachbarte Vaitepihatal geschickt, um der Fremden einen Brief des Präsidenten Omai zu überreichen, in dem dieser darum bat, empfangen zu werden. Der Bitte wurde postwendend entsprochen.

Die Bewohner Tautiras folgten ihrem Präsidenten, dem Schamanen und dem Deutschen, wie Cording auf der Insel genannt wurde, im respektvollen Abstand ins Tal. An der Flussbiegung unterhalb des Vaiami blieben sie stehen, während Omai und seine Begleiter durch das flache Wasser ans andere Ufer wateten. Dort drüben befand sich das Haus, in dem die Fremde wohnte. Es hatte der Regierung als Gästerefugium gedient, wurde aber seit Jahren nicht mehr genutzt. Die Anfahrt war verwildert, ebenso der Garten, der sich ganz dem Dschungel ergeben hatte. Das Haus selbst befand sich in gutem Zustand, es wurde regelmäßig inspiziert und gereinigt.

Omai, Rauura und Cording betraten die hölzerne Terrasse. Die Menschen am anderen Ufer des Flusses trauten sich nicht einmal mehr zu flüstern, einige versteckten sich im Wald. Omai klopfte an. Die Sekunden zogen sich in die Länge. Schließlich öffnete sich die Tür, und da stand die fremde Frau: schwarz, schlank und verschleiert.

»Bitte kommen Sie herein«, sagte sie und ging voraus.

Während sie in einem Sessel Platz nahm, rückten ihre Besucher auf die Couch, die eigentlich zu eng war für drei Personen. Der Augenblick der Stille war beängstigend, jedenfalls empfand Cording das so. Rauura, der zwischen ihm und Omai saß, bewegte die Nasenflügel, als habe er Witterung aufgenommen. Omai schien der Frau durch den Schleier direkt in die Augen zu sehen, und Cording hätte schwören können, dass sie den Blick standhaft erwiderte. Die Spannung im Raum wurde unerträglich.

»Willkommen auf Tahiti«, sagte Omai.

»Danke«, antwortete ihre Gastgeberin, setzte den Strohhut ab und entledigte sich in einer eleganten Bewegung des Gazeschleiers. Omai erstarrte bei ihrem Anblick, Rauura, dessen Gesicht ja wie das ihre blaustichig schimmerte, ließ die Unterlippe fallen und Cording betrachtete wie elektrisiert den Fächer hochschießender Linien, der ihre Stirn zierte. Sie explodierten auf dem kahlen Schädel und fielen als Funkenregen zurück auf die Wangen, wo sie sich zu einem gepflegten Geflecht aus Kringeln und Spiralen verdichteten. Das Gesicht dieser Frau schien ständig in Bewegung, obwohl sie ihnen regungslos gegenübersaß.

»Woher kommen Sie?«, fragte Omai schließlich, als habe er ein Recht auf die Wahrheit.

Sie antwortete nicht. Stattdessen löste sie den Knoten ihres Pareos und legte die linke Schulter frei. Cording, der auf der engen Couch den Körperkontakt zu Rauura nicht vermeiden konnte, bemerkte, wie der Schamane zu zittern begann. Die tätowierte Figur auf der Schulter der Frau zeigte ein Wesen mit aufgerissenem Mund und extrem langem Hals. Auf dem Rücken wuchs die Hälfte eines Flügels.

»Was bedeutet dieses Tattoo?«, fragte Cording flüsternd.

»Es handelt sich um Toro«, antwortete Rauura mit bemüht fester Stimme, als könne er sich der Fremden gegenüber keine Blöße erlauben. »Toro ist der Gott der dunklen Nächte. Gelegentlich zieht er los, um Menschen zu entführen.«

Cording verspürte einen stechenden Schmerz in der Brust, als habe ihm jemand ein Messer zwischen die Rippen gerammt. Die Frau, die Rauuras Erklärung in Ruhe abgewartet hatte, blickte ihn ungerührt an. Sie ließ die Augen auch nicht von ihm, als sie ihre rechte Schulter bloßlegte, auf der ein Vogelmensch zu sehen war, dessen einer Arm in den Himmel zeigte, während der andere auf den Boden deutete.

»Das ist König Kai Makoi«, sagte Rauura leise, »der wiedergeborene Gott, der aus der Erde entsprang.« Es klang, als habe er sich geschlagen gegeben.

Cording klammerte sich an die Lehne der Couch. Auch Omai, dessen Augen zu engen Schlitzen verengt waren, blickte wie hypnotisiert auf die rätselhafte Person, die nun triumphierend ihren Hals freilegte, auf dem sich zwei Eidechsen in einem schwarz-weißen Kreis wanden. In der vergessenen Tattoosprache der Maori war dies das Zeichen für den Willkommensgruß »MAEVA!«. Rauura wusste das, den anderen wurde dies erst überdeutlich klar, als Steve und Rudolf plötzlich in den Salon traten und sich zu beiden Seiten der Rächerin aufbauten.

Cording glaubte, ohnmächtig zu werden. In ihm tobte ein Gemisch aus Scham, Reue und Schmerz – er war an die Grenze seines Lebens gestoßen …

Nachwort

Dieser Roman stellt die Brücke zum »Tahiti-Projekt« her, das sich seit seinem Erscheinen im Jahr 2008 zu einem formidablen Dauerbrenner entwickelt hat. Maeva, Cording, Steve, Knowles – sie alle spielten schon im »Tahiti-Projekt« eine Rolle. Aber man muss den Vorgängerroman nicht gelesen haben, um diesen hier zu verstehen. Schaden kann es aber nicht. Im »Tahiti-Projekt« erzähle ich die Geschichte einer Inselgesellschaft, die sich jenseits des globalen Wahnsinns neu orientiert, die nicht gegen die Natur, sondern mit ihr arbeitet. Ihr sozioökologisches Wirtschaftsmodell funktioniert. Ein harmonisches Zusammenspiel zwischen Natur und umweltschonender Technik ist möglich. Alle gesellschaftlich relevanten Bereiche wie Energie, Mobilität, Baubiologie, Geld- und Steuersystem, Bodenrecht, Landwirtschaft, Bildungswesen, Grundversorgung und vieles mehr kommen im »Tahiti-Projekt« auf den Prüfstand. Die neuen Konzepte sind nur befriedigend umzusetzen, wenn sie im Verbund wirken und vom gleichen Geist getragen werden. Wie sagte schon Sokrates: Nicht das Leben ist von Bedeutung, sondern die Lebensführung.

Die Idee zu »Das Südsee-Virus« entstand, nachdem klar geworden war, wie groß das Potenzial an Lesern ist, das sich für eine »konkrete« Utopie wie das »Tahiti-Projekt« begeistern kann. Als hungerten wir geradezu nach einer positiven Perspektive, von der es aus verständlichen Gründen nicht viele gibt. Es ist die Zeit der Untergangsliteratur. Ich selbst habe mit »Palmers Krieg« (1992) und »GO! – Die Ökodiktatur« (1993) zwei heftige Dystopien vorgelegt. Aber die Untergangsliteratur von heute ist längst Teil der Unterhaltungsindustrie geworden und insofern kaum noch ernst zu nehmen.

Meine Protagonistin Maeva sollte den Geist des Tahiti-Projekts in die Welt tragen, wie ein positives Virus, das von der Südsee aus auf den gesamten Globus übergreift. Das war die Idee. Es ist ein Buch zwischen Hoffen und Bangen geworden, anders geht es wohl auch nicht, wenn die Handlung von Tahiti auf die Weltbühne verlagert wird. Es handelt sich ja hier um eine literarische Hochrechnung. Und wer den selbstmörderischen Mechanismus der Gier erkannt hat, der unseren Planeten zu vernichten droht, sollte sich schon einen Schuss Realismus bewahren, wenn er ins Träumen gerät. Der von den Menschen längst eingeleitete Ökozid geht an den Nerv allen Lebens. Aber es ist schön, sich eine Figur auszudenken, die zum richtigen Zeitpunkt am richtigen Ort ist, um die müde gewordenen Herzen der Menschen wiederzubeleben. Maeva ist diese historische Person, die als Ökokriegerin nur deshalb Erfolg haben kann, weil sie ihre Botschaft von einem neuen Natur- und Menschenverständnis vor dem Hintergrund eines kollabierenden kapitalistischen Systems in die Welt trägt. In der Mediengesellschaft von morgen ist es durchaus denkbar, dass eine Jeanne d'Arc der Ökologie wie sie zum Hoffnungsträger für Millionen wird.

Tatsache ist, dass sich schon heute immer mehr Menschen vernetzen, um dem Wahnsinn, der die Lebensgrundlagen auf der Erde zu zerstören droht, effektiv entgegenwirken zu können. Das »Tahiti-Projekt« hat diesem Bedürfnis entsprochen. Um das Buch ist eine eigene, engagierte Gemeinde gewachsen, die sich vom »Südsee-Virus« gerne infizieren lassen wird. Denn so aussichtslos unser Kampf auch anmutet, es beginnt erst besser zu werden, wenn wir anfangen zu handeln. Oder um mit Maeva zu sprechen: Wir werden Liebende sein, oder wir werden gar nicht mehr sein.

Ich möchte einigen Menschen an dieser Stelle von Herzen danken. In erster Linie den »Equilibristen« Eric Bihl, Susanne Depping und Volker Freystedt. Eric Bihl ist der Initiator des

Tahiti-Projekts, das ja weit über den Roman hinausgeht. Der Equilibrismus wirbt für ein sozioökologisches Wirtschaftsmodell abseits des bisherigen Systems. Das Sachbuch »Equilibrismus – Neue Konzepte statt Reformen für eine Welt im Gleichgewicht« war die Basis für das »Tahiti-Projekt«. Auch diesmal bin ich von Susanne, Eric und Volker mit Ideen reichlich beschenkt worden, zudem haben die drei die Entstehung des Manuskripts sorgfältig und hilfreich begleitet. Ein weiterer Dank geht an Jens Hakenes, der unsere Internetauftritte professionell gestaltet und betreut. Andreas Bangemann (Chefredakteur »Humane Wirtschaft«, www.humane-wirtschaft.de) sei gedankt für sein unermüdliches Engagement und für die spannenden Veranstaltungen rund um das Tahiti-Projekt in der Silvio-Gesell-Tagungsstätte in Wuppertal. Ich danke Madeleine Porr vom Projekt El Pan Alegre (www.el-pan-alegre.org) für die anregenden Diskussionen, ihre Mithilfe bei den Kuba-Kapiteln und die spanische Übersetzung. Nach dem »Tahiti-Projekt« im Jahr 2013 wird auch »Das Südsee-Virus« ein Jahr darauf in einem kubanischen Verlag erscheinen. Anja Mocker danke ich für den optimistischen Zuspruch, den ich von ihr jederzeit erfuhr. Hans-Juergen Fink vom »Hamburger Abendblatt« sei gedankt für sein Engagement, das er nach dem »Tahiti-Projekt« auch dem Nachfolger angedeihen ließ. Natürlich habe ich den Sponsoren dieses Buches zu danken, die mir mit ihren monatlichen Zahlungen die Schreibarbeit erst ermöglicht haben.

Dem Piper-Verlag danke ich für die spontane Bereitschaft, diesen Roman, der im Hardcover noch »Maeva!« hieß, in sein Taschenbuchprogramm aufzunehmen und damit einem breiten Publikum vorzustellen. Vor allem aber danke ich für die hervorragende Betreuung seitens des Lektorats.

Dirk C. Fleck, im September 2012

www.maeva-roman.de
www.equilibrismus.org
www.tahiti-project.org
www.tahiti-projekt-film.org
www.dirk-fleck.de

Quellennachweis

Ich habe mich bemüht, alle Quellen zu nennen, die ich für meine Arbeit verwendet habe. In einigen wenigen Fällen hatte ich vergessen, die Dokumente zu sichern. Ich bitte die betroffenen Kollegen, falls sie sich hier nicht gut vertreten wiederfinden sollten, mir keine böse Absicht zu unterstellen. Mein Dank ist ihnen ohnehin gewiss. Wir können nur noch zusammenarbeiten. Falls jemand etwas von mir gebrauchen kann: bitte schön.

Videos:

»**Percy Schmeiser – David gegen Monsanto**«
Ein Film von Bertram Verhaag

»**Kapitalismus: Eine Liebesgeschichte**«
Ein Film vom Michael Moore

»**Adobe Towns – Städte aus Lehm**«
Ein Film von Thomas Wartmann und Stefan Tolz

»**Mangreen**«
Dokumentarfilm über den Küstenschutz in Indien
Lighthouse Foundation & Deepwave e. V.

»**Der Geist des Geldes**«
Eine Dokumentation über die Erfindung Geld und ihre Folgen für die Menschheit
Von Yorick Niess

»SEKEM – Mit der Kraft der Sonne«
Ibrahim Abouleish – der Visionär
Ein Film von Bertram Verhaag

Artikel und TV-Sendungen:

»Grüne Öko-Stadt in der Wüste«
Von Pierre Heumann, Spiegel-Online

»Der Wald der Vertriebenen«
WDR-Weltspiegel vom 29.11.2009

»Bhutan. Königreich im Himalaja – Tigernest und tiefe Täler«
Focus-Reisen

»Bolivien und das Lithium: der Einstieg ins Post-Petroleum-Zeitalter?«
Quetzal, Online-Magazin

»Burma: General im Dschungel«
Spiegel-Wissen 28.08.2006

»Chinas Größenwahn am Yangtse«
Dokumentation über den Dreischluchtendamm
Das Erste vom 28.07.2008

»Desertec: Wüstenstromprojekt geht in die nächste Phase«
manager-magazin vom 30.10.2009

»Wüstenstrom für Europa ist eine Fata Morgana«
Von Hermann Scheer am 13.07.2009

»125 Jahre Erdöl in Dithmarschen«
Kieler Nachrichten vom 01.07.2000

»Die Peta-Finanzbombe«
Von Artur P. Schmidt, 07.09.2009, Telepolis Online

»1500 Geisterschiffe sollen die Erderwärmung stoppen«
Von Holger Dambeck, Spiegel-Online

»Generation Y«
Kubanischer Blog im Internet

»El Pan Alegre – Das Fröhliche Brot«
Energie aus eigener Kraft – regional verankert und weltweit vernetzt
Projektkonzept. En Buenas Manos e. V.

»Terra Preta – Das Gold der Erde«
www.das-gold-der-erde.de
juwi Online-Magazin

Lars Liebchens
»Windlaser«
auf www.windlaser.de

Uranabbau in Südafrika
Ken A. Gourley:
»Deponie Erde – Wachstum in den Müllnotstand«
Verlag J. H. W. Dietz Nachf. 1993

»Kabinett der Malediven tagt unter Wasser«
Klima und Umwelt, Online-Magazin vom 17.10.2009

»Gris-Gris – Glückssymbole in Mali«
WDR 2005

»Warum unser Planet auf totales Chaos zusteuert«
Interview mit Dennis Meadows
WELT-Online vom 22.08.2009

»Herrschaftssicherung in Zeiten des Klimawandels«
Schattenblick Online-Magazin
http://www.schattenblick.de/infopool/ip_umwelt_redakt.html

»Kampf im Eis – Der Streit um die Ressourcen am Nordpol ist politisch brisant«
Von Rainer Lagoni, Tagesspiegel vom 23.08.2007

»Kalter Krieg um den Nordpol«
Von Tomasz Konicz, Telepolis Online-Magazin vom 11.08.2007

»Sandöl«
ZDF, Abenteuer Wissen

»Rohstoffmangel schürt internationale Konflikte. Verknappung von Hightech-Metallen bremst Zukunftstechnologien«
Pressetext Nachrichtenagentur, 16.04.2009

»UNO-Studie: Großkonzerne verursachen billionenschwere Umweltkosten«
Spiegel-Online Wirtschaft vom 19.02.2010

Interview von Dieter Westhoff mit Harald Welzer zum Klimawandel
tagesschau.de

»Deutsche Industrie warnt vor Rohstoff-Engpass«
Spiegel-Online vom 15.08.2010

»Atompannen vertuscht?«
Greenpeace-Online vom 29.07.2008

»Südafrika plant neues Atomkraftwerk«
afrika.info online vom 13.12.2006

Buchtipps zum Thema

Eric Bihl, Volker Freystedt
Equilibrismus – Neue Konzepte statt Reformen für eine Welt im Gleichgewicht
Signum Verlag

Geseko von Lüpke
Politik des Herzens
Nachhaltige Konzepte für das 21. Jahrhundert. Gespräche mit den Weisen unserer Zeit (Zitate in Maevas Antrittsrede von Vandana Shiva, Wolf Büntig, Edward Goldsmith und Joanna Macy)
Arun-Verlag

Vandana Shiva
Leben ohne Erdöl: Eine Wirtschaft von unten gegen die Krise von oben
Rotpunktverlag Zürich

Anthony Gibbons
Politics of Climate Change
John Wiley & Sons

Harald Welzer
Klimakriege: Wofür im 21. Jahrhundert getötet wird
Fischer Taschenbuch

Harald Welzer
Perspektiven einer nachhaltigen Entwicklung
Fischer Taschenbuch

Friedrich Schmidt-Bleek
Das MIPS-Konzept
Weniger Naturverbrauch, mehr Lebensqualität durch Faktor 10
Droemer Knaur

Friedrich Schmidt-Bleek
Der ökologische Rucksack: Wirtschaft für eine Zukunft mit Zukunft
Hirzel Verlag

Ricardo Coler
Das Paradies ist weiblich – Eine faszinierende Reise ins Matriarchat
Gustav Kiepenheuer

Donella und Dennis Meadows
Grenzen des Wachstums – Das 30-Jahre-Update zum Kurswechsel
Hirzel Verlag

Maximilian Gege
Unterwegs zu einem ökologischen Wirtschaftswunder: So retten wir das Klima
Europäische Verlagsanstalt

Michael Braungart, William McDonough
Die nächste industrielle Revolution
Europäische Verlagsanstalt

Peter E. Stüben (Hg.)
Die neuen »Wilden«
Umweltschützer unterstützen Stammesvölker – Theorie und Praxis der Ethno-Ökologie
Focus Verlag Giessen

Udo Kawasser
Einbruch der Landschaft. Zürich – Havanna
Ritter Verlag

Marie-Monique Robin
Mit Gift und Genen
Wie der Biotech-Konzern Monsanto unsere Welt verändert
Deutsche Verlags-Anstalt

Michel Chossudovsky
Global brutal
Zweitausendeins

Dirk C. Fleck

Das Tahiti Projekt

Öko-Thriller. 352 Seiten. Piper Taschenbuch

Im Jahr 2022: Die Welt droht in einem Chaos aus natur- und menschengemachten Katastrophen unterzugehen. Nur auf Tahiti wächst ein neues ökologisches Paradies heran. Omai, der junge Präsident der Insel, versucht, sein Land zu beschützen. Der Hamburger Spitzenjournalist Cording lässt sich vom Idealismus Omais anstecken und wird unversehens in eine Affäre ungeheuren Ausmaßes hineingezogen, denn die Mächtigen der Welt haben es auf die Rohstoffvorräte Tahitis abgesehen …

»Das Tahiti-Projekt ist ein äußerst realistischer, kluger und brillant geschriebener Zukunftsroman. Es ist ein Buch der Hoffnung: internationale Solidarität und Widerstand sind der Atem des Buches.«

Jean Ziegler, UN-Menschenrechtskommisar

Ausgezeichnet mit dem Deutschen Science Fiction Preis 2009

05/2726/01/L

Leo Hickman

Fast nackt

Mein abenteuerlicher Versuch, ethisch korrekt zu leben. Aus dem Englischen von Theda Krohm-Linke. 320 Seiten. Piper Taschenbuch

Fair-Trade-Apfel aus Übersee oder heimischer Bioapfel? Was halten auswaschbare Windeln aus? Ein Jahr lang hat der Londoner Journalist Leo Hickman versucht, ohne schlechtes Gewissen zu leben: gesunde Ernährung, schonender Umgang mit natürlichen Ressourcen und der Versuch, bestimmten Großkonzernen seine Kaufkraft zu entziehen. Mit viel Witz berichtet er davon, wie er und seine Familie sich erfolgreich umgestellt – und damit ihr Leben von Grund auf umgekrempelt haben.

»Der ziemlich britische Versuch, mit Humor und gesundem Menschenverstand abstrakte Prinzipien auf die Probe zu stellen.«

Frankfurter Allgemeine Sonntagszeitung

05/2374/01/R